民国世界文学经典译著·文献版（第四辑：法国小说）

◆长篇小说◆

约翰·克里斯朵夫

Jean-Christophe

（一—四册）

[法]罗兰·罗曼（Romain Rolland）著
傅雷 译

上海三联书店

[法] 羅蘭・羅曼（Romain Rolland）著 傅雷 譯

約翰・克裏斯朵夫

（三）

中華民國三十五年一月初版

第三册

安多納德——戶內——女朋友們

卷六·安多納德

安多納德

耶南是法國那些幾百年來株守在內地的一角、絕對不與外界發生關係的舊家之一。雖然社會經過了多少變化，這種舊家在法國還比一般意料的爲多；它們由於多少連自己也莫名其妙的連繫，深深地種在鄉土裏，直要一椿極大的變故纔能把它們連根拔起。在這種依戀的情緒中，既談不到理智，也無所謂利益；至於緬懷史跡的懷古之情，更只是文人學士底勾當了。牢固地覊縻人心的乃是無分智愚賢不肖都感到的一種曖昧而強有力的感覺，覺得自己幾世紀以來成爲這塊土地底一片血肉，生活着這塊土地底生活，呼吸着這塊土地底氣息，聽到它的心緊貼着自己的心房搏動，髣髴兩個相依相偎睡在一牀的人，感知它不可捉摸的顫抖，把握到它寒暑旦夕、陰晴晝晦的變化，萬物底動靜聲息。而且不必要景色最秀麗的或生活最甘美的鄉土纔更能覊縻人心，即是最樸素、最寒微、在你心頭講着體貼親密的說話的地方，也一樣能使你依依不捨。

這就是耶南一家所居住的那個位於法國中部的省份。平坦而潮濕的土地，沒有生氣的古城，在一條渾濁靜止的河裏映出它黯澹的面目，四周是單調的田野，耕種的地畝，草原，小溪，森林，單調的田野……沒有一些風景，沒有一座紀念碑，沒有一些古蹟。甚麼都不能引人入勝，一切都教你捨棄不掉。在這種痲痺與遲鈍的氣息裏有一種潛在的力量。初次體味到這種境界的人會感到難堪而忍不住反抗。但世世代代受着這種烙印的人再也無法擺脫掉；他感染太深了；這種毫無生氣的事物，這種單調的和諧，對他自有一股魅力，一種深刻的甘美的味道，爲他所不自知的，否認的，愛着的，不能忘懷的。

耶南世代住在這個地方。遠在十六世紀，就有姓耶南的人住在城裏或四鄉：因爲自然而然有一個叔祖伯祖之流的人，一生盡瘁於輯錄家譜的工作，蒐羅着那些無名的、勤勉的、微末不足道的人物，什麼農夫啊，莊稼人啊，村裏的工匠啊，後來是教士啊，鄉間書吏啊，終於住到縣城裏來，而奧古斯丁·耶南，現在這個安東尼·耶南底父親，居然以銀行家底角色在城裏做了一番事業。這是一個非常能幹的人，又狡猾又頑強，像農夫一樣骨子裏是老實的，沒有過分的思慮，勤於工作，善於享樂，由於他愛揶揄的快活的性情，由於他直率的談吐，由於他富有的資產，使數十里周圍的人敬畏。他生得矮胖壯健，留着痘疤的大紅臉上嵌着一對活潑的小眼睛，從前出名的愛好漁色，至今也沒有完全失去這種嗜好。他歡喜打趣說笑大喫大喝。要看他在飯桌上的情景纔有意思哩：兒子以外，幾個和他一流的老人陪着他什麼推事，書吏，教堂裏的司祭等等：——（耶南這老人是恨不得把教士來大嚼一頓的，但若這教士能夠大嚼的話，他也樂意同教士一起大嚼）：——總是那些南方典型的結實漢子。那時滿屋子都是粗野的戲謔，拳頭望桌上亂敲，一陣陣的狂笑狂叫。這等快活的空氣引得廚房裏的僕役和街上的行人一齊樂開了。

後來，在夏季很熱的一天，老奧古斯丁脫了上衣到地窖裏去裝酒的時候得了肺炎。不出二十四小時，他就動身往另外一個世界去了，那是他不大相信的，但像內地反對教會的布爾喬亞一樣，帶足了在最後一分鐘內弄舒齊的教會裏所有的文件，一則使女人們不再絮聒，二則補辦這些手續他亦不表反對……三則死後之事究竟也不可知。……

他的兒子安東尼承繼了他的事業。這是一個矮胖子，一張緋紅的喜洋洋的臉，鬍子剃得精光，鬢角修成牛排式，講話急促含糊，聲音高大，常有一些激昂而短促的小動作。他雖沒父親那種理財的聰明；但辦事能力還不壞。已經開始的事業，因爲歷史悠久，這唯一的原因，正在一天天的發達，他只要安詳地繼續下去就行。在當地，他頗有經商的聲譽，雖然他對事業底成功並沒多大貢獻。他不過辦事有規律和肯用心罷了。做人很體面，到處受人家尊重；慇懃而豪爽的態度，對於某些人也許太嫌親狎，太嫌曉舌，不大高雅，但替他在城裏城外博得很好的人望。他雖不浪費金錢，却很濫用感情；動不動會流淚，看到什麼災患會眞誠地難過，使被難的人感動。

如小城裏多數的人一樣，政治在他思想上占着很大的地位。他是熱烈而又溫和的共和黨員，激烈的自由主義者，愛國主義者，學着父親的樣，也是一個極反對教會的人。他是市參議會底一員，如同僚們一樣，愛捉弄區裏的神甫或本城婦女所崇拜的宣道師。須知法國小城裏這種反對教會與擁護教會底爭執，永遠是夫婦戰爭裏的一個節目，是這種劇烈的暗鬭底一種僞裝的方式，那是差不多沒有一個家庭能夠避免的。

安東尼·耶南也有文學的抱負。像他那一代的內地人一樣，他頗受拉丁文學底薰陶，有些篇章能夠背誦如流，拉·風丹納，鮑阿羅，——尤其是詩人的鮑阿羅，——服爾德們底格言，十八世紀小品詩人底名句，他都記得不少，在吟咏的時候模倣他們的作風。在他的熟人中，和他有一樣癖好的不止他一個；而這種癖好更增加了他的聲譽。大家傳誦着他的滑稽詩，四句詩，步韻詩，折句，諷詩，歌謠，有時是很唐突的，但也不乏充滿元氣的思想。口腹之欲的神秘在詩中也沒有被遺忘。

這個快樂、活潑、壯健的矮人，娶了一個性格完全不同的妻子。她是當地一個法官底女兒，叫做呂西·特·維廉哀。這家特·維廉哀——實在只是特維廉哀，因為他們的姓氏像一塊石子分裂為兩塊一般，在中途分解了，變成特、維廉哀，(按法國姓氏前冠有單獨之De字為貴族世家之標識，故言。)——是父子相傳的法官，法國老司法界的人物，對於法律、責任、社會的禮法、個人的尤其是職業的尊嚴看得很重，再加有些迂腐的誠實不欺的性格，把他們的道德觀念鍛鍊得愈加堅固了。在上一世紀裏，他們曾經受過楊山尼派影響，至今還留存着對耶穌會派的輕蔑，和某種悲觀的抑鬱的氣息。他們不從好的方面去看人生非但不想克服人生底艱難，反想加些上去，好使自己有怨天尤人的權利。呂西・特・維廉哀就有一部分這種性格，恰恰和她丈夫粗疎豪放的樂觀主義相反。她又瘦又高，高出他一個頭，生得倒苗條勻稱，懂得穿裝，但典雅中有些呆板，使她永遠顯得——髣髴是故意的——比實在的年齡大；她很賢淑，但對人很嚴厲，不容許有任何過失，幾乎也不容許有任何缺陷：大家當她是冷酷而驕傲的人。她很虔誠，這就成爲夫婦間永無窮盡的爭辯底機會。除此以外，他們很相愛；儘管爭辯，彼此都覺得少不了。講到實際的事務，誰也不比誰高明：他因爲不懂人情世故——（老是會受笑臉與甘言蜜語欺騙，）——她，因爲對於事務全無經驗——（因爲人家從不讓她參預，她便絕不關心了。）

他們有兩個孩子：一個女兒，名叫安多納德，一個兒子，名叫奧里維，比安多納德小五歲。

安多納德是一個美麗的褐髮姑娘，一張法國式的嫵媚而忠厚的小臉，圓圓的眼睛活潑，額角飽滿，下顎細膩，小小的鼻子生得筆直，——好似一個法國老肖像畫家所說的是「最美的、細膩而高貴的那類鼻子，有一種微妙的小動作，使得神情生動，表示她在說話或傾聽時的精細的思潮。」

她秉受着父親快樂的無愁無慮的氣質。

奧里維是一個嬌弱的孩子，褐色的頭髮，像父親一樣的身材矮小，天性却完全不同。小時候不斷的疾病大大地損害了他的健康，雖然因之格外受着一家人疼愛，虛弱的身體却老早使他成爲一個悒鬱寡歡的孩子，愛幻想，害怕死，沒有和人生奮鬬的準備。天生怪僻的性情，使他愛好孤獨，不歡喜和別的孩子厮混：他憎厭他們的遊戲，憎厭他們的打架，尤其痛恨他們的獷野粗暴。他聽讓他們毆擊，並非因爲缺少勇氣，而是因爲膽怯，怕自衛，怕傷害別人；要不是父親底地位保護着他，說不定會大受小夥伴們凌虐。他很溫柔，賦有病態的感覺：一句說話，一個同情的表示，一句埋怨，就可使他淚流滿頰。比他健全得多的姊姊常常嘲笑他，叫他淚人兒。

兩個孩子非常相愛，但性格相差太遠了，不能在一處厮混。各過各的生活，各有各的幻想。安多納德長大起來，益發顯得美麗；人家告訴她，她也知道；覺得很快慰，自己編造着未來的美夢。嬌弱而悒鬱的奧里維，到處覺得和外界合不攏來，便躲遁到他荒唐的小腦子裏去胡思亂想。他有一種熱烈的與女性的需求，要愛別人，要別人愛他；既然過着孤獨的生活，不和同等年齡的夥伴往來，他便自己造出兩三個幻想的朋友：一個叫做約翰，一個叫做哀蒂安，一個叫做法朗梭阿；他老是和他們在一起。所以他從來不和周圍的人一起了。他睡眠很少，空想極多。早晨，當人家把他從床上拉起時，他往往赤裸着兩腿掛在牀外，出神了，再不然便把兩只襪子套在一只脚上。雙手浸在臉盆裏時，他也會出神的。在書桌上寫字或溫課時，他又會幾小時的胡思亂想下去；隨後，他突然驚愕地發覺什麽工作也沒有做。用飯時，人家和他說話，他就怔住，要過兩分鐘纔能回答；而回答了半句又不知自己要說些什麽。他迷迷懵懵的耽溺着喁喁的思想，耽溺着度日如年的內地單調的歲月，被日常親切的感覺催眠了：他想着只住了一半的大屋子；可怖而巨大的地窖和擱樓，神祕地鎖着的空房，百葉窗緊閉着，遮着布套的傢具，模糊的鏡子，包裹着的燭臺，祖宗底肖像扮着苦笑，帝政時代的版畫，描寫着輕佻的與有德的故事：「阿爾西皮阿特與蘇格拉底在娼家」「安底奧葛斯與史脫拉東尼斯」……外邊，馬蹄匠在對門敲着鐵砧，錘子一下輕一下重，風箱在喘氣，馬蹄受着薰炙發出一股怪味道，洗衣婦人蹲在河邊擣衣，屠夫在隔壁屋裏砍肉，街上走過一匹馬，水龍頭軋軋作響，河上的旋轉橋忽而開忽而閉，裝着木料的沉重的船，被縴繩拉着緩緩駛過，在懸空的小花園前面，小院中方形的花壇裏長着兩株紫丁香，四周是一大叢風呂草和喇叭花，臨河的平台上，木桶裏擺着月桂和開花的榴樹；有時，鄰近的廣場上有市集底喧鬧聲，鄉下人穿着眩目的藍褂子，豬在亂叫……星期日在教堂裏，歌詠隊唱錯音符，老教士在司祭時睡着了；全家在車站大路上散步，所有的時間都化在和別的可憐蟲們脫帽致敬上面，這般人也是以爲非集團散步不可的，——直要走到曬滿太陽的田野裏，看不見的雲雀在上空盤旋，——或是沿着明淨的死水似的河邊走去，兩旁的白楊簌簌地抖着……之後是盛大的晚餐，東西多得喫不完，大家又淵博又有味地談論着食品；因爲在席的都是些內家，口腹之欲在外省是一樁極大的消遣，出色的藝術。此外，大家也講商情，說笑話，其中摻雜一些關於疾病的談論，把無窮的細節描寫得淋漓盡致……——而這個小孩子，坐在他的角落裏，不比一頭小老鼠有更大的聲音，咬嚼着，不大喫東西，伸直着耳朵靜聽。他把大人底談話句句聽在肚裏；凡是聽不清的，由他的想像去補充。他有一種奇特的秉賦，像一般深深地印着幾百年底痕跡的舊家兒童所常有的那樣，能夠猜到他還從未有過而不大明白的思想。——還有那廚房，充滿着血腥與漿汁底神祕，和那講着古怪可怕的故事的老女僕……末了是晚上，蝙蝠悄悄地飛來飛去，妖魔鬼怪顯出猙獰的面目，那是他明知在這座老屋子裏擠滿着的；隨後是跪在牀前的祈禱，自己也不知說些甚麼隔壁養老院裏急促地敲着女修士們的寢鐘；——最後是雪白的牀，幻夢底島嶼。……

一年最好的時節是春季與秋季在離城幾里的別莊中消磨的日子。那邊纔可稱心如意的幻想：不見一個人客。如大多數中產階級的子弟一樣，兩個孩子是不許和平民接觸的：僕役和莊稼人，在他們心裏引起恐懼和憎厭的情緒。對於勞工，他們從母親那裏秉受了貴族的——實在主要還是布爾喬亞的——輕蔑。奧里維鎮天棲止在一株槐樹底椏枝上，讀着奇妙的故事：美麗的神話，繆查或奧諾埃夫人底童話，天方夜譚，或是遊記。因爲，法國內地小城裏的青年常常思慕着遙遠的世界，做着『漫遊海外的夢。』一個小樹林把他和屋舍遮斷了，於是他可以想像自己在很遠很遠的地方。但他明知離家很近，也很愜意：因爲他不大歡喜獨自遠行；在大自然裏會覺得迷失了的。四周盡是樹木。從樹葉底空隙裏他可以看見遠處黃色的葡萄藤，雜色的母牛在草原上嚙艸，冗長的鳴聲衝破了田野間的靜寂。公雞尖銳的啼聲在農莊間遙相呼應。倉屋裏傳出節奏不勻的打禾的杵聲。在這平和的境界裏，成千成萬的生靈盡量發揮着它們熱烈的生機。奧里維用着不安的眼睛睜視着一羣永遠匆忙的螞蟻，滿載而歸的蜜蜂像大風琴底銅管般嗡嗡作響，壯健蠢笨的黃蜂到處亂撞，——所有這些忙碌的蟲豸，似乎焦灼地急欲到達什麽目的地……到哪兒去呢？牠們不知道。無論哪裏都好！只要到什麽地方……奧里維在這盲目而敵對的宇宙内打了一個寒噤。他像小兎子一般，聽到松實落地或枯枝折斷的聲音就要打戰……花園底那一端，安多納德發狂般盪着鞦韆，把架上的鐵鈎搖得咿啞作響，奧里維聽到這種聲音纔算心神安定下來。

她也在出神，不過依着她的方式。她成日價在園裏搜索，又饞嘴，又好奇，笑嘻嘻地，像畫眉般偸些葡萄，偸一隻桃子，爬上棗樹，或是在走過時輕輕搖它幾下，小黃梅像雨點般墮了一地，放在嘴裏像香蜜一般化成一片。再不然她就違反禁令去採花：一轉眼她就把從早就覬覦着的一朶薔薇摘到手，往花園深處的夾道中一溜。於是她把小小的鼻子盡力往醉人的花裏嗅，吻着，嚙着，吮吸着；隨後把贓物揣在懷裏，放在她好奇地眼看在敞開着的襯衣裏膨大起來的一對小乳房中間……還有一種甘美的樂趣也在禁止之例的，是脫下鞋襪，赤足踏在小徑底涼快的細砂上，潮濕的土地上，或在陰處冰冷的、或在太陽下晒得灼熱的石板上，或是走到林邊小溪中，用她的脚，用她的腿，用她的膝蓋，吻着水，吻着泥土，吻着日光。躺在柏樹蔭下，她望着在日光中照得通明的手，呆呆地儘在細膩豐滿的手臂上吻着羊脂般的肌膚；她用蔓藤和橡樹葉做成冠冕，項鍊，和裙子；點綴着藍蓟，紅的伏牛花，柏樹枝，和青的柏實：她把自己裝成一個野蠻的小公主。於是她獨自繞着小噴水池跳舞，張開着手臂旋轉不已，直到頭昏的時光纔望艸地上倒下，把臉埋在草裏，莫名其妙的縱聲狂笑，不能自已。

兩個孩子就是這樣地消磨他們的日子，只離開幾步路，却各過各的生活，——除非安多納德在旁走過時想捉弄一下弟弟，抓一把松針望他鼻子上擲去，或是搖撼他的樹，威嚇他要摔他下來，或是驀地撲在他身上唬他，嘴裏叫着：

——嗚！嗚！……

她有時發瘋般要戲弄他，騙他說母親在喚他，叫他從樹上下來。等他下來之後，她就上去佔了他的位置不肯動彈了。於是奧里維咕嚕着，威嚇說要去告她。但安多納德決不會永遠蹲在樹上：她不能有兩分鐘的安靜。當她在枝頭上把奧里維戲弄夠了，盡量的使他惱怒過了、快要哭出來的時候，她就一骨碌兒滑下來撲在他身上，笑着搖撼他，喊他『小白燕』，把他摔在地下，拿一把草擦他的鼻子。他仰天躺着，一動不動，像一條黃金蟲，瘦削的手被安多納德粗大的手掌按住在草地裏，裝着一副哭喪的屈服的臉。安多納德看他戰敗降服了，便忍不住縱聲大笑，突然擁抱他，把他放了，——但臨走爲表示告別起計，仍不免用一把青艸塞在他嘴裏：這是他痛恨的，拼命的吐，抹着嘴巴，憤憤的叫嚷，她却笑着一溜煙逃了。

她老是愛笑。夜裏睡夢中，她還在笑。睡在隔室不能入寐的奧里維，正在編造他的故事，聽到她半夜裏的憨笑聲和斷續的夢囈不禁唬了一跳。外邊，風把樹吹得簌簌作響，一只貓頭鷹在哭，遠遠裏，在樹林深處的農莊裏，狗狺狺地叫着。在半明半暗的夜色裏，奧里維看見沉重而陰暗的柏樹枝影在窗上搖曳，像幽靈一般，這時聽到安多納德底笑聲眞使他鬆了一口氣。

兩個孩子是篤信宗教的，尤其是奧里維。父親所宣傳的反教會言論使他們非常憤慨；但他聽讓他們自由而且像多數不信宗教的布爾喬亞一樣，他覺得有家族代他信仰也不壞：因爲在敵陣裏有些同盟總是好的，運命究竟轉向哪一方面，我們也沒有把握。再則他是一個自然神主義者，有時也會像他的父親一樣邀請神甫來家：即使這不會有什麼好處，也不見得有什麼壞處；一個人不一定因爲相信自己要被火焚纔去保火險的。

病態的奧里維頗有醉心神祕主義的傾向。有時他覺得自己不復存在了。生性溫婉，容易相信，他需要一個依傍；在懺悔的時候他體驗到一種痛苦的樂趣，把自己交託給無形的朋友、覺得非常甘美，因爲這朋友、老是對你張開着臂抱你，可以盡情傾訴，他會懂得一切，寬恕一切；在這種謙卑與愛的空氣中，靈魂淨化了，休息了，使奧里維心神舒暢。他覺得信仰是那麼自然，不懂別人怎麼會懷疑；他想這要不是由於人家底惡意，便是上帝特地懲罰他們。他暗暗祈禱，祝望他的父親能邀神明底恩寵；有一天當他隨着父親參觀一所鄉間教堂而看見他劃着十字時，不禁大爲快慰。在他心中，聖徒行述是和兒童故事混成一片的。小時候，他認爲兩者同樣是眞情實事。他既不能說一定不認識嘴唇破裂的史格白克，多嘴的理髮匠，駝背嘉斯伽，也禁不住不在鄉間散步的時光探尋一下黑色的啄木鳥嘴裏啣着覓寶人底神奇的根所謂迦南（按即聖經上巴勒斯坦之古名，福地爲其別名）與福地，經過兒童的想像便成爲蒲爾喬或貝里（按均係法國地名。）區裏的地方了。當地一個圓形的山崗，頂上矗立着一株小樹好像枯萎的羽毛一般，在他眼裏髣髴就是阿伯拉罕燃起火把的那座山頭。在草桿盡頭有一堆枯萎的叢樹，他認爲就是上帝顯靈的燃燒的荊棘，因年代久遠而熄滅了的（按聖經載上帝化身爲一團燃燒的荊棘，向摩西啓示他所負的使命）；即當他長大了，懷疑的心思慢慢覺醒的時候，他還是愛耽溺在那些點綴他信心的通俗傳說裏他覺得其中有無窮的樂趣，即使他不至眞的受這些傳說之騙，他心裏却願意受騙。因此，在長久的時期內，他在復活節前的星期六窺伺着，想看那些在星期四飛出去的復活節底鐘從羅馬帶着小幡飛回來。後來，他終覺懂得這並非眞的，但聽到鐘聲響亮時，仍不免鼻子向着天空呆望；有一次，他似乎看到——雖然明知不可能——有一口鐘繫着藍絲帶在屋頂上飛過。

他極需要沉浸在這種傳說與信仰底世界裏。他逃避人生，逃避自己。又瘦，又蒼白，身體孱弱，他爲了這些非常痛苦，聽人提到他這種情形就受不了。他天生懷着悲觀主義，無疑是從母親方面來的，而在這個病態的孩子身上更覺得了一塊容易生長的園地。他自己可不覺得以爲所有的人都和他一樣這十歲的兒童，在遊息的時間非但不到園子裏去玩，反關在自己房裏，一邊咀嚼着他的點心，一邊寫着他的遺囑。

他寫得很多。他限令自己每晚偷偷地寫日記，——為什麼？他自己也不知道，因為他除了廢話以外，更沒有什麼可說。寫作於他是一種遺傳的癖好，是法國內地的布爾喬亞幾百年相傳下來的需要，——這個毀滅不掉的古老的種族，——每天為自己寫着日記，直到老死，用着一種愚蠢的、幾乎是英雄式的耐性，把每天所見所聞，所作所為，所飲所食，詳詳細細記錄下來。只為自己，不為任何人。他知道：任何人不會讀到這些東西，自己寫過以後也永不會重讀一遍。

如信仰一樣，音樂於他亦是逃避白日太劇烈的光明的處所。姊弟倆都有音樂家底心靈，——尤其是奧里維，從母親那裏秉有這種天賦。至於趣味底高明是談不到的。在這方面，沒有一個人能夠指導他們：內地的人所聽見的音樂，不過是本地銅樂隊所奏的反覆不已的進行曲或——在什麼吉日良辰——亞當底雜曲，教堂裏大風琴所奏的羅曼斯，中產階級的小姐們在音調不準的鋼琴上所奏的華爾茲或卜爾加舞曲，通俗歌劇底前奏曲，莫扎爾德底兩三支朔拿大，老是那幾支，錯誤的音符也老是那幾個。家裏招待賓客的時候，這就算夜會節目中的一部分。喫過晚飯，凡是能彈的都被請出來獻技：他們先紅着臉推辭，終於拗不過大家底請求，便憑着記憶奏一支大曲。在場的人個個讚美藝術家底記憶和『完滿的』技巧。

差不多每次夜會都得搬演一下的這種儀式，把兩個孩子對於晚餐所感到的樂趣完全破壞了。要是奏四隻手彈的巴倘底中國旅行或韋白底小曲時，他們因彼此搭配得很好而還不甚害怕。但若要他們獨奏，那簡直是受罪了。安多納德總比較勇敢。這固然使她厭煩得要死；但她明知逃不了，也就下了決心，裝着一副果敢的神氣在鋼琴前面坐下，開始彈她的輪舞曲，亂七八糟的從這一段跳到那一段，在某些段落上停住了，旋過頭來微笑道：

——啊！我記不起了……

接着，跳去了幾拍子重新開始，一口氣奏完了之後，她因爲大功告成表示很歡喜，當她在座客底讚嘆聲中回到座位上時，她笑着說：

——彈錯的音符着實不少呢！……

可是奧里維底性情沒有這麽好說話。他不能忍受在人前獻技，成爲大衆注意的目標。當着別人說話已經使他痛苦了。演奏，尤其爲那些不愛音樂——（他看得很明白）——甚至對音樂覺得厭煩而只爲了習慣纔請他演奏的人演奏，更使他覺得是一種專制，要竭力反抗了。有些晚上他竟溜之大吉；躱到一間暗房裏或走廊裏，甚至顧不得對蜘蛛的恐怖而一直躱到擱樓上。他的撑拒使別人底請求愈加迫切愈加狡獪；還要引起父母底責難，和在他過於執拗時所挨受的巴掌。結果，畢竟得彈奏，——當然是心緒惡劣的彈奏。過後，他在夜裏因爲彈得不好而很難過，因爲他是眞正愛音樂的。

小城裏的音樂趣味並非老是這麽平庸。人們記得有過一時，在兩三個布爾喬亞家裏，室內音樂着實弄得不壞。耶南夫人常常講起她的祖父，非常熱情的拉着大提琴，唱着葛呂克、達萊拉克和裴爾東底歌曲。她家裏至今還有一大册樂譜和一卷意大利歌謠。因爲可愛的老人像裴里奧士所講的安特列安先生一樣『很歡喜葛呂克。』但裴里奧士立刻悲哀地補充一句說：『他也很歡喜普豈尼。」或許他更歡喜的倒還是普豈尼。總之，在祖父底收藏中，意大利歌曲佔着最多數。這些作品就成爲小奧里維底音樂食糧。沒有多大養料的東西，髣髴人們拼命塞給孩子吃的內地糖食，會弄壞口味，傷害腸胃，還有使兒童永遠不能接受別的更嚴肅的食物的危險。但奧里維貪饞的胃口不致受到這種威脅。嚴肅的食物，人們是不給他的。沒有麵包，他就以糕餅充飢。這樣，西瑪洛查，巴西哀羅，洛西尼，就成爲這個憂鬱神祕的兒童底保姆，在應該喂他乳汁的時候把他灌了醇酒。

他時常獨自彈弄音樂，爲了他個人的快樂。他已經深深地受到音樂底感染。對於所彈的東西，他不求瞭解，只曉得消極的吟味。誰也不想教他學和聲；他自己也沒有這個念頭。一切屬於科學的與科學精神的，在他家裏完全是陌生的東西，尤其在母親方面。這些司法界中的人物，賦有美妙的、人文的思想，遇到一個算題就弄昏了。他們提起一個進經緯局辦事的遠房兄弟時就當他是一個了不得的人物。可是他們說他結果還是被這種工作弄得發了瘋。思想很健全很積極的外省老布爾喬亞，（不過因爲吃得飽飽的過着單調的日子，有些迷惘罷了，）滿肚皮都是正直的理性，深信只要靠了它世界上就沒有一件解決不了的困難；他們甚至認爲弄科學的人是藝術家之流，比別人更有用，但不及別人高卓，因爲藝術家至少是無所裨益的；而這種嬾惰的說法倒也不無相當高雅的意味。因爲，科學家實在只是一般更有才學而有些瘋癲的手藝工人與工頭——（這就是不體面的地方）——在紙上固然非常能幹；但一出他們數目字底工廠就彷徨失措！要是沒有理性正直的、富有人生經驗與事業經驗的人來領導他們的話，他們簡直離不開工場一步。

不幸的是，這種人生與事業底經驗並不像這般理性正直的人所想像的那麼可靠，所謂經驗，實在不過是奉行故事的老例，只能對付少數極平易的事情。倘使突然出了一樁意外的變故，必須當機立斷的加以處理時，他們就無能爲力了。

銀行家耶南便是這一類人。在內地生活底節奏裏，什麼事情都是不出預料的，都是依了老規矩而準確地重演的，所以他從沒在業務上遇到嚴重的困難。他並沒特別適配這門行業的才具；就承繼了父親底職位；既然從他接手以後一切都進行得很順利，他就歸功於他的良知。他歡喜說只要誠實，用心，理性正直就行；他滿擬將來把自己的職位傳給兒子，和他的父親當初對他的想法一樣，全不顧慮兒子底興趣所在。所以他絕對不替兒子作事業方面的準備；聽讓孩子們自生自長，只要他們誠實，尤其是幸福就行，因爲他非常疼愛他們。因了這個緣故，他們對於人生的戰鬪，連一絲一毫的預備都沒有：簡直是暖室裏的鮮花。這有什麽要緊呢？他們豈非永遠可以過着這種生活麽？在柔和的內地處在他們富有的、被人尊重的家庭裏，有着一個慈愛的、快樂的、眞摯的父親，交遊廣闊，在地方上佔着第一流的位置，人生眞是多平易多光明！

安多納德十六歲。奧里維正要受第一次的聖餐。他一心耽溺着神祕的夢想。安多納德聽着醉人的希望唱着甜蜜的歌，好似四月裏的夜鶯一般，塡滿了青春的心窩。她多快活地感到身心像鮮花般開展，知道自己俊俏而又聽到人家說。父親底稱讚，毫無顧忌的言語，儘够弄得她飄飄然。

他望着女兒出神了；她的賣弄風情，對着鏡子的顧影自憐，無邪而狡猾的小手段，使他樂開了。他抱她坐在膝上，在愛情的題目上和她打趣，說她顚倒了多少男子，有多少人來向他請婚，他一個一個的舉出姓名來：都是些可敬的布爾喬亞，一個老似一個，一個醜似一個，把她聽得大叫大笑，手臂繞着父親底頸項，臉偎着父親底臉。他又問她究竟選中哪一個：是那個爲他家的老女僕稱爲醜得像七件基本罪惡的檢察官呢還是那胖書吏。她輕輕地打他，叫他閉口，或是用手掩住他的嘴巴。他吻着她的小手，一邊把她在膝上顛簸，一邊唱着那支老山歌：

俏姑娘要什麼？
是不是一個醜老公？

她噗哧笑了，拈弄着他的鬍鬚，答唱道：

與其醜，還是美，
夫人，請您做媒。

她打定主意要自己來選擇。她知道她是富有的，或將來是富有的，——（她的父親用種種口吻和她說過了：）——她是『有陪嫁的。』當地有兒子的大戶人家已經在奉承她，在她周圍安排下許多小手段，髣髴張着網預備捕捉那美麗的小銀魚。但這條魚對他們很可能成爲四月裏的糖魚（按西俗在四月一日慣以糖魚餽贈兒童）因爲心思縝密的安多納德，把他們的技倆一齊看在眼裏，覺得好玩；她很願意教人捕捉，可不願意被人捕獲。在她小小的頭腦裏，她已決定將來所嫁的人了。

當地的貴族——（通常每地祇有一家自稱爲外省諸侯底後裔，往往祖上買下了國家的產業，在十八世紀時當着管事，或拿破侖底軍需承包人）——鮑尼凡，離城數里以外有一座宮堡，上面矗立着尖頂的塔，周圍是大森林，中間還有好幾個養魚的池塘，他們正在向耶南家表示慇懃。年青的鮑尼凡對安多納德顯得很熱心。美貌的少年，依年齡看來是很強壯肥碩的，他整天的光陰都消磨在打獵、喫喝與睡覺中；他會騎馬，會跳舞，舉止也還文雅，並不比別人更蠢。他有時從古堡到城裏來，穿着長靴，跨着馬，或者坐着雙輪馬車；他藉口生意上的事情去拜訪銀行家，有時帶一簍野味或一大束花送給太太們。借了這種機會，他向耶南小姐獻媚。他們在花園裏散步。他竭力恭維她，有趣地和她談天，拈着自己的鬍，踢馬刺在陽台底石板上蹬着發響。安多納德覺得他怪可愛。她的驕傲和她的心甜蜜地滿足了。她一心耽溺着這初戀底溫柔的歲月。奧里維却討厭這個鄉下紳士，因爲他身強力壯，又笨重又粗野，大聲的笑，握着人家底手像鉗子一樣，老是輕蔑地喚他『小傢伙……』擰他的面頰。他尤其在不知不覺中恨這陌生人愛他的姊姊……屬於他一個人而不屬於任何旁人的他的姊姊！……

然而禍事來了。對於這些幾百年來膠住在同一方土地裏吸盡了它的漿汁的老布爾喬亞，遲早總要臨到一樁的。他們安閒地瞌睡着，自以爲和負載他們的土地一樣悠久。但他們脚下的泥土早已死了，根鬚早已不存在了：只要一鏟子就可把一切摧倒。那時，人家講着厄運，講着橫禍。不知要是樹木更堅固些的話，就不會有什麼厄運或至少，患難會像暴風一般的過去，卽使吹折幾根椏枝，樹幹本身總不會動搖的。

銀行家耶南是懦弱、輕信、而有些虛榮的人。他愛在眼睛裏撒些灰，甘願把『是』與『彷彿』混爲一談。他胡亂化錢，化得很多，但揮霍的程度，由於世代相傳的儉省的習慣和事後痛悔這些限制——（他消耗了幾方丈的木材而捨不得用一支火柴，）——還不致使他的財產蒙受嚴重的損害。在商業方面，他亦不知謹愼。朋友向他借錢是從不拒絕的；而要做他的朋友也不是什麼難事。他甚至不願每次都要人家寫收據；人欠的賬目弄得很糊塗，人家不還他，他就不催討。他把一切事情都靠託別人底善意，正如他認爲別人也靠託着他的善意一樣。並且他非常膽怯，這是單看他豪爽率直的擧止是想像不到的。他從不敢拒絕某些需索無饜的請求者，也不敢表示對他們財力的顧慮。在這種事情上，他顯出他的好意與膽怯病。他不願得罪人，怕受辱。所以他永遠會讓步。爲欺騙自己起計，他做這些事情的時候很起勁，髣髴人家拿了他的錢是幫了他的忙。他幾乎要信以爲眞了：他的自尊心與樂天主義很容易使他相信他所做的都是挺好的買賣。

這種辦法當然不會使借貸人和他疏遠：他受着鄉下人敬愛，他們知道永遠可以向他求助，而且也決不錯過機會。但人們——連老實的在內——底感激是像果子般應當及時採摘的。倘使讓它在樹上老了，就會生出黑點。過了幾個月，受過耶南先生恩德的人，以爲這恩德是耶南先生應當給他們的；甚至他們有一種傾向，認爲耶南先生旣如此慇懃的肯幫助他們，他定是從中有利可圖。

那般最識趣的人，以爲在趕集的日子把他們打來的一頭野兎或一筐雞子送給銀行家時，即算不能抵償債務，至少把感激的情意繳銷了。

至此爲止，爲的不過是小數的款子，並且和耶南發生關係的也是一般相當誠實的人：所以還沒有大害，損失的金錢——這是銀行家對誰都不露一些口風的，——是極其微小的數目。但有一天，當耶南遇到一個辦着大實業的陰謀家，探聽到他的資源和隨便放款的習慣時，情形就不同了。這個架子十足的傢伙，受有國家底勳章，自稱爲朋友中間有兩三個部長，一個大主教，一大批參議員，一羣文藝界金融界底知名人物，和一家威勢極盛的報館；他的口吻又威嚴又親狎，非常適配他的身份。爲證明他的交遊起計，他用着那種教一般比耶南細心的人見了就會起疑的淺薄的手段，展露一般闊朋友們寫給他的信扎，或是普通的恭維，或是謝他的邀請宴會，或是他們邀請他：因爲我們知道法國人是從來不吝惜筆墨的，也不會拒絕多握幾下手或邀請宴會的，那怕是對一個認識了只有一小時的人，祇要他們覺得他有趣而不問他們借錢。甚至也有許多人不會拒絕新朋友底借貸，只消看見旁人也借給他。對於一個想解救一下有了金錢覺得爲難的鄰人的聰明人，倘使找不到第一頭羊肯下水來引其他的羊一齊下水，就算是倒運已極。（按此項典故見前卷譯註）——但若以前沒有別的羊下水過，那麼耶南先生就是第一頭了。他是那種柔順的綿羊，生來給人家剪毛的。他被來客那些漂亮的交際，天花亂墜的言語，奉承的說話，以及聽了他的勸告而獲得的第一次的好結果迷惑了。他先用少數的款子去博，成功了；於是他下大注；終於把所有的錢放下去了：不但把他自己的，並且連他的存戶的。他並不告訴他們；滿以為勝券在握，想出其不意的在大衆面前炫耀一下他的手腕。

企業失敗了。他的一個巴黎通訊員在信裏偶然提起那樁新的倒閉案，却不曾想到耶南也是被害人之一：因為他從沒和任何人講過這事；由於一種不可思議的輕率，他竟不曾 似乎還是故意避免的——向一切能夠供給他眞實情報的人商量一下：他一切都做得很祕密，迷信着自己正直的理性，以為是永無錯誤的，聽了一些最渺茫的消息就感到滿足。這種迷了心竅的事情在人生是常有的：到了某些時期，一個人非把自己弄得身敗名裂不可；髣髴還怕有人來援救；躲避着一切能夠拯救你的忠告，深藏着，瘋狂地、急不及待地望前直奔，好使自己稱心像意的慘遭滅頂。

耶南匆匆走到車站，滿懷着悲愴的心緒搭上去巴黎的火車。他要去尋找他的人。他私心還希望消息不確，或至少是誇張的。結果是人既找不到，禍事倒證實了。他驚駭地回來，把一切都瞞着。外人一些不會知道。他想延宕幾星期，就是幾天也好。依着他無可救藥的樂觀主義，拼命相信還有方法可以補救，即使不能掙回他自己的損失，至少總能補償主顧們底損失。他試作種種企圖，那種急不暇擇的手段，把他就是可能有的成功的機會也失去了。借款底嘗試都告失敗。迫不得已而把少數僅存的資源所作的投機事業，終於把他完全斷送。從此，他的性情改變了。他不露聲色；但變得易怒，暴烈，嚴酷，異乎尋常的憂鬱。當着外人底面，他還勉強裝做快活；可是他錯亂的心緒誰都看得很明白：人家以爲他身體不好所致。和家人一起時，他可不大留神了；他們立刻覺得他隱瞞着甚麼嚴重的事情。他簡直換了一個人。他忽而衝到一間房裏，在一件傢具裏亂翻，把紙片摔了一地，接着大發脾氣，因爲他甚麼都找不到，或是因爲別人想幫助他。隨後，他在這堆亂東西中間發獃；等到人家問他找尋什麼時，他也說不出來。他似乎不再關心妻子兒女了；或者在擁抱他們時眼中噙着淚。他不能睡眠，不能飲食。

耶南夫人明明看到這是大禍將臨的前夜；但她從未參與丈夫底事務，簡直完全不懂她問他，他粗暴地拒不置答；而她氣惱之下，也不堅持了。但她莫名其妙的只顧心驚膽戰。

孩子們是想不到危險的。以安多納德底聰明，不會不像母親一般預感到禍事底將臨；但她一心想着初戀底快樂，不願想到令人不安的事；她強使自己相信烏雲會得自行消散，——再不然在無可避免的辰光再覷覛也不遲。

對於不幸的銀行家底心緒最能瞭解的還是小奧里維。他感到父親在受苦，便暗地裏和他一起痛苦。但他甚麼都不敢說：他既一無所能，亦一無所知。再則，他也竭力避免去想這些悲哀的念頭：像他的母親與姊姊一樣，他也有一種迷信的想法，認爲只要我們不願禍事來臨，也許禍事眞的會不來。可憐的人們覺得受着威脅的時候，便像駝鳥般把頭藏在一塊石頭後面，以爲這樣禍患就瞧不見他們了。

搖動人心的流言開始傳播，說是銀行底資產已經虧損淨盡。銀行家白白地向主顧們保證，辯疑最甚的幾個要求提取存款了。耶南覺得這可完了；他絕望地聲辯，裝做憤慨的神氣，尊嚴地、悲苦地、怨嘆人家不相信他；他甚至跑到老主顧家去爭吵，使人家愈加不信任了。提款底要求紛至沓來，把他逼得一籌莫展。他作了一個短期旅行，帶着最後一些鈔票到鄰近一處温泉浴場去賭博，在一刻鐘內輸得精光了回來。

他的突然出門愈加使小城裏的人着了慌，說他逃走了；耶南夫人費了多少口舌對付那些惱怒而不安的人：懇求他們耐着性子，發誓說她的丈夫就要回來的。他們不大相信這些話，雖然心裏極願意相信。所以當大家得知他回來時眞是放下了一樁重大的心事：甚至有許多人以爲自己多操心了，以耶南這一家人底乖巧，卽使跌入了泥窪，也會設法拔起脚來的。銀行家底舉動恰恰證實了這種印象。如今當他明白看到只有一條路可走時，他顯得很疲乏而鎭靜。在車站大道上，從火車上下來，他和遇到的幾個朋友安閒地談天，談着田裏已有幾星期缺乏雨水，葡萄長得挺好，還談着晚報上所載的倒閣底消息。

到了家裏，他對於妻子慌張的神色和急急告訴他出門後所發生的事情，裝做全不在意。她努力在他面上窺探他此行有沒有把她所不知道的危險消除；但她逞着高傲的意氣不去動問：等他先來和她說。但他絕口不提這椿磨折着兩個人的事情，默不作聲的把妻子想和他接近、逗引他吐露衷曲的意念打銷了。他只講着氣候炎熱，身體困倦，抱怨着劇烈的頭痛；隨後大家照常入席用晚飯。

他很少說話，顯得很疲乏，縐着眉頭，躭着沉重的心事；他手指敲着桌布；勉強喫些東西，覺得被人注意着，便呆呆地望着兩個在靜默的空氣中變得膽怯的孩子，望着那生着氣、板着臉、偸覷着他所有的動作的妻子。晚餐將要終了時，他似乎清醒了些；試和安多納德與奧里維談話，問他們在他出門的時期做些什麼；但他不聽他們的答話；只聽着他們說話底聲音；而且雖然眼睛凝視他們，實在却望着別處。奧里維覺察到了：說話講到一半就停住，沒有心思繼續下去。但安多納德侷促了一會之後，重又興奮起來：咭咭咶咶說個不休，把手放在父親手上，或用肘子觸他的手臂，要他好好聽她的說話。耶南緘默着；望望安多納德，又望望奧里維，額上的皺痕愈加深刻了。女兒底故事講到一半，他支持不住了，站起身來走向窗子，唯恐被人窺破他的傷心。孩子們摺好飯巾，也站了起來。耶南夫人打發他們到園子裏去；不一會就聽到他們在走道上尖聲叫着、追逐着了。耶南夫人望着背對她的丈夫，沿着桌子走去，髣髴找尋什麽東西一般。突然，她走近去，用着一種怕人聽到和因感情衝動所致的梗塞的聲音，問道：

——安東尼，怎麽啦？你有什麽心事在肚裏……是的！你有些事情瞞着……一樁禍事麽？你不舒服麽？

但耶南還是閃避了，不耐煩地聳聳肩，冷酷地答道：

——不！不！我告訴你！別和我糾纏！

她憤憤地走開了，在盲目的惱怒中暗暗說不管丈夫遇到什麽事情，她可不再操心了。

耶南走到花園裏。安多納德繼續發瘋般捉弄她的弟弟，要他奔跑。但他突然聲言不願再玩了，肘子倚在陽台底欄杆上，立在離着父親不遠的地方。安多納德還來把他戲弄了一會；但他生着氣推開她；她使和他說了幾句難堪的話；看到在此無可再玩時，就走進屋裏彈琴去了。

外面，只留下耶南和奧里維。父親溫柔地問道：

——怎麼啦，孩子？爲何你不願再玩了呢？

——我累了，爸爸。

——好罷。那麼我們一同在欖上坐一會罷。

他們坐下。這是九月裏的一個良夜。天色清明而黝黯。喇叭花甜蜜的香味裏，雜着在陽台下流着的淡而腐敗的河水味。褐色的天蛾在花旁打轉，嗡嗡的聲音好似小紡車。對岸的鄰人坐在屋前談話。幽閒的語聲在靜寂中清晰可聞。屋裏，安多納德彈着意大利式的單純的旋律。耶南執着奧里維底手，抽着煙。孩子在把父親底容貌慢慢地掩蔽掉的陰暗裏，看見亮着一星星煙斗底火光，時而熄滅，時而燃着，終於完全熄掉。他們不交一言。奧里維問着幾顆星底名字。如所有內地的鄉紳般不大懂得自然界的耶南，除了幾個無人不曉的大星宿外，一個都說不出來；但他佯以爲孩子所問的就是這幾個；便一一指說。奧里維並不聲辯：他聽到喁喁地多說幾遍它們神祕的名字，永遠覺得有一種樂趣。並且他的發問並非眞爲求知，而是本能地要借此與父親親近。他們緘默着。奧里維頭枕在椅背上，張着嘴巴，望着天上的星，出神了：父親手上的暖氣滲透了他的心。突然父親底手顫抖起來。

奧利維覺得奇怪，用着快樂的倦迷迷的聲調說道：

——吠！爸！爸你的手抖得多厲害！

耶南把手縮回了。

過了一會，小腦筋裏老是在胡思亂想的奧里維又說：

——你也累了麼，爸爸？

——是的，孩子。

孩子用着親切的聲音又道：

——不該這樣的辛苦，爸爸。

耶南把奧利維底頭挽在胸前，偎倚着，低聲說道：

——可憐的孩子！……

但奧里維底念頭已經轉到別處去了。塔上的大鐘敲了八下。他從父親懷裏掙扎出來，說：

——我要去看書了。

每逢星期四，他可以在晚飯後看書，一直到睡覺的時候：這是他最大的樂趣；世界上任何事情都不能使他犧牲一分鐘看書的時間。

耶南放孩子走了，自己還在黝暗的陽台上來回踱着。隨後他也進來了。

房裏，孩子與母親都團聚在燈下。安多納德在胸褡上縫一條絲帶，嘴裏不住的說話或哼唱，教奧里維老大的不高興；他面前擺着書，眉頭緊蹙，肘子倚在桌上，雙手掩着耳朵不讓喧鬧聲進去。耶南夫人一邊修補襪子，一邊和老女僕談話，她在旁背着白天的賬目，乘機嘮嘮叨叨的說些廢話；她老是有些好玩的故事講，那種滑稽的土語教大家聽了忍俊不禁，安多納德還努力學着玩。耶南靜靜地望着他們。誰也不注意他。他遊移不定的站了一會，坐下拿一册書隨手打開，隨手闔上，重新站起：眞是，他沒有法子在此逗留。他燃起蠟燭，道了晚安，走近孩子，感動地親吻他們：他們含含糊糊的答應一聲，望也不望他，——安多納德一心注意着活計，奧里維一心注意着書本。奧里維甚至照樣把手塞着耳朵，一邊念一邊用厭煩的聲氣哼了一聲晚安：——在他看書的時候，那怕家裏有人掉在火裏，他也不理會的。——耶南出去了，在隔壁房裏又逗留一會，老女僕走了，耶南夫人過來把被單放在櫥裏。她只做不看見他。他遲疑了一會，終於走近來，說：

——求你原諒。我剛纔對你說話不免粗暴了一些。

她很想和他說：

——可憐的人，我並不懷恨；但你究竟有什麽事情？把你的痛苦告訴我罷。

但她眼見有報復的機會，不能不利用一下：

——別和我糾纏！你對我多凶横！看得我連一個用人都不如。

她用着這種尖刻、懷恨的口吻，把他的罪狀數說了一大堆。

他有氣無力的做了一個手勢，苦笑一下，走開了。

誰也不曾聽見鎗聲。只有到了明天，當事情發覺之後，鄰居們纔記起半夜裏在靜寂的街上聽見清脆的一響，好似抽擊鞭子的聲音。過後，黑夜底寧謐立刻重新罩在城上，把生者和死者包裹在它厚重的衣褶裏。

睡着的耶南夫人在一二小時後醒來，發覺丈夫不在她身旁，便不安地起來，間間房找遍了一直下樓走到和住宅相連的銀行辦公室去；在耶南底公事房中，她發見他仰在書桌前安樂椅裏，鮮血還在地板上流。她尖銳地叫喊了一聲，把手裏的蠟燭墮在地下，失去了知覺。人家在宅內聽見了。僕役們立刻跑來，把她扶起，忙着救護，再把耶南底屍體移放在一張牀上。孩子們底臥室緊閉着。安多納德睡的像天使一樣甜。奧里維聽見一片人聲和脚步聲：很想探聽一下；但他怕驚醒姊姊，便重復入睡了。

明天早上，當孩子們還未得悉的時候，城裏已開始傳播這消息了。那是老女僕哭哭啼啼出去訴說的。他們的母親此時對甚麼事情都不能思索；她的健康還教人擔憂。只剩兩個孩子孤零零地陪着死者。在這變故底初期，他們的恐怖尤甚於痛苦。並且人家也不讓他們安靜地哭泣。從早晨起，法院裏就來人辦理檢驗手續。安多納德躲在房內，把她少年人所有自私的力量集中在一個念頭上，唯一能够幫助她驅除可怖的現實的念頭：她想着她的朋友，一小時一小時的等着他來。他對她的態度從沒像上次會見時那樣慇懃了：她認爲他無疑會趕來分擔她的悲苦。——但一個人也不來。連一個字條兒都沒有。絲毫同情的表示都沒有。反之，自殺的消息一傳出去，馬上有銀行底存戶趕上門來，毫無憐惜地露出一副凶惡的面孔，對女人孩子大叫大駡。

幾天之內，一切都毀圮了：失去了一個親愛的人，失去了全部的家產、地位、聲譽、和朋友。簡直是總崩潰。維持他們生存的東西一件都不存留。母子三人都抱着不稍假借的道德觀念使他們對於一件自身無辜的不名譽事件更感痛苦。三人之中被痛苦打擊得最厲害的要算安多納德，因爲她平時最不知道痛苦。耶南夫人和奧里維，不管如何傷心，對這痛苦的世界總不是不認識的。天性就悲觀，他們只是被禍變弄得失魂落魄而不是驚駭。死底念頭在他們心裏永遠是一種安息；現在尤其有這種感覺，他們但求一死。當然這是慘痛的屈服，但比起一個樂觀的、幸福的、愛生活的青年人，一朝陷入絕望的深淵，或是被逼到毛骨悚然的死亡前面時所感到的悲憤，究竟好多了……

安多納德一下子發見了世界底醜惡。她的眼睛睜開了：看見了人生；把父親，母親，兄弟，統統批判了一番。當奧里維陪着母親一起痛哭的時候，她卻獨自躲在一邊聽讓痛苦煎熬。她的絕望的小腦筋想着過去，現在，將來；她看到她一無所有，一無希望，一無倚傍！她對任何人不能再有所期待。

葬禮在悽慘與羞人的情境中舉行。教堂裏拒絕收受一個自殺的人底屍體。寡婦孤兒被他們昔日的朋友無情無義的遺棄了。只有兩三個露一露臉；而他們那種侷促的舉止比不來的人更其令人難堪。他們的來髣髴是賞賜人家一種恩典，他們的沉默，充滿着譴責、鄙薄、與憐憫的意味。家族方面可還要壞不但沒有一句安慰的說話，反而加以尖刻的責難。銀行家底自殺，匪獨不能平息大衆的怨恨，而且在他們眼裏，這件行爲比他破產底罪惡不見得輕微多少。布爾喬亞是不肯寬恕自殺的人的。倘若有人因爲不肯過着最下賤的生活而寧願死，那是他們認爲罪大惡極的行爲；誰敢說『最不幸的莫如和你們一起過活』這種話，他們便不惜用最嚴厲的法律對付。

最勇於貶責一個自殺者底卑怯行爲的，其實就是最卑怯的人。而當一個人捐棄了自己的生命，同時還損害到他們的利益，阻礙了他們的報復時，他們尤其憤激。——至於不幸的耶南怎樣的痛苦而出此下策，那是他們完全不曾想到的。他們心中要他受着千百倍於此的痛苦。如今他逃過了他們的毒手，他們便回過來把刑罰加在他的家族身上。他們嘴裏並不承認：因爲他們知道這是不公平的，但做還是照樣的做；因爲他們非要拿一個人來開刀不可。

除了呻吟悲泣以外任何事情都不能做的耶南夫人，當人家攻擊她的丈夫時，却重新找到了她的勇氣。此刻她發覺自己原是如何愛他而這三個對於前途毫無辦法的人，一致同意把母親底一分奩資，他們私有的產業也予以放棄，以便儘可能的償還父親底債務。在當地既不能再住，他們便決心往巴黎去。

動身底情形像逃亡一樣。

隔天晚上，——（九月底裏一個凄涼的黃昏：田野消失在白茫茫的濃霧裏，大路兩旁，當你慢慢往前走去的時候，矗立着濕淋淋的叢樹底軀幹，髣髴水中的植物，）——他們同到墓地去告別。在新近塡平的墓穴四周的石欄上，三個人一齊跪着。他們靜靜地流着眼淚；奧里維打着呃；耶南夫人絕望地擤着鼻涕。她竭力自苦，固執地想着她對丈夫最後一面時所說的話。——奧里維想着坐在陽台上櫈子裏的談話。安多納德想着將來所能臨到的事情。各人心裏對這個斷送了他們、斷送了自己的可憐蟲，絲毫沒有埋怨的意思。但安多納德想道：

——啊！親愛的爸爸，我們將如何受苦！

霧慢慢地黯澹，潮氣浸透了他們。耶南夫人流連不忍去。安多納德看見奧里維打了一個寒噤，便和母親說：

——媽媽，我冷。

他們站起身來。在將要離開的時候，耶南夫人最後一次回過頭來，對着墳墓說：

——我可憐的朋友！

他們在夜色中走出墓園。安多納德牽着奧里維冰冷的手。

他們回到老屋。如今是在老巢裏的最後一夜了，他們一向睡在這裏，他們的和祖先底生活都在此度過，——這些牆壁，這座屋子，這一小方土地，和家庭所有的歡樂與痛苦息息相通，以致它們也似乎成爲家庭底一分子，他們生命中的一部分了，人們只有在死的時候纔離開它們。

行李已經摒擋就緒。他們要搭明天早上第一班車，在鄰居底店舖尚未開門的時候動身，免得引起人家注意和惡意的議論。——他們需要緊緊地相依相偎；可是各人本能地走到各人臥房裏，逗留着，一動不動地站着也不想摘下帽子脫去外衣，撫摩着牆壁，傢具，和一切將要分別的東西，額角緊貼在玻璃上希望對這些心愛的東西多接觸一會，把這接觸保存在心頭。臨了，各人努力擺脫痛苦的自私的意念，齊集在母親房內，——這是闔家團聚的房間，底上有着深大的牀位：從前喫過晚飯沒有外客的時候，大家便在這裏會集。從前！……在他們眼裏已經顯得多麼遙遠！——他們圍着一堆微弱的火坐着，一言不發；隨後，他們跪在牀前做晚禱，很早就睡了，因爲明天在黎明之前就得起身。但他們久久不能入寐。

清早四點鐘左右，時時刻刻看着錶的耶南夫人，點着蠟燭起來了。安多納德也不曾如何入睡，聽見聲音也起身了。只有奧里維沉沉酣睡着。耶南夫人感動地望着他，不忍把他叫醒。她踮着足尖走開了，囑咐安多納德說：

——輕聲：讓可憐的孩子在此好好享受他最後的幾分鐘！

她們穿好衣服，打好包裹。屋子周圍，依舊靜悄悄地，在這秋涼的夜裏，所有的生物都貪戀着溫暖的睡眠。安多納德牙齒打戰：身心都冰凍了。

大門在寒冷的空氣中呀的一聲開了。執有鑰匙的老女僕，最後一次來伏侍她的主人。矮小肥胖，氣吁吁的，因爲臃腫而顯得顢頇，但以年齡而論是非常矯健的，她臉上包着布，鼻子通紅，眼淚汪汪的出現了。看見耶南夫人不等她來就起牀，生好了爐子，她覺得十分不安。——她進門時，奧里維醒了。他的第一個動作是重新閉上眼睛，翻了一個身又睡去了。安多納德過來輕輕地撫摩弟弟底肩頭，低聲喚道：

——奧里維，我的小乖乖，是時候了。

他嘆了一口氣，張開眼睛，看見姊姊底臉俯在他的臉上，對他淒然微笑，用手撫摩他的額角，又道：

——起來罷！

他便起牀了。

他們悄悄地走出屋子，像偸兒一般。各人手裏拏着一個包裹。老女僕走在前面，推着一輛裝載衣箱的小車。他們把所有的東西差不多全部留下，帶着幾件隨身衣服。一些可憐的紀念物得隨後由慢車運輸：那是幾冊書，幾幅肖像，古式的座鐘，它的搖擺髣髴就是他們心房底搏動……晨風峭厲，城裏一個人也沒有起來；護窗關着，街上空落落的。他們默不作聲，只有女僕在絮聒。耶南夫人努力要把最後一次見到的、使她回想起一切已往的形象，深深地印在心頭。

在車站上，她雖然很想買三等票，但由於自尊心作祟，依舊買了二等；她不能在認識她的站員前面顯露窘迫的模樣。她急急撲入一個空車廂，和孩子們躲藏起來。掩在窗帘後面，他們唯恐遇到一張熟識的臉。可是一個人也沒有出現：在他們動身時，城裏的人還不曾醒覺呢；車子是空的；只有三四個鄉下人，另外是幾條頭伸在車柵上面的牛悲鳴着。等了長久以後，機車長長地吹嘯一聲，車身在朝霧中開始蠕動了。三個流浪者揭開窗帘，面孔貼在窗上，對着小城投射最後的一眼，莪特式的塔尖在霧雰中隱約可見，山崗上鋪滿着草桿，草地上蓋着雪白的霜，冒着煙：這已經是遙遠的、夢中的景色，幾乎是非現實的了。等到車在岔道上走入另一道鐵軌，所有的景色完全消失之後，他們知道再沒被人窺視的危險，便不復拘束。耶南夫人把手帕掩着嘴巴，抽噎着。奧里維撲在母親身上，頭枕着她的膝蓋，流着淚吻她的手。安多納德坐在車廂那一頭，向着窗子，悄悄地哭着。每個人底哭泣有每個人底理由。耶南夫人和奧里維只爲了丟下的一切而哭。安多納德尤其爲未來的遭遇而哭：她埋怨自己竭力想沉浸在往事裏……——但她瞻望前途是對的：她比母親與兄弟把事情看得更眞切。他們對於巴黎存着種種的幻想。安多納德自己也料不到將來的遭遇。他們從沒來過京城。耶南夫人有一個姊妹在巴黎，嫁給一個有錢的法官；她此去就想求她幫助。此外，她更確信以孩子們所受的教育和天秉——在這一點上她像所有的母親般估計錯了，——不難在巴黎謀些體面的職業來維持生計。

一到巴黎，印象就很惡劣。在車站上，他們被行李房擁擠的人和出口處壅塞的車馬弄得狼狽不堪。天下着雨。找不到一輛馬車。他們只得跑到很遠的地方，沉重的包裹壓得手臂酸痛，使他們不得不在街中心停下，冒着被車馬壓死或汚泥濺滿一身的危險。沒有一個車夫答應他們的呼喚。臨了，他們終竟喊住一個，趕着一輛腌臢透頂的破車。把包裹遞上去的時候，一捲被褥掉在汚泥裏了。車夫和提衣箱的脚伕欺侮他們外行，敲了一筆雙倍的價錢。耶南夫人告訴車夫一個又壞又貴的旅館名字，這是內地主客下榻的地方，因爲他們的祖父在三十年前就擱過，所以他們不管如何不舒服還是永遠到這兒來寄宿。在此，他們又給敲了一筆竹槓；人家說旅館裏客滿了，把他們擠塞在一間小房裏算他們三個房間底錢。晚餐時，他們想節省一些，不到食堂去，叫了一些簡單的菜，結果是肚子挨餓而價錢一樣的貴。在到後的最初幾分鐘內，他們的幻象就消散了。在旅館裏所過的第一夜，擠在這間沒有空氣的室內，怎麼也睡不着覺，忽而熱，忽而冷，不能呼吸，走廊裏的脚聲，關門聲，電鈴聲，使他們在夜裏時時驚跳，車馬和重貨車底聲響把他們頭都脹痛了，他們對於這個自己投來而弄得迷失了的古怪的城市感到一片可怖的印象。

明天，耶南夫人奔到姊姊家裏；那是沃斯門大街上的一個華麗的寓所。她嘴裏不說，心裏却滿望人家在他們沒有找到事情之前邀請他們住到那裏。初次的接待已足使她的希望破滅。波依埃——特洛姆夫婦倆，對於這家親戚底破產大爲憤慨。尤其是女的方面唯恐人家把這件事情牽連他們，妨害丈夫底前程；如今看到這個破落的家庭還要來依附他們，更進一步的累及他們時，益發認爲卑鄙無恥了。做法官的丈夫也是一樣想法，但他是一個相當忠厚的人；如果不是被妻子監視，也許還樂於援助，可是他心裏也願意妻子如此。波依埃——特洛姆夫人用着冷冰冰的態度接待她的姊妹；耶南夫人驚駭之下，勉強按捺着傲氣，明白說出她處境的艱難和所望於波依埃家的援助。他們只做不聽見，甚至也不留他們用晚飯；只用着虛僞的禮數邀約耶南一家在週末來用餐。並且這邀請不是出之於波依埃夫人之口，還是法官自己覺得妻子底態度太難堪了，想借此緩和一下空氣：他裝做很高興的樣子，但顯然並不十分眞誠，並且很自私。——可憐的耶南母子們回到旅館裏，對於這初次的訪問簡直不敢交換一下意見。

以後的幾天他們在巴黎摸索着，想找一個住處，一層復一層的爬着，看着堆滿人體的軍營式的屋子，骯髒的樓梯，沒有陽光的房間，比起外省底大屋子來是多麼悽慘。他們越來越感到窒息了。街上，鋪子裏，飯店裏，永遠使他們這般慌亂失措，到處受人欺弄。他們想買的東西都是貴得驚人；竟可說他們有一種奇異的本領，會把他們手所觸到的東西統統變成黃金：把他們所付的價錢變成黃金。他們笨拙到不可思議的程度，毫無自衞的力量。

耶南夫人對於姊妹已不存什麽希望，但依舊在被邀請的那餐晚飯上造了許多幻象。他們心兒亂跳的準備着人家把他們像賓客而非像親戚般招待——可是他們除了這虛文俗禮的口吻以外，並沒爲這頓晚餐作什麽別的破費。孩子們見到了他們的表兄弟，年紀和他們相仿，態度可不比他們的父母更和氣。漂亮而嬌媚的女孩子，用着一副傲慢而有禮的神氣，虛僞做作的舉動，口齒不清的和他們説話，使他們大爲喪氣。男孩子顯得陪着這些窮親戚喫飯簡直是受罪；盡量裝出不高興的模樣。波依埃——特洛姆夫人僵直地坐在椅子裏，似乎在讓菜時也在教訓她的姊妹。波依埃——特洛姆先生講着廢話，避免人家談及正事。無聊的話題始終不出飯桌以外，唯恐牽涉到任何親切的與危險的題目。耶南夫人鼓足了氣，想把談話拉到她念念不忘的問題上去：波依埃——特洛姆夫人却直截了當用一句毫無意義的話把她阻斷了。於是她沒有勇氣重新開始。

飯後，她強使女兒彈一會琴，顯顯本領。小姑娘又侷促又不高興，彈得壞極了。波依埃一干人煩惱之餘，只等她奏完。波依埃夫人用着譏諷的神色抿着嘴唇，望望自己的女兒；隨後，因爲音樂老是不完，便和耶南夫人談些不相干的事情。安多納德在曲子中間完全迷失了，愕然發覺自己彈到某一段時忽又回到頭上去了，而既然沒有辦法擺脱，便戛然中止，彈了頭兩個不準確、第三個完全錯誤的和音停住了。波依埃先生喊道。

——好啊！

接着他叫人端咖啡出來。

波依埃夫人說她的女兒跟着比諾學琴。而那位『跟比諾學琴的』小姐，就接着說：

——很美，我的小乖乖……

說過以後又問安多納德在哪兒學的。

談話繼續着。客廳裏的小古董和主婦們底裝飾都談完了。耶南夫人再三想道：

——是時候了，應當說呀……

她拘攣着。正當她进足了勇氣、下了決心的時候，波依埃夫人隨便用着一種並不想表示歉意的口吻說，他們很遺憾，應當在九點半左右出門：是一個沒有法子改期的約會……耶南一家氣惱之下，立刻起身預備走了。人們裝做挽留的神氣。但一刻鐘後，有人按着門鈴：僕役通報說有客，住在下層的鄰居來了。波依埃和妻子交換了幾個眼色，和僕人匆促地喁語了一會。波依埃含糊其辭的請耶南一家到隔壁房裏去坐。（他不願給朋友們知道他有這門不名譽的親戚在家。）他把他們丢在沒有生火的室內。孩子們對着這種羞辱憤慨極了。安多納德眼中噙着淚要走。母親先還不答應：後來等得太久了，便也下了決心。他們走到甬道裏，僕役去通知了波依埃，趕出來用幾句俗濫的客套表示歉意，假裝要挽留他們，但舉動之間顯然巴不得他們快走。他幫他們拿大衣，笑容可掬的，忙着握手，低聲說些好話，把他們連推帶送的送出門外。——回到旅館裏，孩子們氣得哭了。安多納德跺着脚，發誓永遠不插足到這些人底家裏去的了。

耶南夫人在植物園附近租了一個四層樓上的寓所。臥房臨着一個黝暗的天井，四面是斑駁的高墻；餐室與客廳——（因爲耶南夫人定要有一個客廳）——臨着一條嘈雜的街。整天有蒸汽街車和往伊佛萊公墓去的柩車走過。衣衫襤褸的意大利人，雜着一羣野孩子，在路旁橈子上閒坐，或劇烈爭吵。爲了這些喧鬧的聲音，不得不關上窗子；傍晚當你從外邊回來的時候，必得要在匆忙而發臭的人堆裏擠攘，穿過一些擁塞的街道，踏着泥濘的地，從開設在鄰屋下層的氣味難聞的酒店門前走過，門口還站着些高大渴睡的姑娘，黃黃的頭髮，塗得石膏般又白又膩，用着下流的目光釘視路人。

耶南家所有的些少金錢很快地消耗下去。每天晚上，他們憂急地發覺錢袋底空隙越來越大。他們試着撙節；但他們根本不會：撙節是一種學問，倘使你不是自幼習慣的話，就得用多少年代的經歷去學來。天生不知儉省的人而勉強求儉省，不過是白費時間：祇要遇到一個化錢的新機會，他們就讓步了；心裏老是想『等下一次再省罷；』而要是偶然賺了或自以爲賺了一些小錢的時候，又馬上把這筆盈餘化去，結果是化費的總數比賺來的超過十倍。

幾星期之後，耶南家底財源告竭了。耶南夫人不得不把僅存的一些自尊心放棄，瞞着孩子去向波依埃借錢。她想法和他在公事房裏單獨會見，求他在他們未能覓得一個位置來維持生計之前，借一筆小款子給他們。軟心而還有相當人性的波依埃，以延宕時日的方法來推諉一番之後，終於讓步了。在一個感情衝動、心不由主的時間，他借給她二百法郎；過後他却立刻後悔，——尤其當他告訴了波依埃夫人，而她對於丈夫底儒弱和姊妹底手段大爲氣惱的時候。

母子三人天天在巴黎城中奔跑，想謀一個位置。耶南夫人懷着內地富有的布爾喬亞底成見，爲她和她的兒女除了一般人稱爲『自由的』職業——無疑是因爲這種職業可以令人餓死之故——之外，任何旁的職業都不願接受。她甚至不肯答應女兒到一個家庭裏去當教師。在她心目中，只有衙門裏的事情，在政府機關裏的服務，纔不失體面。要希望奧里維當教員，先得設法完成他的教育。至於安多納德，耶南夫人很想弄她到一所學校裏去教課，或是進國立音樂院考一個鋼琴獎。但她所探問的學校都擠滿着教員，具備着比只有初級文憑的她的可憐的女兒高明得多的資格；講到音樂，那麽得承認安多納德底天才是最平庸的，多少比她優秀的人都還沒有法子出頭。他們發見巴黎使大大小小的才具爲了生活作着可怖的鬥爭，無益的消耗。

兩個孩子垂頭喪氣，竟至過度輕視自己的價值，自以爲庸劣極了；他們竭力教自己相信這一點還要在母親前面證明。奧里維在外省中學內不會費多大氣力已是數一數二的角色，在此却被這些悲苦的經歷困惑了，髣髴喪失了他所有的天賦。人家送他進一所中學當免費生，但他初期的成績簡直惡劣到被學校取銷了免費。他自以爲愚蠢無比。同時他又厭惡巴黎，厭惡這些擾攘的人物，下流無恥的同學卑鄙的談話，以及某些同伴向他所作的種種可恥的建議。他甚至沒有勇氣對他們說出他輕蔑的心思。只要想到他們的墮落，他就覺得自已被汚辱了。他唯有虔熱烈的祈禱得到一些安慰，那是他和母親與姊姊每晚舉行的，——他們奔波了一天，所遭遇的失望與白眼，對於他們無邪的心簡直是一種汚點，彼此連談都不敢談起。但和巴黎那種潛伏着的無神主義的空氣接觸之下。奧里維底信心於不知不覺中開始枯竭了，髣髴新刷的石灰淋着雨在墻上落下。他繼續信仰；但上帝已經在他周圍死了。

他的母親與姊姊繼續勞而無功的奔走。耶南夫人又去探望波依埃，他們爲擺脫她起計，就說有兩個位置：一是預備把耶南夫人介紹到一個往南方過冬的老太太身邊當伴讀，一是想介紹安多納德到一個終年住在鄉間的法國西部人家當家庭教師。報酬都不差；但耶南夫人拒絕了。除了她自已去伏侍人家感到屈辱以外，她所更難忍受的是她的女兒也要逼上這條路，並且和她分離。不管他們如何不幸，而且正因爲不幸，他們要苦守在一處。——波依埃夫人把這件事情認爲大大不該。她說當一個人無法生活的時候，就不能再裝模作樣。耶南夫人不免責備她沒有心肝。這就惹波依埃夫人對於破產和耶南夫人欠她的錢說了一大篇難聽的話。她們決裂之下，像死冤家般分手了。一切的關係都告斷絕。耶南夫人心心念念只想把所借的款子償淸，但是不能。

徒勞的奔走繼續着。耶南夫人去訪問從前常常受耶南幫扶的本省底議員和參議員。結果是到處遇到一副忘恩負義、自私自利的面孔。衆議員對她的信置之不覆，她上門去時，回說不在家。參議員用着俗濫的同情的口吻講到她的處境，說都是『這愚蠢的耶南』一手造成的，對他的自殺說了許多難堪的話。耶南夫人爲丈夫辯護了幾句。參議員答說他知道這不是由於銀行家底欺詐，而是由於他的荒唐，說他是一個蠢材，一個笨蟲，樣樣都逞着自己的心思做去，不向任何人商量，不聽任何人警告。要是他因之而覆滅，害了自己，別人倒也無話可說：這是他活該可是，——不說連累別人，——就是把他的妻子兒女也害到這步田地，丟下他們讓他們自尋生路……這，這可祇有耶南夫人能夠寬恕他了，如果她是一個聖者的話；但他，參議員，他不是一個聖者——(s, a, i, n, t,)——而只是一個健全的人——(s, a, i, n,)——一個健全的，有理性而會思考的人，他可沒有絲毫寬恕他的理由：在這種情形中自殺實在是卑怯的行爲。我們能爲耶南辯護的唯一的理由，是他不能完全負責這一點。講到這裏，他向耶南夫人道歉，說他對她丈夫批評得未免激烈了一些：而這是因爲他和她表示同情之故：接着，他打開抽斗，拿出一張五十法郞的鈔票，——算做佈施，——被她拒絕了。

她設法在一個大機關裏謀一職位。她的手段是十分拙劣而沒有結果的。她鼓足全身勇氣纔奔走了一次；回來却精神沮喪，在幾天之內再沒力量動彈；當她再想出發時，又已太晚了。在教會方面，她亦不能獲得更多的幫助，或是因爲他們覺得無利可圖，或是因爲不願理睬一個家長從前是出名反對教會的破落家庭。耶南夫人經過了種種努力所弄到的，是在一所修道院裏教鋼琴——極其乏味而酬報極薄的差事。爲多掙一些錢起計，她在晚上替一家文件代辦所做些鈔寫工作。可是人家對她很嚴厲。她的書法和疎忽，儘管用心還是要脫落字句——(她的心想着旁的事情！)——使她受到難堪的指摘。她往往把眼睛弄到乾澀作痛，四肢酸麻的做到半夜，而她的鈔件還是要被退回。她失魂落魄的回家，整天嗚咽着，不曉得怎麼辦。長久以來，她患着心臟病，苦難的經歷愈加增劇了她的病症，使她有着種種恐怖的預感。她有時痛楚，窒息，髣髴就要死去的模樣。她出門，身畔總帶着她的姓名住址，恐防有時會倒在路上。如果她死了，又將怎樣？安多納德盡力支持她，裝出一副本來沒有的鎮靜的態度；她求母親保養身體，讓她去代替工作。但耶南夫人擺出她最後一些傲氣，執意不讓女兒去受她深感痛苦的屈辱。

她儘管做得筋疲力盡，撙節用途，也是無補：她所掙的錢不夠養活他們。他們所藏的一些首飾不得不拿去變賣。最糟的是這筆派了多少用途的錢，就在耶南夫人拿到手的當天給偷去了。老是心不在焉的可憐的婦人，因為次日是安多納德底節日，想買件小小的禮物給她，便順路走進便宜百貨公司。她把錢袋緊緊握在手裏，恐怕丟掉。在端相一件貨品時，她隨手把它往櫃台上一放；一剎那後想去拿回來，已經不見了。——這是最後一下的打擊。

不多幾天以後，正是八月底裏一個悶熱的晚上，——一股熱騰騰的水汽沉重地罩在城上，——耶南夫人把一篇緊急的鈔件送往文件代辦所回來。因為已經過了晚飯時間，又因為想節省三個銅子的街車錢而又怕孩子們掛心，趕路太急了些，弄得非常困累。走到四層樓時，她已不能開口，不能呼吸了。像這種模樣的回家是常有的；孩子們已不當作一回事了。她硬撐着和他們用餐。大家爲了炎熱喫不下東西；勉強咬了幾口肉，喝了一些淡而無味的淸水。他們都不則聲，一來沒有說話的心思，二來好讓母親休息一會，——他們眼望着窗子。

突然，耶南夫人舞動着手臂，扶着桌子，瞪視着孩子，嗚咽着，倒下去了。安多納德和奧里維趕上來剛好把她攙住。他們發瘋般叫着，哀求着：

——媽媽！我的小媽媽！

可是她不回答。他們神志錯亂像顚狂一樣。安多納德抽搐着，緊緊摟着母親，擁抱她，呼喚她。奧里維開着門大喊：

——救命！

下面的女門房爬上樓梯，看到這種情形，便到鄰近叫了醫生來。但醫生來到，只能斷定她已不救。死得這麼突兀，——還是耶南夫人底運氣；——（但她在最後幾秒鐘內看着自己死去，把孩子們孤零零的丟下，丟在苦海裏，她那時節的思想，誰又能知道呢？……）

孩子們孤單地忍受着慘禍底驚恐，孤單地哭泣着，孤單地料理着死後一切可怕的事情。門房倒是一個好女人稍稍幫他們的忙；耶南夫人教課的修道院方面，只冷冷地說了幾句惋惜話了事。

初期的絕望眞是無可形容。但救了他們的倒是這過度的絕望，使奧里維得了一場眞正的痙攣症。安多納德因此也稍稍忘記了自身的痛苦，只想着她的兄弟；而她深摯的愛居然滲透了奧里維底心，使他不致被痛苦引到那危險的境界中去。互相擁抱着，坐在陳列亡母遺骸的牀側，在守夜燈微弱的光線之下，奧里維喃喃地說應當死，兩人同死，立刻就死；他說着指指窗口。安多納德也感到這種不祥的願望但她還掙扎着；她要生存……

——活着有什麼用呢？

——爲她，安多納德說——（她指指她的母親。）——她永遠和我們在一起。想想罷……在她爲我們受了多少苦難以後，不應當使她再受一樁最苦的苦難，即是看到我們在災難中慘死……啊！（她興奮地接下去說）……而且一個人不該如是畏縮！我不願！我畢竟要反抗！我定要你有幸福的一天！

——永遠不會

——會的，你將來會幸福。我們受的苦難太多了。否極泰來；非轉變不可。你將締造你的生活，締造你的家庭，爭取幸福，我定要你如此，定要你如此！

——怎麼生活呢？我們永遠不能……

——一定可能。怎麼辦麼活到你能夠謀生的時候。一切由我負責。你瞧罷，我一定能夠。啊！如果媽媽讓我做的話，我早已能……

——你去做什麼呢？我不願你幹屈辱的事情。並且你亦不能……

——我能……用自己的工作來糊口無所謂屈辱，——只要淸白就行。別操心，我求你！你瞧罷，一切都會安排妥貼，你將幸福，我們將幸福，我的奧里維，她將因我們而快慰……

兩個孩子孤零零的護送着母親底靈櫬。他們一致同意不通知波依埃這一家在他們心中早已不存在了，母親受着他們多麼殘酷的待遇，連她的死也是他們促成的。所以當女門房問他們有無其他親族時他們就回答說：

——一個也沒有。

在沒有一些祭獻物的墓地上，他們手牽着手禱告着。他們絕望地逞着傲氣，寧願孤獨而不願見那些無情與虛僞的親戚在場。——他們徒步回家，穿過這般對於他們的喪事、他們的思想、他們的生命漠不關心而只有言語纔相同的羣衆。安多納德讓奧里維攙着她的手臂。

他們在同一座屋子裏，搬到最上層的一個極小的公寓裏去。——只有兩間緊接屋樑的臥室，一間他們作餐室用的下房，和一間壁櫥般大的廚房。在別區裏，他們或能覓得較好的住所；但在此他們覺得還和亡母在一起。女門房對他們很表同情；但不久她也關心着自己的事情，誰也不理他們了。屋子裏沒有一個房客認識他們；他們也不知住在旁邊的是誰。

由於安多納德底努力，修道院居然答應她繼承母親教琴的職位。她又鑽謀一些別的課程。她唯一的念頭是教養弟弟，直到他進高等師範爲止。她獨自決定這計劃：研究高師底課程，到處探聽，也設法徵求奧里維底意見，——意見，他是毫無的，她已爲他選擇好了。一朝進了高師，不用再愁麵包，以後的生活有了保障，他就能支配自己的前途了。必得要他到達這一步，無論用什麼代價都得活到這一步。不過是五六個辛苦的年頭罷了：一定撐持得到的。這個意念使安多納德生出一股奇特的力，把她整個身心都塡滿了。她明白看到，擺在她前面的孤獨艱苦的生活，唯有靠着『超拔兄弟，』——『使兄弟幸福，倘使她自己不能幸福！』的熱情纔能捱受！……這個十七歲已過、十八歲未到的小姑娘，輕浮的，溫柔的，被她英雄式的決心改變了：在她心中，潛藏着一股獻身的熱誠和奮鬥的傲氣，不但爲任何人意想不到，她自己也比別人更難覺察。在此女子煩悶的年齡，狂熱的春情發動時期，整個身心飽和着愛，沐浴着愛，愛，就像一條溪水般在泥土下面涓涓流着，包裹它，浸潤它，永遠和它糾纏，化爲種種形式，愛，就只想獻納於人，給人家做養料：甚麼藉口都是好的，它的無邪與深邃的肉欲，準備隨時蛻化爲犧牲。愛情使安多納德作了友愛底俘虜。

沒有如此熱情的她的弟弟，就沒有這種原動力。而且是人家獻身於他而非他獻身於人，——這當然顯得更方便更甜蜜，當你有所愛的時候。可是相反，他眼見姊姊爲他而筋疲力盡，只覺得萬分惶愧。他把這種情緒告訴她。她答道：

——啊！我可憐的孩子！……難道你不看見我就靠這個生活麼？要沒有你給我的辛苦，我還有甚麽別的生存意義？……

他很懂得。處在安多納德底地位，他也會對於這種心愛的艱難感到驕傲；但自己使人家遭受苦難！——他的傲氣與心靈便大爲痛苦了。並且，在一個像他這般懦弱的人，要負起別人強他擔負的責任，負起既然姊姊在這張牌上把他的一生下了注而非成功不可的責任，眞是何等沉重的擔子！一念及此，他就受不了，他非但不加倍的鼓起勇氣，反而有時弄得垂頭喪氣。可是她逼着他無論如何要掙扎，要工作，要生存：而這種種，倘使沒有姊姊底督促，他就辦不到。他大有甘心戰敗的傾向，——也許是自殺的傾向：——要不是姊姊底支持，強要他奮發有爲、追求幸福的話，或者他早已自殺了。他因爲自己的天性被人抑制而很苦惱；但這抑制就是他的救星。他也經歷着這個轉變的年齡，在此可怕的時期，多少青年都因聽任迷糊的意識支配而失足，爲了兩三樁蠢事而把一生都葬送掉。要是他能有耽溺於自己的思想的餘暇，恐怕他不是灰心便是放蕩，兩者之中必居其一了：每逢他反省時，總看到他病態的幻想，厭惡生活，厭惡巴黎，厭惡這些混雜腐化的千千萬萬的生靈底不潔的醞釀。但一見姊姊，這批噩夢就消散了；而既然她爲了他生活而生活着，他也就生活着了，是的，將來也就會幸福了，不由自主地會幸福了……

這樣，他們的生活就建築在禁欲主義、宗教、和高尚的志願所造成的一股熱烈的信仰上。兩個孩子所有的生命力都傾向着這唯一的目標：奧里維底成功。安多納德容忍着任何工作任何屈辱：她當着家庭教師，差不多被人看作僕役一般；她得帶領學生去散步，與女傭無異，幾小時的和他們在街上閒蕩，說是教他們學習德語。在這些精神的痛苦與肉體的疲勞上面，她對兄弟的愛，甚至她的高傲之氣——都得到一種安慰。

她拖着疲乏的身子回來，照料白天在中學裏當半膳生而只在傍晚回家的奧里維。她在煤氣灶上或酒精燈上預備晚餐。奧里維從來不覺飢餓，甚麼都沒有味道，肉類尤其使他厭惡：只能強迫他喫，或是想法替他做些心愛的菜；可憐安多納德又不是一個高明的廚娘！當她費了好大氣力做成一餐晚飯之後，悲哀地聽到他說她的烹調不堪入口。一般笨拙的青年主婦因爲不善烹飪而使她們的生活、她們的睡夢都爲之轉側難安，別人可一些不知道，——她們唯有對着爐灶頹然失望了多少次以後纔稍稍有些懂得。

晚飯以後，當她把少數的碗盞洗完了——(他要幫着她做，但她不許)——便像慈母一般照顧兄弟底工作。她教他背誦功課，看他的卷子，甚至也幫他搜羅材料可老是留神着不使這多疑的傢伙生氣。他們圍着一張獨一無二的桌子坐着，喫飯與寫字兩用的桌子。他做他的功課；她談話或者鈔寫文件。等他睡了，她替他整理衣服或做自己的工作。

雖然他們生計如此艱難，他們還是決定把所能積蓄起來的一些金錢先用來償淸母親欠波依埃家的債務。並非因爲這些人是如何凶惡的債主：他們已經無聲無臭、再也不想到這筆他們認爲完全丟掉的錢了並且用這個代價來擺脫一批累人的親戚也是他們引爲欣慰的事。可是兩個孩子底傲氣與孝心，覺得母親對他們瞧不起的人有所負欠是很難過的。他們盡量儉約；在娛樂上，衣着上，食物上，省下錢來，想積成這二百法郎，——對他們眞是一個巨大的數目。安多納德想由她一個人來熬苦。但當她的兄弟窺破了她的用意之後，怎麼也阻攔不住和她採取同樣的行動。他們辛辛苦苦擔起這個責任，當他們能夠每天積下幾個銅子時就夠快活了。

節衣縮食，一個錢一個錢的省着，三年之中居然積滿了那個數目。這眞是他們極大的喜悅……

一天晚上，安多納德跑到波依埃家去。人家對她態度很不好因爲他們以爲她又要來求助了。他們便先下手爲強，嚴厲地責備她不通消息，連母親底死耗也不報告，直到需要他們時纔來。她打斷了他們的話頭，說她並沒攪擾他們的用意：她祇是來償還她所借的錢的；說罷她把兩張鈔票放在桌上，要求給她一張收據。於是他們的態度立即改變了，假做不願收受；他們對她忽然感到一種溫情，和一個債主看見幾年前的債務人把他早已置之腦後的欠款送來時所感到的情緒一樣。他們探問她姊弟倆住在什麽地方，怎樣過活。她不回答這些問題，只向他們催索收據，說她有事在身，不克多留；冷冷地行了禮，走了。波依埃夫婦對這女孩子底無情義的舉動不禁大爲憤慨。

從這樁心事中解放出來之後，安多納德依舊過着同樣淸苦的生活，但如今是爲奧里維了。恐防他知道，她愈加瞞得緊緊地。她不穿不着，有時甚至挨飢忍餓省下錢來，用在弟弟底裝飾上，娛樂上，使他的生活有些調劑，使他能不時到音樂會去或覓到歌劇院去，——這是奧里維最心愛的。他雅不欲獨自前去；但她自會想出種種不去的藉口來減輕他的不安；她推說她太累了，不想出去，或覺說不歡喜到這些地方去。這些友愛的謊言，他明明知道；但自私心戰勝了他。他往戲院去；一到那裏，又難過起來；在全部觀劇的時間內，他的心老是爲內疚所苦；樂趣給破壞了。有一個星期日，她安排他到夏德萊音樂會去時，半小時後，他又回來了，告訴安多納德說，他走到聖·米希橋時沒有勇氣再往前進了；音樂會已不復使他感到興趣，沒有她而獨自享樂使他太難過。這眞使安多納德滿心歡喜，雖然她覺得兄弟爲她之故而失去星期日底娛樂不免有些遺憾。但奧里維並不後悔：當他回到家中，看見姊姊竭力掩藏而仍不免在臉上流露出歡容來時，覺得比聽到世界上最美的音樂還要愉快。他們面對面坐在窗邊，他手執着書，她手執着活計，但一個並不閱讀，一個也不做活，只談着些對他們毫不相干的廢話。他們從未有過這等甜蜜的星期日。他們商妥以後再不爲了音樂會而分離了：他們再不能單獨享樂。

她私自省下的錢，居然能够替奧里維租一架鋼琴，給他一個意外的驚喜；而且照着租賃的方式，過了若干年月之後，這鋼琴可以完全歸他們所有。這樣她又平添了一件沉重的擔負！按期付款的事情常常使她做惡夢；爲張羅這筆款子，她把身子都弄壞了。但這椿傻事不知爲他們增添了多少幸福！在此困苦的生涯中音樂無異他們的天堂，在他們心內佔據了一個極大的地位。他們沉浸在音樂裏，忘掉了世界上其餘的一切。但這也不是沒有危險的。音樂是現代許多強烈溶解劑中的一種。它的暖室般催眠的氣氛，或是秋天般萎靡不振的情調，往往令人感官興奮而意志銷沉。但對於像安多納德般勤勞過度、毫無樂趣的心靈，則是一種寬弛。星期日底音樂會，是照耀整個勞作的一週的唯一的光明。他們的生活，就在對過去的音樂會的懷念與對下次的音樂會的企望中消磨過去，唯有這兩三小時的光陰，纔使他們超脫了時間底洪流，生活在巴黎之外。冒着雨、雪、風、寒，長久地佇立在場外，緊緊偎倚着，但怕買不到座位；臨了，他們終於擠入戲院，坐在狹窄黝黯的位置上，在喧嘩嘈雜的人海中迷失了。他們窒息着，被人緊擠着，又熱又不舒服，幾乎要病了；——可是他們多幸福，爲自己的幸福而幸福，爲別人的幸福而幸福，爲覺得貝多芬與華葛耐偉大的心靈中所奔瀉的光、力、愛，也在自己心中浩蕩奔流而幸福，爲看到這困倦與早經憂患的蒼白的同胞臉上容光煥發而幸福。安多納德四肢無力，軟癱了，如被母親緊緊摟在懷裏時一樣！她蹲伏在甘美溫暖的巢裏；悄悄地哭了。奧里維握着她的手。沒有一個人注意他們。但在這陰暗的大廳裏，躲避在音樂翅翼下的痛苦的心靈也不止他們兩個。

宗教繼續支持着安多納德。她很虔誠，天天做着長久而熱烈的禱告，星期日參加彌撒祭，從無間斷。在她無辜擔受的患難中，她總堅信神聖之友、底博愛精神，他、和你一起受苦着，將來有一天會安慰你。除了和神明相接以外，她更和死者保持着親密的關連，在受難的辰光，總暗暗想着有他們相助。但她賦有獨立的精神，堅強的理智；她和旁的基督徒不相往來，也不大受他們重視；他們認爲她有一股邪氣，當她是一個自由思想者，或正在往這條路上去，因爲依着她善良的法國少女底性格，她不肯放棄她自由的判斷：她的信仰是爲了愛，而非爲了像下賤的牲畜般服從。

奧里維可不再信仰了。從初到巴黎的幾個月起，他的信仰就開始崩潰，終於完全解體了事。他因之大爲痛苦，因爲他既不够堅強，也不夠庸劣，不能沒有信仰：所以他經歷着好幾次劇烈的苦悶。可是他依舊保持着富有神祕色彩的心；雖然變得毫無信仰，和他最接近的究竟還是他姊姊底思想。他們倆全都生活在宗教氣氛裏，當他們在黃昏時回家，分離了整整一天之後，狹小的寓所對他們不啻大海中的港埠，安全的托庇所，雖然貧窮寒冷，却純潔無比。在此，他們覺得與巴黎腐敗的思想離得多遠！……

他們不大談及白天所做的事情：因爲一個人筋疲力盡的回來，再沒心思把艱苦地度過的一天重溫一遍。他們本能地想努力忘掉。尤其在剛回家後的時期內，當他們一起用晚餐時，他們竭力避免互相詢問。他們以目示意，表示互祝晚安；有時從晚飯開始到終了，一句話也不說。安多納德望着她的弟弟對菜盤出神，像他小時候一樣。她溫柔地撫摩他的手，微笑着說：

——喂，拿出勇氣來！

他也微微一笑，重新喫些東西。直到晚餐完畢，兩人都不想開口。他們只顧守着緘默……後來，當他們休息够了，彼此被愛滲透了，白天汚辱的痕跡拭去了以後，他們的舌頭纔稍稍鬆解了些。奥里維坐上鋼琴。安多納德已經革除了彈琴底習慣，爲的讓他獨自享用：因爲這是他唯一的消遣；而他亦全神貫注在這裏面。他很有音樂天賦：依他女性的氣質，不適宜於行動而更適宜於愛的性格，很能和他所奏的音樂家底思想融成一片，把最微妙的區別都忠實地熱烈地表現出來，——至少在他柔弱的手臂和呼吸所容許的範圍以內，因爲像德利斯當或貝多芬後期的朔拿大那樣需要巨人般的精力對付的東西，就非他所能勝任的了。所以他更愛逃遁於莫扎爾德與葛呂克底作品裏面，而這也是他最歡喜的音樂。

有時她亦唱歌，但唱的是很簡單的歌和古老的調子。她生有又沉着又清脆的中音歌喉。羞怯的性情使她不敢在任何人面前唱，即對奧里維亦不能放膽，亦不免喉嚨梗塞。她最歡喜貝多芬採取蘇格蘭歌辭譜成的一個曲子，叫做：忠實的瓊尼：那是多麼幽靜，幽靜，骨子裏又是多麼溫柔的作品！……眞像她的爲人。奧里維聽了總禁不住要感動至於流涕。

她更愛聽兄弟彈奏。急急的料理雜務，打開着廚房的門，好細聽奧里維底琴聲；但儘管她如何小心，他總要抱怨她安放碗盞的聲響。於是她關上門；等到一切收拾完後，纔來坐在一條矮櫈上，遠離着鋼琴，——（因爲他不許在演奏時有人坐在近旁）——靠近壁爐架；在此，她像一頭小貓那樣，弓着背，眼睛凝視着爐內金黃的火舌靜靜地在炭團上吞吐，她對着過去的形象朦朧出神了。九點敲了，她得鼓着勇氣提醒奧里維，告訴他時間已到。要使他從幻夢之中回復過來，要使她自己脫離那縹渺的夢境，都不是容易的事情。但奧里維還有工作，且又不宜睡得太晚。他並不立即聽從；音樂完了以後，他需要經過相當的時間纔能開始工作。他的思想在到處飄浮。往往九點半過了他還沒有驅散雲霧。安多納德坐在桌子對面埋頭做着活計，明知他甚麽也沒有做；但她不敢多望他，恐防監督的神氣使他不耐煩。

他正當青春的轉變時期，——幸福的時期，——愛在閒蕩中消磨日子。額角底線條很純粹，眼睛像少女底一樣，放蕩的，天眞的，時常有一個黑圈，一張闊大的嘴巴，虛脹的嘴唇，掛着一副帶有譏諷意味的、含糊的、飄忽的、頑皮的笑容；過於濃密的頭髮，一直垂到眼前，在腦後，則像髮髻一般垂在頸上，常有一綹高聳在空中；——一條鬆弛的領帶掛在頸中——（姊姊天天早上替他打得好好的；）——一件外衣上面的鈕子姊姊縫了幾遭也留不住；一雙大手，腕部底骨節嶙嶙外突。一副狡猾的、渴睡的，愛逸樂的神氣；他迷迷糊糊的老是呆望着天空。眼睛骨碌碌的在安多納德房中一樣樣的看過來；——（工作的檯子是放在她房裏的；）——看看小鐵牀和上面掛着象牙製的小十字架，——看看父親母親底肖像，——看看一張攝着內地小城裏鐘樓河港的照片。等到這雙眼睛轉到靜靜地工作着的姊姊蒼白的臉上時，他突然對她感到無限的哀憐，對自己感到無限的憤怒：

他抖擻一下，氣惱自己的閒蕩；便埋頭做起工作，要補償那損失的時間。

逢到放假的日子，他便看書。姊弟兩人各看各的。雖然他們如是相愛，仍不能高聲同讀一書。這會使他們覺得是褻瀆的。他們認爲一册美妙的書是一種祕密，只應當在靜寂的心頭低聲咀嚼。遇到特別美的地方，他們就互相傳遞，指着那一節說：

——念罷！

於是，當一個念着的時候，另一個已經念過的睜着神采奕奕的眼睛，望着正在念的一個底表情，和他一同體味。

但他們往往對着書本不念：只顧談着閒天。越是夜深，他們越需要互相傾吐，談話底困難也越少。奧里維有着悲哀的思想；這個怯弱的傢伙永遠需要把心中的苦痛宣洩在別一個人懷裏，以便脫卸自己的重負。他受着懷疑侵蝕。安多納德得給他勇氣，使他起而自衞；這是永無窮盡的、與日俱來的自己對自己的鬬爭。奧里維說些悲苦慘惻的話；說過以後，他覺得輕鬆了：可全沒想到這些說話如今會不會壓抑他的姊姊。等到他發覺時，已經太晚了：他消耗她的勇氣，把他的疑慮灌輸到她的心裏。安多納德面上一些不露出來。生就勇敢而快活的性格，雖然她的快樂久已消失，她還在表面上勉強裝做快樂。她有時會萬念俱灰，想對於自己甘心情願的犧牲生活起而反抗。但她指斥這種思想，不願加以分析；她受着它的影響，却並不接受。祈禱是她唯一的依傍，除非當心靈枯竭的時候連祈禱都不能，——這種情形也是常有的。於是，她只有滿懷着狂亂與惶悚的心緒，靜待上帝底恩寵。這些苦悶，奧里維是從未想到的。在這種時候，安多納德借端躲開，或是幽閉在自己房裏；等煩悶時期過去以後纔重新出現；那時，她笑容可掬，中心哀傷，比以前更溫柔了，覺得剛纔的痛苦可恥。

他們的臥室是相連的。他們的牀擺在同一堵牆壁底兩面：他們可以隔牆低聲交談；當他們不能入睡的辰光，輕輕地敲着壁，說道：

——你睡熟了嗎？我睡不着啊。

他們中間的阻隔祇有這麼薄薄的一堵牆，竟可說是貞潔地睡在一牀的朋友。但由於一種本能的、深刻的貞潔觀念——一種神聖的情操，兩室之間的門在夜裏終是緊閉的；唯當奧里維患病時纔開着：這是常有的事情。

他虛弱的身體不能復原，反有每况愈下的趨向。他常常有所痛苦：不是喉頭，便是胸部，不是頭痛，就是心痛；輕微的感冒於他就能變成氣支管炎；他染着腥紅熱，幾乎不治；卽使沒有病，他也有種種重病底奇特的徵象，幸而不會發作出來：他在肺部與心部常有幾處作痛。一天，一個爲他聽診的醫生說他頗有患心囊炎或肺炎的可能；隨後去請教一個著名的專科醫生，又證實了這種疑懼。結果却太平無事。他身上的疾病實在是在神經方面；我們知道這一類的病往往會幻化出種種出人意外的形象；不安了幾天，事情便過去了。但對於安多納德，眞是多麼慘酷的磨難！多少夜的憂急不寐！她躺在牀上會突然莫名其妙地驚駭起來，夜間得時刻起牀到兄弟臥室門口去探聽他的呼吸。她以爲他要死了，她知道，這是無疑的了：她悚然驚起，合着手，緊握着，索落落地抖着，掩住嘴巴，不放自己叫出來：

——我的上帝！我的上帝！她哀求道，不要把他奪去啊！不，這，這，——您沒有這權利！——我求您，求您！……吠，我親愛的媽媽！救救我！救救他，救他一命呀！……

她全身緊張着。

——啊！死在半路上麼？已經做了這些，快要成功，他快要幸福的時候，他竟……了麼？不，這是不可能的，這太殘忍了；……

不久，奧里維又使她擔心別的事情。

像她一樣，他是很老實的，但意志薄弱，秉性太聰明、太自由、太錯雜，對於明知是不正當的事情，不免有些心搖意亂，抱着懷疑而寬容的態度，受着快樂底誘惑。以安多納德底純潔，一向不知道兄弟底心理變化。有一天，她纔突然發覺了。

奧里維以爲她不在家。往常，這時間她是在外邊教課的；這一日正要出門的辰光接到了學生來信，請她今天不要去。她私心很快慰，雖然她貧乏的資源又短少了幾個法郎底收入；但她困累已極，便躺在牀上，體味着這於心無愧的休息。奧里維從學校歸來；有一個同學陪着他，在隔壁房中談話。人們可以聽到他們所說的一切：因爲他們以爲沒有旁人，便毫無忌憚的講着。安多納德聽着兄弟快樂的聲音，微笑着。但一忽兒後，她忽然斂住笑容，血流停頓了。他們放縱地用下流的口吻，津津有味的講着粗野的事情。她聽見奧里維，她的小奧里維，笑着；從她認爲無邪的嘴裏，說出許多淫猥的言語，使她氣得冰冷。一陣劇烈的痛楚直刺她的心窩。這些說話繼續了長久，彎擠他們樂而忘倦的樣子，而她亦禁不住要聽着。臨了，他們出去了；屋裏只留下安多納德一人。她哭了：在她心中，有些東西死去了；她理想中的兄弟底形象，——她的小乖乖底形象，——給汚辱了：這眞是致命的痛苦。但當他們晚上相見時，她一字不提。他看出她哭過了，不知爲何。他也不懂爲何她對他改變了態度。她過了相當的時間纔恢復常態。

但他給姊姊最痛苦的打擊，是他有一次的終夜不歸。她整夜的等着他。她不但在純潔的道德觀念上感到痛苦，亦且在她心靈最神祕的處所感到痛苦，——在這些幽密的地方，頗有可怖的情操活動着，那是她平日竭力遮掩而不讓自己看到的。

至於奧里維方面，這件事情底意義，尤其在於爭取他獨立的人格。他早上回來，一切都準備好了，要是姊姊對他有半句埋怨的話，他定將不客氣地回答她。他躡着足尖溜進屋來，恐怕把她驚醒。但當他看見她立着，等着他，臉色蒼白，眼睛紅腫，顯然是哭過的樣子，當他看見她非但不埋怨他，反而不聲不響的照料他的事情，端整早點，預備他喫了上學，當他看見她一言不發，只顯得萬分頹喪的樣子，她所有的舉止態度就是一場責備的時候，他支持不住了：他撲在她膝下，把頭藏在她的裙子裏；姊弟倆一齊哭了出來。他羞愧萬分，對着在外邊所過的一夜深表厭惡，覺得自己墮落了。他想開口：她却用手按住他的嘴巴；他便吻她的手。他們甚麼話也不說，彼此瞭解了。奧里維暗暗發誓要成爲姊姊所希望的人物。但安多納德不能把她的傷痕立即忘掉：她彷彿一個大病初愈的人，還得相當的時日方能復原。他們中間有一些不自然的痕跡。她的愛固然依舊熱烈；但她如今在兄弟心中看到有些不能親近而可怕的成分。

奧里維底變化所以使她格外驚駭的緣故，因爲同時她還受着某些男人追逐。當她在傍晚時分回家，尤其當她不得不在晚飯後去領取或送回抄寫工作時，常常被人緊緊跟隨，聽到粗野的游說，使她痛苦到難以忍受，只要能夠帶着兄弟同走，她就借着強迫他散步的藉口而把他帶着；但他不大願意，她亦不敢堅持；她不願妨害他的工作。她的貞潔而內地式的心靈不慣這些風俗。夜晚的巴黎，於她無異一座森林，有許多妖魔般的野獸侵襲她，使她想到要從自己的窠裏出去時就害怕。但又不得不出去。她久久踟躕，不知如何是好，老是因之痛苦。而當她想到他的小奧里維也將成爲——或已成爲——這些追逐她的人中的一個時，她回到家裏簡直沒有勇氣伸出手來和他道晚安。她對他這種的反感是他想像不到的……

她並不很美，却有一股極大的魅力引人注意，雖然她絲毫沒有勾引的動作。穿裝很樸素，差不多老戴着孝，身材不甚高大，很窈窕，神情細膩，不大做聲，默默地穿過人羣，躲避着人家底注意，但她那副困倦而溫和的眼睛和那張小小的純潔的嘴巴，自有一種深刻動人的表情令人注意。有時她發覺自己討人歡喜：不禁有些惶愧——心裏究竟也很高興……在一顆平靜的心中，感到別人底好意之後而不知不覺的發生多少貞潔的賣弄的情緒，誰又能指點出來？那唯有在一些笨拙的動作、一道羞怯的閃避的目光上傳達出來；而這又是多好玩多動人的表現。惶亂的心情益發增加了她的魅力。人家底欲念被她挑動了；既然她是一個貧窮的沒人保護的少女，別人也就毫無顧忌的對她說了。

她有時到一般富有的依色拉人集會的拿端夫婦家去，那是她在教書的一個人家——拿端底朋友——認識的；卽以她那種孤僻獷野的性格，也不免去參加了兩三次夜會。亞爾弗萊·拿端先生是巴黎一個名教授，名學者，同時又是交際家，熔學問與浮華於一爐的人，在猶太社會中常見的人物。至於拿端夫人，那麼，眞實的好意與極度的浮華在她心中恰恰佔有相等的地位。兩人對於安多納德都表示一種親熱的、眞摯的、有些間歇性的好意。——安多納德在猶太人中倒比在基督徒中獲得更多的同情。固然他們有很多缺點；但他們有一樁極大的德性：他們是活潑潑地生活着的，富於人情的；只要是富於人情的、活潑潑地生活着的人，他們無不表示關切。卽使在他們缺乏一股眞正的熱烈的同情時，也有一種歷久不衰的好奇心，使他們肯探訪一般較有價値的心靈與思想，卽使對那些和他們的絕然不同的也是如此。他們並非一般地能盡多少力量來幫助別人：因爲他們同時需要關切的事情太多，而且嘴裏儘管自稱爲灑脫，實在比誰都更留戀世俗的虛榮。但至少，他們總做了些事情，而在麻木不仁的現代社會裏，這就算很好了。他們可說是這個社會裏行動底酵母，生命底原動力。——安多納德在基督徒中受盡了冷淡之後，對於拿端家底關切，不管如何浮活，也感到很大的價值。拿端夫人窺到安多納德篤於友愛的生活，感到她生理的與精神的魅力；便儼然以她的保護人自命。她沒有兒女但很喜歡青年人，常在家中招待他們；她堅請安多納德去參加，要她放棄她的孤獨生活，尋些消遣。她不難猜到安多納德底孤僻，一部分是由於處境艱難，便把美麗的衣飾送給她，高傲的安多納德卻辭謝了；但這位懇切的保護人，自有方法強迫她在那些投合無邪的女性底虛榮心的小禮物中接受一部分。安多納德又感激又惶愧。每隔許多時候，她勉強去參加一次拿端夫人家底夜會；因爲年輕，她終究感得多少愉快。

但在這青年人極多而有些混雜的場所，拿端夫人所提拔的貧寒而美麗的小姑娘，立刻成爲兩三個油滑少年底目的物，用着十拿九穩的心思選中了她。他們預先覷破了弱點，想利用她的羞怯來進攻。他們中間甚至把她來賭東道。

有一天，她收到幾封匿名信，——更準確地說是冒用一個高貴的假名的信——對她表示欽慕愛戀的心思，措辭很迫切，把約會都定下了；不久，很快的又來了幾封更放肆的信，含有威脅的意思，隨後又來了咀咒謾駡，肆口誣蔑的信，把她赤裸裸的描寫着，恣意形容她身體上的某些部分，表示他們那種下賤的傾慕想利用安多納德底天真，以公然侮辱恐嚇她，要是她在指定的約會上不到的話。她因爲招惹了這些是非，痛苦得哭了；這些侮辱，把她對於身體和心靈的驕傲傷害了。她不知如何擺脫。她又不願告訴兄弟：她知道他將大感痛苦，並且把事情看得過於嚴重。此外她也沒有朋友。向警察署去告發吧？她又不願，恐怕會鬧得家喻戶曉。然而這終得結束纔行。她覺得單是緘默保衞不了自己，那個追逐她的壞蛋決不肯就此甘休，不到他發見危險的時候是不會罷手的。

隨後又來了一封哀的曼敦式的信，要她次日到盧森堡美術館相會。她去了。——絞盡腦汁想過之後，她確信這個磨難她的男人一定是在拿端夫人家遇見的。有一封信裏隱隱約約提到的事情就是在那邊發生的。於是她要求拿端夫人幫她一次忙，坐着車子陪她到美術館。在車內等她一會。到時，她進去了。在指定的圖畫前面，那個登徒子得意揚揚地走過來，裝着慇懃的樣子和她談話。她靜靜地瞪着他。他講完之後，涎着臉問她爲何這樣目不轉睛的望着他。她答道：

——我瞧着一個卑怯的漢子。

這區區並不使他出驚，反開始裝做親狎的神氣。她又道：

——您想用一樁醜史來威嚇我。我現在就來給您造成這個醜史的機會。您要不要？

她氣吁吁的，大聲講着，顯出預備引人注意的模樣。有人望着他們了。他覺得什麼都嚇不倒她時，便放低聲音。她最後一次又叫了一聲：

——您是一個卑怯的漢子！

說罷，轉身走了。

他不願露出戰敗的神氣，跟踪着她走出美術館。她一直望等着的車子走去，突然打開車門；跟在她背後的男子劈面撞見了拿端夫人，聽見喊着他的姓氏招呼他，慌得他滿面羞慚，立刻溜走了。

安多納德不得不把事情講給這位女伴聽。但她抱着無可奈何的心思，祇講了個大概。把她貞操觀念受着傷害的痛苦述給一個外人聽，是她極不願意的事。拿端夫人埋怨她不曾早通知她。安多納德要求她對誰都不要說。事情至此就算完了；拿端夫人也毋須把那壞蛋趕出大門：從此他就不曾敢去。

差不多在同時，安多納德另外有一件性質完全不同的傷心事。

有一個很誠實的男子，年紀約摸四十上下，在遠東當領事，回國來過着幾個月的假期，在拿端家遇到安多納德，愛上了她。那次的會見是拿端夫人瞞着安多納德預先安排好的，因爲她一心要作主這位青年女友底婚事。他是猶太人，生得並不美；有些禿頂，有些傴背；但有一副仁慈的眼睛，親切的態度，和一顆因爲受過痛苦而知道同情他人的心。安多納德此時已非復當年的傳奇式的少女，非復嬌生慣養的孩子，把人生幻想做美妙的日子和情人散步那回事了；如今她把它看做一場艱苦的鬭爭，天天得來過一次，永遠不能休息一下，否則就有在一剎那間把年復一年、一寸一尺地苦苦掙來的地盤失去的危險；所以她想，倘能在一個朋友底懷抱裏倚傍一會，共嘗甘苦，在他守望的時間能稍稍閉一會眼睛，一定是非常甘美的。她知道這是一個夢；但她還沒有勇氣完全摒棄這個夢。她心裏很明白，在她的環境中，一個沒有奩資的姑娘是毫無希望的。法國老式的中產階級在婚姻中看重金錢是世界聞名的。以猶太人底貪婪，也不及他們的卑鄙。在猶太民族中，有錢的青年娶一個貧寒的少女，或有錢的少女熱烈追求一個聰明的男子底例子是不少的。但在法國中產社會裏，不論是基督教徒，是內地人士，眼中就祇有金錢二字。而那些可憐蟲又做些什麽呢？他們只有些平庸的需要：只知道喫喝，打呼欠，睡覺，——節省。安多納德認識這般人，從小就已見慣。她曾戴了富貴的眼鏡見過他們，也曾戴了貧窮的眼鏡見過他們。她對他們已不復有何幻象了。因此，那位男子向她求婚的舉動使她感到意外的欣喜。她先並不愛他，後來却慢慢地對他生出一種感激的心思和溫柔的情意。倘使不是要跟他到遠方去，丟下她的弟弟的話，她早就應允的了。此刻，她可表示謝絕；那位朋友，雖懂得她理由正當，用意高尚；仍不能原諒她：愛底自私簡直要人家把連他在愛人身上最崇拜的德性都爲他犧牲。他便不再見她；動身之後也不再跟她通信；音訊杳然的過了五六個月，——忽然有一天寄給她一張喜柬，告訴她，他已經娶了另外一個女子。

這於安多納德是一樁極傷心的事。在多少悲苦之外再受一次悲苦，她唯有把她的悲苦獻給上帝；她強使自己相信，因爲她把她唯一的任務，把她獻身給兄弟的責任忘記了一刻，故而應當受此懲罰。爲補贖前愆計，她便一心一意的照顧兄弟。

她完全退出了社會。她不復到拿端家去；從她謝絕了他們介紹的婚事以後，他們就對她冷淡：

他們也不承認她的理由。拿端夫人早就聲言這椿婚姻一定成功而且圓滿，此刻因安多納德之故而不能實現未免損害了她的自尊心，使她氣惱，她認為安多納德底顧慮當然是對的，但感傷色彩太濃厚；所以一轉眼間，她對這小妮子就不關心了。她的不問人家同意與否的施惠於人的需要，又找到了另一個被保護者暫時作為她的對象，來宣洩她全部的關切與照拂的情懷。

奧里維全不知在姊氏心中所經過的痛苦的歷史。他是一個感傷的、輕浮的少年，成天在幻想中過活。雖然他有活潑可愛的精神，和安多納德一樣溫柔的心腸，但要在什麼事情上依靠他是全無把握的。他可以幾個月的浪費精力於矛盾、失望、閒蕩、以及幻想的愛情方面。他常常戀念一些俊俏的臉龐，在一個客廳和他談過一次而絕未注意及他的風騷的女郎。他念念不忘的想着讀過的一段文字，一首詩，一闋音樂；他可以丟掉了功課，幾個月的耽溺下去。非時刻監督他不可，而且還得留神不使他覺察，免得惹他氣惱。永遠要防他發脾氣。那時，他會狂熱地興奮起來，失掉了均衡，暴躁地發抖，好似害肺病的人所常有的現象。醫生並不把這種危險瞞住安多納德。這株本來就是病弱的植物，從內地移植到巴黎之後，極需要清新的空氣與美好的陽光。這，安多納德可不能供給他。他們沒有足夠的錢可在假期中離開巴黎。至於假期以外的歲月，兩人老是有工作在身；到了星期日，他們又已困倦不堪，除赴音樂會外更無出去的心思。

可是在夏天，有些星期日，安多納德還是勉強打起精神拉奧里維到郊外森林中去散步。但林中滿是一對對粗聲大氣的夫婦，咖啡音樂館底歌曲，油膩的紙張：這決非那種使精神休息而淨化的清幽的境界。晚上回來時，坐在悶人的、低矮的、狹窄的、黝黯的郊外火車裏，滿是笑聲，歌聲，猥褻的談話，難聞的氣息，煙草底味道。安多納德與奧里維都是看不慣平民生活的人，回到家裏只覺得厭惡與喪氣。奧里維要求安多納德以後再勿作這種散步；安多納德也沒有這種心思了。但過了多少時候，她還是要去，以爲這對於兄弟底健康是必需的，雖然她自己比奧里維更憎惡這散步。這些新的嘗試也不比從前的更愉快；奧里維便狠狠地埋怨她。於是他們幽閉在窒息的城裏，在牢獄式的庭院中，渴望着田野。

中學底最後一年到了。學期終了便是高等師範底入學考試。這也來得正是時候了。安多納德困憊已極。她認爲成功是沒有問題的：兄弟一定會考上。在中學裏，大家當他是最優秀的投考者之一；所有的教員一致讚美他的功課和聰明，唯一的缺點是桀驁不馴的精神使他對任何計劃難於遵循。但壓在奧里維肩上的責任使他心慌意亂，考期一天天的逼近，他就一天天的喪失他的能力。極度的疲勞，落第底恐懼，病態的膽怯，預先弄得他像癱瘓一樣。想着要當着大衆在許多考試員前露面，他就心驚膽戰。他永遠爲羞怯所苦：在教室裏，輪到他開口時，他便臉紅耳赤，喉嚨梗塞；在初時，人家喚到他的名字而能夠答應一聲已經算很好了。倘使在無意中詢問他，他倒還容易回答；但若他預先知道要被考問時，便着了慌；老是胡思亂想的腦子，把將要臨到的情形連細枝小節都想像到了；而且越等得久，越苦惱。竟可說他沒有一次考試不是至少考過兩次的：因爲在考試以前的幾天夜裏，他在夢中先已受試，把他的精力消耗了：臨到眞正考試時，他反沒有充分的力量應付。

然而他還到不了那使他在夜間冷汗直流的可怕的口試。（按法國考試通例，凡筆試不及格者即落第，無復參加口試之資格。）在筆試的時候，對於一個在平時很能激動他的哲學問題，六小時內他竟寫不上兩頁。在最初幾點鐘內，他腦子裏空空如也，一些思想都沒有。彷彿一堵漆黑的牆。到最後一小時，這堵牆溶解了，罅隙裏漏出幾道光來。他這纔寫了美妙的幾行，可還不够把他評定等第。以他這種狼狽不堪的情形，安多納德預料他的落第是終於不免的了，於是她亦和他一樣的喪氣，但面上不表露出來。並且她卽在絕望的境地中也會抱着無窮的希望。

奧里維落選了。

他萬分懊喪。安多納德佯作微笑，似乎認爲並不嚴重；但她嘴唇顫抖着。她安慰弟弟，說這是容易補救的厄運，下年定會在較高的名次上考取。她可沒有和他說，爲了她，他這一年實在應該考上，她身心交困，只恐不能照樣繼續一年了。但她不得不繼續。要是她在奧里維不曾考取以前就死掉，恐怕他永沒有獨自奮鬬下去的勇氣，而勢必要被人生吞噬。

因此她隱瞞着自己的勞瘁，加倍努力。她流着血汗使他在假期中能有若干娛樂，在開學後可以更大的毅力繼續用功。但到開學底辰光，她小小的積蓄告罄了，又失去她主要收入的幾處教職。

還要一年！……兩個孩子爲了這最後的磨鍊把自己弄得筋疲力盡。第一，先得生活，尋謀別的糊口之計。安多納德接受了拿端他們介紹的德國底一個教席。這是她的最後一着：但眼前沒有別的差事，又不能久待。六年以來，她和兄弟從沒離開過一天；如今不看見他不聽見他之後的她的生活，她簡直難以想像。奧里維想到這裏也不免心驚肉跳；但他什麼話都不敢說：這椿苦難是他的過失造成的；要是他考取了，安多納德決不致到此田地；所以他沒有反對的權利，沒有提出他個人的悲戚作爲問題的權利；一切都得由她一個人決定。

他們最後幾天的日子，在沉默的痛苦中度過，髣髴兩人之中有一個將要死了的模樣：當他們太苦惱時，彼此躲藏起來。安多納德在奧里維底眼光中徵求意見。假若他對她說：

——不要走！

她就可以不走，雖然是應當走。直至最後一刻，在載着他們往東車站去的馬車裏，她還準備放棄這次遠行：她覺得沒有力氣動身了。祇要他一句話，一句話！……但他不說出來。他像她一樣全身僵直。——她要他答應天天寫信給她，甚麼都不要隱瞞，只要有些少不安的事情，立刻喚她回來。

她動身了。當奧里維心兒冰冷的走進他如今變了寄宿生的中學宿舍時，火車載着痛苦的戰戰兢兢的安多納德遠去了。夜裏睜着眼睛，他們倆都覺得一分鐘一分鐘的越離越遠；他們彼此在低聲呼喚。

安多納德對着將要投身進去的社會存着恐懼的心思。六年以來，她大大地改變了。從前多麼大膽、甚麼都嚇不倒的她，如今養成了靜默孤獨的習慣，反以脫離孤獨生活爲苦了。嘻嘻哈哈、絮聒不休的安多納德，隨着過去幸福的歲月而俱逝。憂患使她變得孤僻。無疑的，因爲和奧里維一起，她終於感染到他畏怯的性情。除掉對兄弟以外，她就不大會說話。一切使她駭怕，即是見客也要心慌，所以當她想到要去住在陌生人家，和他們談話，老是站在人前的時候，她覺神經抽搐的難過起來。可憐的小姑娘，並不比她的兄弟更愛教書生涯：她雖用心盡職，但並不相信自己的任務有何功績可以自慰。她生來是爲愛人而非教育人的。可是她的愛，從沒有誰留意過。

在德國這個新的職位上，比任何地方都更用不到她的愛。她在葛羅納蓬家擔任教孩子們讀法文，主人對她毫無關切的表示。他們傲慢而又親狎，冷淡而又愛管閒事；因爲出了相當豐厚的酬報，他們便擺出一副恩主面孔，認爲對她是可以爲所欲爲的。他們當安多納德不過是一個稍爲高級的僕人，不讓她有半點自由。她甚至沒有私人的臥室：只睡在一個和兒童臥室相連的小間內，夜裏門也不能關上。她從沒有孤獨的時間。人家不尊重她孑身獨處的需要，——不尊重人人具有的內心淸靜底權利。她所有的快樂就祇在精神上和兄弟在一起、和他談話這一點上；只消有片刻的自由，她便儘量利用。可是人家還要和她爭這片刻的時間。她纔提筆，人家就在她周圍、她房內窺探，問她寫什麽。當她讀信的辰光，人家又問她信裏寫些什麽；用一種親狎與揶揄的神氣，打聽「小兄弟」底事情。於是她只得藏躱。要知道她有時得運用何種手段，躱在何等樣的屋角裏去偸偸讀着奧里維底信，眞是說出來也教人臉紅。如果她把一封信隨便放在房內，毫無疑問會被人偸看了的；既然她除了衣箱之外別無一件可以關鎖的東西，她便不得不把所有不願給人看到的紙張帶在身上：人家老是搜索着她的物件和她的心，竭力想發掘她思想底祕密。這並非說葛羅納篷一家關切這些事情，而是因他們認爲，既然出了錢雇用了她，她便是屬於他們所有。其實他們也並無惡意：刺探旁人底私事，在他們是一種根深蒂固的習慣；他們之間是不會因這些事情而生氣的。

安多納德可最難容忍這種間諜式的、無恥的勾當，使她一天不能有一小時逃過他們冒昧唐突的目光。她對葛羅納籛們裝着一副微帶高傲的矜持的態度，使他們大爲氣沮。不用說，他們自會找到道德高尙的理由來辯護他們唐突的好奇心，來貶責安多納德閃避他們的刺探的行爲，他們想：「對於一個住在他們家中、成爲他們家庭一分子、受着教育他們兒女的付託的少女，他們當然應該認識她的私生活：這是他們的責任所在。」——（多少主婦對於僕人們就是這種說法，她們的所謂『責任』並非在於使僕役少喫一些苦少受一些難堪，而是在於禁止他們作任何娛樂。）——『安多納德底不肯承認這種監督良心的義務，定是有什麼慚愧的事情：一個淸白的少女是什麼都不用隱藏的。』

這樣，安多納德時時刻刻受着磨折，時時刻刻提防，因之比平時顯得更冷淡更深藏。

她的弟弟每天寫給她一封十二頁的信；她也居然能每天寫一封信去，卽使是兩三行。奧里維竭力裝做勇敢的樣子，不把心中的悲苦過分流露出來。但他煩悶欲死。他的生命一向和姊姊底密切相連，如今把她分離之後，似乎他就失去了一半的生命：他不復能運用他的手足，他的思想，不復能散步，不復能彈琴，不復能工作，不復能不工作，不復能夢想，——除非夢想她。他從朝到晚埋頭在書本裏；但一些事情都做不出來：他的念頭總想着別處；他或是苦惱着，或是思念姊姊，思念着隔天的來信，眼睛釘住着座鐘，等待明天的來信；接到時，他一邊拆信一邊手指發抖，因爲他又快活又害怕。卽是情書也從不會使一個情人感情衝動到這步田地。像安多納德一樣，他也躲在一邊讀她的信；他把所有的書信帶在身上；夜裏又把最後收到的一封放在枕下；在他儘想着他親愛的姊姊而轉側不寐的辰光，常常用手去摸摸，看看它是否在老地方。他覺得和她離得多遠！遇到郵局延緩，把安多納德底信在發出後第二天送到時，他就格外難過。他們中間隔了兩天兩夜！……他把空間與時間誇大了，尤其因爲他從沒出過門。他的想像力大肆活動：「上帝！要是她病倒的話！她總該見到他一面纔死吧……爲何她只寫寥寥數行呢，昨天？……如果她病了？……是的，她是病了；……」他窒息了。——除此以外，他更怕自己遠離着她而孤零零地死去，在這些陌路人中，在這可厭的中學裏，在這淒涼的巴黎。想到後來，他眞的病了……「倘使他寫信去要她回來呢？……」但他想到這種膽怯的情形就害羞。而且當他提筆的時候，因爲能和她交談而快活極了，覺暫時遺忘了痛苦。他髣髴見到她，聽到她：他告訴她一切：他和她住在一起時，倒從沒對她說過這樣親切與熱烈的話；他稱呼她：『我的忠實的，我的勇敢的，我的至愛的好小姊姊。』這是眞正的情書。

這些書信使安多納德沐浴着溫情，這是在她的時間內唯一可呼吸的空氣。當書信不在早上預期的時間來到時，她就苦惱得什麼似的。有兩三次，葛羅納篷爲了大意或——誰知道？——爲了惡意的捉弄，直到晚上，有一次直到次日早晨纔交給她時，她竟急得發燒了。——新年那一天，兩個孩子不約而同的想了同樣的主意：他們互相出其不意的發了一通長電——（這是很費錢的）——在兩方面同時送到。——奧里維總繼續在功課方面與精神方面徵求安多納德底意見，安多納德勸告他，支持他，鼓舞他的勇氣。

其實，她自己也不見得有多大的勇氣。她在這陌生的地方感到沉悶，誰也不認識，誰也不關切她，除了一個纔來不久而和她同樣住不慣的教員底妻子。那位好心的婦人倒有相當的母性，對這兩個分離着而相愛着的孩子底痛苦很表同情——（因爲她在安多納德身上探聽到了一部分歷史；）——但她那樣的喧鬧，那樣的平庸，那樣的缺少機智，那樣的不識時務，竟把安多納德貴族式的小靈魂駭得深藏了。因爲對誰都不能吐露，她便把所有的煩慮悶在肚裏：這是一注分量不輕的擔負；有時她自以為要傾倒了；但她咬咬嘴唇，重新向前。她的健康受了影響，瘦了許多。弟弟底來信越發顯得頹喪了。在一次精神潦倒的情景中他竟寫道：

「回來罷，回來罷！……」

可是這封信剛寄出他就覺得慚愧；他又寫了一封，要求安多納德把前信毀去，把它忘懷。他甚至裝做快樂的樣子，表示不需要姊姊支持。要是在人前顯出沒有她便不能過活的話，他的陰沉的自尊心也要感到苦悶。

安多納德却並未被他瞞過；她洞燭他的思想；但她不知怎麽辦。有一天，她幾乎眞的要動身了，到站上去探問行車時刻。隨後，她又覺得這是發瘋：她在這裏所掙的錢供給着奧里維底膳宿；兩個人能撐持多久，就得撐持多久。她沒有勇氣作何決定：早上，她的勇氣重復誕生了；但隨着夜晚底來臨，她的力量消失了，想着逃遁。她思念家鄉，——思念這個對她多殘酷、但埋葬着她過去所有的遺跡的家鄉，——也思念她弟弟底語言，對她表示他的愛的語言。

這時恰巧有一個法國劇團路過這德國小城。難得上戲院的安多納德，——（她旣無餘暇，亦無嗜好，）——忽然渴想聽一聽法語，到法國去隱避一會。其餘的事情，我們從前已經講過。戲院已告客滿。她遇到了素昧平生的青年音樂家約翰・克利斯朵夫，看見她失望的神氣便邀請她到他的包廂中去：她糊裏糊塗的接受了。她和克利斯朵夫底露面引起了小城裏的蜚語；惡毒的流言立刻傳到了葛羅納篷耳中，他們本就預備相信任何對此法國少女不利的猜疑，再加在我們以前所講的情形中（原註：參閱卷五、反抗）被克利斯朵夫惹得惱羞成怒，便蠻不講理的把安多納德辭退了。

這顆貞潔而容易害羞的心，整個地被友愛佔據着，任何卑污的思念都沾染不上的靈魂，一朝懂得人家指控她的罪名時，簡直羞憤欲死。但她一些不恨克利斯朵夫。她知道他和她一樣的無辜，他雖然使她蒙受損害，動機却是想使她快樂的：所以她很感激他。她對於他的身世一無所知，只曉得他是音樂家，受着人家劇烈的抨擊；她雖不甚懂得人情世故，但賦有爲憂患磨鍊得非常銳敏的心靈底直覺，在這個舉動粗鹵、有些瘋癲的觀劇同伴身上，她辨出一種和她同樣戇直的性情，一種男性的仁慈，令人偶一回想就會覺得安慰的。人家毀謗克利斯朵夫的壞話，絕不影響她對他的信念。她自己是被害者，認定他是另一個被害者，和她一般痛苦着，而且比她更長久，既然他在此一向受着人們惡意的攻擊。何況她慣於想着別人而忘掉自己，所以想到克斯利朵夫也在受苦這一個念頭，反把她自身的悲苦消淡了一些。但她無論如何不願設法和他再見或通信！一種貞潔與高傲的本能不許她如此做。她以爲他不知道他連累她的事情；而且本着她善良的心地還祝望他永遠不要知道。

她走了。偶然又使她在離城一小時後的火車裏和從鄰城歸來的克利斯朵夫中途相遇。在並着停了幾分鐘的車廂裏，他們倆在靜寂的夜裏相見，不交一言。他們能講些甚麼呢，除了些平淡的說話以外？而這反將褻瀆他們中間渺茫地產生的相互的哀憐與神祕的同情；而這種情操，除掉他們內心的感應以外是別無根據的。在此最後的一剎那間，互不相識的兩個人呆呆望着，彼此窺到了平時和他們一起生活的人所從未窺到的內心底隱祕。一切都會過去：言語底記憶，親吻底回想，兩個情侶底偎抱；但兩顆靈魂底交接，一朝在過眼煙雲的外形中遇到了、辨識了之後，是永久不會消失的。這接觸，安多納德永永保存在她心靈深處，——須知在這慘惻的心坎裏還有一道朦朧的光明微微笑着，好似在奧爾弗（按係希臘神話中的詩人兼音樂家）底天國陰影中透露出來的光明一樣。

她重新見到了奧里維。她回來也正是時候了。他剛剛病着；這個神經質的苦悶的小傢伙，當她不在眼前時常常害怕疾病，——此刻眞的病倒時，倒又不肯寫信告訴姊姊，免得她擔憂了。他只在心裏呼喚她，祈求她，好似祈求一樁靈蹟一般。

靈蹟顯現的時候，他方睡在中學底病房裏發燒，胡思亂想。一見之下，他並不叫喊。他曾經有多少次的幻象看見她進來！……他在牀上坐起，張開着嘴，戰抖着，以爲又是一個幻象。但當她挨着他在牀上坐下把他摟着，當他偎依在她的懷中，嘴唇上感到了嬌嫩的面頰，手裏覺到了那雙在夜車內凍得冰冷的手，當他終於確知是他的姊姊，是他的小乖乖時，他便哭了。他只曉得哭：他始終像兒時一樣，還是一頭『小白燕。』他緊緊摟着她，唯恐她又要溜走。他們倆改變得多厲害！多慘澹的臉色！……不打緊！他們倆已經重新相聚：一切變得光明了：病室，學校，陰沉的天色他們倆互相摟抱着，不肯鬆手。在她什麽話也不曾說過之前，他先要她發誓不再出門。這是用不到教她答應的：不，她決不再走的了；他們分離之下太痛苦了；母親實在是有理的：無論什麽總比分離好。卽是貧困，卽是死亡也不妨，只要大家在一起。

他們急急租了一個寓所。他們很想再住那從前的屋子，不管它多醜；但已租出了。新的寓所也臨着一個天井；從墻垣上面可以望見一株小皂角樹，使他們立刻愛上了；當它是田野間的一個朋友，也和他們一樣禁錮在城市裏。奧里維很快恢復了健康，——（其實他的所謂健康，在別的更強壯的人還是一種病。）——安多納德在德國所過的那些苦悶的日子，至少掙了一筆錢；再加她翻譯的一册德文書已被某個出版家接受了，更增益了她的收入。物質的煩慮暫時祛除了；一切都可順利進行，只消奧利維在學期終了能夠考上。——但若考不上呢？

一等到他們重新過着形影不離的甜蜜生活時，考試底念頭又把他們糾纏住。他們避免談及也是徒然。固定的思念到處跟隨着他們，卽使在他們試作消遣的辰光：在音樂會裏，它會在一曲中間突然浮現；夜裏當他們醒覺的時候，它又會像窟窿一般張開來。奧里維一方面渴欲安慰姊姊，報答她爲他而犧牲了青春的恩德，一方面又害怕假使考不上時無法避免的兵役：——（那時還在考取高師的青年可以豁免兵役的時代。）——他對於在軍營裏看到的——不管看得對不對——生理方面與精神方面的男風，靈智的墮落，感到深切的厭惡。他所有貴族的與純潔的氣分都不願忍受這種義務：他竟不知是不是寧願死。這種情操，在成爲時下信仰的社會道德上看來是可笑的，甚至是可以貶斥的；但否認這種情操也是盲目的行爲！因爲這孤獨的精神受着今日慷慨而庸俗的共產主義底強奸，是最痛苦的事。

試期到了。奧里維幾乎不能進場：他病着，他害怕那焦躁煩惱，不論考取與否都得經歷的焦躁煩惱，以致他幾乎祝望自己完全病倒了。這一次筆試成績還不差。但在等待筆試榜揭曉的期間與是多麼難受。根據着世界上最守舊的大革命國家底年代悠久的習慣，考試是在七月裏——一年最酷熱的幾天中舉行的，髣髴人們故意要把已被繁重的預備工作——考試委員中恐沒有一個知道這大節目裏十分之一的功課——弄昏了的可憐蟲收拾一個乾淨似的。在喧嘩擾攘的七月十四（按係法國國慶）底次日，教不快活而需要幽靜的人受罪的快活日子過了以後，人們纔披閱作文卷子。奧里維寓所附近，廣場上擺着趕集的雜耍攤，從朝到晚，汽鎗打靶的聲音劈劈拍拍充塞着耳鼓，機關木馬嗚嗚地叫着，洋琴叮叮咚咚的響着。這種大吵大鬧繼續了八天之久。臨了，一位總統爲討好民衆起計，又特別准予延長半星期，對他當然是毫無關係的：他又聽不見！但安多納德與奧里維，被喧鬧聲弄得頭昏腦脹，不得不緊閉窗戶，關在房內，掩着耳朵，竭力想逃避這些整天從窗隙裏傳進來的聲響，結果它們還是像刀子一般直鑽到他們頭裏去，使他們痛苦難忍。

筆試及格以後，差不多立刻緊接着口試。奧里維要求安多納德不要到場旁聽。她等在門外——比他還要抖得厲害。他從不和她說他覺得自己考得滿意。他不是把他在口試中所應答的說話使她擔心，就是把他未曾應答的部分教她着急。

最後揭曉的日子到了。錄取新生的榜示張揭在巴黎大學文學院廊下。安多納德不肯讓奧里維單獨前去。離家的時候，他們暗暗想着：等到回來時他們已經分曉了，那時，他們或許還要回過頭來懸念這心懷憂懼但至少還存有希望的最後一刻。當他們望見巴黎大學時，他們覺得腿軟了。那樣勇敢的安多納德也不禁對兄弟說：

——別這麼快呀，我求你……

奧里維望着勉強裝做微笑的姊姊，回答道：

——我們在這張櫈上坐一會，好不好？

他覺不想走向目的地了。但過了一忽，她握着他的手說：

——沒有關係，我的小乖乖，走罷。

他們一時找不到那張榜。他們看了好幾張，都沒有耶南這名字。當他們終於找到了時，他們又不懂起來，看了好幾遍，不能相信。臨了，當他們確知是眞的，是他，耶南，被錄取了時，他們一句話都說不出來；他們立刻望家中奔去：她抓着他的臂膊，握着他的手腕，他靠在她身上；他們幾乎是連奔帶跑的，周圍的一切都看不見了；穿過大街時，險被車馬輾死。他們互相呼喚着：

——我的小弟弟！……我的小姊姊！……

他們爬上樓梯，進到房內，彼此投入懷抱裏。安多納德牽着奧里維，領他到父母遺像前面，靠近臥牀，在室內的一角，對他們髣髴聖地般的處所；她和他一齊跪下；幽幽地哭了。

安多納德叫了一頓豐美的夜飯。但他們肚子不餓，一口都嚥不下。那天晚上，奧里維一忽兒坐在安多納德膝下，一忽兒坐在她膝上，好比小孩子一般。他們不大說話。筋疲力盡了，連快樂的力氣都沒有九點不到，他們就睡了，睡得像鉛塊般熟。

明天，安多納德害着劇烈的頭痛，但心上卸去了這麼一注重負！至於奧里維，他覺得第一次呼了一口氣。他得救了，她把他救了，她已完成了使命；而他，也不曾辜負姊姊底期望！……——多少年來，多少年來他們第一次允許自己懶惰。直到中午，他們還睡在牀上，談着話，房門打開着；他們在一面鏡子裏彼此照見，瞧見他們快樂而疲乏得有些虛腫的臉；他們笑着，送着飛吻，重新朦朧入睡，互相望着睡去，軟癱了，除了吐幾個温柔的單字以外簡直無力說話。

安多納德從未停止一個小錢一個小錢的積聚，預備有什麼病痛時應用。她瞞着兄弟，不說出她預備給他的一個意外的欣喜。錄取底次日，她向他宣布他們將往瑞士去住一個月，作爲他們倆幾年辛苦底酬報。如今，奧里維已經有了在高師當三年公費生、出來就有差事的保障，他們可以放肆一下，動用那積蓄了。奧里維一聽這消息馬上快活得叫起來。安多納德可還要快活，——因兄弟底快活而快活，——因就可看到她相思多年的田野而快活。

旅行底準備成爲一樁大事，同時也成爲無窮的樂事。他們動身的時候已是八月中了。他們不慣出門。隔夜，奧里維就不能入睡。在火車裏的一夜，他亦不能闔眼。他整天擔心着要錯失火車。他們匆忙得異乎尋常，在站上被人擠着，擁上一間二等車廂，連枕着手臂睡覺的地位也沒有：——（這是那麼民主化的法國路局不給平民旅客享受的特權之一，爲的使有錢的旅客能有獨佔此種權利的快樂。）——奧里維一刻兒都不曾闔上眼睛：他還不能肯定有沒有誤搭火車，留神着路上所有的站名。安多納德朦朧着，時時刻刻驚醒過來；車廂底震動使她的頭搖幌不定。奧里維，在車頂上放射出來的慘澹的燈光下望着她；看見她臉色大變非常駭異。眼眶深陷；嘴巴疲乏地張開；皮色黃黃的；面頰上東一處西一處的顯着皺紋，留着居喪與失望的日子底痕跡。——實在，她是困倦極了！如果她敢，她眞想把行期展緩。但她不願使兄弟掃興；竭力教自己相信並無疾病，不過是疲乏而已，一到鄉間就會復原的。啊！她多害怕在路上病倒！……她覺得他在瞧她，便勉強驅除迷惘的神情，張開眼來，——張開這雙多年青、多澄澈、多明亮的眼睛，但有時要不由她作主的被苦悶底濁流障蔽一會，好似一陣雲翳在湖上飄過一般。他又溫柔又不安地低聲問她覺得怎樣：她握着他的手，回答說很好。一個表示愛的字眼就使她振作了。

一待紅光滿天的曙色照到蒼白的田野裏時，在陶爾與邦太里哀之間，原野底風光覺醒了，快樂的太陽——如他們一樣從巴黎底街道、塵埃堆積的房屋、油膩的煙霧中間逃出來的太陽——照臨着大地，草地打着寒噤，薄霧吐出一層乳白色的氣霧包裹着它；路上的小景緻，村裏的一座小鐘樓，眼梢裏瞥見的一泓清水，一條崗巒起伏的藍線在天際飄浮；火車停在酣睡的鄉間，陣陣的風遠遠送來一片清脆動人的鐘聲；鐵路高頭，一羣母牛站在土堆上出神，映出沉重的影子，——一切都引起安多納德姊弟底注意：一切都顯得新鮮無比，他們好似兩株枯萎的樹，飲着天上的甘露愉快極了。

清早，到了應當換車的瑞士關卡。一個小小的車站矗立在平坦的田間。大家因爲夜裏的不舒服，心頭有些作嘔，清晨潮濕的空氣令人微微打戰；但四下裏靜悄悄地，天色清明，草地底氣息直衝到你的四周，衝進你的嘴巴，流過你的舌頭，沿着你的喉嚨，像一條小溪般直瀉到你的胸中；在一張擺在露天的桌子前面，大家立着喝一杯令人振奮的熱咖啡，攙着帶酪的牛乳，甘美如蜜，還有一股野花野草底香味。

他們搭上瑞士的火車，一切新的裝置使他們像兒童般歡喜。可是安多納德多麼疲乏！她對於這個苦苦糾纏她的不舒服，說不出所以然。爲何她看到四周這些多美麗、多有趣的東西而只體味到很少的樂趣？同着兄弟作一次美妙的旅行，未來的憂患統統消滅了，賞玩着親愛的自然……這豈非她多少年來夢想的麼？現在她究竟有些甚麼呢？她埋怨自己，勉強鑒賞風景，分享兄弟天眞的歡樂。……

他們在登城停下，預備次日換車到山裏去。但在旅店裏，安多納德夜間忽然發着高度的寒熱，兼之嘔吐與頭痛。奧里維立刻慌了，焦灼地捱過了一夜。一待天明就得去請醫生：——（意外的支出，在他們微薄的資源上也不容忽視的支出。）——醫生認爲暫時沒有什麼嚴重，不過是極度的勞頓，身體虧損罷了。立即繼續旅行是不可能的了。醫生整天不許安多納德起牀；並且說他們也許要在登城多留若干時日。他們雖然難過，——但對於一樁預料中可怕的事情能夠以這些代價支付，究竟也覺滿足了。可是老遠的跑來，關在一間被太陽曬得像暖室般的臥房內，亦是痛苦的。安多納德勸兄弟去散步。他在旅店外面走了幾步看見阿爾河底綠波，遠遠的天邊，白色的山峯在雲端浮動：他快活極了；但這快樂，他不能獨自享受。他匆匆回到姊姊房中，感動地把見到的景緻告訴她；當她訝異他回來得這麼早，勸他再去散步時，他便像以前從夏德萊音樂會回來時一樣的說道：

——不，不，這太美了；沒有你在場同看會使我難過……

這種情操對他們並不新鮮：他們知道，他們非斷守在一處就不能成爲整個的自己。但聽到這種話總是舒服的。這句溫柔的言語給予安多納德的效果比任何藥物爲大。此刻她微笑着，又喜悅，又憔悴。——安適地過了一夜，雖然立即動身還嫌不甚穩妥，她却決意清早就走，不去通知醫生，因爲他定要留阻她。清新的空氣和一同玩賞美景的樂趣，使他們不致爲這次鹵莽的行動再付代價，終於順利到了目的地，山中的一個小村，——在史比哀茲附近，臨着登納湖。

他們在一家小客店裏勾留了三四星期。安多納德不曾再發寒熱；可也從來不覺得健旺。她只覺腦袋沉重老是不舒服。奧里維常常詢問她的健康：他眞想不要看到她臉色如是蒼白；可是他對着美麗的景色沉醉了，本能地把憂鬱的思想驅遣開去；所以當她說身體很好時，他眞願信以爲眞，——雖然明知爲不然。而且她對於兄弟底歡樂，對於淸新的空氣，尤其對於休息，深深地感到快慰。在多少艱苦的年頭以後，終於能休息一番，眞是何等的愉快！

奧里維拉着她同去散步：她心裏也極高興；但好幾次，她勇敢地出發了廿分鐘以後，氣吁吁的不得不停下，似乎心房要破裂了。他祇得獨自繼續遊程，——雖是並不辛苦的跋涉，但已使她惴惴不安，直要等他回來之後纔放心。或者，他們出去繞一個小圈子：她倚着他的手臂，趦着細步，談着話，他尤其變得嘵舌，笑着，講着他的計劃，說着痴話。在半山上，臨着山谷，他們遙望白雲倒映在凝靜的湖裏，三三兩兩的遊艇飄浮着，髣髴亦在池塘上的蟲豸；他們呼吸着溫和的空氣，遠風送來陣陣的牛羊頸上的鈴聲，夾雜着乾草與樹脂底香味。他們一同夢想着過去，將來，以及他們覺得在所有的夢中最渺茫而最迷人的現在。有時，安多納德不由自主地感染了兄弟天眞的快樂：他們追逐爲戲，撲在草裏打滾。有一天，他覺看見她像從前一樣的笑，他們小時候的那種小姑娘底憨笑，無愁無慮的，像泉水般透明的，他多年沒有聽見過的笑。

但奧里維常常禁不住要去作長途的遠足。過後他不免難過，埋怨自己不曾充分利用時間和姊姊作親密的談話。即在客店裏，他也往往把她一個人丟下。有一羣同寓的青年男女，他最初不去交際，但慢慢受着他們吸引，終於加入了他們的團體。他素來缺少朋友；除掉姊姊之外，他祇認得一般中學裏粗鄙的同學，和使他憎厭的他們的情婦。一旦處在和他年紀相彷的、有教養的、可愛的、快活的少男少女中時，他覺得非常甜蜜。雖說他孤僻成性，却也有一種天眞的好奇心，一顆多情的、又貞潔又肉感的心，受着女性眼裏放射出來的那青色的快活的火焰催眠。他自己雖羞怯，也很能討人歡喜。他的愛人、被愛的坦白的需要，使他於無意中具有一股青年底嫵媚，使他能找到親切的辭句動作，因姿態底笨拙而格外顯得動人。他亦富有同情心。儘管他的智慧在孤獨生涯中變得善於譏諷，使他看到人類底鄙俗與缺陷而覺得厭惡，——但當他劈面遇見這些人時，却只看到他們的眼睛，表現着一個有一天會死滅的生靈，像他一樣只有一次生命而也像他一樣不久就要喪失的生靈；於是他不由自主對它感到一種溫情；在這時間他無論如何也不忍使它痛苦；不問心中願否，他總得顯出慇懃親切的態度。他是懦弱的：所以生來是為取悅別人的，肯原諒一切的缺陷，也肯原諒一切的美德，——唯有一件他不能寬恕：即是他所沒有而別人所必不可少的力。

安多納德可不加入這青年集團。她的身體現狀，她的困憊，表面上沒有原因的精神底沮喪，把她變得麻痺了。歷年的殫精竭慮、勞作過度的生活，把她磨蝕得身心交瘁，姊弟底任務顛倒了；如今她覺得遠離着世界，遠離着一切！……她不復能回到社會裏去：所有這些談話，這些聲響，這些歡笑，這些小事情，都令她厭煩，令她厭倦，幾乎使她氣惱。她恨自己這種心情：很想學着別的姑娘們底樣，關切着使她們關切的東西，笑着使她們好笑的事情……但她再也做不到！……只有一片悒鬱的情緒縈繞在心頭，她似乎覺得自己已經死了。晚上，她守在房裏；往往連燈也不點，在暗中坐着，奧里維却在樓下客廳裏對他已經習慣的那些傳奇式的戀愛感到無窮的樂趣。直要聽見他上樓，聽見他一邊還在和女友們笑着，絮聒着，在她們房門口戀戀不捨地說着無窮盡的晚安的辰光，她纔從惘然失神的境界中醒來，於是，安多納德在黑暗裏微笑着，起來撚開電燈。兄弟底笑聲使她精神振作了。

秋深了。太陽黯澹了。自然萎謝了。在十月底雲霧下面，顏色衰褪；高山上已經降了初雪，平原上已經罩了濃霧。遊客動身了，先是一個一個地，隨後是成羣結隊地。而看見朋友們走，——即使是不相識的，——又是多麽凄凉；尤其是眼看恬靜而甘美的夏天，那些在人生中好比水草似的時光消失的時候，格外來得黯然傷悲。在一個陰沉的秋日，他們沿着山，往樹林裏作最後一次的散步。他們不交一言，悽惻地幻想着，瑟索地偎倚着，裹着衣領翻起的大氅，互相緊握着手指。潮濕的樹林緘默無聲，髣髴在悄悄地哭。林木深處，一頭孤單的鳥温和地怯生生地叫着，牠也感到冬天來了。輕綃似的霧裏，遠遠傳來羊羣底鈴聲，嗚嗚咽咽的，好似從牠們胸坎裏發出的……

他們回到巴黎。兩人都很悲哀。安多納德底身體依舊沒有復原。

而今得置備奧里維帶到學校裏去的被服。安多納德爲此化掉了她最後一筆積蓄；甚至還偸偸地賣去幾件首飾。有什麽關係呢？將來他不是會還她的麽？——何況如今當他不在眼前之後，她已沒有什麽用途！……她不讓自己想到他不在眼前時的情景：她縫着被服，把她對兄弟的熱情全部灌注在裏面，同時也預感到這或是她替他做的最後一件工作。

在離別以前的幾天內，他們厮守在一起，唯恐虛度了分秒的光陰。最後一天晚上，他們睡得很遲，對着火，安多納德坐在家中獨一無二的安樂椅裏，奧里維坐在她膝旁一條矮櫈上，照他嬌養的大孩子底習慣，讓她撫摩着。對於將要開始的新生活，他覺得有些擔心，也有些好奇。安多納德想着他們的親密是從此完了，駭然自問以後將遭逢何種境遇。似乎他故意要使她這種思念變得格外慘痛的樣子，他從沒像這最後一晚般的溫柔，且和那些快要動身的人顯露出自己最善良最迷人的地方一樣。他天眞地裝着撒嬌的姿態。他坐在琴前，長久地彈着她在莫扎爾德與葛呂克底作品中最心愛的篇章，——喚引起纏綿悱惻，淸幽哀怨的境界，正是他們過去的生涯底縮影。

分別的時間到了。安多納德把奧里維一直送到校門口。她回到家來，又孤獨了。但這一次和以前到德國去的情形不同，那次的離別與相會是可以由她作主的，只要她覺得支持不了時就可回來。這一次是她在家，是他走了，是長久的離別，是終生的離別。可是她那麼富於母愛，在初期，她念念不忘着弟弟而並不想到自己，她想着他多麼異樣的新生活底開端，受着老學生底欺侮，以及那些瑣屑的煩惱，雖屬無關重要，但在一個獨居僻處而慣於爲所愛者擔憂的人頭腦裏，自會引起過度的惶慮。但這惶慮至少使她暫時忘記了自身的孤寂。她已想到明天到會客室裏去探望他的那半小時了。她早到了一刻鐘。他對她很親熱，但一心專注着他所見的新東西，覺得非常有趣。以後的幾天，當她始終懷着關切與溫柔的情緒來到時，兩人對此半小時會晤的反應顯而易見的不同起來。為她，這簡直是整個生命專注的時候。他，不用說，溫柔地愛着安多納德：却不能教他只想着她。有兩三次，他到會客室來遲了一些。有一天，她問他在校厭煩不厭煩時，他竟回答說不。這些都像小刀一般刺入安多納德心坎。——她埋怨自己這種態度；責備自己自私；她明明知道，倘使他少不了她，或是她少不了他，她在人生中沒有旁的目標的話，不但是荒唐，簡直是不好的，違反自然的，是的，這一切她都知道。但知道對她又有何用？十年來她整個的生命付託與這唯一的念頭：她的弟弟時，一切都不成問題。如今她喪失了生命底唯一的目標，她便一無所有了。

她勇敢地試着做些事情，看看書，弄弄音樂，讀些心愛的文章，……天哪！沒有了他，莎士比亞，貝多芬，顯得多空虛！……——是的，這些當然很美……但他不在眼前了！倘使一個人不能用所愛者底眼睛來觀看，美麗的東西又有什麽用？美麗，歡樂，有什麽用，倘不能在別一顆心中去體味它們的話？

若是她較爲堅強，她可以設法重新締造她的人生，給它另外一個目的。但她已筋疲力盡。當此甚麼也不強迫她竭力支撑，一步也不許後退時，她的意志渙散了……她傾倒了。幾年來在她身內

醞釀着而一向被她的毅力撑拒着的疾病，從此可以自由發展了。

孤零零地坐在家裏，她在苦悶中消磨黃昏，沒有力氣把熄滅的爐火重新燃起，也沒有力氣上牀就寢；一直坐到半夜，迷迷惘惘的，沉思遐想，打着寒顫。她溫習着過去的生涯，和她的死者與破滅的幻象厮伴着；想着沒有愛情的虛度了的青春，一縷痛苦的悲哀直刺入她的心窩。這是一種曖昧的、自己不承認的痛苦……一個孩子在街上笑，在下一層樓上搖搖擺擺學步……小脚一步步都踏在她心上！……一些疑慮，一些邪念，盤踞在她的心頭，這個自私的享樂的都市底空氣，把她病弱的靈魂感染了。——她指斥自己的抱怨，覺得自己的欲念可恥；她不懂這種苦惱從何而來，只以爲是卑劣的本能作祟。被一種神祕的煩悶磨蝕着的可憐的小奥弗麗，悚然覺得從她生命底裏，發出一股素來潛藏着的獷野的、亂人心意的氣息。她不復工作了，大部分的教職辭掉了；早起慣的她，有

時覺睡至中午起身與睡覺對她再沒什麼意義；很少飲食，或竟不飲不食。祇有兄弟放假的日子，——星期四下午，星期日一天——她纔勉强裝得和從前一樣。

他絲毫不曾覺察。他對新生活太感興趣了，更無心去細細觀察他的姊姊。他正到了青年底某一時期，不容易傾心相與，對於從前感動過而將來還要爲之騷亂的事情，顯得非常冷淡。上了年紀的人，對於自然對於人生，往往比二十歲的青年有更新鮮的印象，更天眞的體驗。於是，有人說青年人底心並不年青，感覺也更遲鈍。這往往是錯誤的。他們的冷淡，並非因爲感覺遲鈍，而是因爲他們的心靈沉浸在熱情、野心、欲念、和若干固定的思念裏的緣故。當肉體衰老了，對人生無所期待的時候，無利害觀念的感情纔恢復了它們的地位，童年的淚源纔重行開放。奧里維心中想着無數的小事情，其中最重要的是一種荒唐的相思，——（這是他永遠有的）——把他糾纏着，使他對旁的事物一概視若無睹或淡然置之。安多納德全不知道他心理的變化，只看見對她日漸疎遠。這並不全是奧里維底過錯。有時，他回家的時候，想到要看見她和她談話而很高興。但他一進門，立刻變得冰冷了。那種多慮的親切，死命抓着他的狂熱，過分的慇懃，過分的照顧，使他苦惱，——立刻失去了吐露衷曲的欲願。他甚至以爲安多納德失了常態。她往常用來對付他的見機與識趣的態度，完全沒有了。但他並不加以深思。對她的問話，他只直截了當的回答一個是或否。她愈想逗他說話，他愈沉默，或竟用一句粗暴的說話得罪她。於是她亦難堪地緘默了。一天過去了，虛度了。——他纔跨出家門踏上回校的路，就後悔他的行動。夜裏他想着使姊姊難過的事情自怨自艾。有時，一到學校，就寫一封熱情洋溢的信給她。——但明天早上重讀一遍時，却又把它撕去。安多納德全沒知道這等情形。她以爲他不愛她了。

她還有——卽使不能說是最後一次的歡樂，——至少是青年底溫情最後一次的激動，使她的心重復蘇醒，使她的愛底力量與幸福底希望重復燃起。並且這也是荒唐的，完全違反她靜穆的天性的！要不是她處於心緒惶亂大病前期的興奮過度與迷惛的狀態中，決不會有這種情形。

她和兄弟在夏德萊劇院聽音樂。因爲他在一份小雜誌上擔任音樂批評，他們可比當年坐着較好的位置，但周圍的羣衆却反可憎。他們靠近台邊坐在兩隻彈簧櫈上。（按係附屬於固定座位旁備臨時加座用之小凳）那天有克利斯朵夫·克拉夫脫出場演奏。他們並不認識這位德國音樂家。但當她看見他出現時，她心頭的血馬上沸騰起來。雖是她困倦的眼睛只能在煙霧瀰漫中瞧見他，却已毫無疑慮的認出了她德國受難時代的朋友。她從未向兄弟提及他，即她自己也不大敢想起：那時以後，她全部的思想都爲謀生底煩慮佔據着。再加她是一個富有理性的法國女子，不願關心一宗來歷不明而沒有前途的情操。她心中有一個無從臆度的部分，藏着許多她自己羞於見到的情操：她明知有這些東西，却不敢覷視，因爲她對於逃過理智底監督的那個生靈感到宗教式的恐怖。

當她心情稍定時，便借着弟弟底望遠鏡瞧着克利斯朵夫，看見他站在指揮台上的側影，認出他強烈的與含蓄的表情。他穿着一件極不稱身的褪色的衣服。——安多納德默不作聲，渾身冰冷，目擊克利斯朵夫在這痛心的音樂會裏遭受羣衆公然的侮辱，這批人本就不大歡迎德國藝術家，此刻又覺得他的音樂令人納悶。（原注：參閱卷五）在一闋顯得太長的交響樂之後，當他重新出場奏幾支鋼琴曲時，羣衆對他冷嘲熱諷的態度，顯然表示他們不大願意再見他，可是他在羣衆忍着厭倦的空氣中依舊開始彈奏；大家高聲的不客氣的表示始終不停，惹得滿場的人開懷閧笑。於是他突然中止，用着野孩子般傲慢不遜的態度，用一隻手彈着：瑪爾勃羅上戰場去，然後站起來正對着羣衆說：

——這纔配你們的胃口！

羣衆對於音樂家底用意錯愕了一會以後，頓時閧鬧起來。接着又大亂了一陣，噓噓着，叫嚷着：

——道歉呀！他非道歉不可！

人們氣得滿面通紅，激昂着，自以爲眞的憤慨了；也許是眞的如此，但尤其可嘉的，是他們很高興趁此機會放肆一下，鬧些聲響：好似上了兩點鐘功課以後的中學生一樣。

安多納德沒有力量動彈她似乎駭呆了；拘攣的手指靜靜地撕着手套。從交響樂底最初幾個音符起，她已預料到所能發生的事情，感覺到羣衆沉默的惡意慢慢在擴大，她也看到克利斯朵夫底心思，斷定他不到終曲就忍不住要發作的；她懷着悲苦的心情，等着這場爆發；她眞想阻止他；但當事情發生的時候，簡直和她預料中的一模一樣，以致她所受的打擊竟和受着不可抵抗的宿命底打擊無異。而當她凝視克利斯朵夫，克利斯朵夫憤然瞪視奚落他的羣衆的時候，他們的目光相遇了。克利斯朵夫底眼睛也許在一剎那間辨識了她；但在當時狂亂的情緒中，他的理智並沒認出她：（他已不復想到她了。）他在噓斥聲中不見了。

她很想叫喊，說話：可是她好像在惡夢中一樣喊不出來。等到聽見身旁勇敢的小兄弟，並未得悉她的情緒而亦分擔着她的悲痛與憤慨時，簡直是一種安慰。奧里維極有音樂家氣分又有甚麼都壓不倒的獨立的口味：當他愛着一件東西時，他是敢冒天下之大不韙去愛的。從交響樂底開端幾拍子起，他就感到了若干偉大的、生平從未遇到過的東西。他熱烈地低聲說着：

——這多美！這多美！……

這時，他的姊姊便本能地倚偎着他，髣髴抱有感激的情意。交響樂奏完以後，他發狂般的鼓掌，算是他對於羣衆以冷淡表示譏諷的抗議。當他看到大騷亂時，更是憤怒到極點：這個膽怯的孩子居然站起身來，嚷着說克利斯朵夫是對的，他責問那些噓斥的人，竟想跑去打他們。他的聲音消失在全場底喧鬧裏；被人粗野地罵着；說他是混蛋，還是去睡覺為妙。安多納德眼見一切的反抗都是白費，便抓着他的手臂，說道：

——住口罷，我求你，住口罷！

他絕望地坐下；繼續咆哮道：

——可恥，可恥！這些該死的傢伙！

她一言不發，在靜默中苦惱；他以爲她感覺不到這音樂，對她說：

——安多納德，難道你不覺得這個美麼？你？

她示意說是的。她依舊怔着，一時無法振作。但當樂隊準備奏另外一曲時，她突然站起，恨恨地和她的兄弟說；

——來，來，我不願再見這些人！

他們匆匆忙忙的走了。在街上，手攙着手，奧里維興奮地講着。安多納德一聲不響。

以後的幾天，她獨自坐在臥室內耽溺着一宗情操，雖然她避免正視這情操，但它固執地停留在她所有的思想裏，好像血流在太陽穴中急劇搏動，使她非常痛苦。

過了幾時，奧里維拿來一册克利斯朵夫底歌集，是他方在一家書舖裏發見的。她無意之間打開來，在一個樂曲底上端看見用德文寫着這獻詞：

給我可憐的被害者，

下面還註有日期。

她一見就想起這個日期。——驚惶之下，她竟不能再往下看了。她放下歌集，要求奧里維爲她彈奏，她自己則走到房裏，關上了門。奧里維對此新的音樂只覺得滿心歡喜，不曾注意姊姊底感情就開始彈奏。安多納德坐在隔室，竭力抑壓着心兒底跳動。突然，她起身到衣櫃裏去尋她記載用途的小賬簿，查檢她離開德國的日期和那神祕的日子。其實她毋須查看就知道了；是的：這確是她和克利斯朵夫共同觀劇的晚上。於是她躺在牀上，闔着眼睛，臉紅耳赤，雙手放在胸際，聽着心愛的音樂。她心裏充滿着感激：……啊！爲何她的頭如是疼痛呢？

奧里維不見姊姊出來，彈完之後便走進她的房裏，看見她躺着。他問她是否不舒服。她回答說有些疲乏，接着就起來陪他。他們談着，但她對於他的問話並不立刻回答，好似從遐想中突然驚醒逐來一般；她微笑着，紅着臉，抱歉地說她頭疼得厲害，竟把她弄得癡呆了。終於奧里維走了。她要求他把歌集留下。她獨自坐到夜深，在鋼琴前面讀着那些歌，並不彈奏，只是隨便捺幾個音，輕輕地，恐怕使鄰居憎厭。在大半的時間，她並不閱讀，只是夢想着，感恩知遇與温柔的情緒，使她傾向着憐憫她而用着神祕的直覺窺見她心靈的人。她無法固定自己的思想。她又幸福又悲哀，——悲哀，……啊！她頭疼得多厲害！

她整夜做着甘美而又苦惱的夢，一片的淒凉抑鬱。白天，她爲排遣她的痛苦起計，想出去一會。雖然頭痛依舊很劇烈，但爲使自己有一個目的起計，她到一家百貨公司去買些東西。她並不想着她所做的事情。她想着克利斯朵夫，但自己不肯承認。當她疲乏之極，悽愴欲絕的走出來時，忽然瞥見克利斯朵夫在對面階沿上走過。他亦同時瞥見了她。立刻，——（不假思索地）——她遠遠地向他伸出手去。克利斯朵夫，這一次也停住脚步，認出了她。他已走到街上迎着安多納德來了；安多納德亦迎着他走去。但勢如潮湧的羣衆把她像一根草桿般推着，街車底一匹馬滑跌在泥濘的街上，在克利斯朵夫前面形成一座堤岸，來去的車輛阻塞了，一霎時竟構成一堵難解難分的牆垣。克利斯朵夫不顧一切的依舊想穿過來：擠在車陣中間，進不得，退不得。當他好容易走到看見安多納德的地方，她已不見了：她竭力想在人潮中穿越過來而不能之後，就退縮了，不復掙扎了；她覺得有一股宿命之力壓在她身上，阻止她和克利斯朵夫相會：而宿命是不可抵抗的。當她擠出人羣之後，便不再想走回頭來；一種羞恥心把她征服了：她敢對他說些甚麼？敢對他作何舉動？他又將作何思想？——想着這些，她便逃回家去。

直到她踏進家門時，她方始心神鎮定下來。一到房裏，她在陰影中對桌子坐着，沒有勇氣脫下帽子，脫下手套。她因爲不能和他說話而苦惱；而同時，她心裏又感到一道光明；陰影不見了，病魔遠去了。她儘自溫習剛纔的情景，想着那些細枝小節；她又改變了念頭，想像着要是這種情景換了一副樣子時所能發生的事情。她看見自己向克利斯朵夫伸手，看見克利斯朵夫認出她時所表現的歡悅，於是她笑了，臉紅了。她臉紅了；獨自坐在黑暗的房裏，沒有人看見她，於是她又對他伸出手臂。啊這箇直不由她作主：她覺得自己要消滅了，本能地想抓住一個在她身旁過去而對她慈悲地望了一眼的堅強的生命。她的滿着溫情與悲苦的心，在半夜裏向他叫道：

——救救我呀！救救我呀！

她渾身灼熱的起來點上燈火，拿着紙筆。她寫信給克利斯朵夫。這個羞怯與高傲的少女永遠不會想到寫信給他，要不是完全被疾病征服的話。她不知道自己寫些甚麼。她已不能自主了。她呼喚他，和他說她愛他……寫到半中間，她駭然停住了。她想重新寫過：可是她熱情底衝動已經停止；她頭裏空空的，燒得厲害；搜尋辭句使她感到極大的痛苦；疲倦把她壓倒了。她又覺得害羞……這一切，有什麼用呢？她明知道是騙騙自己，明知決不會把這封信寄出……而且即使願意寄，又有什麼方法？她沒有克利斯朵夫底住址……可憐的克利斯朵夫！即令他知道這一切，即令他對她懷着好意，他又能為她做些甚麼？……太晚了！不，不，一切都是白費的；這是一頭窒息的鳥底最後的努力，最後一次的振拍牠的翅翼。只有放棄的一法了。

她呆呆地還在桌前坐了長久，無力從痲痺狀態中掙扎出來。當她艱難地、——勇敢地、站起身時，已經半夜過後。依着一種機械式的習慣她把信稿夾在書架上一冊書裏，因為她沒有勇氣把它藏好，也沒有勇氣把它撕掉。之後，她睡了，打着寒顫，又在發燒。謎底揭曉了：她覺得自己完成了神底意志。

於是她心頭感到平靜無比。

星期日早上，奧里維回到家裏，發見安多納德睡在牀上，有些昏迷。醫生來了，斷爲急性肺病。安多納德在最後幾天內知道了自己的病況；她終於發見了使她駭怕的精神騷動底原因。這個暗自慚愧的可憐的少女，一朝發覺那騷亂並非她的過失而是疾病所致時，簡直是大大的安慰。她還有力量料理一些事情，燒燬某些文件，寫一封信給拿端夫人，懇求她照顧她的弟弟，在她『死』後最初的幾星期，——（她不敢寫下這死字……）

醫生毫無辦法，病勢太凶了，安多納德底體力又被長期的勞苦消耗完了。

安多納德非常鎮靜。自從她得悉自己不起之後，她反而從悲苦中解脫了。她一一回想起過去所受的磨難；又見到了她完成的大業，她的親愛的奧里維得救了；一縷不可磨滅的歡樂直透入她的心坎。她想道：

——這是我的成績。

但她又責備自己的驕傲：

——單靠我一個人是做不了的。這是上帝助我的。

於是她感激上帝允許她活到能夠完成她使命的年紀。她此刻就得死去固然非常悲痛；但她不敢抱怨：這將是忘了上帝底恩德，因爲它可能早幾年召她去的。而要是她早死一年，又將是什麼情景？——她嘆一口氣，抱着感激的心思隱忍了。

雖然呼吸艱難，她却毫不怨艾，——除非在昏睡的辰光，有時會像小孩般呻吟。她用着樂天知命的情懷，欣然觀賞着衆生萬物。看到奧里維尤其歡喜不盡。她不開口，只在唇邊呼喚他：她要他把頭枕在她身旁四目相對，她久久凝視他，不則一聲。臨了，她抬起身子，把他的頭緊緊捧在手裏，喊道：

——啊！奧里維！……奧里維！……

她從頸上除下她的紀念章，掛在兄弟頸上。她把奧里維付託給她的懺悔師，她的醫生，付託給所有的人。人家感到，她從此生存在他的身上，在將要死去的時光，她隱遁到他的生命裏去了，當他是一座島嶼一般。有時，她似乎被熱情與信仰底神祕的激動迷醉了，忘記了苦楚；悲哀變成了歡樂，——一股神明的歡樂在她的嘴上，在她的眼睛裏輝耀。她再三說：

——我是幸福的……

她神志漸漸昏迷。在她最後的清醒時間，她嘴唇顫動，似乎念着什麽句子。奧里維俯在牀頭靠近她。她還認得她，對他微弱地笑着；口唇依舊顫抖不已，眼眶裏滿着熱淚。人們聽不見她所要說的話……但奧里維像抓住一縷呼吸般抓住了幾句歌辭，是他們多歡喜的，她爲他常唱的一支舊曲：

I will come again, my sweet and bonny, I will come again. (『我將再來，我的甜蜜與親愛的人兒，我將再來！……』)

接着，她又昏迷了……她去了。

平時，她許多不認識的人都受着她的感應，對她抱着同情，這是她自己不知道的：即在她所住的屋子裏，她連名姓都不知的房客也是如此。奧里維接到許多他完全陌生的人底慰唁。安多納德底葬禮，不像她母親底那般落漠。她的兄弟底朋友，同學，她教過書的家庭，她曾不聲不響遇見過的人，彼此都不知身世的，但知道她的義氣而欽佩她的人，甚至也有些可憐的人，在她家做散工的婦人，本區裏的小商人，都一直送她到墓地。即在她去世的那晚，奧里維就被拿端夫人強邀了去，他已痛苦到失神落魄的地步。

他一生中，的確只有這一個時期纔能擔當這樣一件慘變，——只有這個時間，他纔不致整個兒被失望湮沒。他纔開始經歷一種新生活，參與一個集團，受着潮流推動。學校方面的作業與心事，求知的狂熱，大小的考試，對於人生的奮鬥，使他不能深藏潛隱，獨居自處。這種不能深藏的情形使他大爲痛苦；但幸虧如此，他纔得救。早一年或遲幾年，他就完了。

然而他竭盡可能的孤獨着，一心追念着姊姊。他很傷心不能保留他們共同生活的故居：他沒有錢。他希望那些表示關切他的人，能懂得他不能保存她所有的東西的悲哀。但沒有一個人懂得。

他借了一部分錢，再湊上他替人家補習所掙的，租了一個頂樓，把所能留下的姊姊底傢具堆起來：她的牀，她的桌子，她的安樂椅。他把這間小室作爲紀念她的一個聖地。在他頹喪的日子，便去躲在那裏。他的同學以爲他有什麽外遇。他會在此逗留幾小時，想着她手捧着腦袋因爲他所有的她的肖像，不過是一張小小的照片，他們幼時姊弟倆一同拍的。他便對她說着，哭着……她到哪裏去了？啊，只要她在世上，那怕在天涯地角，那怕在不能到達的地方，——他都將懷着何等快樂的心去尋訪她，那怕經歷千辛萬苦，那怕要跋涉幾百年，祇消他每一步都能近她一步！……是的，即使他祇有千分之一的希望能夠遇到她……可是連千分之一都沒有！……毫無辦法可以見她一面……多孤獨啊！他將如何笨拙如何幼稚地投入人生，如今她不在世間愛他、勸告他、安慰他的時候！……凡是一個人在世上有運氣認識了一次一顆友愛的心，嘗到了無限制的完全的親密，就是嘗到了最神聖的歡樂，——使他從此變得不幸的歡樂……

對於一般怯弱而溫柔的靈魂，最不幸的莫如嘗到了一次最大的幸福。

在生命底初期就喪失了一個心愛的人，固然悲痛，但還不及以後當生命底泉源已開始枯竭的時候更慘酷。奧里維正是青年；雖然生性悲觀，遭際不幸，究竟還需要生活。似乎安多納德垂死的當兒，把她一部分的靈魂過渡給了兄弟。他相信是如此。他雖不像姊姊般有信心，却也曖昧地相信他的姊姊並未完全死去；而是像她所許諾的那樣托生在他心上。勃勒太尼（按係法國西北部總地名）地方有一種信仰，說是青年的死者實在是不死的：他們繼續在他們生存的地方飄浮，直到他們應享的天年終了時爲止。——這樣，安多納德繼續在奧里維身旁長大。

他把她的紙張檢視一遍。不幸，幾乎全被她燒燬了。再則她不是一個紀錄內心生活的人。要揭露自己的思想，她是會臉紅的。她只有一本小册子，記着一些別人無法懂得的東西，——不加說明的單單寫了一些日子算作她一生或悲或喜的小事故底紀錄，那是她毋庸記載詳細就可全部回想起來的。幾乎所有這些日子都與奧里維有關。她也保存着他寫給她的信，一封都不缺。——不幸他不及她這等細心：她寫給他的書信，他差不多全部丟了。他又要這些書信幹什麽呢？他想姊姊是永久存在的：溫情底泉源是涓涓不絕的，他確信永遠可用來沾潤他的口唇與心；他當初毫無遠見地浪費了他所獲得的愛，此刻却想把它一點一滴搾取出來……當他翻着安多納德底一册詩集，找到一張用鉛筆寫着：

——『奧里維，我親愛的奧里維！……』

的紙片時，他眞是何等感動。他簡直要暈去了。他嚎啕大哭，拼命吻着那張不可見的、在墓中和他說話的嘴巴。——從這天起，他打開所有的書，一頁一頁的尋找她有沒留下別的心腹之言。他找到了她給克利斯朵夫的信稿。他這纔得悉在她心裏初發萌芽的默無一言的情史；他第一次踏進了他從不知道、也從不想知道的她的感情生活；他這纔一一想起她在騷亂中所過的最後幾天，被他遺棄了，她向着不相識的朋友伸手乞援。她從沒和他說曾見過克利斯朵夫。信稿裏寥寥的幾行纔使他發覺他們昔時曾在德國會見。他懂得克利斯朵夫曾善視他的姊姊，詳細情形是無法知道，只懂得安多納德至死不曾表白的情操就在那時發動的。

克利斯朵夫，爲奧里維已經愛好他的藝術的克利斯朵夫，立刻成爲他心愛的人。她曾愛他：奧里維覺得自己的愛克利斯朵夫實在還是愛的她。他想盡方法去接近他。但要尋訪他的踪跡不是容易的事情。在那次失敗以後，克利斯朵夫在巴黎底茫茫人海中不見了；他退出了社會，誰也不注意他。幾個月之後，偶然使奧里維在街上遇見克利斯朵夫，是大病初愈後的臉色青白、形容憔悴的模樣。但他沒有招呼他的勇氣。他遠遠地跟着他到家。他想寫信給他：又下不了決心。和他寫些甚麼呢？奧里維並不是單獨的，安多納德和他同在：她的愛情，她的貞潔的觀念，感染了他；他一想到姊姊曾經愛過克利斯朵夫，他就臉紅，髣髴他就是安多納德。然而他又多麼想和他談起她！——却是不能。她的祕密把他的嘴唇膠住了。

他設法要遇見克利斯朵夫。凡是他想克利斯朵夫可能去的地方，他都找遍了。他渴欲向他伸手。但一見他時，他又藏起來，唯恐被他見到了。

臨了，當他們共同參與着一個朋友家底夜會時，克利斯朵夫終竟對他注意起來。奧里維遠遠地站着，一言不發，只顧望着他。無疑的，這天晚上一定是安多納德和奧里維在一起：因爲克利斯朵夫在奧里維眼中看見了她；且也的確是這個突然浮現的形象，使克利斯朵夫穿過整個客廳，向着不相識的青年使者走去，去接受那幸福的死者底又淒涼又溫柔的援助。

卷六終

卷七・戸内

本卷初版序

給約翰·克利斯朵夫底朋友們

多年以來，我在精神上和我不在眼前的識與不識的朋友們交談已經成了牢固的習慣，以致我今日覺得需要對他們高聲傾吐一下。如果我不感謝他們對我的賜與，我將是忘恩負義之徒了。從我開始寫約翰·克利斯朵夫這部冗長的故事起，我就是爲他們寫的，並和他們一同寫的。他們鼓勵我，耐心地陪伴我，用他們的同情溫暖我。即使我能給予他們多少裨益，他們給予我的却更多。我的作品是我們結合起來的思想底果實。

我開始的時候，原不敢希望我們的人數會超過一小羣朋友：我的野心只限於「蘇格拉底之家。」（按蘇格拉底建造屋舍，人謂爲太小，蘇格拉底答曰：「只要它包容的是眞正的朋友就好。」）然而年復一年，我覺得我們好惡相同、悲戚一致的弟兄們不知有多多少少，在巴黎猶如在內地，在法國以內猶如在法國以外。當克利斯朵夫吐露了衷曲——也吐露了我的衷曲——，說出了他對於『節場』的輕蔑的那一卷（按即卷五節場）出版以後，我就獲有明證。我的著作中，從沒一部能引起像這一卷那樣迅速的回響。因爲這不但是我的心聲，且是我朋友們底心聲。他們很知道，克利斯朵夫不獨屬於我，且亦屬於他們。我們把我們共同的靈魂大部分都灌輸給了它。

旣然克利斯朵夫是他們所有的，我自當向讀者對今日這一卷作若干解釋。如在節場中一樣，他們在此找不到小說式的波瀾起伏，而主人翁底生涯似乎也中途停頓了。

在此，我就得說明我從事於這部作品時的情勢。

我那時是孤獨的。像法國多少人士一樣，我在一個精神上敵對的世界裏感到窒息；我要呼吸，我要反抗一種不健全的文明，反抗被一般僭稱的優秀階級毒害的思想，我想和這個優秀階級說：

「你撒謊，你並不代表法蘭西。」

要達到這個目的，我必需一個眼目清明、心靈純潔的主人翁，有着相當高卓的靈魂以便有說話的權利，有着相當雄壯的聲音以便令人聽得眞切。這個主人翁，我耐心地造成了。在我不曾決定寫下這件作品底第一行前，這件作品在我心頭先已孕育了十年直到我認明了克利斯朵夫全部的行程以後，克利斯朵夫纔開始上路；節場中某些篇章，約翰·克利斯朵夫全書最後的幾卷(二)，都是在黎明以前或同時寫的。在克利斯朵夫與奧里維身上反映出來的法國景象自始就在本書中佔有重要地位。所以，在半途上遇到一座人生底大平台，可以回顧一下纔走過的山谷和瞻望一番將要遄奔的前途時，切勿把它看做作品底一個轉向，而當認為一種預定的休止。

在這最後幾卷(節場與戶內)裏，如在全書其他的部分裏一樣，我從沒有寫一部小說的用意：這是顯而易見的。那末這部作品究竟是什麽呢？一首詩麽？——你們何必要有一個名字呢？當你們看到一個人時，你們會問他是一部小說或一首詩麽？我所創造的是一個人呀。一個人底生命決不自限於一種文學形式之內。它的律令在它自身之內；而每個生命就有每個生命底律令。它的謎是自然底一種力量底謎。有些人類底生命是沉靜的湖，有些是白雲飄蕩的無垠的天空，有些是豐腴富饒的平原，有些是時斷時續的山峯。約翰·克利斯朵夫底生命，在我眼中是一條河；我在最初幾頁上就說過了——而河流在某些段落上似乎睡熟了，只反映出周圍的田野與天色。但它的流動與變化並未中止；有時，這表面的靜止隱藏着一道湍激的急流，要過後一遇阻礙的時候纔顯出它猛烈的氣勢。這便是約翰・克利斯朵夫全書中這一卷底形象。當此河流在長久的時間內集中了，吸收了兩岸底思想以後，它將繼續行程，——向着汪洋大海進發，向着我們大家的歸宿進發。

羅曼・羅蘭　一九〇九年一月。

註（一）特別是第九卷燃燒的荊棘裏面阿娜一部分。

第一部

戶內

我有一個朋友了！……找到一顆靈魂，使你在苦惱中有所偎倚，找到一所溫柔而安全的託身之地，使你在驚魂未定之時得以喘息一會：這是何等甘美的滋味！不復孤獨了，也不必再晝夜警惕，目不交睫，而終於筋疲力盡、爲敵所乘了！得一知己，把你整個的生命交託在他手裏，——他也把他整個的生命交託在你手裏。終於能夠休息了，當他酣睡時，你爲他警戒，當你酣睡時，他爲你警戒。快樂的是保護你所疼愛的像孩童般信賴你的人。更快樂的是傾心相許，剖腹相示，一身爲知己左右。當你衰老了，疲憊了，多年的人生重負使你感到厭倦的時候，能夠在朋友身上再生，回復你的青春與朝氣，用他的眼睛去體驗萬象回春的世界，用他的感官去抓住瞬息卽逝的美景，用他的心靈去領略生活底壯美……卽是受苦也和他一起受苦！……啊！只要生死相共，卽是痛苦也成歡樂了！

我有了一個朋友！他和我遠隔天涯，近鄰咫尺，永永在我心頭。我佔有了他，他佔有了我。我的朋友愛我。「愛」把我們兩人底靈魂交融爲一了。

參加了羅孫家的夜會之後，克利斯朵夫次早醒來的第一個念頭，便是想到奧里維・耶南。他心裏立卽抱着再見他的欲望。他起牀出門。八點還沒敲。早上的天氣，溫暖中有些燠悶。這是夏令早行的四月天：一縷醞釀陣雨的水煙在巴黎城上飄浮。

奧里維住在聖・日內維哀佛山崗下面的一條小街上，靠近植物園。房子坐落在街上最狹的地方。樓梯在一個黝黯的天井底上，發出種種惡濁的氣味。陡峭的蹬級，向着鉛筆塗滿字畫的牆壁傾斜着。三層樓上，一個亂髮鬔鬆的婦人敞開着襯衣，聽見上樓的脚聲開出門來，看見克利斯朵夫時立卽粗暴地把門關上。每一層上住着好幾家在半開半闔的門裏，可以聽見孩子們擾攘號叫。這是一羣骯髒而平庸的人，擁塞在那些低矮的樓房內，拘囚於一方令人作嘔的庭院裏。克利斯朵夫厭惡之下，私忖這些生靈不知受了什麽誘惑，把至少總有空氣可以呼吸的田野拋棄了到這種地方來，也不知他們在這把自己罰在一座墳墓裏過活的巴黎能够獲得什麽好處。

他到了奧里維居住的那層。一條打結的繩子算是門鈴底拉手。克利斯朵夫把它拉得那麽有勁，以致鈴聲一響，好幾家底門都忙着開闔了一下。奧里維出來開門。他的樸素整飭的穿裝使克利斯朵夫非常驚奇；這種在任何別的場合不會使他注意的整飭，在此却使他感到一種愉快在這惡濁的環境中，奧里維底儀表確是歡悅和健康底表象。隔夜在奧里維清明的眼神前所感到的印象，立刻又顯現了。他向他伸出手來。奧里維慌忙失措的囁嚅道：

——您，您到這裏來！……

克利斯朵夫一心想抓握這顆在一霎時慌亂中表現得赤裸裸的可愛的心靈，只顧微笑不答。他把奧里維望前推着，走進了那間臥室兼書房的獨一無二的房間。一張狹小的鐵牀擺在緊貼牆壁、靠近窗子的地位；克利斯朵夫注意到牀上放着一大堆枕頭。三張椅子，一張黑漆桌子，一架小鋼琴，幾架圖書，就把一間屋子撐滿了。說到屋子，那是又窄、又矮、又暗，但它髣髴有一縷室主人清明的眼神底反影。一切都很清潔，整齊，好像是一個女子之手安排的；水瓶裏的幾朵薔薇更在室內添加了幾分春意，四壁掛着一些翡冷翠派老畫家底名作照片。

——唔，您覺來，您覺來看我麼？奧里維眞情洋溢地再三說。

——天哪，這不是應當的麼？克利斯朵夫回答。您，您難道不會來看我？

——您以為我不會麼？

隨後，差不多立刻接着說：

——是的，您說得不差。但並非不想來。

——那末什麼障礙把您擋住了呀？

——我太想見您了。

——這就是您不來看我的好理由！

——正是，請您別見笑。我擔心您並不像我一樣的願意相見。

——我，我難道要顧慮這些！我想見您，我便來了。要是您不樂意，我自然會看出來。

——那您非得有一雙好眼睛纔行呀。

他們微笑着彼此相視。

奧里維又道：

——昨天，我那副樣子眞蠢。我唯恐使您討厭。我的膽怯眞是一種惡疾：我簡直一句話都說不出。

——別抱怨罷。你們貴國，說話的人多的是；偶然遇見一個緘默的，卽算是因膽怯之故而緘默，就是說不想緘默而緘默的人，也是一件快事。

克利斯朵夫覺得賣弄了一番狡獪，高興得笑了。

——這麽說來，您是爲我的緘默而來看我的？

——是啊，是爲您的緘默，爲您緘默底好處。緘默也有多種……我可愛您的這一種，這就是了。

——您怎麽會對我發生好感？僅僅見過我一面。

——這，這是我的事情。我的選擇是不用多費時間的。當我看見在人世有一個使我歡喜的臉龐時，我很快會決定；我會追尋他；我會追尋他而且非追獲不可。

——在這些追尋中您從來不會錯看麽？

——那是常有的事。

——也許您這次又錯看了。

——那我們以後會分曉。

——噢！這樣我可完了。您會使我渾身冰冷，只要一想到您在觀察我，我所僅有的些少能力就會統統失掉。

克利斯朵夫用着一種好奇而懇切的態度，看着這張容易感受的臉一會兒紅一會兒白。情操映現在他的臉上，有如雲彩映現在水裏一般。

——多神經質的孩子！他想。簡直像女人那樣。

他輕輕地按着他的膝蓋。

——算了罷，他說，您以爲我全副武裝着來對付您麽？我最恨人家在朋友身上做心理學的實驗。我所要求的，只是兩人都保有自由和眞誠底權利，把感覺到的坦白相告，沒有不必要的害羞，也不怕意見參差，——敢於好惡由衷，不拘拘於顏面之爭。這豈非更有丈夫氣，更光明磊落麽！

奧里維嚴肅地望着他，答道：

——毫無疑問，這更有丈夫氣。您是強者。但我我却說不上。

——我敢斷定您也是強者，克利斯朵夫答道；不過是另外一種方式罷了。並且，我此來也正爲幫助您成爲強者，如果您願意的話。因爲除了我剛纔所說的以外，還可加上一句：我愛您，但這並沒爲明天預約的意思，而且我要不是爲『愛』所衝動，也不會這樣眞誠的告訴您。

奧里維從臉龐一直紅到耳朵。他侷促得一動也不動，找不到一句答話。

克利斯朵夫把周圍打量了一下，說道：

——您住得很不好。您沒有别的房間了麽？

——還有一間堆置雜物的小房間。

——嘿！簡直喘不過氣來。您能夠在這裏過活麽？

——慢慢也就慣了。

——我可永遠不會慣。

克利斯朵夫解開背心，深深地呼了一口氣。奧里維走去把窗子完全打開。

——您大概住在城裏老是要覺得不舒服吧，克拉夫脫先生。我，我却不會感到精力被抑止的痛苦。我需要呼吸的空氣眞是那麽少，隨處都能過活。然而就是爲我，有些夏天底夜晚也使我覺得很吃力。我看到這些日子來到就害怕。那時我便坐在牀上，髣髴要窒息了。

克利斯朵夫望望牀上的一堆枕頭，望望奧里維疲倦的臉；似乎看見他在黑暗裏掙扎。

——離開這裏呀，他說。爲何您要留在此地？

奧里維聳聳肩，用着淡漠的語氣答道：

——噢！這裏那裏，反正都一樣！……

沉重的耗子在天頂上跑。下層樓上，尖銳的聲音在爭吵。墻壁每分鐘都給街車震得發抖。

——這座屋子！克利斯朵夫繼續說道。這座蒸發着惡濁的熱氣、滿着下賤悲慘的景象的屋子，您怎麽能在夜晚進得來？難道這些不會使您沮喪麽？要是我，我簡直無法在此生活，還不如睡在橋下的痛快。

——初時我也覺得痛苦。我和您一樣憎厭這種環境。當我兒時被人家帶着去散步的時候，祇要走過幾條齷齪的稠密的街，就會使我心裏作噁。有時我還有種種當時不敢說出來的古怪的恐怖。我想：「要是此刻發生地震，我便要死在此地，永遠死在此地；」而這於我是最可怕的禍事。那時我自己萬萬想不到有一天會自願住在這等地方，並且說不定還要死在這裏。這是非大大地改變脾氣，處處遷就不行的。厭惡，我至今還是厭惡，不過我努力不去想它。上樓的時候，我把眼睛、耳朶、鼻子、一切的感官閉塞起來，對外界取着完全隔絕的態度。此外，在那邊，您瞧，在這座屋頂上面，有一株皂角樹。我便坐在這個屋角裏，使任何別的景物都瞧不見；黄昏時，風吹樹動的辰光，我便髣髴遠在巴黎之外了；有時，這些齒形樹葉底簌簌搖曳，比起大森林底風濤聲反更幽美動聽。

——是的，克利斯朶夫說，我知道您老是在出神；但把理應創造别的生命的想像力浪費在這種對於人生底惡作劇的鬥爭中，究竟是大可惋惜的。

——人的運命豈非大都如此？您自己，難道就不曾在憤怒與鬥爭中浪廢精力麼？

——我却有所不同。我是生來爲鬥爭的。瞧瞧我的胳膊和手罷。和人搏鬥倒是我的健康。但您，您不見得有多大力量，這是顯而易見的。

奧里維惆悵地瞧着自己瘦小的拳頭，說道：

——是的，我很孱弱，我一向如此。但有什麼辦法？總得生活。

——您靠什麼過活呢？

——我教些功課。

——什麼功課？

——什麼都教。替人補習拉丁文，希臘文，歷史。我爲人家預備中學畢業攷試。在市立學校裏還有一堂道德課。

——什麼課？

——道德課。

——真是見鬼你們學校裏教道德麽？

奧里維微笑道：

——當然。

——有什麽東西可以講到十分鐘以上呢？

——可是每星期我有十二小時哩。

——那末您教他們做壞事麽？

——爲何？

——因爲要知道什麽叫做善是不必如此多費唇舌的。

——那末是完全不使人知道。

——對啦，完全不知道。而且不知倒並不一定就不能爲善。善不是一種學問，而是一種行爲。祇有一般神經弱衰病者纔嘮嘮叨叨的談論道德；殊不知道德底開宗明義第一條律令就是切戒神經衰弱。那些見鬼的迂儒！他們有如一般四肢殘廢的人夢想來教我走路。

——他們不是爲您講的。您，您已經知道；但不知道的人多着哩！

——那末讓他們像孩童般四隻脚去爬，讓他們自己去學會。但四隻脚也好，兩隻脚也好，第一要他們會走。

他大踏步的在室內蹀着，不到四步把全個房間走遍了。他在鋼琴前面站住，揭開琴蓋，翻閱樂譜，把鍵盤撫摩了一會，說道：

——彈些曲子給我聽聽。

奥里維驚跳了一下，答道：

——要我彈？多古怪的念頭！

——羅孫夫人說您是好手。來，來，彈罷。

——在您面前？噢！他說，我眞會羞死。

這從心坎裏發出的天眞的呼聲惹得克利斯朵夫笑了，奥里維自己也忸怩地笑了。

——那末，難道對於一個法國人，這就是一個理由麽？

奧里維始終推辭着：

——可是爲什麽？爲什麽爲什麽您要我彈？

——等一會我告訴您。彈罷。

——彈什麽呢？

——隨您。

奧里維嘆了一口氣，走去坐在鋼琴前面，柔順地聽從這個選中了他的專制朋友底意志，長久地躊躇一番之後，開始彈奏莫扎爾德底短B調緩奏曲。先是他手指顫抖，簡直無力按捺鍵子；後來，慢慢地放大膽子；當他自以爲不過複述莫扎爾德底言語時，不知不覺把他自己的心靈揭露了。音樂是直言無隱的：它會洩漏最祕密的思想。在莫扎爾德崇高的緩奏曲下，克利斯朶夫所發見的，倒並非莫扎爾德底，而是這陌生朋友底不可見的性格，他體驗到惆悵而靜穆的情調，羞怯而溫柔的笑容，爲一般神經質的，純潔的，多情的，動不動會臉紅的人所共有的。但到了快要終曲的時候，正當表現苦惱的愛情的樂句到了頂點而突然折裂的地方，一般抑捺不住的羞恥之情使奧里維彈不下去；他手指戰抖，沒有聲音了。他把手從琴上拿開，說道：

——我彈不下去了……

站在他後面的克利斯朵夫，俯下身軀，從背後伸手去把中斷的樂句彈完，說道：

——現在我可識得您的心聲了。

他執着他的雙手，對他長久地注視了一番，又道：

——眞是奇怪！……我曾經見過您……您的面孔多熟，長久以前我就認識您了。

奧里維口唇顫動着，幾乎要說出來。但他終於不則一聲。

克利斯朵夫又把他凝視了一會。隨後他默然微笑，出去了。

他滿心歡喜的走下樓梯；半中間遇見兩個生得挺醜的孩子，一個捧着麵包，一個捧着一瓶酒。他親熱地把他們的面頰擰了一下。他對着扮起臉孔的門房微笑。在街上，他一邊走一邊低聲唱歌。不久他身在盧森堡公園裏了，揀着陰處的一條櫈子躺下，闔上眼睛。周圍沒有一絲風；散步的人很廖落。只聽見噴水池底微弱的不平衡的聲音，和有時脚步踏在沙地上的悉索聲。克利斯朵夫覺得自己慵懶不堪，斜曬一條晒太陽的蜥蜴，陰影早已從他臉上移過；但他連掙扎一下的力氣都沒有。他的思想在打轉，却也不想把它固定；那些念頭全都沐浴着幸福底光輝。盧森堡底大鐘響了；他也不去聽它；過了一忽，他却覺得剛纔似乎已經敲過十二點了。他一躍而起，發覺自己已閒蕩了兩小時，錯失了哀區脫底約會，一個早晨白白糟塌了。他笑着，嘴裏打着唿哨回家。他依着一個小販叫喊的調子作了一支輪唱曲。卽是凄凉的旋律，在他心中也帶快樂的氣息。走過他住的那條街上的洗衣作時，他照例瞥上一眼，看見那個頭髮茶褐色、皮膚呆滯、熱得滿面通紅的小姑娘在燙衣服，細長的路膊赤露着直到肩頭，遮胸布敞開着，她照例無恥地瞟他一眼；破題兒第一遭，這次的眼風居然不會使克利斯朵夫惱怒。他還在笑。在他房裏，他先前留下的工作一件都找不到。他把帽子、上衣、背心，前後左右亂丟一陣；接着他用一股好像要征服世界的勁兒開始工作。他重新檢起東一張西一張的音樂稿子。他的思想却不在這裏；不過他的眼睛在閱讀；幾分鐘後，他重又墮入盧森堡公園裏那種迷惘的幸福境界中去。他驚覺了兩三回，想振作起來；終歸無效。他高興地咒罵。站起來把頭望一盆冷水裏浸了一會。這纔使他淸醒了些，重新坐在桌旁，不聲不響，露着一副渺茫的笑容。他想道：

——這和愛情有什麽兩樣呢？

他本能地只敢悄悄的思索，髣髴爲了害羞一般。他聳聳肩，想道：

——愛是沒有兩種方式的……卽使有：那也不過是把整個身心去愛，和只把自己一部分表面去愛這兩種罷了。但願上帝佑我，切勿染上這種心靈吝嗇病！

他因爲不敢再往下想，便停止思索。他長久地對着內心的幻夢微笑。他的心無聲地唱着：

「你是我的，而我纔成爲整個的我，這種完滿的自我，還從沒有過……」

他拈起一頁紙，把他心裏所歌唱的安靜地寫了下來。

他們決意合租一個寓所。照克利斯朵夫底意思要立刻遷併，不顧租期未滿時的那筆租金損失。比較謹愼的奧里維，雖然一樣歡喜立卽遷居，却勸他等待他們的租期滿了再辦。克利斯朵夫不懂這種計算。像許多無錢的人一樣，損失錢財於他是滿不在乎的。他以爲奧里維比他還要拮据。當有一天這位朋友底窘況使他出驚時，他立刻走了，兩小時後回來，把他從哀區脫那邊預支得來的幾枚五法郎的銅幣得意地舖在桌上。奧里維紅着臉不肯收受。克利斯朵夫氣惱之下，要拿來擲給一個在下面庭院裏奏樂行乞的意大利人，被奧里維阻住了。克利斯朵夫裝着生氣的樣子走了，其實是惱怒自己的冒失，惹了奧里維底拒絕。朋友來了一封信，總算在他的傷口塗了一層止痛的油膏。奧里維口頭所不能表示的，都在信上寫了出來：他說出認識他的快樂，和克利斯朵夫底好意給予他的感動。克利斯朵夫回了一封眞情的狂熱的信，令人想起他十五歲時寫給他的朋友奧多的那些信扎；充滿了戀摯的情緒和亂七八糟的言語；他用着法語，德語，甚至也用音樂來作種種雙關語。

他們終於遷居了。在蒙巴那斯區，靠近唐番廣場，在一座舊屋底五層樓上，他們找到一個三間房連帶一個廚房的公寓，房間是很小的，面朝一個園在四面高墻裏的挺小的園子。在他們這一層上，從對面一堵較低的牆頭上望去，可以看見一所修道院底大花園，這種花園在巴黎還有不少，都是藏在一邊，爲人家所不知道的。荒涼的走道上，一個人都沒有。比盧森堡公園裏更高更密的古樹，在陽光下擺動成羣的鳥在歌唱；從清早起就是山鳥底笛聲，接着是麻雀底聒噪而有節奏的合唱；夏日的傍晚，燕雀那種狂噪，透破明靜的空氣，在天空迴繞。月夜，還有蝦蟆滾珠似的叫聲，好比昇到池塘面上的氣泡。倘使這座舊屋不是老被車子震動，好似大地在高熱度中戰抖一般，人們竟會忘記身在巴黎。

有一間屋比別的更寬大更美麗。這便成了兩個朋友間推讓不已的問題。結果決用抽籤來定當。作此提議的克利斯朵夫，預先存了心，並且用一種他自己素來覺得不會做的巧妙的手法，使自已在抽籤中抽不到那好房間。

於是，他們倆開始度一個絕對幸福的時期。幸福並不在某件確定的事情裏面，而是同時在一切的事情裏面；他們一切的行動和思想全都浸淫在幸福中間，幸福覺和他們寸步不離。

在此友誼底蜜月中，這些深切而無聲的歡樂，唯有「能在世界上有一知己」的人方能體會。他們難得交談，也不大敢交談；祇要覺得彼此在一起，交換一道目光，交換一個證明他們的思想雖在長久的沉默之後仍向同一方向進行的字句，就已足夠。不必互相問訊，甚至不必互相睇視，他們也永遠洞察到彼此的肺腑。凡是動了愛情的人，都在不知不覺中做效所愛者底靈魂；他一心一意的想不要傷害愛人，想完全學他的樣，以致他藉着一種神祕的突如其來的直覺，能夠窺到愛人心底裏微妙的活動。朋友之於朋友是完全透明的；他們交換着生命。他們的聲音笑貌在互相模倣。他們的心靈也在互相模倣，——直要等到深邃的力量種族這妖魔有一天突然擡起頭來把他們友誼底束縛摧破了時，纔會顯出裂痕。

克利斯朵夫放輕了聲音講話，放輕了脚步走路，唯恐在幽靜的奧里維底隔室鬧出聲音；他一切都被友誼改變了；他有一種幸福、信賴、年青的表情，爲人家從未在他身上見到的。他崇拜着奧里維，這時候，奧里維很可乘機濫用一下自己的魔力，倘使他不會臉紅，不覺得自己不配的話：因爲他自以爲不如克利斯朵夫遠甚，不知克利斯朵夫也和他一樣謙卑。從摯愛中發出來的這種相互的謙卑，爲他們又多添了一重甜蜜。覺得自己在朋友心中佔着多大的位置是最快樂的事情，——卽使暗中自以爲不配。他們彼此都有一種感動和感激的心情。

奧里維把自己的藏書放在克利斯朵夫底一起；再也不分彼此。當他提起其中的某一册時，他不復說『我的書』而說『我們的書。』只有一小部分東西他保留着不曾混入公共財產裏：那是他姊姊底遺物，或是和她的聯想有關的東西。克利斯朵夫被愛情磨練得機警了，不久便注意到這情形，但不知是何緣故。他從不敢向奧里維問起他的家屬；只知道奧里維所有的親人都已去世；除了他不願探究朋友底祕密之外，他還怕引動他過去的痛苦。雖然心裏極其願望，但是一種奇特的畏怯之情老是使他連對擺在奧里維桌上的照片都不敢仔細瞧一眼，那張相片上有一位正襟危坐的先生，一位太太，還有一個十二三歲的小姑娘，脚旁坐着一條長毛大狗。

遷居兩三月以後，奧里維受了一些風寒，躺在牀上。克利斯朵夫居然激發了母性，抱着又溫柔又不安的心情看護他；醫生替奧里維聽診時，發覺肺尖上有些發炎，囑咐克利斯朵夫用碘在病人的背上摩擦。正當克利斯朵夫一本正經地盡他的使命時，瞧見奧里維頸間掛着一塊聖牌。他對奧里維已有相當的認識，知道朋友對於一切的宗教信仰比他自己都更擺脫得乾淨，這時當然不免表示他的訝異。奧里維臉頰一紅，說道：

——這是一個紀念，是我可憐的安多納德臨死時帶着的。

克利斯朵夫打了一個寒噤。安多納德這名字於他好像閃電一般。

——安多納德？他問。

——是的，我的姊姊，奧里維回答。

克利斯朵夫反復念着：

——安多納德……安多納德·耶南……她是您的姊姊？……可是，他說，一邊望着桌上的照片，她去世的時候還不是一個孩子麼？

奧里維悽然微笑道：

——這是一張童年的照片。可憐！我再沒有旁的……她去世時已經二十五歲了。

——啊！克利斯朵夫感動地說。她曾到過德國，是不是？

奧里維點點頭。

克利斯朵夫握着奧里維底手說：

——那末我認識她的呀！

——我知道，奧里維說。

他撲上克利斯朵夫底頸項。

——可憐的姑娘可憐的姑娘！克利斯朵夫再三說。

他們倆一齊哭了。

克利斯朵夫記起奧里維有病，便努力撫慰他，強迫他把手臂縮進被窩，把被褥重新蓋好他的肩頭，像慈母般替他拭着眼淚，坐在他牀頭對他望着。

——是了，他說，爲了這個緣故我已經認識你。第一天晚上初次見面時，我就認出你。

（不知他是對眼前這個朋友說，還是對已經亡故的朋友說。）

——可是你，他停了一會又道，你已經知道？……爲何不對我說？

安多納德冥冥中借着奧里維底眼睛回答道：

——我是不能說的。應該由你來說啊。

他們沉默了一會；隨後，在黑夜底靜寂裏，奧里維一動不動的躺在牀上，低聲向握住他的手的克利斯朵夫敍述安多納德底生涯；——但他沒有說出那不該說的一段：連她自己也閉口不言的祕密，——但說不定是克利斯朵夫已經知道了的。

從此，他們倆都被安多納德底靈魂包裹了。當他們在一處時，她就和他們同在。他們毋須去想到她：他們一起所想到的念頭，都是用她的心靈想的。她的愛就是他們的心匯聚的地方。

奧里維時常喚起她的形象：都是些零星的回憶，短短的軼事；把她那種羞怯而可愛的舉動，年青而端莊的笑容，深思而嫵媚的情致，在一道短暫的光中重新閃露。克利斯朵夫默默聽着，整個兒沉浸在這個不可見的朋友底光彩裏。由於他比別人更易感受生命的天性，他有時能在奧里維底言語中聽到深遠的回聲為奧里維自己所聽不見的；而且那年青的死者底生命，他也比奧里維更能感受。

本能地，他在奧里維身旁代替了她的職位；以一個笨拙的德國人而不知不覺的學着安多納德底慇懃親切，作許多體貼週到的安排，眞是何等動人的景象。有時，他覺不知是在安多納德身上愛的奧維里呢，還是在奧里維身上愛的安多納德。由於一種温情的感應，他不聲不響的到安多納德墓上去供些花草。奧里維一向不知道。直到有一天，他在墓上發見有新鮮的花朶時纔覺察，但要獲得確是克利斯朵夫來過的證據還很困難。當他胆怯地提及時，克利斯朵夫就粗魯地把說話岔開了。他不願意奧里維知道；他這樣的固執着，直到他們有一天在墓地上相値的時候。

在奧里維方面，則偸偸地寫信給克利斯朵夫底母親。他把克利斯朵夫底近况告訴魯意莎；對她表示他的敬愛與欽佩。魯意莎底回信寫得又笨拙又謙卑，表示她感激到慚愧的程度；她講起她的兒子時老是像講起一個幼童一般。

經過了戀愛時期的長久的半靜默以後，——經過了一個『心曠神怡的恬靜，莫名其妙的歡悅』時期以後，——他們的舌頭鬆動了。他們不惜幾小時的摸索着，想去發見朋友底心靈。他們倆是那麼歧異，但都是純潔的質地。他們因爲如是其不同又如是其相同，所以相愛。

奧里維是嬌弱單薄，不能和艱難搏鬥的。當他遇到什麼阻礙時，他便退縮，並非爲了害怕，而是一小部分爲了胆怯，一大部分爲了厭惡運用強暴而鄙俗的方法去戰勝困難。他的生活，只靠替人補習功課，寫些藝術書，照例是少得可恥的報酬，也偶而寫些雜誌文章，從來不能自由的，而且得討論他不甚感到興趣的問題：——因爲他所感到興趣的文章沒有人要；凡是他能寫得最好的東西，人家就從來不向他要求：他是詩人，人家却叫他寫評論；他懂得音樂，人家却要他談論繪畫；他知道，關於這些問題，他祇能說些平庸的話：而這正是大家所歡迎的；這樣他不得不對平凡的人講着平凡的人所能懂得的言語。後來他弄得厭惡不堪，不願再寫了。他的樂趣，倒還在替一些小雜誌寫作，雖無稿費，但像許多青年一樣因爲能自由發表之故而爲他眞心愛護的。唯有在這些地方，他纔能發表他值得留存的東西。

他爲人溫和有禮，表面上很有耐性，實在却極端易感。一句稍爲激烈的言語就會使他氣到熱血奔騰；一句咀咒的說話更會使他驚駭失措；他自己既感痛苦，同時還替別人痛苦。幾百年前的某些醜行還是使他痛心疾首，髣髴當時遭人蹂躪的就是他自己。想到遭受這些不幸的人底苦難時，他臉色發白，呻吟抖戰，苦惱萬分，可是他所同情的已是遠隔幾世紀的人物了。當他目擊這一類的暴行時，他更憤慨到極點，渾身發抖，有時竟致害病，夜裏不能闔眼。他外貌的鎮靜，就是因知道自己這種弱點而勉強裝成的：當他生氣的辰光，他知道自己會過火，會說出別人不能原諒的話。那時人家恨他比恨素來性情暴烈的克利斯朵夫更甚，因爲奧里維感情衝動時，似乎比克利斯朵夫更會洩露他隱祕的心思；而這實在是不錯的。他的批判別人，固沒有克利斯朵夫那樣盲目的誇張，但也沒有他那樣的幻想，而是理智淸明的。這便是一般人最難寬恕的地方。因此他就緘口不言，知道爭辯無益而避免爭辯。這種強制使他很痛苦。但他更難過的，是他的膽怯，爲了膽怯，他有時覺不得不違反自己的思想，或者不敢堅持到底，或竟向人道歉，好似那次爲了討論克利斯朵夫的問題和呂西安・雷維——葛爭執的結果一樣。他在社會與自己之間決定何去何從之前，先要經歷多少絕望的苦悶。在他比較使性的少年時代，他是永遠在盡情宣洩與萎靡不振這兩個極端中間轉換的，轉換時也出以非常突兀的方式。正當他覺得最快樂的時光，他已斷定悲哀已在旁邊窺伺他了。果然，他並沒看見悲哀之來，他已被悲哀抓住。那時，他不獨苦惱，且還要埋怨自己的苦惱，追究自己的言語，行爲，誠實問題，站在別人底立場上攻擊自己。他的心在胸中亂跳，可憐地掙扎，快要窒息了。——自從安多納德死後，也許就受她的死亡之賜，受着在某些親愛的亡人身上發射出來的那種令人蘇慰的光明之賜，好像黎明時的微光把病人底眼睛與心靈照得清明了一樣，奥里維雖不能完全擺脫這些苦惱，至少能夠隱忍而加以控制。很少人想像得到這類內心的爭鬥。他把這屈辱的祕密，一個孀弱而苦惱的身體底不規則的騷亂，深深地藏在心底，他自由明澈的智慧，認爲雖不能完全駕馭這騷亂，但也不致受它的害，——「在擾攘不息的心裏始終保持着大體的寧靜。」

這種境地使克利斯朵夫大爲驚異。那是他在奥里維底眼裏看出來的。奥里維賦有感受別的心靈的直覺，賦有廣闊的、敏銳的好奇心，對一切都感興趣，甚麼都不否定，甚麼都不憎恨，用着廣大的同情觀照世界：這種清新的目光眞是一種無價之寶，使他得以用一顆永遠天眞的心去體驗宇宙間生生不息的現象。在這他覺得自由、寬廣、能夠支配一切的內在的天地中，他纔忘記了他的怯弱和痛苦。而且對於這個弱不禁風、老是準備隱滅的身體，倘在遠處用一種幽默而憐憫的態度去觀照時，還另有一番溫柔的滋味。在這種情形中，一個人就不會冒險去執着自己、自己的生命，而祗熱情地執着一般的生命了。因此，奥里維把自己不願在行動方面消耗的精力全部灌注到愛情和智慧中去。他沒有充分的元氣自生自存。他是一根蔓藤：需要倚傍。他把整個身心捨與的時候纔是他生命最豐滿的時候。這是一顆女性的靈魂，永遠需要愛別人，被別人愛。他可說生來是爲配合克利斯朵夫的。歷史上原有一般貴族的魅人的朋友，爲大藝術家作護衛，同時也靠着他們堅強的心靈繁榮滋長：例如貝爾脫拉費沃之於萊沃那；加伐里哀之於彌蓋朗琪羅；翁白爾（係拉斐爾生長地）同鄉之於年青的拉斐爾；哀爾·楚·琪爾特之忠於那既老且病的項勃朗。他們並沒那些宗師底偉大但宗師所有高貴與純潔的成分在那些朋友身上似乎更臻化境。他們是天才底最理想的伴侶。

他們的友誼對他們倆都有益處。有了朋友，生命就有了全部的價値；生活，爲了朋友；保持自己生命底完璧，不受時間侵蝕，也是爲了朋友。

他們互相充實。奥里維有着淸明的頭腦，病弱的身體。克利斯朵夫有着堅強的力量，擾攘不安的靈魂。一個是盲人，一個是癱子。如今當他們合在一起時，可覺得非常完滿了。由於克利斯朵夫底感應，奧里維對於陽光重新感到興趣；克利斯朶夫是元氣旺盛的，身心康健的，即在痛苦、受難、憎恨的時光，依舊能保持樂天的傾向，這種堅強的力灌輸了一部分給奧里維。可是克利斯朶夫所得之於奧里維的却遠過於此；照着一般天才底例，雖然自己有所給與，但在愛情中他所取的總遠過於他所與的，因爲他是天才，而所謂天才，一半就因他能吸取周圍所有的偉大而使其愈益偉大。俗諺說財富跟着富人跑，同樣，力量是跟着强者走的。克利斯朶夫吸取奧里維底思想來滋養自己；感染了他智慧的鎮靜，思想的灑脫，和懂得默然領會與控制的遠大的目光。但朋友底這些德性，一朝移植到他這塊更肥沃的土地上時，它們的發榮滋長就顯得格外有力了。

他們倆對着彼此在心靈中發現的境界非常訝異。每個人貢獻出無窮的富源，那是至此爲止各人從未意識到的全民族底精神財寶；奧里維所貢獻的，是法國人淵博的學識和善窺心理的天才；克利斯朶夫所貢獻的是德國人底音樂天賦和領會自然的直覺。

克利斯朶夫不明白奧里維怎麽會是法國人。這位朋友和他所見到的法國人多麽不同！在沒有遇見他之前，克利斯朶夫幾乎要把實在只是一幅現代法蘭西漫畫的呂西安·雷維——葛，錯認爲現代法蘭西底標本了。如今，奧里維這榜樣，可使他明白在巴黎還有比呂西安・雷維——葛思想更自由而仍不失其純潔澹泊的品性的人。克利斯朵夫竭力和奧里維辯白，強欲證明他和他的姊姊一定不是純粹的法國人。

——可憐的朋友，奧里維回答道，關於法國，你知道些什麼呢？

克利斯朵夫把他從前爲要認識法國而耗費的精力作爲抗辯的根據；他把在史丹芬與羅孫家中見到的法國人全部舉出來：那是些猶太人，比利時人，盧森堡人，美國人，俄國人，難得也有幾個眞正的法國人。

——我說的就是這個啊！奧里維回答。你連一個法國人都沒見到。一個墮落的社會，一些享樂的禽獸，甚至也不是法國人，只是一批浪子，政客，廢物，他們所有的騷動不過在法國底表面浮過，實際是連接觸都不會接觸到。你祇看見被美麗的秋天與茂盛的果園吸引來的成千成萬的黃蜂罷了。你不會注意孜孜勤勉的蜂房，工作底都城，研究底熱情。

——對不起，克利斯朵夫說，我也見過你們優秀的智識階級。

——什麼？兩三打文人麽？這纔妙哩！當此科學與行動佔據了如是重要地位的時代，文學不過是民族思想底最浮表的一層而已。何況即以文學而論，你也只看到些戲劇，奢侈品式的戲劇，這種爲國際飯店裏有錢的主顧定製的國際烹調。巴黎的戲院麽？你以爲一個勞働者會知道裏面玩些什麼把戲麽？牧師終生也不會到戲院去上十次！像所有的外國人一樣，你太重視我們的小說，太重視大街上的把戲，太重視政客底掀風作浪了……要是你願意，我可以給你看到一般從不閱讀小說的婦人，從不上戲院的巴黎少女，從不關心政治的男子，——而這些都是智識份子呢。你既沒看到我們的學者，也沒看到我們的詩人。你既沒看到我們的默不作聲地嘔着心血的孤高的藝術家，也沒看到我們的革命者底熱烈的火焰。最偉大的信徒，你既一個沒見過，最偉大的自由思想者，你也一個沒見過。所以，關於民族的問題，還是不必談！除了那個看護過你的可憐的女子以外，對於法國民族你又知道些什麼？你在哪兒能見到他呢？住在二三層樓以上的巴黎人，你認識幾個？（按巴黎公寓房租，層次愈低則愈貴，愈高則愈便宜。）如果你不認識那般人，你就不認識法蘭西。你不認識在可憐的屋子裏，在巴黎底頂樓下，在沉默的內地的、善良而眞誠的心靈，永遠過着平庸的生活，終生執着一些嚴重的思想，作着日常的犧牲，——這小小的一羣，在法國任何時代都有的——以數量說是渺小的，以精神說是偉大的，差不多永遠無人知道，沒有表面的行動，然而的確是法蘭西底力量，緘默而持久的力量，至於那般自命為優秀的人，却老是在腐化，在新陳代謝……當你看見一個法國人不是為了幸福，不是以任何代價求幸福而生活，而是為了盡他的使命或貫澈他的信仰而生活時，你便覺得奇怪，是不是？可是有成千成萬的人，像我這樣，比我更有價值，更虔誠，更謙卑，至死効忠着沒有回音的一宗理想，一個上帝。你不認識那個微小的民族，按序就班的，勤勉不怠的，在寧靜的態度之下，心底裏藏着一朵沒有燃燒起來的火焰，——這是藍髮的老伏朋當年為保護他們而向着自私的貴族抗爭的神聖的民族。(按伏朋 Vauban 1633-1707，為法國平民出身的元帥和軍事工程家，以善於防禦戰著聞於史，晚年因發表宣言爭平民與貴族平等納稅而失歡於路易十四。)你不認識民衆，也不認識優秀階級。凡是像我們忠實的朋友，支持我們的伴侶一般的書籍，你曾否讀過一本？你知道我們有一批年青的刊物，為我們用多少的忠誠與信仰扶植着麼？你想得到有些道德的人格，是我們的太陽，它們的光華使偽善者駭懼麼？他們不敢正面相搏，祇有低首下心，以便用手段去欺騙它們。偽善者是奴隸，他所說的奴隸實在倒是主人。你只認識奴隸，並沒認識主人……你曾見過我們的爭鬥，以爲是粗暴的支離破滅的行爲；因爲你不解其中的意義。你祇見白日底陰影與反光，却不見內在的光明，不見我們數百年的靈魂。你也曾想法去認識麽？也曾窺見我們的英雄行爲，大革命時代底十字軍麽？也曾參透法蘭西精神中壯烈的氣質麽？也曾俯視一下柏斯格底深淵麽？（按柏斯格爲法國十七世紀思想家，虔誠的宗教信徒，曾經歷劇烈的內心苦悶。）對於一個一千年來活動着、創造着的民族，把它莪特式的藝術、十七世紀底文明、大革命底巨潮左右過世界的民族，——一個經過幾十次磨鍊而從未死滅、而復活了幾十次的民族，怎可橫加誣蔑呢？你們全都是一樣的。所有到我們這裏來的你的同胞，都只見侵蝕我們的寄生蟲，文壇、政界、金融界底冒險者和他們的供應商，他們的顧客，他們的娼妓：你們把這批侵蝕法蘭西的賤物作爲批判法蘭西的根據。你們之中，一個都沒想到被壓抑的眞正的法國，想到藏在法國內地的生命準備庫，想到那些埋頭工作，不理會當局底喧鬧的民衆……是的，你們的茫無所知是很自然的，我絕對不埋怨你們：教你們如何能夠呢？連法國人都不大認識法國。我們之中最優越的人都閉鎖在我們自己的土地上。人家永遠不會知道我們的痛苦：我們牢牢執着我們民族的精靈，把從它那裏得到的光明當作神聖的庫藏般保存着，拼死保護着它不給那敵害的風吹熄，——孤獨地，感覺到周圍盡是那些異族散佈出來的烏煙瘴氣，像一羣蠅蚋般壓迫着我們的思想，可惡的幼蛆還要侵蝕我們的理智，汚辱我們的心靈，——負有保衛我們的使命的人，反而欺騙我們，我們的嚮導，我們的非愚卽怯的批評家，祇知諂媚敵人，求敵人寬恕他們生爲我們的族類——至於民衆，也一樣的遺棄我們，他們旣不關切我們，甚至也不認識我們……我們有何方法使民衆認識呢？連接近他們的機會都沒有……啊！這纔是最難堪的事！我們明知在法國有上千累萬的人都和我們一般思想，明知我們是代表着他們說話，而我們竟無法使他們聽見！敵人覇佔了一切：日報，雜誌，戲院……報紙躱避思想，或者是只接受那些爲享樂作工具，爲黨派作武器的東西。黨派社團是門禁森嚴的，只許自甘墮落的人進去。憂患和過度的勞作把我們的精力消磨盡了。只想搜刮錢財的政客，祇對那般能爲他們收買的無產者表示關心。淡漠與自私的中產者，眼睜睜的看着我們死。我們的民衆不知道我們：凡是和我們一樣鬥爭的人，也像我們被靜默包圍，不知道有我們存在，我們也不知有他們存在……黯澹的巴黎！當然，巴黎在把法蘭西思想所有的力量都集中在一起這一點上是也有好處的。可是它的禍害至少和它的福利相等；且在我們這樣的時代，卽是善也會變成惡。只要一個冒充的優秀階級霸佔了巴黎，閉塞了輿論，法國其餘部分底聲音就給完全壓倒。更糟的是法國自身還要陷入迷途；它緘默着，驚駭着，膽怯地噤住它的思想……從前我曾爲此痛苦。現在，克利斯朵夫，我可安心了。我懂得了我的力量，懂得了我民族底力量。我們只要等待洪水汛濫。法蘭西細膩的花崗石是不會因之剝落的。在洪水挾捲的汚泥之下，我可以使你觸到這堅靭潔白的本質而且到處都有一些崇高的峯巔顯露出來。

克利斯朵夫發見當時法國底詩人，音樂家，和學者，原來都受着理想主義底巨大的力量鼓勵。當那般得勢的人喧呼擾攘，宣傳他們鄙俗的肉欲主義，把法國思想界底呼聲掩蔽了時，法國眞正的思想界因爲太貴族了，不願運用暴力去和傲慢不遜的喧嘩爭鬥，便潔身自好地，爲着自己，爲着它的上帝，繼續唱它熱烈而含蓄的歌。他似乎還想躲避外界可厭的叫囂，所以他一直退縮到他高塔裏最深藏的地方。

詩人這名詞，早已被報紙與學會濫用着去稱呼那般渴望虛榮與金錢的嘵舌客，——但眞配這個稱謂的詩人，既瞧不起粗鹵的修辭與拘泥的寫實，因爲它們只能剝蝕事物底表面而不能觸及核心，便索性株守着靈魂底中心，耽溺着一種爲形象與思想底宇宙所嚮往的神祕意境，在這意境裏，世間一切都染上了內心生活底色彩。預備重造天地而含蓄蘊藏的這種理想主義，因爲太強烈之故，無法使大衆接受。克利斯朵夫最初亦不能領會。在那叫囂喧呼的節場以後，這種情形實在來得太突兀了。髣髴強烈的陽光底下經過了一番擾攘之後，忽然到了寂靜無聲的夜裏。他的耳朵亂鳴。甚麼都無從分辨。初時，由於他熱愛生命之故，這種對照使他非常不快。外面巨潮般的熱情震撼着法國，震撼着人類。而在藝術裏，初看竟絲毫不見這種騷亂底痕跡。克利斯朵夫問奧里維道：

——你們爲了特萊弗斯事件（按係一八九四——一九〇六年間轟動法國之大獄。特萊弗斯大尉被誣通敵，卒以平反結案。）鬧到天上，鬧到地下。請問你們經歷過這種苦悶的詩人在哪裏？此刻，在那些教徒心中正發生着幾百年來最壯美的鬥爭，教會威權與良知自由底衝突。請問你們反映這種神聖的愴痛的詩人在哪裏？勞工階級醞釀着戰爭，有些民族死滅了，有些民族再生了，阿美尼人（按係中亞細亞、高加索南之民族。）被屠殺，睡了千年的亞洲，醒過來把歐洲底掌鑰人，莫斯科大國推倒了；土耳其像亞當一樣睜開眼來看見天日；天空被人類征服；

舊大陸在我們脚下裂開；它把整個民族吞下了……所有這些二十年來完成的奇蹟，儘夠寫作二十部伊里阿特的材料，在你們詩人底寫作裏，何處找得到這些火辣辣的痕跡？現世的詩材，難道就祇有他們不曾看見麽？

——耐心啊，朋友，耐心啊！奥里維回答道。住口，別則聲，且聽……

世界底車軸聲慢慢隱没了；行動底巨輪震撼聲去遠了。神聖的靜寂底歌聲淸晰可辨了。

蜜蜂底聲音，菩提樹底香味……

風用它黄金般的口脣吹拂大地……

柔和的雨聲，挾着薔薇底幽香。

我們聽見詩人底利斧在柱頭上雕出

最樸素的事物底細膩與莊嚴的姿態，

以表現嚴肅與歡樂的生活，
　　用他的黃金笛，用他的紫檀簫，
來歌唱宗教的喜悦和中心飛湧的信仰底甘泉，
　　爲它，一切的陰影都是光明……。
還有那撫慰你，對你微笑的甘美的痛苦，
　　在它嚴峻的臉上，射出
　　一道靈異的光芒……
睜着温柔的大眼的清明恬靜的死亡。

這是純粹的聲音交響樂。沒有一種聲音可和高乃依與器俄底音響宏大的號角相比；但它們的合奏却更深刻而更人徵！那是現代歐羅巴最豐富的音樂。

克利斯朵夫不則一聲，奧里維對他說道：

——此刻你懂了麼？

現在也輪到克利斯朵夫來示意奧里維別則聲了。他雖更愛更男性的音樂，但聽着如森木如泉水般的心靈喁語也欣然領受了。詩人們在大衆短暫的鬥爭裏唱着世界永遠不老的青春，唱着美的景物所給予人們的甘美的慈愛。

當那人類驚呼悲號，在一塊貧瘠黑暗的田裏打轉的時候，當那些千千萬萬的生靈互相爭取一些血淋淋的自由的時候那些泉水和森林却齊聲唱着：

『自由！……自由！……聖靈，聖靈！……』（按聖靈二字係唱聖歌時常用之呼號。）

詩人並沒酣睡在自私自利的恬靜的夢裏。他們胸中不少悲壯的呼聲，也不少驕傲的呼聲，愛的呼聲，愴痛的呼聲。

這是如醉若狂的颶風，

挾着它暴厲的威力與深邃的甘美，

是騷亂的力，是興奮若狂的戰歌，是唱着羣衆的熱情，唱着人與人間，喘息不已的勞動者間的戰鬥，

如金如墨的臉龐在陰影與濃霧間顯現，

緊張着或傴僂着的肌肉突聳的背，突然，
在巨大的火焰與巨大的鐵砧前面……
鍛鍊着未來的城市。
而在照着『智慧底冰山』的強烈而黯澹的光線中，一般孤獨的心靈却絕望地磨蝕自己，嘗着壯烈的悲苦的滋味。

在這些理想主義者底特徵裏；有許多地方在德國人看來倒覺得更近於德國式，但他們全都愛好『法國式的文雅的談吐，』詩篇中還充滿着希臘神話底氣息。法國的風景與日常生活，由於一種神奇的變幻，在他們眼瞳中都變了南海的景物。我們竟可說，古代的心靈至今在廿世紀的法國人身上活着，他們還很想丟下現代的袈裟，回復他們美麗的裸體。

所有這類詩歌，都蒸發出一種成熟了幾百年的文明底香味，那是在歐洲任何別的地方找不到的。只要你聞過一次，就永遠不會忘記。它把世界各國底藝術家都吸引了來，變成法國的詩人，甚至到不稍假借的地步；而法國古典藝術底信徒，也再沒比盎格魯・撒格遜人、弗朗特人和希臘人更熱誠的了。

克利斯朵夫受着奧里維底指引，浸淫着法國詩神底精鍊的美，雖然以他的趣味而論，這個貴族式的，在他認爲太偏於智慧的女神，不及一個樸素的、健全的、結實的、並不如是多所思索，但懂得熱愛的民間女子可愛。

全部的法國藝術中，都有同樣美妙的香味，好似秋天被太陽晒暖的森林中發出楊梅透熟的味道。音樂就是隱在草裏的這些小小的楊梅樹中的一株。最初，克利斯朵夫因爲在本國看慣了茂密的音樂叢林，在這些微小的植物旁邊走過而不曾看見。如今，清幽的香味可使他回過頭來；靠着奧里維底幫助，他發見在那僭稱爲音樂的荊棘與枯葉中間，自有一小羣音樂家底精鍊而質樸的藝術。在種滿野菜的田間，在工廠底煤煙中間，在聖・特尼平原的中心，在一個聖潔的小樹林中，一羣無愁無慮的野獸在舞蹈。克利斯朵夫驚奇地聽着他們的笛聲，恬靜中含着幽默的意味，和他一向所聽到的渺不相似：

我只要一支小小的蘆葦，
就能使蔓長的野草呻吟，
整片的草原悲鳴，
溫柔的楊柳鳴咽，
還有那小溪也在低吟：
我只要一支小小的蘆葦
就能使森林合唱齊鳴……

這些鋼琴小曲，這些法國室內音樂底歌，那種慵懶的嫵媚與外表的享樂氣息，素來是德國藝術家不屑一顧的，克利斯朵夫自己也忽視其中的詩的技巧，但在這嫵媚與享樂的氣息裏他開始窺到一種更生底狂熱與煩惱，——爲萊茵彼岸的人士所不知道的，——法國音樂家就用這種心情在荒蕪的藝術園地裏尋找能夠孕育未來的種子。當德國音樂家守着乃祖乃父底陣地不動，以爲在他們往日的勝利之後世界進化已登峯造極的時候，世界却依舊在前進；而法國人就是首先出發尋訪的先鋒隊；他們發掘藝術底遠大的前程，訪求那已經熄滅的和方在昇起的太陽，追尋那已經消失的希臘和酣睡了幾千年懷着巨大無邊的夢、對着光明睜開巨眼來的遠東。西方音樂一向被古典的理性與規範拘囚着，至此纔由法國藝術家來開放古代的曲調；他們在凡爾賽池塘中灌注入世界所有的水源：通俗的旋律與節奏，熱帶的和古代的音階，新的或翻新的音程。在他們以前，法國印象派畫家已爲眼目展開了一個新世界，——那是發現光明的哥侖布，——如今，法國音樂家要來征服音響世界了；他們深入聽覺底神祕的幽邃的區域，在這內心的海洋裏發現了嶄新的陸地。至於他們的不把他們的勝利作出什麼結果來是非常可能的。照例，他們是世界底先驅者。

克利斯朵夫很欽佩這類在昨日中再生而已經走在前鋒的音樂。這個秀美的小人物眞是多麼勇敢！他對於他從前指摘的她的荒謬變得寬容了。唯有那些不圖前進的人纔永無謬誤。但爲了尋求活潑潑的眞理而犯的謬誤，比起那死板板的眞理來是好得多了。

不問結果如何，那種努力終是可驚的。奧里維使克利斯朵夫看到三十五年來完成的事業，看到爲了把法國音樂在一八七〇年前死氣沉沉的現象中拯救出來所費的精力：那時節，沒有交響樂隊，沒有深刻的修養，沒有傳統，沒有大師，沒有羣衆；只有一個裴里奧士，還是鬱鬱不得志而死。如今，克利斯朵夫對一般盡瘁於復興大業的匠人感到敬意了；他不再想去譏諷他們美學底狹隘，或天才底缺乏了。他們不止創造了一件作品，而是創造了整個的音樂民族。在鍛鍊法國新音樂的一切偉大的匠人裏面，有一個臉龐於他特別顯得可愛，那是不會看到自己所準備就的勝利便死去的賽查·弗朗，像老蘇茲一樣，在法蘭西藝術黯澹無光的時期中，始終保持着他的信心和他的民族天才。在此淫逸的巴黎，這個聖潔的大師，音樂界底聖者，在艱苦勤勞的一生中保存着他清明的心地，堅忍的笑容使他的作品蒙上一層慈愛的光彩：這纔是動人的境界啊！

克利斯朵夫因爲不懂得法蘭西深刻的生命，所以在一個無神論者的民族中間看到這個虔敬的大藝術家時，不禁認爲一樁奇蹟了。

可是奧里維微聳着肩，問他在歐洲哪一個國家能找到一位感受濃厚的聖經氣息，可和那清教徒式的法朗梭阿・米萊（法國十九世紀大畫家，爲巴比仲畫派七星之一，爲領會自然最深切之風景畫家。）相比的畫家；——比清明的柏斯格更加滲透熱情與謙卑的信仰的學者，匍匐在神明這觀念之前，當他的精神『在愴痛的情境中』——如他自己所說的那樣——感染了這思想的時候，『向他的理智祈求恩寵，那時的情景已和柏斯格崇高的瘋狂相去不遠了。』基督舊教的教義，對於米萊底寫實主義，不見得比對於柏斯格底狂熱的理性主義有何更大的障礙，他們用着穩重的步伐經歷着『單純的自然界，經歷着人類的黑夜，經歷着生命產生以前的最後的混沌境界。』在內地民衆身上（他們自己就是其中的一員，）他們汲取了這個一向潛伏在法國土地裏的信仰，這是任何詭辯不能否認的。這信仰，奧里維認識很清楚：那是他生來就秉受的。

他又指點克利斯朵夫看到二十五年來美妙的基督教革新運動，熱誠要使法國底基督教思想和理智、自由、生命融合起來；這些可佩的勇敢的教士，就像他們自己所說的『要受一番人、的洗禮，』爲基督教義爭取瞭解一切、和所有正直的思想結合的權利：因爲『一切正直的思想，卽使犯了錯誤，還是純潔與神聖的；』無數的青年基督徒，熱誠祝望建立一個基督教共和國，自由的，純潔的，博愛的，公諸一切意志善良的人；雖然橫遭誣蔑，被斥爲異端邪說，受盡左派右派——（尤其是右派）——底攻擊；這個小小的維新團體，依舊堅毅不屈地踏上艱難的前途，知道非灑盡血淚決不能有持久的成就。

法國其他的宗教，受着同樣活潑的理想主義與熱烈的自由主義底激盪。新教和猶太教巨大麻木的軀體，也受着新生命底刺激而打了一個寒噤。大家爭先恐後地努力想創造一個旣不犧牲熱情也不抑壓理智的自由人底宗教。

這種宗教的狂熱並非爲宗教所獨有；且是革命運動本身的靈魂。在此，這狂熱更有悲壯的情調。克利斯朵夫一向祇看見卑鄙的社會主義，——爲政客們用以籠絡羣衆，拿些幼稚的鄙俗的幸、福之夢來誘惑他們飢餓的顧客的，說坦白些，這種幸福只是操縱在當局者手裏的科學所應該——據他們說——給予大衆的普遍的享、樂。此刻，克利斯朵夫看到，和這可憎的樂觀主義相對的，還有領導着職工聯合會的一般優秀份子所首倡的一種神祕而激烈的運動。他們宣傳着『戰爭，從戰爭中爲垂死的世界重新求得一種意義、一個目標、一宗理想。』這些偉大的革命家，深惡那『布爾喬亞式的，商人化的，和平的，英國式的』社會主義，另外提出一個壯烈的宇宙觀，『反抗是它的律令，』不斷的犧牲與不斷的更新是它生存的條件。要是你能想像到被這般領袖們驅向奮世界挑戰的隊伍，含有以康德和尼采底理論同時見諸劇烈行動的神祕主義的話，這個革命的貴族階級便一樣顯得可驚了，他們的如醉如狂的悲觀主義，轟轟烈烈的英雄生活，對戰爭與犧牲的信仰，就很像端東尼組織（按係十二世紀時德國半軍人半慈善的組織）或日本武士道底戰鬥精神。

可是再沒比這更富於法國色彩的了：這是多少世紀以來特徵從未變過的法蘭西民族。這些特徵，克利斯朵夫借着奧里維底眼睛在執政時期的執政官與獨裁者身上看到，在某些思想家、行動者、和革新古制的改革家身上看到。加爾文派，楊山尼派，大革命時期的恐怖黨，工團主義者，到處都用着同樣的悲觀的理想主義和自然爭鬥，沒有幻象也沒有頹喪之氣，——像鐵腕一般支撐着民族，——但往往也鞭撻民族。

克利斯朵夫呼吸到這些神祕的鬥爭底氣息，開始懂得這如醉如狂的信仰底偉大，懂得法國人何以對之抱着嚴正無比的態度，而別的更善於調和的民族絲毫不能瞭解。如所有的外國人一樣，他最初只覺得法蘭西共和國標榜在一切建築物上的口號（按即自由、平等、博愛。）和法國人底專制思想對照之下非常可笑。現在，他可第一次窺見他們所熱愛的強悍的自由底主義，——窺見那理智底刀光劍影。不，所謂自由，並不像一般外國人所想的，對於法國人只是一種詞藻，一個空洞的觀念。對於一個需要理智高於一切的民族，爲理智的鬬爭自亦高於一切其他的鬬爭。即使這種鬬爭被一般自命爲實際的民族認爲荒謬，又有何妨？要是用深刻的目光去看，那些爲征服世界，征服帝國或金錢的鬬爭，何嘗不是同樣的虛妄？而且無論何種鬬爭，百萬年後還不是同樣的化爲烏有？但如生命底價值繫於鬬爭底強烈性，繫於爲了一個主宰而迸發全部生命力，即犧牲一己亦有所不顧的話，那末，除了在法國搬演的，或爲擁護理智或爲反對理智的永久的戰鬬以外，更無別的更能爲生命爭光的鬬爭了。而凡是嘗過這辛辣的滋味的人，對那世所盛稱的盎格魯·撒格遜人底毫無生氣的自由也只覺得平淡無奇，過於懦弱了。盎格魯·撒格遜人因爲在別的地方可以發洩他們的精力，就輕易獲得了自由。可是他們的力量並不在此。自由之偉大，只因爲它是在許多意見中間悲壯地爭來的緣故。在當時的歐洲，所謂寬容，往往只是麻木不仁，缺少信仰，缺少生命的表現。英國人依着他們的方式安排了服爾德底一句名言，就自命爲大革命在法國所未能做到的，在英國却『因信仰之紛歧而產生了更大的寬容。』——這是因爲在法國大革命中比着英國的信仰中有着更大的信心之故。

像維琪爾在地獄中領導着但丁一樣，奧里維領着克利斯朵夫從這理想主義的鐵衞團，理智、的戰鬭看起，一直爬到山巔，在那邊纔有緘默的、清明的、眞正自由的一小羣法國優秀人物。

世界上再沒比他們更自由的人物了。髣髴停止在凝靜的天空的鳥一般清明……在這高度上，空氣是那麼純潔，那麼稀薄，克利斯朵夫甚至覺得呼吸艱難。在此，纔可看到一般藝術家神遊於無限的自由的夢境裏，——一般遊戲三昧的主觀主義者，如弗洛貝一樣瞧不起『相信萬物爲現實的鄙夫；』——一般思想家，以他們水波似的複雜的思想，模倣着動盪不已的萬物底波濤，『晝夜不息地流轉着，』什麽地方都不顧停留，什麽地方都遇不到穩固的陸地，如蒙丹所謂『不描繪生命而只描繪過程，』『一天復一天，一秒復一秒的過程』——一般學者。明知一切都是空幻虛無，是人類在此虛無中造出他的思想，他的上帝，他的藝術，他的科學，繼續創造着世界及其律令，創造着這白日大夢。他們並不向學問求安息，求幸福，甚至也不求眞理：——因爲他們不知究竟能否獲得；——他們只爲學問而愛學問，因爲它是美的，唯有它纔是美的、眞實的。在思想底峯巔上，我們看到這些學者，熱情的懷疑者，不理會什麽痛苦，什麽幻滅，甚至連現實也不以爲意，只顧闔着眼睛，傾聽着心靈靜默的合奏，數與形底微妙而壯麗的和諧。這些大數學家，自由哲學家，——世界上最嚴格最切實際的心靈，——已經到了神祕的入定的境界底極端；他們擺脫了周圍的一切，俯視着深淵，對於自己的目眩神迷感到一縷快意；在無邊的黑夜裏，他們把思想底毫光輕快地放射出來。

克利斯朵夫挨在他們旁邊也想矚覩一下；只覺得天旋地轉。他是素以自由自命的，因爲他除了自己的良知以外已經擺脫了一切的律令，但在這些連思想底一切絕對的律令，一切無可違拗的強制，一切生存底理由都擺脫淨盡的法國人旁邊，他發覺自己的自由還是如何微渺，不禁爲之駭然了。那末，他們爲什麽還要生活呢？

——爲了能夠自由的歡樂，奧里維回答。

但克利斯朵夫因爲在這自由中間失去了立足點，竟至回頭戀念起德國底權力主義與堅強的紀律精神來了；他說：

——你們的歡樂是一種欺騙，是吸鴉片者底幻夢。你們耽溺自由，忘記了人生。絕對的自由，在精神是瘋狂，在國家是混亂……自由！自由在這世界上，誰是自由的？在你們的共和國內，誰又是自由的？——還不是那般無恥之徒！你們，出類拔萃的人，你們是被窒息的。你們只能做夢。不久，恐怕連做夢都不能了。

——那也無妨！奧里維說道。可憐的朋友，成爲自由的甘美是你不能知道的。那實在值得用危險、痛苦、甚至用死去交換。自由，感到在自己周遭一切的生靈盡是自由的，——是的，連無恥之徒也在內：眞是一種無可言喩的樂趣；彷彿靈魂在無垠的太空游泳。這樣以後，靈魂再不能在別處生活了。你所貢獻給我的安全，整齊的秩序，完滿的紀律，守着你們帝國軍營底四壁，與我又有什麽相干？

我會窒息以死。空氣啊！永遠要更多的空氣，永遠要更多的自由！
——世界是需要律令的，克利斯朵夫說。遲早會有主子來到。
但奥里維帶着譏諷的神氣，用着比哀爾·特·雷多阿（按着法國十六世紀史家）底說話回答道：

用盡塵世的方法去禁錮法國的言論自由，
其無效就等於把太陽埋在地下或納之洞穴。

克利斯朵夫慢慢地對於無限自由的空氣覺得習慣了。在法國思想底高峯上，是一般通體光明的心靈在幻想；克利斯朵夫從這山巔上向着脚下的山坡瞧去，只見一羣英勇的人爲着一種活的信仰——不問是什麽信仰——而鬬爭着，永遠努力望着高峯攀登：——他們向着愚昧、疾病、災患、發動神聖的戰爭；狂熱地致力於發明事業，征服光明，開拓空間的大道；這是科學對自然的大戰；——更往下瞧，在山坡較低的地方，是一羣靜默的、意志堅強的男男女女，善良而謙卑的心靈，千辛萬苦纔爬到半山腰，因爲不能再往上登，所以暗中雖抱着多少曖昧的犧牲精神，也只能停留在庸劣的生活裏；——再往下瞧，在山脚下，在險峻的羊腸小徑中，多少狂熱的信徒，多少盲目的本能，扭毆搏鬬着，不知在環繞他們的石壁之上還有什麽天地；——再往下去，是卑濕的池沼與沉溺在汚泥中的牲畜了。可是沿着山坡，東一處西一處的開着些藝術底鮮花，音樂發出楊梅似的淸香，詩人唱着如流水如鳴禽般的歌曲。

克利斯朵夫便向奧里維問道：

——你們的民衆在哪裏？我只見你們的好人或壞人。

奧里維答道：

——民衆麽？他種着他的園地。他全不把我們放在心上。每一組優秀的人都想收買他。他却一概不理。從前，至少爲了消遣之故還聽聽政治上的法螺大家底花言巧語。現在可不再輕自驚動了。放棄選舉權的人不知有幾百萬。政黨儘管打得頭破血流，民衆可全不在意，只要他們在打架時不踐踏他的田地：萬一發生了這種事情，他纔生氣，隨便把兩個鬧事的黨派攻擊一下。他並不動作，只對一切妨害他工作與休息的事情有所反動而已，且這反動也是毫無計劃的。君主，帝皇，共和政府，教士，祕密黨人，社會主義者，不管是什麽首領，民衆所要求於他們的不過是保護他不受公共的危險，不要戰爭，不要擾亂，不要發生疫癘，——還有是讓他能夠平平安安種他的園地。他心裏所想的是：

——難道這些畜牲竟使我不得安靜麽？

然而這些畜牲竟愚蠢到把好人纏擾不休，非惹得他肩起鐮刀來把他們逐出門外不止，——這就是我們的當局有一天會遇到的。從前，民衆會給一些巨大的事業煽動起來，這種情形將來也許還會發生，雖然他少年時代的瘋狂久已過去；可是無論如何，他的狂熱決不能持久；他很快會回到他千百年的伴侶——土地——懷中去的。法國人所依戀法國的是這塊土地，而非法國底人民。多少不同的民族，幾百年來在這塊土地上一處工作，被土地把他們結合了：土地纔是他們熱情所鍾的對象。不問幸或不幸，他們不息地耕種着；覺得土地上的一切連一小方泥土都是善的。

克利斯朵夫眺望着。極目所及，沿着大路，在許多池沼周圍，在山坡上，古戰場上，廢墟殘跡上，法蘭西底高山與平原上，一切都是耕種的土地：這是歐羅巴文明底大花園。它的無比的魅力不獨由於這塊肥沃豐腴的土地，且亦由於一個不知勞苦的民族千百年來孜孜不息的開墾着，播種着，使美妙的土地愈益美妙。

奇怪的民族！個個人說他無恆，他可甚麼都沒改變。在中世紀莪特式的塑像上，奧里維敏銳的目光還能辨認出今日各行省底一切特徵；就像格魯哀（按係十五——十六世紀法國畫家，父子二代均供奉內廷。）或杜蒙斯蒂哀（十六——十七世紀間世為宮廷畫家之氏族。）在粉筆下描畫出來的上流社會或智識份子底疲倦而譏諷的面貌；或是勒拿（十六——十七世紀間以名畫家著稱之三兄弟。）畫上所描繪的法國島（按L' Isle de France為古法國本部，十五世紀時立為行省，今分為五洲，）與畢加第省（今法國北部諸洲地）底工人和農民底清明的目光與精神。昔日的思想依舊在今日的心靈中流動。柏斯格底精神也依舊存在，不獨於深思虔敬之士為然，即在庸碌的中產者或產業革命者心中也有踪跡可尋。高乃依與拉西納底作品對於民衆始終是活的藝術；巴黎一個小店員會覺得對於路易十四時代的悲劇，比着托爾斯泰底小說或易卜生底戲劇更為接近。中世紀的歌唱，法國的老德利斯當，對於現代的法國人的關係，比着華葛耐底德利斯當更為密切。從十六世紀以來在法國花壇中不斷開放的思想之花，不管如何龐雜，究竟都是親屬，而且都和周圍的一切不同。

克利斯朶夫對法國的認識太膚淺了，不能把握它的持久不變的特徵。他在此富麗的景色中最感奇異的，是土地底四分五裂。正如奥里維所說的那樣，各有各的園地；每一方園地都用牆壁、園籬、種種的柵欄，和旁的園地分隔着。充其極也不過偶而有些村鎮公有的草原與森林，或者在河岸這邊的居民中間不得不比着對岸的居民彼此挨擠得更緊密些。各人抱着閉戶自守的主義；而這帶有嫉妒意味的個人主義，經過了幾世紀的毗鄰生活以後，非但不曾衰退，反而顯得格外堅強。克利斯朶夫想道：

——他們多孤獨！

說起孤獨，那末再沒比克利斯朶夫和奥里維所住的屋子更富於孤獨意味了。這是一個世界底縮影，一個勤勉而誠實的小法蘭西，在它各個不同的分子中間沒有絲毫連繫。五層高的一所欹側動搖的屋子，地板在脚下格格作響，天頂已被蟲蛀。雨直打到克利斯朶夫和奥里維所住的頂樓裏，使他們不得不叫工人來把屋頂胡亂修葺一下：克利斯朵夫聽他們在頭頂上工作，談話。其中有一個使他覺得又好玩又可厭；他一刻不停的自言自語，獨自笑着，唱着，說些輕佻的話，癡騃的話，不停地工作，不停地和自己談話；他每做一件事，總要報告出來：

——我還要敲一枚釘上去。我的傢伙哪兒去了？我敲釘了。我敲了兩隻。還得再敲一下！嘿，老朋友，這可行了……

當克利斯朵夫奏着音樂的時候，他緘默了一會，聽着，隨後又大聲喊叫起來；在樂曲輕快流暢的段落上，他重重地擊着榧子，在屋頂上打拍子。克利斯朵夫盛怒之下，終於爬上櫈子，從頂樓底天窗裏伸出頭去想咒駡他。但一見他跨在屋脊上，嘴裏滿啣着釘，嘻開着那張年青而善良的臉時，克利斯朵夫不禁笑了出來，而那工人也同樣的笑了。克利斯朵夫忘了胸中的怨恨，開始和他搭訕。臨了，他記起爬上窗來的動機，便道：

——啊！我要問您：我彈琴不會妨害您麼？

他回答說不，但要求他彈一些勿過遲緩的曲子，因爲他跟着音樂的節拍，遲緩的曲子會延宕他的工作。他們客客氣氣的分別了。克利斯朵夫和同住一屋的人在六個月內所說的話，還遠不及他和這工匠在一刻鐘內所談的多。

每層樓上有兩宅公寓，一是三間屋的，一是兩間屋的。僕役室是沒有的：每個家庭都自己動手，只有住在底層和第一層的是例外，他們的屋子也各各由兩宅公寓合併而成。

在五層樓上，住在克利斯朵夫和奧里維一層樓面上的鄰居，是一個姓高爾乃伊的神甫，年紀四十左右，很博學，思想很自由，胸襟很開曠，從前在一所大修院裏當聖經教授，新近因爲思想現代化而被羅馬予以懲戒處分。他接受了這責難，雖是心裏並沒眞正的屈服，但默不則聲地，既不想抗爭，也不願公開宣布他的主張，不願與外界往還，寧可坐視自己的思想崩潰而不願煽動輿論。對於這個隱忍退讓的反抗者，克利斯朵夫是不能瞭解的。他試和他交談；但那教士有禮地，冷冰冰地，絕對不提他胸中最關切的問題，他尊嚴地把自己活活埋葬了。

在下面一層，正對着兩個朋友所住的寓所，住着哀里·哀斯白閣一家：一個工程師，和他的妻子，兩個七歲至十歲間的女兒：那是些優秀的、富有同情心的人，永遠關在自己家裏，尤其因爲處境艱難而羞於見人。勇敢地躬親操作的少婦，爲了貧窮格外覺得屈辱；她寧願加倍的勞苦，只要能瞞住他們的境況：這又是克利斯朵夫不易感覺的一種情操。他們是信奉新教的家庭，法國東部人士。夫婦倆在幾年以前捲入了特萊弗斯事件底大風潮；爲了這件案子，他們激動到幾乎發狂，正像在七年中（按特萊弗斯事件前後歷七年之久）感染着神聖的憂鬱病的無數的法國人一樣。他們爲之犧牲了他們的安息，他們的地位，他們的交際；多少親切的友誼不惜爲之斬斷了；他們的健康也差不多完全喪失。一連好幾個月，他們不能睡覺不能飲食！翻來覆去的檢討着同樣的論據，像瘋子一般固執；他們互相煽動；雖然膽怯，雖然怕鬧笑柄，他們還是去參加示威運動，在會場上發言；回到家裏，兩個人都迷迷糊糊的，心房跳動着；夜裏他們倆一齊哭了。在戰鬥中他們把熱情消耗盡了，以致在勝利來到的時候再沒有充分的熱情去領受勝利底快樂；他們對人生已筋疲力盡，困頓不堪。因爲希望那麼高，犧牲底熱情那麼純粹，以致後來的勝利比起他們所夢想的報酬來是顯得可笑了。對於這些只知有一條眞理的完整的靈魂，他們的英雄們所作的政治上的妥協與和解，眞是一種悲苦的幻滅。他們眼見那些鬥爭中的伴侶，一向以爲是被『主張正義』這同一熱情所鼓動着的人物，——一朝把敵人打倒之後，立刻去佔據教區，奪取政權，刼掠榮譽及地盤，輪到他們來把正義踏在脚下了！……只有極少數的人依然忠於他們的信仰，貧窮，孤獨，被所有的黨派遺棄，他們也摒棄所有的黨派，各自退到陰影裏，被悲哀與憂鬱磨蝕，一無希冀，厭惡人類，厭倦生活。工程師和他的妻子便是屬於這一類的戰敗者。

他們在室內沒有一些聲響，因爲他們過分害怕打擾隣人，更因爲時常被鄰人打擾而以驕傲之故不願聲張。克利斯朶夫非常哀憐那兩個女孩子，她們愛快活、愛叫嚷、愛跳、愛笑的衝動，時時刻刻被壓抑着。因爲他疼愛兒童的緣故，當他在樓梯上遇見她們時總對她們表示種種的友誼。女孩子們初時還很畏怯，但不久也和克利斯朶夫斷熟了，他老是有些古怪的話對她們講，或分些糖果給她們喫。她們在父母前面提起他；他們先並不用如何善意的目光對待這種情意，但這個爲他們屢次咀咒鋼琴聲和大聲搬動傢具的鄰人，——（因爲克利斯朶夫在房裏覺得納悶，老像一頭關在籠裏的大熊般活動着。）——也慢慢地用他那副坦白的神氣把他們征服了。他們開始交談時是很困難的。克利斯朵夫底微嫌村野的舉動，有時使哀里·哀斯白閑大爲不快。工程師實在不願開放他的門戶，希望能夠安安靜靜的躲在家裏；但對於這個老是用那天眞懇摯的眼睛望你的人底快活的心情，畢竟無法抗拒。克利斯朵夫不時從鄰人嘴裏賺得一些心腹話。哀斯白閑是一個思想好奇的人，勇敢而又冷淡，憂鬱而又遇事退讓。他有擔受艱苦生活的力量，可沒有改變生活的力量。竟可說他歡喜證實他的悲觀主義。有人請他到巴西去擔任一個工廠底經理，報酬很好的位置，但他拒絕了，因爲怕那邊的氣候會損害他家人底健康。

——那麽把他們留下，克利斯朵夫說。您一個人去，爲他們掙一筆財產。

——把他們留下！工程師嚷道。可見您是沒有孩子的人。

——如果我有，我還是一樣的想法。

——永遠不會！永遠不會！……而且，還要遠離鄉土！我寧願在此受苦。

克利斯朵夫覺得用這種挨在一起生長的方式去愛鄉土愛家族是很古怪的。但奧里維很瞭解：

——想想罷他說，冒着身死異域、死在舉目無親、遠離骨肉的地方的危險！還有比此更可怕的事麽？何況生命如是其短促，實在不值得如是的奔波自苦！……

——難道一個人非永遠想到死不可麽？克利斯朵夫聳聳肩回答。而且即使死了，那末爲了替所愛的人求幸福而奮鬥以死，豈不遠勝於束手待斃？

在同一階層上，在那四樓較小的公寓裏，住着一個電氣工人，叫奧貝。——他的不和隣居往來可不是他的過失。這個從平民階級中跳出來的人物，抱着熱烈的願望，不欲再回到平民階層裏去。矮小的身材，痛苦的神色，在額角上顯出堅強的性格，眼睛上面横着一條褶襇，強烈而正直的目光像螺旋般深陷着；淡黄色的短髭，善於嘲弄的嘴巴，說話語調很低，聲音重濁，頸間老裹着圍巾，因爲喉嚨老是不舒服，還要一刻不停的抽煙，浮躁的行動，顯出他具有肺病患者底氣質。在癡呆、譏諷、悲苦、這幾種混雜的性格下面，藏着一顆熱烈的、浮誇的、天眞的、永遠被人生欺弄的心。他是一個自己從未認識的中產者底私生子，撫養他的母親又是一個不能令人尊敬的女子，他從小就看見無數的悲慘與下賤的事情。他學過各式各種技藝，在法國跑過許多地方。由於一種可愛的、渴於求知的意念，他用了驚人的代價自學成功他無書不讀：歷史，哲學，頹廢派的詩；他無所不知：戲劇，展覽會，音樂會；他對於文學和布爾喬亞思想抱着愛好和崇拜的心思；感到極大的誘惑。他浸淫着大革命初期激動過中產階級的那種模糊而熱烈的觀念。他確信理智是顚撲不破的，確信進步是無窮盡的，——到哪裏我纔算爬完了呢？——也確信幸福不久就會臨到世上，確信科學萬能，人神一致，信賴爲人類長女的法蘭西。他竭力反對教會，認爲所有的宗教——尤其是基督舊教——是半開化的徵象，所有的教士是光明底天生的仇敵。社會主義，個人主義，排外主義，在他頭腦裏衝突不已。他精神上是人道主義者，氣質上是專制主義者，事實上是無政府主義者。生性驕傲，他知道自己缺少教育，故談話時十分謹愼；他儘量吸收別人在他面前所講的話，但因爲怕屈辱，不願請益於人；然而不問他的智慧與乖巧如何，它們究竟不能完全補足他教育底缺陷。他一心想寫作。像許多從未學習的法國人一樣，他賦有風格底天才，而他知道得很清楚；但他的思想很模糊。他會把他一部分苦心孤詣寫成的東西給一個他所信仰的名記者看，結果是被取笑了一場。經過這次的羞辱以後，他不再向任何人提起他所做的工作。但他繼續寫着：這於他是一種宣洩的需要，驕傲的快樂。他對自己不值一文的動人的文章和哲學思想很覺滿意。至於那些非常美妙的現實生活底記載，他倒絕不提及。他自命爲哲學家，想編社會劇，寫宣傳思想的小說。不能解決的問題，他毫不費力地解決了，他到處有新大陸發見。當他隨後發覺所謂新大陸早已有前人發見時，他悲苦地感到幻滅，幾乎要抱怨人家給他上當。他一心愛慕光榮，抱着滿腔的忠誠，因爲不知如何應用而痛苦。他的夢想是要成爲一個大文學家，廁身於這個他認爲享有超自然的威名的作家之林。雖然他極需要造作種種幻象來欺朦自己，他的明辨與自嘲的意識明明知道這是無望的。但他願望至少生活在這個他遠望覺得很光明的布爾喬亞思想雰圍裏。這種無邪的願望，使他對於以自己的境遇關係不得不來往的那個階級感到難堪。而他所竭力想接近的中產社會，對他又閉門不納；於是他索性連一個人都不要看見了。因爲這個緣故，克利斯朵夫毫不費力的就能和他交際起來。並且他還得趕快迴避：否則，奧貝留在克利斯朵夫寓中的時間，會比留在他自己寓裏的時間還要多。他找到一個能談論音樂戲劇等等的藝術家，眞是喜出望外。但克利斯朵夫，正像我們所能想像的那樣，倒並不感到同樣的興趣：和一個平民，他更愛談論平民的事情。然而這是奧貝所不願而不復知道的。

一層一層的越往下走，克利斯朵夫和鄰居底關係自然而然的越來越疏遠。可是不知由於何種神奇的幻術，他竟進入了三樓底公寓。——一邊，住着兩個念念不忘於年深月久的喪事的婦人三十五歲的奚爾曼夫人，死掉了丈夫和女兒之後，和她年老而虔誠的婆婆蟄居着。——另一邊，住着一個謎樣的人物，看不出他準確的年紀，大概在五十至六十之間，和他作伴的是一個十歲左右的小姑娘。他頭髮禿落，養着一口齊整的鬍鬚，說話很柔和，舉止很溫雅，雙手很細膩。人家稱他華德萊先生，說他是無政府主義者，革命黨，外國人，但不知究竟是俄國人還是比國人。實在他是法國北方人，早已不是什麽革命黨；但他過去的聲名至今沒有衰落。參加了一八七一年底暴動，被判了死刑，他自己也莫名其妙的居然逃過了；十餘年間，他到處爲家的走遍了歐洲。在巴黎騷動的時期和以後，在他亡命的時期和回來以後，在他從前的同志而現在握了政權的人中，在所有的革命黨派中，他看到了多少醜惡的事情，便退出了黨派，只和平地把他的信念清白地但也毫無裨益地保存着。他讀書甚多，也寫些微帶激烈色彩的書籍，領導着——（據人家說）——遠方的無政府運動，在印度，在遠東，從事於世界革命底工作，同時也從事於同樣含有世界性而表面上顯得貧弱的研究：那是一種爲普及音樂教育用的世界語。他不和公寓裏任何人交往；相遇的時候，只以十分有禮的照呼爲限。對克利斯朵夫他倒肯說幾句他的音樂方法。但這是克利斯朵夫所最不感興趣的：用何種符號來表示他的思想是他從來不加注意的問題；用無論何種的言語他都能表現他的思想。那位學者却毫不放鬆，用着温和而又固執的態度繼續解釋他的學說；至於他其餘的生涯，克利斯朵夫連一絲一毫都不能知道。所以當他在樓梯上遇見他時，他只注視那老跟隨他的小姑娘：一個頭髮淡黃的孩子，臉色蒼白，血色貧弱，碧藍的眼睛，線條不大柔和的側影，身體很嬌弱，痛苦的臉上沒有多大表情。他像大家一樣以爲她是華德萊底女兒。其實她是一個工人階級的孤兒；華德萊在她四五歲時父母在疫癘中雙亡之後抱養過來的。他對一般貧苦的兒童懷有極大的愛情。這於他簡直是一種神祕的温情，像梵桑·特·保爾（按係十七世紀時聖者，以救濟孤兒著稱於史。）一樣。因爲他不信任一切官辦的慈善機關，也明白一般救濟團體底內容，所以他的慈善事業是獨自去做的；他瞞着別人感到一種幽密的愉快。他攻習醫學，預備在這方面應用。有一天他進到本區裏一個工人家中，看見有人病着，他便着手調護他們；他本有一些醫藥常識，此後更設法補充。他不能看見一個兒童受苦：那是會使他心痛的。當他爲這些可憐的小生命解除了疾苦，蒼白的笑容在瘦削的臉上重新顯現時，於他眞是何等甘美的快樂！華德萊心也爲之溶化了。一霎時，天堂顯現了……那些受恩者所給予他的煩惱也忘掉了。因爲他們難得會對他表示感激。女門房看到多少骯髒的脚踏上樓梯憤怒極了：她說些尖刻的抱怨的話。房東對於這些無政府派的集團也覺不安，對他嘖有煩言。華德萊想搬家；但這使他很難過：他也有他的脾氣，又溫和又執拗，便聽讓人家去說。

克利斯朵夫因爲對兒童表示憐愛之故，稍稍獲得他的信任。這種憐愛成爲他們的聯繫。克利斯朵夫每次遇到那個小姑娘，心裏總有一陣悲痛：他意識之外的本能所能窺到的外貌底神祕的相似點，使他回想起薩皮納底小女，他的遙遠的初戀，曇花一現的陰影，那沉靜的嫵媚至今不曾在他的心中消失。因此，他關切着這個從來不跑不跳的、臉色慘白的女孩，人家連她的聲音都難得聽見，她也沒有同等年齡的朋友，老是孤獨的，沉默的，玩着她沒有動作沒有聲音的遊戲，弄着一個洋娃娃或一塊木頭，嘴唇輕輕地動着，自己編造些故事。她慇懃而又冷淡；在她的性格中頗有古怪的、捉摸不定的成分；但她的義父並沒覺察：他只知愛她。可憐！這種古怪的和捉摸不定的氣息，卽在我們親生的兒女身上也有所不免！……——克利斯朵夫試把工程師底兩個女孩介紹給她。但哀斯白閑與華德萊雙方都有禮地，堅決地，拒絕交接。這些傢伙似乎以活埋自己、各自關在自己的囚籠裏爲榮。充其量，他們不過勉強肯相助；但各人心中還怕別人疑心是他自己需要別人幫忙；且因雙方都有同樣的自尊心，——經濟狀況也彼此相仿，——所以要其中有一個肯向對方伸出手去是絕對無望的。

二層樓上的大房子差不多永遠空着。房東把它留作自用；而他是從來不在這裏的。他從前是一個商人，當他掙得了自己所預定的某個數目的財產時，就把業務結束了。一年中大部分的時間，他都在巴黎以外消磨：冬天在東南海濱的一個旅館裏，夏天在北方的一個海水浴場上，靠着存款底利息過活，看着別人底奢華就算滿足了自己的奢華欲望，也像那些奢華的人一樣，他過着空虛無益的生活。

貼隣那個較小的寓所，租給一對沒有孩子的夫婦：亞諾先生和亞諾夫人。四十至四十五歲間的丈夫，在一所中學裏當教員，成日忙着上課，鈔寫，溫習，他竟沒有寫他博士論文的時間；終竟放棄了這個念頭。比他年輕十歲的妻子，人很和氣，極度的怕羞。兩人都很聰明博學，相憐相愛，一個熟人都沒有，從來不出家門。丈夫因爲太忙。妻子因爲太閒。但她是一個勇敢的女人，竭力抑壓着愁悶，噏在肚裏，盡她所能的找事做，或者看書，或者替丈夫預備筆記，膽清筆記，補綴衣服，裁做自己的衣帽。她心裏很想不時去看看戲；但亞諾滿不在乎：晚上他太疲倦了。於是她也隱忍了。

他們倆最大的樂趣是音樂。那是他們熱愛的。他不會彈奏；她雖會而不敢；當她在人前奏弄時，簡直像一個初學的小姑娘，卽是當她丈夫底面也如此。但這於他們已經足夠了；他們囁嚅地談論的葛呂克，莫扎爾德，貝多芬，於他們都是朋友；那些音樂家底生涯，他們連細枝小節都知道，而他們的痛苦引起他們無限的同情。美妙的書，一起閱讀的美妙的書，也是一宗幸福。但在今日的文學作品中，這一類的東西太少了：作家對於一般不能藉以博取聲名、金錢、快樂的讀者是不放在心上的，這批在上流社會中從不露面的謙卑的羣衆，從不發表他們的意見，只知道愛與緘默。這道藝術底沉默的光，在這些誠實而虔敬的心中差不多具有超自然的意味，而且就靠着他們共同的熱情，這道光已足使他們過着平和的相當幸福的生活，雖然有些悲哀——（而這和他們的幸福並不衝突）——非常孤獨而又有些傷感。他們倆都比他們現實的地位高卓得多。亞諾先生充滿着思想；但他既無餘暇又無勇氣把它寫下來。要發表文章或刊印書籍是太麻煩了：實在不值得，多無聊的虛榮！他認爲和他敬愛的思想家相形之下，自己眞是太微末了！他太愛好藝術品，以致不願「製造藝術：」他竟以爲這種志望是狂妄而可笑的。他以爲自己的命運只是幫助藝術品底流傳。所以他祇把他的思想灌輸給學生：等將來再寫成書籍，——此刻當然是不說出來。——沒有一個人比他在買書上化費更多的金錢。窮人總是最慷慨的：他們自己拿錢買書，有錢的人却以爲不能白到手書籍是失面子的事情。亞諾爲了書籍化去了所有的金錢，這是他的毛病，他的癖好。他也爲之感到羞恥，瞞着妻子。可是她不埋怨他，她也會一樣的廣收圖書。——他們老是定下些美妙的計劃，預備積起一筆款子去遊歷意大利，——然而這是永遠不會實現的，他們很明白，笑自己的無法積聚。亞諸會得自己安慰自己。他的親愛的妻子於他已經足夠。他勤勞的生活與內心的喜悅也已使他滿足。難道這些對她還嫌不夠麼？——她說：是的，足够了。她可不敢說更好是她的丈夫有些聲名，使她也沾着光輝，照耀一下她的生活，使她有些舒適的享受；內心的歡樂固然很美；但外面的光彩也能給你多大的喜悅！……然而她一句話不說，因爲胆怯；再則她知道卽使他想獲取聲名也沒有成功底把握：如今是太晚了！……他們最大的憾事是沒有孩子，却彼此瞞着不說；而且他們因之更加相憐相愛；髣髴這些可憐的人需要祈求對方寬恕一般。亞諸夫人是慈悲的，慇懃的，很樂意和哀斯白閑夫人相交。但她不敢：人家對她毫無表示。至於結識克利斯朵夫，正是夫婦倆求之不得的事情：他遙遠的樂聲已把他們蠱惑了。但無論如何，他們不願首先發動：因爲他們認爲這是唐突的行爲。

第一層全部，住着法列克斯·韋爾先生夫婦。這是兩個沒有兒女的富有的猶太人，一年中有六個月住在巴黎近郊的鄉下。雖然他們在這寓所住了廿年——（他們爲了習慣而住得這麽久，雖然他們很易找一個和他們的財富更相稱的住處，）——却老是像過路的外國人。他們從來不和鄰居說一句話，人家對於他們的事情也不會比第一天知道的更多。這可不能成爲不受別人批判的理由：相反，人家愈不知道他們的爲人，愈要批判他們。他們是不討人歡喜的。無疑的，他們也絕不爲取悅於人而有所努力。然而他們的爲人很值得人家多知道一些：夫婦倆都是智慧過人，極其優秀的人物。六十歲左右的丈夫，是一個阿敍利考古學家，在中亞細亞的發掘使他享有盛名；胸懷豁達，博學多聞，如他同種的人一樣，並不以他的專門學問爲限；他對無數的事情感有興趣：美術，社會問題，一切現代思想界底運動。且他還不肯以研究爲滿足因爲所有的學問他都喜悅，可沒有一項引起他特殊的熱情。他很聰明，並且太聰明太自由了，不能受任何束縛，凡是這一隻手建造起來的老是預備用另一隻手去破壞；因爲他建設得很多：事業與理論俱備；這是一個大工作家；雖然不信他的工作有何效用，但由於習慣，由於精神上的攝生，他依舊不聲不響地、孜孜不倦地埋頭於學問。不幸他是一個富人：使他沒有機會認識爲生存而鬥爭底趣味；且從他在東方做了幾年發掘工作而感到厭倦之後，他從未接受任何的公家職位。但在他個人的工作以外，他還用着清明的頭腦從事於當前的問題實際的立卽見效的社會改革，法國社會教育底改造等等；他宣傳思想倡導潮流；推行巨大的文化運動，可又立刻唾棄。好幾次，他引起一般因他的論據而牽入爭端的人底憤慨，因爲他對他們加以最尖刻最令人喪氣的批評。但他並非故意如此：這是他天性上的一種需要；他是神經質的，善於嘲弄的，對於他敏銳的目光看得太刺目的人和物底可笑處，實在難於容忍。且卽是美妙的事情與善良的人物，倘在某一角度上看或在放大鏡下瞧，也難免可笑的地方，而他的嘲弄的心情便難於長久抑制了。這當然不能使他獲得朋友。然而他心裏極想施惠於人，事實上也這樣做；但人家難得感激他；卽是受他恩惠的人也不能原諒他，因爲他們暗中覺得在他眼裏，他們是可笑的。他不願多見人，否則就不能愛他們了。並非因爲他是一個厭世者。他對於自己的信念倘不足使他成爲這個角色。面對着他所揶揄的這個社會，他很膽怯；他心中也懷疑到社會底反對他或許並非全無理由；他避免顯得和別人過分不同，努力想從別人身上學些舉止態度與浮表的見解。可是徒然：他不能禁止自己批判他們：對一切誇大與不自然的東西，他具有極尖銳的感覺；而他又不會隱藏他的難堪。一方面，他對猶太人底可笑感覺格外靈敏，因爲他認識他們更清楚；另一方面，雖然他思想很自由不承認有何種族底界限，但往往遇到別個種族底人時用這種界限來加以摒拒；——再加他在此基督教的思想界裏始終有些格格不入的苦悶，他便尊嚴地不和社會往還，埋首於工作，深切地愛着他的妻子。

最糟的是連這位妻子都不免受他諷刺。她是一個善良的、活動的、願意幫助人而老是做着善事的婦人。天性沒有丈夫那般的錯雜，她只曉得守着善良的意志和責任底觀念，這觀念雖有些頑固而抽象，却非常高卓。沒有孩子，沒有大的歡樂，沒有熱烈的愛，她這相當淒凉的一生，全建築在這道德的信仰上，而這信仰實在也只是需要信仰的意志促成的。丈夫善譏諷的天性，自然覷破了這種信仰裏面自欺自騙的成分，而拿來——（這是他不由自主的）——取笑她。他是無數矛盾底混合物。他對責任所抱的崇高的觀念，亦不下於他的妻子，同時却具有一種毫無憐惜的分析、批評、不受欺蔽底需要，使他把專制的道德一片片的分割開來。他可不知自己在剷除妻子底立足點，殘忍地銷磨她的勇氣。當他感到這一層時，他比她更痛苦；但病根已經種下了。雖然如此，他們却並不因之減少他們的愛情，工作，行善。但妻子底冷淡的尊嚴，也不比丈夫諷刺的心情更受別人善視；既然他們都很高傲，不願宣布他們所行的善事，也不願宣布行善底意願，人們就把他們的矜持認作淡漠無情，把他們的孤獨認爲自私自利。而他們愈覺得人家對他們抱着這種觀念，愈不願設法去破除。在他們這個種族裏，大多數是粗鄙與唐突的傢伙；這夫婦倆却因爲要一反這種風氣而做了驕傲與矜持底犧牲者。

至於比小花園高出幾個石級的底層，住着一個退職的殖民地礮兵軍官，夏勃朗少佐；這個還年輕而強壯的人，在蘇當和瑪太伽斯加立下光榮的戰蹟之後，突然丟下一切，像生根似地種在這裏，再不願提起軍隊二字，整天翻耙着他的花壇，毫無結果地研究他的笛，咀咒政治，咕嚕他疼愛的女兒：一個卅歲的女子，不十分美，但很可愛，很孝順，爲了終身不離開父親而不出嫁。克利斯朵夫俯在窗上時，常常看見他們；自然他對女兒比較注意。她把一部分的下晝消磨在花園裏，縫着，幻想着，收拾着花園，老是高高興興的陪着終日咕噥不已的父親。人家只聽見一方面是她鎮靜清脆的聲音和悅的語氣，一方面是他漫無目的地在小徑上踅着細步，老是抱怨的聲音；過了一會，他進去了；

她便揀着園中一條櫈子坐下，幾小時的縫着東西，既不動彈，也不說話，臉上浮着一副模糊的笑容，室內則是那個一無所事的軍官，拼命吹着那支刺耳的笛，或爲變化起計，笨拙地按着癆病氣倒的風琴，發出嗚嗚的聲音，教克利斯朵夫時而好笑時而生氣——（看日子而定。）

所有這些人物，緊挨着住在這座花園緊閉的屋子裏，吹不到一絲外界的風，甚至相互間也隔離得十分嚴密。唯有克利斯朵夫，因爲感情充溢生命豐滿之故，用着他又明辨又盲目的廣大的同情心，包裹着他們全體。他們可毫不知道。他不懂得他們，也沒有法子懂得，他缺乏奧里維那種心理方面的智慧。但他愛他們，本能地爲他們設身處地。由於神祕的電流作用，他漸漸在心頭感到這些咫尺天涯的生靈底曖昧的意識，這個居喪的婦人底痛苦的麻痺，驕傲的教士，猶太人，工程師，革命家底強制的沉默；他眼見信仰與溫情底黯澹而柔和的火焰無聲無息地燃燒着亞諾夫婦底心；他也體驗到平民出身的工匠對於光明的天眞的憧憬；軍官所竭力壓在心頭的反抗與徒勞無益的行動；還有那坐在紫丁香下出神的少女，他亦領會到她樂天安命的恬靜。但能夠領略這些心靈底無聲的音樂的，只有克利斯朵夫一人；他們自己是聽不見的，各人都沉浸在各人底悲哀與幻夢裏。而且大家工作着，懷疑派的老學者，悲觀的工程師，教士，無政府主義者，所有這些驕傲的心灰意懶的人，全都工作着。屋頂上，更有那泥水匠在歌唱。

屋子周圍，克利斯朵夫卽在最優秀的人中也發見同樣的孤獨精神，——卽使他們結合在一起時也如此。

奧里維把他常常發表文字的一份小雜誌介紹給克利斯朵夫。它的名字叫做伊索伯，引着蒙丹底一段說話作爲她的箴言：（按伊索伯爲古希臘寓言家，生存於公元前七——六世紀爲奴隸出身。）

「人家把伊索伯和別的兩個奴隸一起發賣。買主先問第一個能做什麽；這個傢伙爲炫耀起計，列舉了無數奇妙的本領；問到第二個時也是一樣的回答，甚至還要勝過前者。等到輪及伊索伯，問他能做什麽時，他答道：——我什麽都不能，因爲這兩位已把所有的事情做完了；他們知道一切。」

這純粹是對蒙丹所謂的「把智識來驕人的自誇自大之徒」底「無恥」下一針貶。這輩自稱懷疑派的伊索伯羣，其實比旁人抱着更深刻的信仰。但在大衆眼裏，這副諷刺的面具天然沒有多大吸引力，反覺莫名其妙。你要羣衆跟着你走，非和他講着簡單、明瞭、強健、確定的人生不可。只要堅強的謊言，就比貧弱的眞理更能博得羣衆歡喜。至於懷疑主義，祇有在藏着大量的自然主義或基督教底偶像崇拜時，纔能使他們愜意。所以這份伊索伯雜誌底傲慢的懷疑主義只適合一小部分的心靈，只有這一批纔識得他們隱藏着的堅實性。但這種力量對於行動是完全無效的。

他們却不顧慮這些。法蘭西愈民主化，它的思想、藝術、科學，似乎愈貴族化。科學，躱在它特殊的術語後面，在它的殿堂底裏，遮着唯有已經入門的人纔能揭除的三重帷幕，比着十八世紀時更難接近。藝術，——論理應該至少能保持本相和尊重美的，——却也一樣的封固嚴密，它輕視羣衆。連那些對於行動比對於美更關切的作家，一般重視道德思想甚於美學觀念的文人，也有一股奇特的貴族氣息。他們所關心的。似乎尤在於保存他們內在火焰底純潔，而非把這火焰傳達給別人。覺可說他們並不要使他們的思想得勝，不過是加以證實。

可是這等作家就在從事平民藝術的那羣裏面。在最眞誠的人中，有一般在作品中混入無政府主義的、破壞主義的思想，宣傳着未來的遙遠的眞理，也許在一個世紀或廿個世紀之後是有益的，但目前是侵蝕心靈灼傷心靈的；另外一批，則寫着苦澀的，尖刻的戲劇，沒有幻象的，非常悲慘的。克利斯朵夫讀過之後，覺得那些原想把自己的疾苦忘懷數小時而來的可憐蟲，却獲得如是悒鬱不歡的消遣，眞是太可憐了：

——你們把這個給予大衆麽？他問。這纔儘够把他們活活埋葬呢！

——放心能，奥里維答道。大衆是不會來的。

——他們這纔做得對！你們眞是發瘋。你們難道要滅絕他們全部的生活勇氣麽？

——爲什麽？讓大衆像我們一樣知道事物底悲慘面而仍舊鼓起勇氣盡他們的責任，豈非應當？

——鼓起勇氣？我可不大相信。但毫無樂趣是一定的了。而當你把一個人底生活樂趣滅絕之後，也就差不多完了。

——有什麼辦法？我們總沒有權利竄改眞理。

——但也沒有權利對所有的人說出全部的眞理。

——這種話竟是你說的麼？你是永遠在要求眞理，自命愛眞理甚於一切的人！

——是的，爲我，和爲那些具有充分堅強的體格能夠擔承的人，固然是眞理。但對於旁的人們，這是一種酷刑，一樁胡鬧的事情。我此刻可看到了。在我本國我永遠想不到這一層；德國人並無像你們這樣的眞理病：他們太愛生活了；他們謹愼地只看他們願意看的事情。你們可不是如此，所以我愛你們：你們是勇敢的，毫無顧忌的。但你們不近人情。當你們自以爲把一項眞理從它窠裏拖出來之後，你們就把它丟在世上，不問它會不會闖下大禍。你們儘可愛眞理甚於愛你們的幸福，我很敬重你們。但是愛眞理甚於愛別人底幸福！……那可不行！你們太專擅了。應當愛眞理甚於愛己，但應當愛他人甚於愛眞理。

——因此還應當對別人說謊麽？

克利斯朵夫引述歌德底一段名言來代替他的答覆：

——「在最高的眞理中，我們只應當說出能爲社會造福的一部分。其餘的，我們只能藏在心裏；好像一顆隱蔽的太陽底柔和的光暈一般，它們會在我們一切的行動上放射出它們的毫彩。」

但這些顧慮難得能打動法國作家底心。他們不問他們的弓射出去的是「思想還是死亡，」或兩者都有。他們缺少愛。當一個法國人有思想的時候，他就強使旁人接受。即使他沒有思想，他也一樣的要教人接受。當他眼見做不到時，便不願再有所行動。爲了這個緣故，這般優秀人士不大理會政治。各人深藏在各人底信仰裏或無信仰裏。

有人做過種種的嘗試，想打倒這種個人主義而使之集合起來；但這種集團大半立即傾向於文學淸談或變成可笑的團體。最優秀的，互相否定。其中有些傑出之士，充滿着力和信仰，天生是能够聯合與指導一般往弱而善良的意志。但各有各的隊伍，不肯把自己的隊伍和別人底合併。他們組織會社、團體，發行小雜誌，所有道德的德性都具備，只除了一件：犧牲自己；沒有一個團體肯對別的團體讓步，互相爭奪着一批少數的貧寒的羣衆，苟延殘喘的存活了一些時候；終於一蹶不振的倒台了，而且並非由於敵人底打擊，倒是——（最痛心的！）——由於他們自己的摧殘。許多不同的職業——文人，劇作家，詩人，散文家，教授，小學教員，新聞記者，形成了無數的小階級，各階級又分化爲更小的階級，互相抱着深閉固拒的態度。相互的瞭解是談不到的。在法國，無論對於什麽事情，只有極少的時間，當大家如醉若狂的附和着『全體一致』成了傳染病的時候，纔會有全體一致的現象，並且往往還是錯誤的：因爲它是病態的緣故。法國無論何種活動，都受個人主義控制，在商業方面如在科學方面一樣，富人們的不能聯合不能妥協，全是個人主義從中作梗。這個人主義並不昌盛，並不充溢，但是執拗的，凝鍊的。孤獨自立，不求於人，不與人往來，恐怕相形之下會感覺到自己的無能，也不願他驕傲的、孤獨的安靜受人擾亂：凡是創辦那『超然的』雜誌、『超然的』劇場、『超然的』團體的人，幾乎心中全抱着這種思想而創辦那些雜誌、劇場、團體的唯一的作用，往往只因爲不欲和他人一起，不能在共同的行動或思想上互相聯合之故，還有是彼此的猜忌或黨派間的仇視，使實際上最配互相諒解的人互相提防着。

卽使互相尊敬的人物爲了同一事業而結合的辰光，像奧里維和他的同志們辦着伊索伯雜誌那樣，他們之間似乎也永遠懷着警戒之心；他們絕無這種流露眞心的淳樸，那在德國是習見而極易令人厭惡的。在這羣青年中間，有一個（原註：夏爾・班琪）（按夏爾、班琪爲與羅曼羅蘭同輩的法國近代名作家，以寓于神祕色彩著稱歐戰中陣亡。）對克利斯朵夫特別有吸力，因爲他猜到他具有一股特殊的力量：這是一個邏輯嚴密、意志堅毅的作家，對道德思想抱着極大的熱情，準備把整個的世界和他自己一齊爲他的思想犧牲；他創辦並且幾乎獨力編輯着一份雜誌來爲他的思想作辯護。（按係指半月刊 Cahier de Quinzaine 卽羅曼羅蘭繼續發表本書各卷之刊物。）他立誓要向法國和歐洲提出一個純潔的、自由的、英雄的法蘭西底觀念；他堅信將來社會終有一天會承認他所寫的是法國思想史上最大膽的一頁；——而他這思念實在是不錯的。克利斯朵夫很願對他有更深的認識，和他來往。但毫無辦法。雖然奧里維常有事與他往來，他們也只在有事時相見；他們絕對不談個人的說話；充其量不過交換一些抽象的思想；或更準確地說，他們也無所謂交換，各人把思想藏在肚裏，不過各自在一邊自言自語罷了。這便是知道他們的價值的戰鬪同志。

這種矜持有許多原因，連他們自己都不易分辨。先是過度的批評精神，使他們對於各種思想間無可泯除的異點看得太明白了，再加過度的理智主義，使他們過於重視這些異點；其次是缺少那種強烈而天眞的同情心，缺少爲了生活而需要的愛，爲了生活而需要宣洩的他的過於充滿的愛。也許還有的原因是事業底重負，生活底艱難，思想底狂熱，使一個人到了晚上再沒有精力去體味友善的談話。末了，還有那法國人所不敢承認而常在胸中叫吼的可怕的情操：以爲大家不是同種同族，而是在不同的年代住到法國土地上來的不同的種族，雖然互相連繫着，却很少共同思想，實在，這種區別，爲公共的利益着想是不該常常想到的。此外，更有那崇拜自由的、醉人的、危險的熱情從中作梗：當你一朝嘗到了自由之後，世界上便沒有一件東西不可爲自由犧牲的了。這種自由的孤獨，尤其因爲是用多少年的艱難換取得來之故而更可寶貴。一般優秀的人物借此爲逋逃藪，藉以避免爲庸碌之流役使。宗教的或政治的勢力威逼你，種種壓迫個人的重負加在你身上：家庭，輿論，國家，祕密會社，黨派，學派；自由與孤獨便是對這些壓迫的反動。試想一個囚徒要越過二十道高牆纔能逃出牢籠，那末，倘非身強力壯之人，怎能毫無損傷的達到目的？對於一顆自由的意志，這眞是艱苦的磨練。但凡是從這裏經歷過來的，就將終生保存着辛苦的皺痕，獨立不羈的僻性，永不能與旁人融和的了

除了因驕傲所致的孤獨以外，還有因退讓所致的孤獨。法國有多少善良的人士，挾着一切的慈悲、高傲和眞摯之情，從人生中隱退：無數有理無理的理由，阻止他們動作。有些人是爲了服從，爲了膽怯，爲了習慣底力量。有些人是爲了懼憚批判，怕鬧笑柄，怕在人前顯露，怕聽人家把他們毫無作用的行爲說是有作用的。這一個不參加政治的與社會的鬬爭，那一個不參加慈善事業，因爲他們在其中看到沒有良心或沒有識見的人太多了，也因爲恐怕別人把他們和這批濫竽充數的與昏瞶糊塗的人視同一列。幾乎全體是由於厭惡，倦怠，害怕行動、痛苦、醜惡、笑柄、危險、責任，再有那可怕的「有何用處？」，把今日多少法國人底善良意志毀滅了。他們太聰明——（沒有氣魄的聰明），——他們看到正反兩方面的理由。缺少力量。缺少生氣。一個人生氣蓬勃的時候是不問爲何生活的；他爲生活而生活，——因爲生活是一樁美妙的事情而生活！

至於那些傑出之士，具有一大堆令人同情的和普通的優點：溫和的哲學中庸的欲願，親切地愛護家庭、鄉土、和道德習慣，小心識趣，怕強制別人，妨害別人，不輕易洩露情操，永遠保着矜持的態度。所有這些可愛的動人的特點在某些情形之下，都可和清明，勇敢，內心的歡樂聯合起來；但和社會底貧血症與法蘭西生命力底日趨衰退也並非沒有關連。

在克利斯朵夫和奧里維底屋子下面的那個柔媚動人的小花園，便是這個小法蘭西底象徵。這是一片和外界隔絕的綠茵。外面的巨風，只有偶而迴旋着降到園裏，使坐在那邊幻夢的少女吸收到一些遙遠的田野和大地底氣息。

如今，克利斯朵夫窺見了法國潛藏的生機，又發見它聽任卑鄙無恥之徒壓抑，覺得非常憤慨。這般沉默的優秀階級所藉以隱遁的半明半暗的境界，使他感到窒悶。禁欲主義對於一般沒有牙齒的人固然很好。他，他却需要無限的空氣，廣大的羣衆，光耀的太陽，千萬生靈底愛，需要把他所愛的人緊搊着，把仇敵踏成齏粉，需要戰鬪，需要勝利。

——你固然能够這樣，奧里維說，你是强者，你生來是爲征服的，用你的德性，也用你的缺點

——（對不起！）你生在一個不是太貴族的民衆中間，這是你的運氣。行動不會使你厭惡。你甚至在必要時能成爲一個政治家！……並且你能用音樂寫作，這又是一樁無可估量的幸福。人家不懂你，你甚麽都可以說。倘使人家知道在你音樂裏有鄙視他們的說話，有他們所否認的信仰，也有對於他們竭力想撲滅的東西的不斷的頌讚，那末他們決不會寬恕你，你將被束縛，追擊，弄得你筋疲力盡，使你攻擊他們的最堅强的力量喪失淨盡；等到你戰勝的時候，你已沒有完成事業的餘力；你的生命快要告終了。成功的偉人所收穫的是誤解。人家所敬仰他的正是和他的眞面目相反的東西。

——呸！克利斯朵夫答道，你沒有識得你們那般大師底懦怯。我先以爲你是孤獨的，所以我原諒你沒有行動。但實際上你們有整個的隊伍都是一般思想。你們比壓迫你們的人强過百倍，你們的價値比他們的超過千倍，而你們甘願對他們的醜行屈服！我不懂你們。你們有着最美的國土，最

美的智慧，最富於人間性的感覺，而你們絲毫不加利用，聽讓少數的壞蛋控制，汚辱，踏在脚下，顯出你們的本相來罷，怕什麼鬼！別等待老天來幫忙，別等待拿破侖出世！起來罷，團結起來罷。全體動員！掃除你們的屋子。

但奧里維聳聳肩，用着譏諷而倦怠的神氣說道：

——和他們去火拼麼？不，這不是我們的任務，我們有更好的事情可做。暴力是我所厭惡的。它的結果我是太明白了。落伍的、惱羞成怒的老朽，胡鬧的保王黨青年，宣傳暴行與仇恨的可怖的使徒，會一齊霸佔我的行動，加以汚辱。你難道要我再喊出「蠻子滾出去！」或「法國人的法國」這種仇恨的老口號麼？

——幹麼不？克利斯朵夫說。

——不，這不是法國底言語。人家儘把它們塗着愛國主義的色彩到處宣傳也是無用。這祇適用於一般野蠻的國家！我們的國家可不是爲仇恨而建設的，要肯定我們的天才，並不在於否定他人或毀滅他人，而在於吸收他們。不問是騷亂的北方人或嘵舌的南方人，都讓他們來罷……

——還有含有毒素的東方？

——就是含有毒素的東方也無妨：我們會吸收它像吸收旁的一樣，我們所吸收的正多哩！東方表示勝利的神氣，我們族類中一部分人表示恐懼的心理，都令我發笑。它以爲把我們征服了，在我們的大街上，報紙上，雜誌上，戲劇舞台上，政治舞台上，耀武揚威。傻子！它纔被征服呢。它滋養了我們以後，把它自己銷滅了。高盧人底胃是強健的；二千年間它消化的文明何止一個。我們受得起毒藥的試驗……你們德國人要害怕，那是你們的自由！你們非純粹不可，否則就不能存在。但我們，主要的不在於純粹而在於普遍。你們有一個皇帝，大不列顛也自稱爲帝國，但事實上眞有帝國意味的倒是我們的拉丁天才。我們是世界、城、底公民。

——這很好，克利斯朵夫說，只要一個民族保存着健康，充滿着元氣。但它的精力終有枯涸的一日；那時，它纔有被外來的巨潮淹沒的危險。我們中間不妨老實說，你不覺得這種日子已經來到了麼？

——這種話人家已經說了幾百年了！我們的歷史却老是證明這種恐懼是無謂的。從十五世紀以來，從巴黎一片荒涼豺狠成羣的時期以來，我們經受的磨練已不知有多少！今日的道德淪喪淫樂無度，志氣銷沉，紛紜擾攘，我都不放在心上。忍耐能！要生存就得受苦。我很知道隨後會有一種道德上的反動，——不見如何高妙的反動，結果也許還要鬧出同樣荒唐的事情而今日靠着公衆的腐敗過生活的人，將來也不會稍稍斂跡！……可是對我們有什麽關係？這些運動並不波及法蘭西眞正的民衆。腐爛的果子並不使果樹腐爛。它掉在地下就完了。對於民族，所有這些人眞是微末不足道！他們死也罷，活也罷，與我們有什麽相干？値得我去築起堤岸、掀起革命來對付他們麽？現在的禍害不是一種制度所產生的後果。這是奢侈的癩病，是財富與智慧底寄生蟲。牠們自會消滅的。

——把你們侵蝕過以後。

——對於一個這樣的民族是不許絕望的。它的潛在的德性，光明與理想主義底力量，就是那些蠶食它破壞它的人也感染得到。連一般貪婪的政客亦會受它誘惑。最庸劣的人，握了政權，亦感覺到他們國運之偉大，從而超脫他們的小我，一個一個把火把傳遞過去，一個一個從事於攻擊黑暗的神聖鬬爭。民族底精靈曳引着他們；好歹他們都完成了他們所否定的上帝底意志……親愛的國家，親愛的國家，我永不對你有何疑慮！即使你所受的是致命的磨難，倒更能使我感到我們在世界上所負的使命底驕傲。我絕不願我的法蘭西瑟縮地幽閉在一間病人底臥室裏，提防着外界的風。我不願教一個受苦的生靈挨延時日。一個人長大到我們這樣的時候，倘使要停止長大的話，還不如痛快死掉。所以聽讓世界的思想投向我們的思想中來罷！我毫不懼怕。巨潮把它肥沃的淤泥留在我們的土地上之後自會過去的。

——可憐的朋友，克利斯朵夫說，在等待的時間，可不是有趣的呀。而且當你的法蘭西從尼羅河中浮起來時，你又將身在何處？奮鬬豈非更好麽？除了你早已註定的失敗以外又沒有別的危險。

——不，我所冒的危險將遠過於失敗，奧里維答道。我可能喪失我精神的寧靜：而這是我比勝利更加重視的。我不願憎恨。即是對我的仇敵，我也要予以公平的待遇。我願在熱情中保存我淸明的目光，瞭解一切，愛一切。

但克利斯朵夫覺得這種一方面愛人生、一方面與人生分離的態度，和自甘死滅的退讓無甚登別他如老安班陶克爾（紀元前五世紀時大哲學家。）一樣，覺得胸中昇起一支恨底頌歌，以及與恨相連的愛、底頌歌，這是墾殖大地、在大地上播種的內容豐富的愛。他不能贊同奧里維那種安靜的宿命觀；且因他不大信賴一個絕不自衞的民族底持續性，所以想喚起整個民族底健全的力量使法國所有的誠實之士一致奮起。

好像對於一個人用一分鐘的愛情能比用幾個月的觀察知道得更多一樣，克利斯朶夫之於法國，在八天內和奧里維足不出戶的親密相聚的結果，比他用着一年的光陰，走遍了巴黎，走遍了文化的與政治的沙龍所知道的更多。在這種他覺得茫無所措的普遍的混亂中，他的朋友底心靈於他無異是『法國島』，——在大海中的理智與清明底島。奧里維內心的平和所以格外使人感動的緣故，因爲它毫無靈智的依傍，——因爲他生活底境況是困苦的，——（他貧窮，孤獨，他的國家似乎又有沉淪的趨勢，）——因爲他身體是孱弱的，病態的，不能控制神經的。所以這種清明的境界並非意志堅强的效果，——（他很少意志；）——而是從他的生命與種族之深邃處來的。在奧里維周圍許多旁的人士身上，克利斯朵夫也窺見有一道遙遠的微光，體驗到「靜止的大海底沉寂的平和」；為心靈底騷動所苦惱的他，竭盡意志所有的力量差能維持強烈的天性底均衡的他，對於這種隱蔽的和諧，自不勝其豔羨了。

潛在的法國底景象，終於把他對法國性格所抱的觀念全部推翻了。他一向認為是快樂的、愛交際的、無愁無慮的、聲勢喧赫的民族，如今却看到有一批含蓄的、孤獨的心靈，表面上籠罩着樂觀主義，像一層光明的水霧，實在却沐浴着深沉而清明的悲觀主義，滿懷都是固定的思想與靈智的熱情，無可搖撼的靈魂，只能加以毀滅而不能改變的。當然這不過是法國底優秀階級；但克利斯朵夫不懂它這種禁欲主義和信仰究竟從哪裏汲取得來。奧里維回答他道：

——從失敗中得來的。是你們，我的克利斯朵夫，把我們重新鍛鍊了。啊，這自然不是毫無痛苦的。你們想像不到我們生長時所經歷的陰沉的空氣，在一個屈辱受傷的法國，——新近遭着死亡底浩刼，還感到老是有暴力底威脅壓在它身上。我們的生命，我們的精神，我們的法蘭西文明，十個世紀底偉大，——我們知道它是握在一個不瞭解它、恨它、隨時可以把它擊成虀粉的強暴的征服者手裏。可是就得爲了這些運命而生活！試想那些幼小的法國人，生在蒙喪的家庭裏，被戰敗底陰影籠罩着，受着這些沮喪的思想薰陶，在預備流血報仇、預備作着致命而或覓無益的報復的空氣中教養長大因爲，不問他們如何幼小，他們第一件意識到的事情是這個世界上沒有正義：暴力壓倒了權利！這類的發見使兒童底心靈不是從此墮落就是從此長成；多少人是這樣的沉淪了；他們想：「既然如此，何必奮鬬？何必振作？一切都是空的。想也無益。還是享樂罷。」——但凡是掙扎過來的人都受到了火一般的磨鍊；任何幻滅不能消毀他們的信仰：因爲從第一天起，他們已知道信仰之路和幸福之路全然不同，而他們是不能選擇的，只有望這條路上趲奔：否則，他們會窒息。這等信念是不能一蹴即幾的。你決不能期待那些十五歲左右的孩子，在獲得此信念之前，先得經受悲愴的苦惱，流掉多少熱淚。但這樣是好的。應得要這樣。……

「吠信仰，純鋼百鍊的處女，
用你的鎗尖，來開墾民族底被壓抑的心罷！……」

克利斯朵夫默然握着奧里維底手。

——親愛的克利斯朵夫，奧里維說，你的德國給予我們多少痛苦。

克利斯朵夫幾乎要道歉了，彷彿是他的過錯。

——不必難過，奧里維微笑道。它所不由自主地給予我們的益處，還遠過於禍害。是你們重新燃起我們的理想主義，是你們重新激起我們對於科學與信仰的熱情，是你們促進了法國底普及教育，是你們刺激起巴士德（Louis Pasteur 1822-1895 法國大生物學家，細菌學家，病理學家。）底創造力，由於他一個人的發明，把五十億戰爭賠款（按係指一八七〇年普法戰爭之法國賠款。）抵償了，是你們使我們的詩歌、繪畫、音樂再生；我們民族意識底覺醒也全靠你們的力量。我們爲了愛信仰甚於愛幸福所作的努力已經獲得酬報：因爲這樣，我們在痲木的世界上纔感到那精神的力量，使我們對於勝利的信念不復有所疑慮。你瞧見麽，我的克利斯朵夫，我們雖然顯得如此微末，如此怯弱，——和德國底強力比較起來只是大海中的一滴水，——我們却相信這是把整個海洋染色的一滴水。馬其頓軍隊會把歐羅巴大隊武裝的人民衝倒。

克利斯朵夫望着孱弱的眼中閃着信仰之光的奧里維說道：
——可憐的懦弱的小法國人！你們比我們更強。
——呋，幸運的失敗，奧里維反覆說着。祝福災難！我們決不會把它拋棄。我們是災難之子。

第二部

失敗可以鍛鍊一般優秀的人物；它挑選出一批心靈，把純粹的和強健的抉擇出來，使他們變得更純粹更強健。其餘的心靈却因失敗而更快地崩潰，或竟喪失了生命底躍進力。在這一點上，「失敗」把一蹶不振的大衆和繼續前進的優秀份子分開了。優秀份子知道這層，因之深感痛苦；卽是最勇敢的人，對於他們的無力與孤獨也覺得悽然。而最糟的是，——他們不獨和大衆分離，且在自己的一羣中也是同樣的分化。各管各的奮鬪着。凡是強者只想救出自己。『呋人，你自己幫助自己罷！』他們並不想到這句生機蓬勃的格言底眞正的意思：『呋人類，你們得彼此相助啊！』他們全都缺少信任，缺少同情的流露，缺少一個種族在勝利時所感到的共同行動底需要，缺少豐滿的情操，缺少登峯造極的意念。

關於這種情形，克利斯朶夫和奧里維也有些知道。在這充滿着可以瞭解他們的心靈的巴黎，在這住滿着不相識的朋友的屋裏，他們還是像在亞洲沙漠中一樣孤獨。

境況很艱難。他們的財源差不多毫無。克利斯朶夫就祇有哀區脫那邊鈔錄樂譜和改編樂曲底工作。奧里維冒失地辭退了大學裏的職位，因爲在姊姊死後，他頹喪的志氣久久不能恢復，再加在拿端夫人底那個社會裏遭遇了一次痛苦的戀愛經驗：——（他從沒和克利斯朶夫提起此事，因爲他不願洩露胸中的苦惱；他的魅力，一部分就在於他卽和最親密的朋友也永遠保持着的那種幽密的神祕。）——在這個極需要沉默的精神衰頹的時期，教書底職務對他覺是的一件無法忍受的苦役。他對於這種需要裝模作樣、大聲宣佈自己的思想、老是和羣衆混在一起的行業，毫無興趣可言。要高尙地做一個中學敎員必需有一種使徒式的熱情，而這是奧里維所沒有的；至於大學教授，則必得和羣衆保持經常的接觸，而這又是使一個像奧里維這樣愛孤獨的人非常痛苦的。他曾經對公衆作過兩三次演講，結果是感到一種異乎尋常的羞怯。像陳列品一般站在講壇上於他是最可怖的。他看到羣衆，好像用着觸角一樣感覺到羣衆，他知道這裏面大多數是專門爲消遣煩悶而來的閒漢；而娛樂大衆的角色實在不合他的口味。但尤其糟糕的，是這種從講台上發出來的說話常常會把他的思想改頭換面；一不留神，就會在舉動、說白、態度上面，表示思想的方式上面，甚至在心理方面都有流於俳優腔派底危險。演講是在兩椿危險中間擺動的東西：或是變成可厭的喜劇，或是變成時髦的學究。這種對着幾百個陌生而默不作聲的人高聲朗誦的獨白，這件大衆可穿而誰也不合式的現成衣服，在一個有些獷野與高傲的藝術家心中，其虛僞的程度眞是難以忍受。奧里維因爲感到需要潛心默想，說一句話就要能完整地表現他的思想，所以把他千辛萬苦掙來的教職放棄了；更因爲已沒有姊姊來阻攔他的幻想，便開始寫作。他天眞地以爲只要有藝術價値，便不必費什麼力量就會被人認識。

不久他可醒悟了。絕對沒有法子發表一些東西。他對於自由的熱情，使他痛恨一切損害自由的東西，使他過着孤獨生活，在各個互相敵對的政黨割據了國土和輿論的局勢之下偷生着，好似一株無法喘息的植物。他對於一切文學黨派也抱着同樣孤獨的態度，他們也同樣的擯拒他。在這等地方，他沒有、也不能有一個朋友。這些智識份子底心靈底冷酷、枯索、和自私自利，使他憎厭（除掉一般極少數抱着眞正志願的人，或是熱情地耽溺於探索學問的人）一個人爲了他的頭腦——（而頭腦又不大）——而不惜使心靈萎縮，眞是多悲慘的事。沒有絲毫慈悲心，只有像藏在鞘裏的利刃般的智慧：說不定有一天會直刺入你的咽喉。得永遠提防。締結友誼是不可能的，那般愛美的好人決不能在美妙的事物中不爲自己圖利，——這是一般生活在藝術以外的人。藝術底氣息，爲大多數人是不能呼吸的。唯有一般極其偉大的人，纔能生活在藝術中而仍不失生命之源的愛情。

奧里維只能靠自己。而這又是脆弱之至的倚傍。他不願作任何奔走。他不能爲了自己的作品受委屈。有一般青年作家卑躬屈膝地趨奉某個著名的劇院經理，甘心忍受他比對僕役還要不客氣的待遇，當奧里維看到這種情形時不禁爲之臉紅。即使爲了他的生活問題，他也不能這樣做。他只把原稿從郵局裏寄去，或是送到戲院或雜誌底辦公室：原封不動的幾個月的放在那裏。可是有一天，偶然遇到他一個從前在中學裏的同學，一個可愛的懶蟲，對他還存着多少欽佩而感激的心思因爲奧里維會經慇懃地而且毫不費力地爲他搶卷之故他對於文學是一無所知的但文人倒認得不少，而這就比認識文學有用得多；更因爲他有錢，會交際，愛出鋒頭的緣故，他聽讓那般文人利用。他對一個他有股份的大雜誌底祕書，爲奧里維說了一句好話：立刻，人家把埋葬了的原稿發掘出來，讀了一遍；經過了多少的躊躇以後，——（因爲即使作品顯得有些價值，作者底名字卻全無價值，社會上誰知道他呢？）——終於決定接受了。當奧里維知道這個好消息時，以爲他的苦難就要告終。其實還不過是開端呢。

在巴黎要教人家收受一件作品還算容易；但要它印出來是另外一件事情。得等待，成年累月的等待，有時甚至得等待一生，要是你沒有學會趨奉別人或麻煩別人的本領，不時趁那些小皇帝剛剛起牀的時候去朝見，使他們想起有他們存在，明白他們決意要隨時隨地和他們糾纏的話。奧里維只知道坐在家裏；在等待期間把意氣銷磨盡了。至多他寫些永遠沒有回覆的信去。煩躁底結果，再不能工作。荒唐！但這是不能用理智來解釋的。他等待每一班的郵差，對着桌子坐着，思想沉浸在憤怒的苦悶裏；他只爲了下樓去看信纔出門，希望的目光一瞥到信箱便立刻變成失望；他低着頭走，一心只想等會再來；而當最後一次郵班底時間過了，只有鄰居沉重的脚聲打破室內的沉寂時，他對着這種淡漠感到窒息。一句回音，只要一句！他們連這種施捨也靳而不與麼？那靳而不與的人可想不到會使他感到這種痛苦。各人用着各人底形象去看世界。那般心中沒有生意的人所看見的是枯萎的宇宙；他們想不到在青年的胸中充滿着期待、希望、痛苦的呻吟；或者即使想到，他們也志得意滿地用着粗俗的譏諷，加以冷酷的批判。

終於，作品出版了。奧里維等待得那麼長久，已經毫無樂趣可言：因為那於他是已經死去的東西。可是他希望對於別人還是活的。其中有些詩和智慧底閃電，決不會無人見到。但作品只遭遇到一片沉默。——他還寫了兩三篇論文。但因他和一切黨派沒有關係，老是遇到同樣的靜默或敵意。他莫名其妙。他天眞地以為每個人天生的情操，總該對一件新的（即使是不十分好的）作品表示好意。大家對於一個發願使別人得到一些美、力、或歡樂的人，是應當感激的可是他只獲得冷淡或責難。他明明知道，具有像他作品中那種思想的人不止他一個，還有些別的人和他一般思想。他可不知道這些善良的人並不讀他的書，在文壇底輿論界中沒有他們的份兒。即使有兩三個讀到他的文字，和他共鳴，他們也永遠不會對他說；他們關閉在他們的靜默裏。他們如在選舉時放棄投票一樣，在藝術上也放棄他們的權利；他們不看書，怕受到難堪；他們不看戲，因爲厭惡戲劇，他們聽讓他們的敵人去投票，選舉他們的敵人，造成令人氣惱的勝利，爲只代表無恥的少數人的作品與思想大事宣傳。

奧里維既不能依傍和他精神相同的人（既然他們不知道他，）就只能落在仇敵手中了：讓那些與他思想爲敵的文人和聽這種文人指揮的批評家擺佈。

這些初次的接觸使他受傷了。他對於批評，和老勃羅格耐一樣的敏感：只要他爲惡意的輿論所苦，就不敢再使人家演奏一闋他的作品。他甚至也不能獲得他舊同僚底支持。這些大學界的人，因爲職務關係，對於法國智識的傳統還保持多少感覺，照理是能瞭解他的。但祇知服從紀律、埋頭工作的卓越之士，通常被一無收穫的職業弄得氣惱了，不能原諒奧里維與衆獨異的行爲。以馴良的公務員資格，他們對於優越的才能，唯有當它處於優越的地位時纔承認其優越。

在這種情形之下，只有兩三條路可走：用強力摧破外界的壁壘；屈服於羞辱的妥協；或隱忍着只爲自己寫作。奧里維對第一第二條都辦不到：便採取最後一條。他艱苦地爲人家補習功課來維持生計，寫着在空氣中絕無長大的可能的作品，慢慢地褪色，變成虛幻的，非現實的。

在此昏黃黯澹的生活中，克利斯朵夫却像暴風雨般突然闖了進來。他對於社會底卑鄙與奧里維底忍耐非常憤慨：

——難道你覺沒有熱血麼？他嚷道。你怎能忍受這樣的一種生活？你，自知比這般畜牲高卓而覺聽任他們壓迫？

——怎麼辦呢？奧里維說，我不知自衞，我厭惡和我鄙視的人爭鬬；我知道他們會用所有的武器攻擊我；而我，我却不能。我不但厭惡運用他們惡毒的手段，且還怕傷害他們。當我幼時，我恐蠢地聽讓我的同伴毆擊。人家以爲我懦怯，以爲我怕挨打。其實我怕打人甚於挨打。有一天當那些劊子手中有一個虐待我的辰光，有人和我說：『痛快結束一下罷，對準他的肚皮一脚！』這可使我大爲驚怖。我寧願給人家毆擊。

——你沒有熱血，克利斯朵夫再三說。這是你們該死的基督教思想底恩賜！……還有你們除了教理問答以外別無内容的宗教教育割裂的福音書，淡薄無味的、沒有骨頭的新約……皮婆式的慈悲眼中老噙着淚水……可是你們的大革命，盧梭、勞白斯比哀（法國大革命時山嶽黨領袖，爲極激烈的份子。），一八四八（發生二月革命之年代。）猶太人，……難道完全忘懷了？你還是每晨吞一片血淋淋的舊約罷。

奧里維却表示異議。他對於舊約有一種天生的反感。這種情操，直可追溯到他的童時，當他偸偸地在外省書房裏翻着一部有插圖的聖經的時代，那是人家從來不看、也不許兒童翻閱的東西。其實這種禁止是多餘的！奧里維決不能對它久視。他立即惱恨地愁苦地把它闔上了；以後，當他沉浸在伊里阿特或奧特賽或天方夜談裏的辰光，他纔覺得蘇慰。

——伊里阿特中的神，奧里維說，是一般美麗、有力、染有惡癖的人：我懂得他們，我或者愛他們，或者不愛他們；甚至我不愛他們時也愛他們；我對他們有了愛情。我和巴脫洛格爾一起，吻着流血的阿希爾底美麗的脚。（按希臘神話中戰將 Patrocle 與 Archille 爲交稱莫逆之二英雄，皆參與脫洛阿之役）但聖經裏的上帝是一個偏執的老猶太人，狂怒的瘋子，所有的時間都用來責罵人類，威嚇人類，像一頭發瘋的狼般叫吼，在雲端裏發狂。我不懂得他，不愛他，他的無窮的咀咒使我頭痛，他的殘忍使我驚駭：

對摩勃的裁判……
對達瑪的裁判……
對巴比倫的裁判……
對埃及的裁判……
對海中的沙漠的裁判……
對幻覺的山谷的裁判……

這是一個瘋子，自以爲是審判官，是公衆底檢察官，是獨一無二的劊子手，在他監獄底庭院裏，對着花和石子宣佈死刑。這部殺氣騰騰的書裏所充滿着的頑強的恨意，令人連氣都喘不過來……——『毀滅的叫喊……籠罩着摩勃地方的叫喊；他的怒吼到處都可以聽見……』——不時他在屍橫遍野、婦孺慘斃的屠殺中休息一會；於是他笑了，好像姚蘇哀（希伯來首領之一。）軍隊中的一個老兵在圍城之後坐在飯桌前面的笑：

「軍隊底主給部下供張盛宴，讓他們喫着肥肉，喝着陳酒。……主底劍上滿着鮮血，塗着羊腰底油脂……」

最壞的，是這個上帝用着欺騙的手段差遣他的先知去蒙蔽人類的眼睛，以造成他使他們受苦的理由：

「去，把這個種族底心弄成殘酷，把他耳目蔽塞，恐怕他會懂得，會變化，會恢復健康。——到何時爲止呢，吾主？——到屋無居民、土地荒蕪的時候……」

不，我一生從未見到一個如此凶惡的人！……

我不會愚蠢到不知語言底威力。但我不能把思想與形式分離；如果我有時會讚美這個猶太上帝，也是用和讚美老虎一樣的態度。莎士比亞是妖魔鬼怪底製造者，却也從不能製造這樣一個代表恨、——神聖而有德的恨、——的英雄。這部書眞可怕。一切的瘋狂是有傳染性的。恨、就是其中之一。而這種瘋狂的所以格外危險，是因爲它殘忍的驕傲自以爲負有澄清世界的使命。英國使我發抖，當我想到它幾百年來浸淫着這種思想的時候。我定要覺得它我之間有着法蘭西海峽底分隔纔安心。祇要一個民族還在把聖經做他的養料，我就永遠不相信他已經完全文明。

——在這種情形之下，克利斯朵夫說，你大可畏懼我，因爲我是沉醉在這種思想裏的。這是獅子底骨髓。是強健的心底食糧。福音書而沒有舊約做它的解毒劑，是一盤平淡無味的不衛生的肴饌；聖經是願意生存的民族底骨骼。應當奮鬬，應當憎恨。

——我就痛恨憎恨，奧里維說。

——恐怕你連這種恨意都沒有！克利斯朵夫回答。

——你說得對，我連這種恨都沒有勇氣。我不能無視我敵人底理由。我常念着夏鄧（十八世紀法國名畫家。)底名句:『要柔和!要柔和!』

——好一匹綿羊!克利斯朵夫說。但你也是枉然。我將使你跳過壕溝,領着你鳴鼓而前。

眞的他把奧里維底事情抓在手裏,開始戰鬬了。他開端並不十分高明。他聽到人家說出第一個字就要惱怒,在爲他的朋友辯護之時,反使朋友蒙受不利;他隨後發覺了,對於自己的笨拙覺得很難過。

奧里維對他亦並不有所負欠。他也爲了克利斯朵夫而戰鬬。雖然他害怕戰爭,雖然賦有淸明而善於嘲弄的智慧,譏笑一切極端的言語和行動,但一遇到有關克利斯朵夫的事情時,他便比克利斯朵夫和所有的人都更激烈。他的理性喪失了。在愛情中是應當會喪失理性的。奧里維眞是做到了這一點。——可是他顯得比克利斯朵夫更巧妙。這個爲自己的事情很頑固很笨拙的靑年,爲了朋友底成功倒很有手腕,甚至也能使用策略;他施展出驚人的毅力和機巧爲朋友爭取與黨;他能夠使音樂批評家與擁護者對作家發生興趣而倘使爲他自己的話,這種鑽營的行爲是要使他臉紅的。

結果，他們費了多少心力也不會改善他們的命運。他們相互的友愛使他們做了不少傻事。克利斯朶夫借債爲奧里維私下印一部詩集，結果是一部也不會賣掉。奧里維聳恿克利斯朶夫舉行一次音樂會，結果是一個聽衆也沒有。克利斯朶夫對着空空如也的場子勇敢地把亨特爾底說話來安慰自己：『好極！這樣，我的音樂可有更佳的音響……』但這種豪語並沒償還他們所化的金錢；於是，他們心酸地回到寓裏。

在這些艱難的境況中唯一來幫助他們的是一個四十歲左右的猶太人。名叫泰台・莫克。他開着一家藝術照相館；對自己的行業很感興趣，化了不少的心思與機巧；但他除此以外還關心着許多事情，以致把他的商業疏忽了。當他專心從事的時候，也只是爲研求技術底精進，他所醉心的新的複製法，雖很巧妙，也難得成功，倒廢掉了不少金錢。他讀書極多，留意着哲學、藝術、科學、政治、各方面的新思想；他具有一種奇異的鑑別力，能夠發見新奇的力量；影髴其中潛在的電磁在吸引他。

在和奧里維同樣孤獨、同樣躲在一旁工作的朋友中間，他成爲一個聯絡人物。他在他們間來來往往；在他們不知不覺中成爲他們思想底橋梁。

當奧里維要把他介紹給克利斯朶夫時，克利斯朶夫先表示拒絕；已往的經驗使他不願再和依色拉族人交往。奧里維笑着，堅執着，說他對猶太人的認識並不比他對法國人的更高明。於是克利斯朶夫答應了；但他第一次看見泰台・莫克時，就皺了皺眉頭。表面的莫克比實在的莫克更富於猶太意味；這是說，他是十足道地的猶太人，像一般不歡喜他們的人所描畫的那副模樣：矮小的，腦袋光禿的，畸形的體格，臃腫的鼻子，一雙巨大的眼睛在巨大的眼鏡後面斜睨着人，臉上掛着一叢亂蓬蓬的粗硬的黑鬍子，毛茸茸的手，長長的胳膊，短而肥胖的腿：活像腓尼基教裏的上帝。但他眉宇之間有一種那麼仁慈的表情，把克利斯朶夫感動了。莫克尤其很淳樸，不說一句廢話。沒有過分的恭維。只有非常識趣的一言半語。但爲別人幫忙是極起勁的；人家還沒開口，他已把事情辦妥了：他常來，甚至來得太密了些；而幾乎每次都帶些好消息來：爲奧里維介紹寫文或教課底工作，爲克利斯朶夫介紹音樂學生。他從不逗留長久；竭力裝做沒有強制的態度。也許他已覺察到克利斯朵夫底不快，因爲克利斯朵夫一見他那張于思滿面的臉孔在門口出現時就要做出不耐煩的動作，直要事後纔覺得對莫克底好意滿懷着感激的心思。

好心在猶太人中並不少有：這是在所有的德性中他們最樂意接受的一種，即使他們並不實行。實在說來，大多數人底好心，蒙着一種消極的或中性的形式：寬容，淡漠，憎厭作惡，含有諷刺意味的容忍等等，在他們都是好心底表現。莫克底好心却是很積極的。他永遠預備爲了什麼人或事而犧牲。爲他貧寒的同教教友，爲俄國的亡命客，爲各國底被壓迫者，爲不幸的藝術家，爲一切的災難，爲一切慷慨的事情。他的錢囊是永遠開着的，不論怎樣不充裕，他總有方法掏出一些來；在空空如也的辰光，他就設法教別人拿出來；他從不計算他的勞苦與脚步，只要是爲幫助別人。這些事情他做得很純樸，——過分誇張的純樸。他的缺點，便是表明自己的純樸與眞摯的話說得太多了一些；但他實在是如此。

克利斯朵夫對莫克抱着半同情半厭惡的心，有一次說了一句頑皮孩子底刻薄話。一天，他爲了莫克底好心大爲感動，親熱地執着他的雙手說道：

——多不幸！……多不幸您覺是一個猶太人！

奧里維喫了一驚，臉紅了，髣髴是説的他。他覺得很難堪，努力要拭去他的朋友所造成的創傷。莫克微笑着，表示一副又悲哀又譏諷的神氣，泰然自若的答道：

——更不幸的是做一個人。

這句説話，在克利斯朵夫只覺得是牢騷；但其中所含的悲觀意味，實在有別人意想不到的深刻；那是奧里維細膩入微的感覺所立刻直覺到的。在大家熟識的這個莫克之外，還有一個完全不同、甚至在許多地方全然相反的莫克。人家此刻所見到的他的性格，是他對自己眞正的天性長久奮鬪的結果。這個似乎很純樸的人，其實賦有矯揉造作的性情：當他不自留神的時候，他老是需要把單純的事情複雜化，在最眞實的情操上面加上一種做作的譏諷的性格。表面上他是一個謙虛的、有時甚至過分自卑的人，實際却非常驕傲，那是他知道得很清楚而痛自貶責的。他的滿含笑意的樂觀主義，他的永無休止的活動，一刻不停地爲別人服務的活動，掩飾着一種深刻的虛無主義，不敢矚視自己的頹喪。莫克表示他相信許多事情：相信人類的進步，相信未來的淨化的猶太精神，相信法蘭西底命運是做一個新思想底戰士——（他眞心地把這三件事情當作三位一體。）——奧里維却看得很明白，對克利斯朵夫說：

——實在，他甚麼都不信。

雖然莫克具有嘲弄意味的明智和寧靜，內裏仍是一個不願注視內心底空虛的神經衰弱者。他有時會陷入虛無底苦惱；在半夜裏突然呻吟着驚醒過來。他到處搜尋他行動底理由來做他的倚傍，好似在水裏想抓住救命圈一般。

一個人，生在一個過於年老的民族中間是得支付鉅大的代價的。他得擔荷過去、磨難、令人厭倦的經驗、智慧與愛情底失意這種種重負，以及幾百年的生命底擔子——其中還剩留着煩惱底辛酸的渣滓。煩惱，塞米族底無窮的煩惱，和我們亞里安族底絕不相似，我們的煩惱雖也使我們十分痛苦，但至少還有確切的原因，只要原因消滅，煩惱也就消滅：而這原因往往是欲望底不得滿足。但爲某些猶太人，由於一種致命的毒素，連生命底源泉都受了傷害。一切的欲望和興趣都消滅了：沒有野心，沒有愛情，沒有樂趣。這些東方的無國之民，千百年來爲了極力想望不能到達的不動心境界而弄得筋疲力盡，在他們身上，只有思想這件東西永久存在，並非完整的而是病態地誇張了的；這思想，這無窮的分析，預先阻遏了一切享受底可能性，滅絕了一切行動底勇氣。最強毅的人也不像爲了自己工作，而祇是造出角色來給自己扮演。奇怪的是，其中不少人士，——並非智慧稍遜或不甚嚴肅的人，——往往因爲對現實生活不關痛癢之故，會產生游戲人生的意願，——而這種玩世的態度就成爲他們唯一的生活方式！

莫克也是這樣的一個演員，不過依他自出心裁的方式罷了。他忙着活動，以便使自己麻木。但不像一般人的爲了自私，而是爲了別人底幸福而活動。他對克利斯朵夫的愛護是動人的，也是令人生厭的。克利斯朵夫有時咕嚕着，隨又立刻後悔。莫克却從不懷恨克利斯朵夫。什麼也不會使他喪氣。並非因爲他對克利斯朵夫抱着如何熱烈的情分，而是因爲他愛犧牲，甚於愛他爲之犧牲的對象。他覺得：因爲有那些需要他愛護的人，他纔有生活底意義。

他的努力居然使哀區脫決心刊印克利斯朵夫底大衞和其他幾件作品。哀區脫心裏很契重克利斯朵夫底天才；但並不急於把這天才公諸大衆。等到他看見莫克預備把這部樂譜自己出資委託另一出版家刊印時，他為了爭面子的關係，自動願意付印了。

當有一次奧里維病倒了，錢用罄了，處於萬分困難的情況中時，莫克竟想到向法列克斯·韋爾，那個和兩位朋友同住一屋的有錢的考古學家去求援。莫克和韋爾是相識的，但彼此很少好感。他們的性格太不同了；以莫克這種騷動的、神祕的、革命的性情，平民式的舉止，也許會引起平靜的、愛嘲弄的、舉動文雅思想保守的韋爾底譏諷。另一方面，他們也的確有共同之處：兩個人對於行動都已缺乏深刻的興趣；唯有他們強固的與機械的生命力支持着他們。但這種情形是兩人都不愛明白意識到的：他們寧願只關心他們所扮演的角色，而這些角色是彼此毫無關係的。所以莫克在韋爾那邊遇到很冷淡的接待；當他想把奧里維和克利斯朵夫底藝術計劃打動韋爾底興趣時，他就被冷嘲熱諷了一場。莫克底永遠耽溺於這個或那個烏托邦的熱情早已惹起猶太社會底訕笑，出名是一個危險的『借債者。』但這一次和其他多少次一樣，他絕不灰心；當他堅持着，談起克利斯朵夫和奧里維底友誼時，他居然打動了韋爾底興趣。他覺察了這種情形，便繼續進攻。

在此，他挑動了一根易感的絃。這個擺脫一切、沒有朋友的老人，對於友誼倒抱着虔敬之心；他一生最大的感情是對一個中途夭折的朋友的友誼：這是他內心的財富；他每次想起總覺得自己高卓了一些。他曾創立紀念這位朋友的事業。他曾把自己的著作題獻給他。莫克和他所講的克利斯朵夫與奧里維底相互的溫情使他大爲感動。他個人的歷史和他們的頗有相似之處。他所喪失的朋友於他曾經是一個長兄，一個少年時代的伴侶，一個他所崇拜的指導者。有一般猶太青年心中燃燒着智慧與慷慨底熱情，對冷酷的環境感到痛苦，抱着復興他們的民族、更以他們的民族來復興世界的大志，鞠躬盡瘁的消耗着自己的精力，像一根火把般在世界上照耀了幾小時：韋爾底亡友便是這樣的一個青年。他的火焰曾把青年時代的韋爾底冷淡的心情溫暖。當此友人在世之時，他一直跟隨他在信仰底光輪中走，——對於科學的信仰，對於精神底威力的信仰，對於未來的幸福的信仰，——在信仰周圍，這顆抱有救世宏願的靈魂放射着毫光。從他去世以後，懦弱而愛譏諷的韋爾，就一任自己從理想主義高峯直墮到沙漠裏，像所有的猶太人一樣，一任自己的智慧在沙漠裏毀滅。但他從沒忘記在光明中和朋友所過的日子：他嫉妒地保持着那道差不多已經消失的光。他從沒向任何人講起這朋友，卽是和他所愛的妻子也沒說過：這是一件神聖的事情。而這個大家以爲毫無風趣、心靈枯索的老人，到了暮年，倒在心裏反覆念着古印度一個婆羅門高僧底温柔而悲苦的思想：

「世間受過毒害的樹，能夠產生比生命底甘泉更甜蜜的兩顆果子：一是詩歌，一是友誼。」

從此他對於克利斯朵夫和奧里維感到興趣了。因爲識得他們高傲的性情，他便知趣地託莫克向奧里維索取一部剛剛出版的詩集；不等兩位朋友開口，連他們想都不曾想到，他已爲這部作品弄到一筆學士院底獎金，而這在他們艱難的境况中正是極其需要的。

當克利斯朵夫得知這個意外的幫助是出之於一個他準備加以惡評的人時，他對於自已可能說的或可能想的念頭十分慚愧，他抑制了怕訪問底習慣去向他道謝。但他的好意不曾獲得酬報。在克利斯朵夫青年的熱情之前，老韋爾愛譏諷的性情又突然覺醒了，雖強自抑制也是無用；他們的晤談並不投機。

那天，當克利斯朶夫訪問了韋爾，懷着又感激又氣惱的心情回到頂樓上，發見那個好心的莫克又來給奧里維一些新的幫助，同時又看到呂西安・雷維——葛所寫的一篇對他的音樂很不好的評論，——並非坦白的而是用一種侮辱人的好意，用一種巧妙的譏諷的手段，把他和他所痛惡的三四流的音樂家一般看待。

——你留意到麽，克利斯朶夫等莫克走後和奧里維說，我們老是和猶太人有糾轕，而且只和猶太人有糾轕？啊！難道我們自己也將變爲猶太人麽？安慰我罷！人家竟會說是我們在勾引他們。他們滿佈在我們的路上，不管是仇敵或同志。

——這是因爲他們比旁人更聰明之故，奧里維說。在我國，一個思想自由之士差不多只能和猶太人談談新的和活的事情。其餘的人都埋在過去與死的事情裏不能動彈。不幸，這「過去」爲猶太人是不存在的，或至少和我們的過去不同。和他們，我們祇能談論今日，和我們同種的人祇能談論昨日。試看猶太人底活動，在各方面都有份兒：商業，工業，教育，科學，慈善事業，藝術……

——別提藝術，克利斯朶夫說。

——我不說他們所做的永遠會博得我的同情常常還使我厭惡呢。但至少，他們活着而懂得一切活着的人。我們不能缺少他們。

——不要誇張，克利斯朵夫帶着訕笑的口氣說。我就少得了他們。

——也許你一樣能生活。但要是你的生活與作品不爲大衆認識的話（倘使沒有他們，這是很可能的，）你的生活又有什麼意義？是和我們同教的人會來幫助我們麼？基督教聽讓它血統裏最優秀的分子滅亡，絕對不加援手。一切在心底裏崇奉宗教的人，一切爲上帝而獻身的人，——如果他們膽敢擺脫舊教底規條，擺脫羅馬底權力的話，——一般自稱爲舊教徒的卑鄙的徒黨，不但立刻把他們視同陌路，抑且視同仇敵；甚至對他們守着緘默，讓他們落在共同的敵人手裏。一顆自由的心靈，不問如何偉大，——如果單有基督徒底靈魂而沒有基督徒底服從的話，——不問它代表着信仰中最純潔最神聖的部分，那些舊教徒是滿不在乎的！因爲他不是屬於又盲又聾、不用自己的念頭思索的一羣，所以人家摒棄他，樂得眼睜睜的看着他獨自受苦，爲仇人蹂躪，向着他爲他們的信仰而死的弟兄們呼救。今日的基督教義中麻痺的力量眞可致人死命。它能寬恕敵人而不能寬恕想喚醒它給它幫助的人……我可憐的克利斯朵夫倘沒有一小羣自由的新教徒和猶太人，那我們將變成什麼模樣而對於我們這般生爲舊教徒而變成自由的人，我們的行動又有何用？在今日之歐洲，猶太人是一切善與惡中間最活躍的媒介人。他們把思想底花粉隨意播揚出去。他們之中豈非有着你最壞的敵人和最早的朋友？

——不錯，克利斯朵夫說，他們曾鼓勵我，支持我，和我說着令我在戰鬭中興奮的話，表示我還有人瞭解。無疑的，在這些朋友中，很少始終忠實的人：他們的友誼只是一堆乾艸底火焰。可也無妨！這道迅暫的微光在長夜中已很可觀了。你說得對：我們別忘了他們的好處！

——尤其不要不聰明，奧里維說。切勿摧殘我們的已經有病的文明，切勿去攀折它幾根最活潑的枝條。倘不幸而猶太人被逐出歐洲的話，歐洲就會在智慧與行動方面變成貧弱。甚至有陷於全部破產的危險。特別在我國，在法國底生活狀態上，他們的放逐，對於我們的民族勢必成爲比十七世紀時新教徒底放逐更致命的打擊。——無疑的，此刻他們佔據着一個和他們眞正的價值不相稱的地位。他們利用今日政治上的與道德上的混亂，而且由於他們天然的癖好，由於他們從中有利可圖之故，還助長這種混亂。至於像這莫克一般的優秀之士底錯誤，則在於眞心把法國底命運和他們猶太人底夢想誤認爲一體，這往往對我們是利少害多的事。但我們也不能責備他們照着他們的意象來改變法國底面目：這是因爲他們愛法國之故。要是他們的愛情是可怕的，我們只有起而自衞把他們歸納到他們的行列中去，在我國，這行列是應當放在第二位的。並非我認爲他們的種族比我們的低劣：——（這些種族優越底問題是可笑而可憎的。）——但總不能允許一個倘未和我們融和同化的異族自命爲對於什麽纔最適合我們的問題，比我們自己認識得更淸楚。它在法國覺得很舒適：這我是很樂意的；但他們切勿把法國變成一個猶太！一個聰明而強有力的政府，倘能把猶太人安放在他們的位置上時，定可使他們成爲促成法蘭西底偉大最有效的工具之一；這纔是他們和我們的利益。這些神經特別敏銳的、活動的、不安定的生靈，極需要一條能够控制他們的法律，和一個強毅而正直的、能够壓服他們的主宰。猶太人有如女人：倘使駕馭得法是美妙無比的，但牝雞司晨、由她來統治時，不論對於她們或他們，都是可憎的；而接受這種統治更會鬧出大大的笑柄。

儘管相愛，儘管因相愛而能直覺地感到朋友底心靈，但克利斯朵夫和奧里維彼此究竟有些不大瞭解、甚至使他們不快的成分。締結友誼的初期因爲各人留意着只把自己與朋友相似的地方表現出來，所以大家不會覺察。但慢慢地。兩個種族底形象浮到面上來了。他們有些小小的意氣，不能永遠靠了他們的温情而避免。

在誤會的時候，他們簡直徬徨失措了。奧里維底精神是信仰、自由、熱情、譏諷、懷疑等等底混合物，爲克利斯朵夫所永遠摸不到公式的。奧里維方面，也對於克利斯朵夫底不懂心理覺得不快；他的富於智慧的、古民族的、貴族氣息，禁不住要訕笑這個強毅的、但是笨重的心靈底稚拙，不懂分析自己，受人欺騙，也受自己欺騙。克利斯朵夫底容易感傷，容易激動，容易粗聲大氣的洩露眞情，在奧里維看來，有時是可厭的，甚至也有些可笑的。這可還不會計及那種力底崇拜，德國人底拳頭信仰，爲奧里維及其民族極有理由不信服的。

而克利斯朵夫也不能忍受奧里維愛好嘲弄的傾向，常常會氣惱到憤慨的地步；他不能忍受他愛推敲的脾氣，無窮的分析，靈智的無道德主義，那在一個像奧里維這樣酷愛道德的純潔之士，是很奇怪的現象但這種無道德主義底根源，就在他寬大的智慧裏面因爲它憎厭一切的否定，歡喜看到相反的思想。奧里維觀察一件事情時，用的是一種歷史的、俯瞰全景的觀點；他那樣的需要瞭解一切，以致他同時看到正反兩面他一忽兒擁護正面，一忽兒擁護反面，看對方替那方面辯護而定；結果連他自己也墮入矛盾中間。在這等情形之下，他自然使克利斯朵夫莫名其妙了。可是這並非因爲他愛和別人牴觸或愛標新立異，而是因爲他堅決地需要正義與正直的理性之故：他最恨一切成見覺得非反抗不可。克利斯朵夫對於不道德的人物與行爲，往往誇大事實，不假思索的予以批判，這種方式令奧里維十分不快：他雖和克利斯朵夫同樣的純潔，究竟不是一塊同樣頑強的鋼造成的，他一任外界的影響誘惑，濡染，接觸。他對克利斯朵夫底誇張提出抗議，但他在相反的陣地上同樣犯着誇大的毛病。這種精神上的癖習，使他日常在許多朋友面前支持着他敵人底論點。克利斯朵夫生氣了，埋怨奧里維底這種詭辯和寬容。奧里維微笑着：他很知道因爲沒有幻象纔有這種寬容；他很知道克利斯朵夫所相信的事情要比他多幾倍，而且比他容易接受那些事情！但克利斯朵夫，對左面右面都不瞧一眼，只顧像一頭野豬般向前直撞。他對於巴黎式的「慈悲」尤其氣憤。他說：

——他們所得意揚揚地用來『寬恕』壞蛋的大理由是，成為壞蛋已經够不幸了，或者說他們是不能負責的……但第一，說作惡的人不幸是不確的。這是一種見諸行為的、可笑的、戲劇上的道德觀念，像史克里勃（十九世紀法國通俗戲劇作家）與加波（法國近代新聞記者兼劇作家）所宣揚的荒謬的樂觀主義——（史克里勃與加波，你們偉大的巴黎人物，最配你們那些享樂的、偽善的、幼稚的、懦怯的、不敢正視自己的醜態的中產社會的藝術家）……一個壞蛋很能成為一個幸福的人，甚至還有最大的機會獲得幸福。至於說他不能負責，那又是另一句傻話。鼓起勇氣來承認罷：天性對於善惡都是不加可否的，因此說是偏於惡的也可以，一個人能够犯罪而同時是健全的。德行並非天生的，乃是人類的產物。得由人類去保衛它！人類社會是一小羣更強更偉大的生靈建築成的。他們的責任，在於不讓那些狠心狗肺的賤民把他們壯烈的事業毀損。

實在，這些思想並不和奧里維有何巨大的分別；但由於需要均衡的本能，他從沒像聽到戰鬬的說話時那樣的耽溺於趣味主義。

——別這般興奮罷，朋友，他對克利斯朶夫說。讓世界死滅罷。像十日記中的夥伴們一樣，當翡冷翠在薔薇擁簇、杉樹成蔭的山坡下面爲黑疫毀滅的時候，我們且和平地呼吸思想底薰香的花園罷。

他像拆卸機器一樣成日的分解着藝術，科學，思想，想從中尋覓一些隱藏的機軸；結果他陷入懷疑主義，一切現實的東西都變爲精神的幻想，變爲空中樓閣，像幾何圖形一般簡直對精神也毫無用處。克利斯朶夫憤慨之下，說道：

——機器走得很好；爲何要分解它？你大有把它折斷的危險。這樣之後你纔算大大的前進了麼？你要證明些什麼？一切都是虛無，是不是？！呸！我明明知道。就因爲到處被虛無包圍着，我纔奮鬭。甚麼都不存在麼？……我，我存在着。沒有活動底意義麼？……我，我活動着。凡是歡喜死亡的人，讓他們死亡就是！我，我活着，我要活着。我的生活在一只秤盤裏，思想又在另一只秤盤裏……思想，見它的鬼去罷！……

他被激烈的情緒鼓動着，在辯論時不免說出傷人的言語。他纔出口就後悔；眞想把它收回來；但聽的人已經受到傷害。奧里維是易感的；一句粗暴的話，尤其是出之於他所愛的人的，更使他心痛。但他爲了驕傲，一些不表示出來，只退一步做着反省功夫。他的朋友，和一切大藝術家一樣，有一種無意識的自私會突然流露，這等情形他並非不看見。他感到，有些時候，在克利斯朵夫心目中，他的生命遠不及一闋美麗的音樂可貴：——（克利斯朵夫對他並不隱瞞這種意思！）——他懂得這點，認爲克利斯朵夫是對的；但他因之很悲哀。

並且，克利斯朵夫底天性中含有各式各種騷動的原素，爲奧里維看不眞切而爲之不安的。這是古怪而可怕的脾氣底突兀的爆發。有些日子，他不願開口；或者他好似魔鬼上身一般到處尋釁。再不然，他失蹤了：可以整天的看不見他。有一次，他接連兩天不回來。天知道他做些什麼！他自己也不大清楚……其實是他的強有力的天性，束縛在這狹隘的生活與寓所裏像關在雞籠中一般，有時眞要破空飛去。他的朋友底鎮靜使他氣憤：他竟想傷害他。他不得不逃出去，用疲倦去磨折自己。他在巴黎、在郊外亂跑，模模糊糊留意着有時眞會碰到的奇遇；他甚至不討厭什麼不好的遭遇，能够把他過於豐滿的精力在衝突爭執裏面消耗一些……奧里維，以他那種可憐的健康和生理的孱弱，對於這點不甚瞭解。克利斯朵夫自己也不比他更瞭解。他從這種神思恍惚的境界中醒來，好比做了一個累人的夢，——對於做過的和將來還要再做的事情有些羞慚有些操心。但當瘋狂的突襲過去以後，他就如大雷雨洗滌過後的天空，沒有一絲汚點，晴明萬里，威臨一切。他對奧里維更溫柔了，想着他給予他的苦痛而難過。他弄不明白他們那些小小的口角。所有的錯處並不都在他；一面但他認爲自己一樣要負責他埋怨自己的好勝：他想與其自己有理而站在和朋友相對的地位，寧可和他一起陷於錯誤。

倘使他們的誤會發生在晚上，使兩人在離散中過夜，感受着精神上的騷亂，那麼尤其不幸。克利斯朵夫起牀寫一張字條塞在奧里維底房門下；明天，等他一醒就向他求恕。或者他不能待到明天，就在當夜去敲門。奧里維和他一樣不能入睡。他明知克利斯朵夫愛他，並非故意要傷害他；但他需要聽克利斯朵夫對他說出來。克利斯朵夫說了：一切都拭去了。多甘美的恬靜！這樣以後，他們可甜然入睡了！

——啊！奧里維嘆道，互相瞭解是多麼困難！

——難道非永遠互相瞭解不可麼？克利斯朵夫說。我反對。只要相愛便是。

這些在事後竭力懷着溫柔而不安的心情加以補救的小爭執，使他們格外相愛。在不歡的時光，奧里維眼中立刻顯出安多納德底形象。兩位朋友互相表示着女性的關切。克利斯朵夫每逢奧里維底節日，總要用一闋題贈給他的作品，和鮮花、糕餅、禮物來慶賀他，天知道他怎樣買來的。——（因爲日常總缺少錢財。）奧里維，則在夜裏睜着倦眼偷偷地爲克利斯朵夫抄寫樂譜。

兩個朋友之間的誤會從不如何嚴重，祇要沒有第三者羼入。但這是免不了的：在這個世界上，愛管閒事而挑撥人家不和的人太多了。

奧里維也認識克利斯朵夫從前來往的史丹芬一家，受着高蘭德吸引。克利斯朵夫當時不曾在她那邊遇到他，是因爲那時節奧里維遭了姊氏之喪，守在家裏不見人。高蘭德方面絕對不邀他去：她愛着奧里維，但不愛那般不幸的人；她說她是那樣的易感，受不住悲哀的景象：她等待奧里維底悲哀過去。等她知道他已痊愈而更無被傳染的危險時，她就沒法招引他了。奧里維毋須人家邀請。他的生性，是獷野與浮華兼而有之的，容易受人迷惑；何况他對高蘭德懷有愛慕之心。當他和克利斯朵夫說出想再到她家去的時候，克利斯朵夫因過於尊重朋友底自由，不曾說出責備的話，只聳聳肩，用取笑的神氣回答說：

——去罷，孩子，倘使你覺得有趣的話。

但他自己提防着不跟他去。他已決心不和那般賣弄風情的姑娘們來往。並非他是女性憎厭者：眞是差得遠哩。對於一般勞動的青年婦女，每天清早睜着倦眼、急匆匆的、老是過了時刻的、望工場或辦公室奔走的女工，雇員，公務員，他都抱有好感。他覺得女人只在活動的時候，在她保存本來面目的時候，掙取着她的麵包與獨立的時候，纔顯出她全部的意義。甚至他覺得，唯有在這等情况中，她的愛嬌，她的動作底柔和輕快，她的全部感官底覺醒，她的生活與意志底完整，纔能完全顯露。他瞧不起有閒的享樂的女子：他覺得那覓像一頭飽食終日、無聊地耽溺着一些不健全的幻夢的野獸。奧里維却相反，他最愛女人底『無所事事，』愛她們花一般的魅力，只爲了美麗和使周圍的空氣芬芳而生活。他是更富於藝術性的，克利斯朵夫是更富於人間性的。克利斯朵夫一方面不愛高蘭德，一方面更愛那些和世間的痛苦更有關連的人。他覺得自己和他們有一股友愛的同情聯繫着。

自從高蘭德得知奧里維和克利斯朵夫底友誼之後，她更想見到奧里維：因爲她急欲知道一個詳細。她對克利斯朵夫把她忘懷的那種傲慢的態度懷着多少怨懟；雖不想報復——（這是不値得的，）——她却很樂意和他開開玩笑這是一種嚙着東西想引人注意的雌貓底游戲。她施展出媚人的本領，容容易易就賺到了奧里維底說話。在遠離的時候，誰也比不上他的明察和不受欺騙；面對着一雙可愛的媚眼時，誰也比不上他的天眞和輕信。高蘭德對他和克利斯朵夫底友誼所表示的關切，顯得那麼眞誠，以致他源源本本的講出他們的歷史，甚至把他從遠處看來好玩而歸咎於自己的他們的誤會也講了一部分。他也對高蘭德說出克利斯朵夫底藝術計劃，對法國與法國人的某些——不是恭維的——批判。這些事情本身都沒有什麼重要，但高蘭德立刻把他們傳播開去，抱着狡猾的心思，用她的方式舖陳起來，使克利斯朵夫在故事中顯得格外可笑。既然第一個聽到她的心腹話的必然是那個和她形影不離的呂西安·雷維——葛，而他也毫無保守祕密的理由，這些說話就越來越妙的播揚開去言語之間對於描寫成被害者的奧里維，表示一種譏諷的含有侮辱性的憐憫。兩個角色旣沒有多少人認識，在理故事不會引起任何人底興趣；但一個巴黎人永遠關心着與他風馬牛不相及的事情。輾轉相傳的結果，克利斯朵夫自己也有一天從羅孫夫人口裏聽到這些祕密。她在一個音樂會中遇見他時，問他是不是眞的和這可憐的奧里維·耶南鬧翻了；又問起他的工作，言語之間提到了他以爲只有他和奧里維兩人知道的事情。而當他向她追問消息底原委時，她說是從呂西安·雷維——葛那邊得來，呂西安·雷維——葛又是聽奧里維自己說的。

這一下的打擊，對克利斯朵夫眞如晴天霹靂一樣。因爲天性暴烈而又不懂得懷疑，他腦筋裏絕不想討論一下這件新聞底不近事實；他只看見一樁事情：便是他向奧里維吐露的祕密，洩漏給呂西安·雷維——葛了。他不能再留在音樂會裏；立刻離開了會場。在他周圍，是一片空虛。他自忖道：『我的朋友把我賣了！……』

奥里維正在高蘭德那裏。克利斯朶夫把臥室底門下了鎖，使奥里維不能像平常一樣在回來的時候和他說一會閒話。果然他聽着他回來，試來開他的門，在鎖孔中輕輕和他道晚安：他却一動不動。他在黑暗中坐在牀上，雙手捧着頭，反覆不已的說着：「我的朋友把我賣了！……」他這樣的過了大半夜。這時候他纔覺得他怎樣的愛着奥里維；因爲他並不恨他這種欺騙：不過自己痛苦。一個你所愛的人對你有一切的權利，甚至可有權不愛你。你不能恨他，既然他拋棄你，你只能恨你自己不値得人家底愛。而這是致命的痛苦。

明天早上，當他看見奥里維時，他一句話也不提；他覺得要說出那些責備的話來是可怖的，——責備朋友濫用他的信任，把他的祕密給敵人利用：——他一句也不能說。但他的臉色代他說了：它是冰冷的，含有敵意的。奥里維爲之駭然；完全莫名其妙。他膽怯地想試探克利斯朶夫對他有何不滿。克利斯朶夫粗暴地掉過頭去不回答他。奥里維也生氣了，緘默着，靜靜地咀嚼着胸中的悲苦。他們整天不復相見。

即使奥里維使克利斯朶夫受到百倍於此的痛苦，克利斯朶夫也決不會報復，決不會想到自衞的念頭。於他，奧里維是神聖不可侵犯的。但他所感到的憤懣需要對什麼人發洩一下；既然不能對奧里維發作，就得輪到呂西安・雷維——葛了。依着他平素那種褊激的性情，他立刻把奧里維底過失歸咎於呂西安；他想到這等一個傢伙竟能來破壞他朋友底感情，像從前破壞他和高蘭德・史丹芬底友誼一樣時，他感到一種難於忍受的嫉妒之苦。同日，看到雷維——葛底一篇關於斐但里奧（貝多芬作曲的歌劇）的批評，使他火上添油的愈加憤怒。在這篇文字裏他用着一種譏諷的語氣講着貝多芬。這齣歌劇底可笑之處，克利斯朵夫比誰都看得清楚，且還看出某些音樂方面的錯誤。他並不對一般成名的大師永遠抱着過分的尊敬。但他並不以自己的永無矛盾、以自己具有法國式的邏輯自豪。且像克利斯朵夫那樣的批評大藝術家，儘管尖刻，究竟是由於愛藝術、愛大師底光榮，不能忍受他有絲毫庸劣的成分之故；至於呂西安・雷維——葛，則是想在批評中迎合羣衆卑下的心理，挖苦一個大人物來引大家發笑。何況，克利斯朵夫雖然思想那麼自由，還有一種音樂是他暗中放在一邊絕對不去褻瀆的：這是不止是音樂而是更勝於音樂的音樂，一顆偉大的仁慈的靈魂底音樂，給你安慰、給你勇氣、給你希望的音樂。貝多芬底音樂便屬於這一類。看到一個卑鄙之徒去加以侮辱，眞教克利斯朵夫憤慨到無以復加的地步。這不復是一個藝術問題，而是榮譽問題；一切使生命具有價値的東西，愛情，犧牲，道德，全都受到損害。我們不能允許人家去侵犯這些，正如我們不能允許人家侮辱一個爲我們敬愛的女子一樣：應當痛恨，應當誅戮……當這個侮辱者不是別人而是克利斯朵夫最鄙視的一個時，更有什麽話說！

「偶然」使兩個人當天晚上就劈面相遇。

爲避免和奧里維單獨相處起計，克利斯朵夫違反了習慣，去赴羅孫家的一個夜會。人家要求他彈奏。他勉強答應了。可是一忽兒後，當他完全耽溺在他所奏的作品裏時，忽然擡起眼睛，看見在數步外的一堆人裏，呂西安·雷維——葛睜着一雙嘲弄的眼睛在端相他。他不待終曲就中止，他站起身子，背對鋼琴，侷促地沉默着。羅孫夫人訝異之下，向克利斯朵夫走來，勉強堆着笑容；她謹愼地——因爲她不敢斷定作品是否眞的完了，——問道：

——您不繼續下去了麽，克拉夫脫先生？

——我已彈完了，他冷冷地回答。

他說話纔出口就覺得不大合禮；但他匪獨不因此留神；反而更煩躁起來。他並不注意人家對他訕笑的態度，走去坐在客廳底一隅，在那邊可以望見雷維——葛底動作。他的鄰座是一個臉色紅紅的倦眯眯的老將軍，睜着一對淡藍眼睛，像兒童般的表情，自以爲識趣的向克利斯朵夫恭維了一番作品獨創的風格。克利斯朵夫厭煩地俯身致謝，喃喃地不知說了些什麼話。老人繼續說着，非常有禮，裝着一副無意義的柔和的笑臉；他想請克利斯朵夫解釋怎能背出這麼許多頁的樂譜。克利斯朵夫不知自己會不會一拳把這個好人打翻在椅子下面。他心想聽着雷維——葛底說話；覬個機會下手。幾分鐘以來，他覺得自己要做出一件蠢事來了：什麼也阻止不了他。——呂西安·雷維——葛正在對一組太太們用做作的聲氣解釋一般大藝術家底用意和祕密的思想。在靜寂的一刹那間，克利斯朵夫聽見他用着輕佻下流的隱喻，談論華葛耐和路易王（按係指巴維耶邦之路易二世）底友誼。

——够了！他嚷道，一邊用拳頭敲着旁邊的桌子。

大家愕然回過頭來。呂西安·雷維——葛遇到了克利斯朶夫底目光，面色微微發白的說道：
——您是對我說麽？
——對你說，狗！克利斯朶夫回答。
他一躍而起，狂怒地繼續說道：
——難道你定要把世界上所有偉大的東西糟塌遍麽滚出去，壞蛋，不我就把你摔出窗外！
他迎着他走去。婦女們尖聲喊了一聲閃開了。室内擾攘了一陣。克利斯朶夫立刻給人包圍了。呂西安·雷維—葛擡了擡身子，隨後又在安樂椅裏裝着隨便的姿勢坐下。他輕輕地喚着一個在旁走過的侍者，給他一張名片；然後他若無其事的繼續談話；但他的眼皮興奮地顫動，眏個不住的眼睛向四周望着，探覷大家底神色。羅孫直立在克利斯朶夫前面，抓着他的衣襟，推着他向門口走去。克利斯朶夫又羞又憤，低着頭，眼裏只見這片雪白的硬襯衣，數着它發亮的鈕扣，臉上覺得這個大漢呼吸的氣息。
——唔，親愛的唔，羅孫說，您爲些什麽啊？這算什麽舉動？您覺不知檢點！您知道您在什麽地方？

瞧，您不是瘋了麽？

——鬼再踏到您這裏來，克利斯朵夫掙扎着說。說完他就望門外走去。

當他走過時，大家小心地讓路。在衣帽間裏，一個僕人托着一只盤放在他面前，盤中放着呂西安・雷維—葛底一張名片。他莫名其妙地拿着高聲念着；隨後，他突然憤憤的在衣袋裏尋找，在掏出了半打左右的雜物以後，他檢出兩三張摺皺的齷齪的名片：

——拿去！拿去！拿去！——他一邊說一邊把那些名片望盤裏丟去，猛烈的手勢把它們一齊摔在地下。

於是他出去了。

奧里維甚麽都不知道。克利斯朵夫隨便挑選了他的證人音樂批評家丹沃斐・古耶瑞士某大學底自由教授（德國大學有此制，乃一無公家俸給而由學生自付學費之職位。）巴德博士，那是有一晚他在一家酒店裏結識的，雖然對他並沒多少好感，但他們可以談談本國之事。經過呂西安・雷維—葛底證人同意之後，選定了短銃作武器克利斯朵夫是任何火器不會用的古耶和他說到一所射擊場中去學習一下是沒有害處的但克利斯朵夫拒絕了在等待明天來到的期間他又埋頭工作起來。

他的工作是心猿意馬的。他好像在一場惡夢裏聽見一個模糊而確定的念頭在耳中嗡嗡作響……「這是不愉快的。是的，不愉快的……什麼呢？——啊！明天這場決鬥囉……開玩笑！……永遠打不到身上的……但也可能……那末，以後呢？……以後呢？正是，以後呢？這個畜牲手指一動就可結果我的性命……呸！是的，明天，兩天之內，我可能躺在這發臭的泥土之內……也罷！這裏也好，那裏也好，……嘿！這，這難道我會懦怯麼？——不，但爲了一樁無聊的事情喪失一個我覺得在胸中長大的思想底世界，究覺可恥……見鬼，這些現代的鬭爭，說是使敵人底機會和我們的機會平等！好一個平等，對一個壞蛋底生命，給與和我的生命同等的價值！爲何不用我們的拳頭或棍子呢？這倒是有趣的。但這冷酷的鎗！……而當然他會放射，我却從沒握過一支短銃……他們說得對：我應當學習……他要殺死我麼？是我要殺死他呢。」

他奔下樓去。附近就有一家射擊房。克利斯朵夫要了一支鎗，教人家指點他如何拿。第一下，他險些把店裏的管事打死；他再來兩次，三次，依舊毫無成績；他不耐煩起來：而結果是更壞。在他周圍，有幾個青年看着笑着。他可並不在意。他固執着，對於旁人底訕笑既如此其滿不在乎，意志又如此其堅決，以致閒人也關切起他這種笨拙的耐性來了；有一個觀衆來指點他幾句。平常那麽暴烈的他，此刻像孩子般柔順地聽着他對於那使他雙手發抖的神經奮鬭着；挺直着身子，竪起着眉頭，汗流滿面，一言不發，只有不時憤怒地跳一下；過後又放射起來。他一連逗留了兩小時。兩小時之後，他射中了目標。意志居然把這反叛的肉體降服了：眞是動人而令人起敬的事。最初嘲笑他的人有些已經散了，有些慢慢地緘口了；他們要看到終局纔走。當克利斯朵夫離開時，他們友善地向他作別。

回到家裏，克利斯朵夫發見好心的莫克不安地等着他。莫克得悉了那件爭執，想知道它的原因。雖然克利斯朵夫支吾其辭的不願說是爲了奧里維，莫克也終於猜到了。既然他很鎭靜，又識得兩個朋友底性情，便斷定奧里維在這件賣友底事情中是無辜的。他着手偵查，不費多大力量就明白所有的過錯都是從高蘭德和呂西安・雷維—葛底多嘴來的。他急急忙忙把證據拿去給克利斯朵夫看；以爲這樣就能阻止他去決鬭。可是相反：克利斯朵夫只有更加痛恨雷維—葛，當他知道自己是爲他之故而懷疑他的朋友的時候。莫克絮絮不休的勸阻他，他爲擺脫起計，滿口答應。但他已經下了決心。如今他快活了；他是爲奧里維決鬭，而非爲他自己！

當車子穿入森林裏的小徑時，證人之中有一個說了一句感想，突然提醒了克利斯朵夫底注意。他想探測他們想些甚麽，結果覺得他們對他抱着不關痛癢的態度。巴德教授盤算這件事情在幾點鐘上可以完了，能不能及時回去把他在國家圖書館手稿室所開始的工作在當天結束。在克利斯朵夫底三個同伴中，他是最關心決鬭底結果的一個，因爲他還有日耳曼人底自尊心。古耶既不理會克利斯朵夫，也不理會另一個德國人巴德，他只和于里安醫生談些淫猥的心理學問題。那是一個都魯士（法國西南部名城。）地方底青年醫生，從前和克利斯朵夫同住一層樓，常來問他借酒精燈，雨傘，咖啡杯，還來的時候沒有一次不是已經破爛了的。爲交換起計，他給克利斯朵夫義務診病，把他做藥物底試驗品，玩味着他的天眞。在他西班牙式的鎭靜自若的態度下面藏着老愛挖苦人的脾氣。他對於這件他覺得滑稽的事情極感興趣，他預料克利斯朵夫底笨拙爲之樂開了。他認爲最高興的，是坐着車到森林裏來兜圈子，錢鈔却歸那好克利斯朵夫破費。——這是三個人底思想中最明白的一項他們把事情看作一件不費分文的娛樂。誰也不重視決鬬。並且他們對於一切意外問題都鎮靜地預備好了。

他們在約會中比對方先到。樹林中深處有一家小客店。那是一處下流的娛樂場所，爲巴黎人來漂洗他們的榮譽的。籬垣上滿開着野薔薇。在葉子古銅色的橡樹蔭下，擺着幾張小桌子。一張桌上坐着三個自行車騎士：一個是滿塗鉛粉的女人，穿着短褲黑襪；兩個是穿法蘭絨衣衫的男人，熱得頭昏腦脹的樣子，不時發出一些嗚嗚的聲音，髣髴已經不會說話似的。

車到時在小客店裏引起一陣喧擾。古耶久已認識這個客店和店裏的人，便聲言由他去辦理一切，巴德拉着克利斯朵夫到一個藤架下面，叫了啤酒。空氣溫暖，美妙非常，到處是蜜蜂底聲音。克利斯朵夫忘記了他到這裏來的原因。巴德倒空了酒瓶，沉默了一刻，說道：

——我算定了該怎麼辦。

他喝着啤酒，又道：

——時間還來得及過後我可到凡爾賽去。

他們聽見古耶和女店主激烈地爭論決鬬場地底租金。于里安也沒有浪費他的時間：從自行車騎士旁走過時他大驚小怪的對着女人裸露的大腿出神，引起了一大陣粗野的咒駡，于里安也老實不客氣回敬他們。巴德輕輕地說：

——法國人是無恥的東西。兄弟，我祝你勝利。

他把酒杯和克利斯朵夫底碰了一下。克利斯朵夫幻想着；斷片的樂句在他腦海中飛過，好似和諧的蟲聲嗡嗡作響。他想睡覺，

另外一輛車子把走道上的砂石壓出沙沙的聲音，克利斯朵夫瞥見呂西安·雷維——葛蒼白的臉；照例堆着笑容他的怒氣覺醒了。他站起來，巴德跟在他後面。

雷維—葛頦頸埋在高領裏，穿扮得非常講究，和他敵人衣衫不整的模樣恰恰形成對照。跟着下車的是勃洛克伯爵，一個以勾引女人、蒐羅古代聖體盒、和極端保王黨的意見出名的體育家，——隨後是雷翁·摩埃，另外一個時髦人物，因文學而當選爲議員，因政治野心而成功的文學家，

年青，禿頂，鬍子刮得光光的，蒼白而黃黃的臉，長鼻，圓眼，尖頭，——最後是愛麥虞限醫生，很細膩的典型的塞米族，心地善良的，淡漠的，醫學院會員，某醫院院長，以淵博的著作和一種醫藥上的懷疑主義聞名的，他的勝長是用一種含譏帶諷的同情心聽病家陳訴，而並不設法療治他們。

這些新到的人物慇懃地行着禮。克利斯朵夫勉強回答着，不快地注意到他的證人們底親熱和向雷維—葛底證人們所表示的過分的恭維。于里安認識愛麥虞限，古耶認識摩埃，他們笑容滿面。禮貌週全的迎上前去。摩埃冷冷地有禮地接待他們，愛麥虞限則用着他那種嘲弄的態度。至於站在雷維—葛身旁的勃洛克伯爵，目光迅速地一瞥，把對方陣地裏所有的常禮服與襯衣估計了一下，和他的主顧交換了一下滑稽的印象，差不多口也不開，——因為他們倆都是鎮靜而有規矩的。

雷維—葛若無其事的等待着主持決鬭的勃洛克伯爵發令。他把事情認為只是一種簡單的儀式。出色的射擊手，完全識得敵人底笨拙，他却無須在證人們不注意的情形之下運用他的本領一鎗擊中敵人：因為他知道，與其使敵人在表面上蒙着被害的名，還不如在另一種方式之下無聲無臭的把他結果來得聰明。但克利斯朵夫脫去外衣，敞開襯衫，露出他寬闊的頸項和結實的拳頭，低着額角，一雙眼睛惡狠狠地釘住着雷維—葛，集中了全身精力等待着殺人底意志顯然標明在他臉部所有的線條上；以致在旁觀察着他的勃洛克伯爵，覺想最好還是由「文明」來在可能範圍內消滅決鬬底危險。

等到雙方發了兩顆自然毫無結果的子彈以後，證人都跑攏來祝賀兩位敵人，榮譽已經滿足了。——克利斯朵夫却不曾滿足。他站着，手裏握着短銃，不能相信這已經完了。他很樂意像隔天在射擊場中一樣，大家一直放射下去，到射中爲止。當他聽到古耶向他提議給敵人伸手，而看到敵人含着那永久的笑容慷慨地向他走過來時，他憤慨極了。他氣冲冲的丢下武器，推開古耶，望雷維—葛撲去。大家費盡氣力纔把他們拳毆的決鬬阻止住。

當雷維—葛走遠去時，證人們都圍攏來。克利斯朵夫却擺脫了他們的包圍，不聽他們的譁笑和責問，大踏步的逕望森林中跑。一邊高聲說着，一邊做着憤恨的手勢。他不覺得自己把外衣與帽子留在場地上。他只往樹林深處走。他聽見證人們笑着呼喚他；後來，他們厭倦了，不理會他了。不久，車輪遠去的聲音使他知道他們都已動身。他獨自站在靜默的林中。怒氣平了。他撲下身子，在草地裏躺下。

一忽兒後，莫克到了小客店裏。他從清早起就在追尋克利斯朵夫。人家告訴他說，他的朋友到森林中去了。他便開始搜尋。他披荊斬棘，到處呼喚，等到聽見他的唱歌時，便咕嚕着走回頭來，循着聲音底方向走，終於在一片隙地上尋到了他，他四脚朝天的像一頭小牛般在亂滾。克利斯朵夫見到他時，快活地招呼他，稱他做『老莫克；』他告訴他說，他的敵人被他渾身打遍了窟窿像篩子一般；他又強迫莫克做跳躍底遊戲，跳時又重重地拍着莫克底身子。天眞的莫克差不多和他玩得一樣高興，雖是手脚不甚靈便。——他們手拉着手到小客店裏，在鄰近的站上搭火車回巴黎。

奧里維一切都不知道。他只覺得克利斯朵夫底溫柔可怪：他不懂這些變化。直到明天，他纔從報上得知克利斯朵夫決鬭底事情。他想到克利斯朵夫所冒的危險時幾乎駭得害病。他要知道這決鬭底原因。克利斯朵夫不肯說。被逼不過時，他纔笑道：

——爲你。

除此以外，奧里維再也逼不出一句話。莫克把故事源源本本講了出來。奧里維驚愕之餘，和高蘭德絕交了，求克利斯朵夫寬恕他的唐突。克利斯朵夫俏皮地爲捉弄好心的莫克起計，改了法國底一支老歌謠來作他的回答，莫克却也爲了兩個朋友底快樂而樂開了；克利斯朵夫底歌謠是：

——我的乖乖，這教你提防……

那有閒而多嘴的姑娘，
那吹牛拍馬的猶太人，
那無聊的朋友，
那親狎的敵人，
還有那洩氣的酒，

「切勿上這些傢伙底當呀！」

友誼恢復了。喪失友誼底威脅，反而使友誼變得更可貴。小小的誤會消釋了；兩個朋友底不同的性格，倒反添了一股魅力。克利斯朵夫在他的心靈中擁抱了和諧地結合的兩個民族底心靈。他覺得自己的心豐富充滿；便依着他的習慣用一道音樂底溪水來傳達他這種豐滿的境界。

奧里維爲之驚嘆不已。以他極度的批評精神，他幾乎以爲他所熱愛的音樂已經到了登峯造極的地步。他常有一種病態的思想，認爲在進步到某種程度之後，必然要流於頹廢；而當他想到這使他愛好生命的美妙的藝術會一朝中途停止，被泥土吮吸到枯涸時，不禁顫抖起來。克利斯朵夫對於這種膽怯的思想覺得好笑。爲故意和他反對起計，他聲言在他以前，世界上還一無成就，一切都待人從頭做起。奧里維却提出法國音樂作反證，認爲它已到了盡善盡美，文明終極的頂點，更無進步可言。克利斯朵夫聳聳肩，說道：

——法國音樂麽？……還不曾誕生呢……可是你們在世界上有多少美妙的事情可以說！你們眞是太沒有音樂感覺了，否則決不會見不到這些。啊！如果我是法國人的話！

於是他舉出一個法國人所能描寫的一切：

——你們在那些和你們全不適合的體裁中嘮叨，適合你們天才的事反而一件不做。你們是一個典雅的民族，富有浮華的詩意，以舉止、態度、服飾底美妙見長，你們很能造出一種空前絕後的藝術——詩的舞蹈，而你們倒不再製作舞樂……——你們是一個詼諧的民族，而你們已不復寫作喜歌劇，或者讓第二流的音樂家去做啊！如果我是法國人的話，我要把拉勃萊底作品譜成音樂，我要製作滑稽史詩……——你們是一個小說家的民族，你們却並不在音樂上施展這種小說家天才（因爲我認爲瞿斯太佛·夏邦蒂哀（按係法國近代音樂家。）底作品還不足以語此。）你們並不運用你們分析心靈、參透個性的天賦。啊！如果我是法國人，我將爲你們製作音樂的肖像……（你要不要我替那靜坐在下面花園中紫丁香旁的姑娘寫照？）……我將用弦樂四重奏來表現你們史當達（按係法國十九世紀大小說家，爲心理分析之始祖。）底手腕……——你們是歐洲第一個民主國，你們却沒有平民戲劇，平民音樂。啊！如果我是法國人，我要把你們的大革命譜爲音樂：七月十四，八月十日，華米（按係法國馬納州中一鎮，一七九二年法人擊敗普魯士於此。），聯歡大會（一七九〇年七月十四日法國各州代表齊集巴黎，紀念攻下巴斯蒂獄之第一週年），我要把民衆在音樂裏表現出來！

並非用那種浮誇的華格葛式的朗誦。而是用交響樂，合唱，舞蹈。不要廢話！那是我早已聽厭了。大刀闊斧地，在兼帶合唱的大交響樂中寫出廣大的風景，荷馬式的，聖經式的史詩，描繪着水，火，土地，光明的天，鼓舞人心的狂熱，本能底活躍，種族底運命，節奏底勝利，髣髴一個世界之皇，駕馭千萬生靈而驅使千軍萬馬入於死地……到處有音樂，一切裏面有音樂！如果你們是音樂家，爲你們所有的公共節目，所有的儀式，所有的工會，學生會，家庭慶祝，都可有個別的音樂……但第一，第一，如果你們是音樂家，你們先得製作純粹的音樂，無所爲而爲的音樂，只爲溫暖、呼吸生存底音樂。創造太陽！……你們的雨下得够了。你們的音樂使我感冒。一切都是昏暗的：點起你們的燈來罷……今日，你們抱怨意大利底髒東西包圍着你們的戲院，征服了你們的民衆，把你們逐出老家？這是你們的過失！民衆被你們昏暗的藝術，多愁多病的音樂，繁瑣沉悶的對位，弄得厭倦了。他自然要投向生命所在的地方，不管這生命是否鄙野，——他們要求生命！你們爲何要滅絕生命呢？你們的特皮西是一個大藝術家；但爲你們是不衞生的。他助成你們的痲痺。你們需要人家把你們用力撼醒。

——難道你要教我們受史脫洛斯底統治麼？

——那也不到這個地步。這種人物會把你們摧毀。倘使沒有我同胞們底胃口，這種強烈的飲料是受不了的。即是他們，亦未必受得了……史脫洛斯底莎樂美！……固然是傑作……我却並不豔羨……我想到我可憐的老祖父和高脫弗烈特舅舅，他們講起音樂特用的是何等尊敬而溫柔的口吻！賦有這些神明般的威力而用在這等地方！……一顆烈焰飛騰的流星！一個伊索爾脫，猶太賣淫婦。（按係指史洛脫斯底莎樂美言）痛苦的獸性的淫欲。殘殺、強姦、亂倫的狂熱的欲望，在德國頹廢的心靈深處咆哮着。……而在你們，却是逸樂的自殺使你們拘攣，使頹廢的法國人窒息……前者是野獸，後者是俘虜。人又在哪裏？……你們的特皮西是趣味高尚的天才；史脫洛斯是趣味惡劣的天才。前者無味。後者可厭。一個，有如一片銀色的池塘消失在蘆葦裏，發出一種狂熱的香味。一個，有如惡濁的急流……而在這些水泡之下，又是低級的意大利風格新派的曼依貝，污穢的情操，蒸發着臭氣……一件可怖的傑作！莎樂美，伊索爾脫底女兒（按係指史脫洛斯受華葛耐影響。）……而莎樂美又將產生些什麼來呢？

——是的，奧里維說，我很想走前半個世紀。這個奔向深淵底趨勢，不論用何種方式總得使它停止纔好：要就是懸崖勒馬，要就是下落深谷。那時，我們纔能呼吸。謝上帝，不管有無音樂，大地照樣會開花。我們對此非人的藝術怎麽辦呢？……西方燃燒着，快要變成灰燼……不久……不久，别的光明將從東方昇起。

——别再提起你的東方罷！克利斯朵夫説。西方還没説完最後一句話。你以爲我會退讓麽，我？我還有幾百年好活，生命萬歲！歡樂萬歲！和我們的命運鬥爭，鬥爭萬歲！愛情充滿我們的心坎，愛情萬歲！友誼萬歲！——温暖我們的信心，比愛情更甜蜜的友誼！白日萬歲！黑夜萬歲！祝賀太陽祝賀夢想與行動之神，祝賀創造音樂之神！勝利啊！……

這樣之後，他在桌前坐下，把他腦海裏映現的一切統統寫下，不再想到他剛纔的説話。

這時，克利斯朵夫所有的力量纔達到完全均衡的境界。他不爲了討論某種音樂形式底美學價值而自苦，也不再竭力推敲想創造新顥；他甚至毋須多費心力就能覓得可用音樂傳達的題材。爲他，一切都是好的。音樂底水流滔滔汩汩的湍瀉，克利斯朵夫也來不及認出它表現何種情操。他只是幸福，因爲能夠宣洩而幸福，因爲覺得宇宙的生命底脈搏在他心中跳動而幸福。

這種歡樂與豐滿感染了他周圍的人。

園子緊閉的屋子於他是太小了。對近旁修道院底大花園，倒頗有遠景可以眺望寬大的走道和百年的老樹依舊爲孤寂的空氣籠罩着；但這種太美的景緻是不能久存的。正對着克利斯朵夫底窗子，人家正在建造一所六層樓的房屋，把遠景擋住，把他和周圍的環境隔絕。每日從早到晚的滑車聲，磚石聲，敲擊木板聲，算是克利斯朵夫底消遣。他在工人裏面又遇到了那蓋屋的朋友，是他從前在屋頂上結識的。他們遠遠地示意。甚至他在路上遇見他時還領他到酒店裏一同喝酒，使奧里維大爲錯愕。他覺得這工人古怪的嘵舌和永遠不變的高興很好玩。但他照樣的咀咒他，咀咒他和他的那羣工人，在他前面築起這堵高牆，奪去他的光明。奧里維並不如何抱怨；他會適應這種坐井觀天的視線：這髣髴笛卡兒底火爐，被壓迫的思想會從裏面望天上飛去。但克利斯朵夫需要空氣。禁錮在這狹隘的地方之後，他就向別處發展，和他周圍的心靈融成一片。他把它們吞下，把它們譜成音樂。奧里維說他頗像一個動了愛情的人。

——要是如此，克利斯朵夫答道，除了我的愛情之外，我將一無所見，一無所愛，對甚麼都不感興趣。

——那末，你爲些什麼？

——我身心康健，我覺得饑餓。

——幸福的克利斯朵夫！奧里維嘆道。你眞應該把你的胃口分些給我們。

健康像疾病一樣是有傳染性的。第一個感受到健康底好處的是奧里維。力是他最缺少的。他躱避社會，因爲社會底鄙俗使他作嘔。以他那種廣博的智慧和少有的藝術天賦，他還不能成爲一個大藝術家，因爲他太嬌弱。大藝術家不是一個纖弱的人；一切健康的生物底第一個條件是生活。倘使是一個天才，那末這條件尤其迫切：因爲他比別人更需要生活。奧里維却逃避生活；他聽任自己浮沉於一個滿着無軀體、無皮肉、無現實的、詩的幻想境界裏。他像有一般優秀人士一樣，需要在過去的或從未存在的時代中尋求美。髣髴生命之飲料在今日從不能像過去那樣的醉人！但疲倦的靈魂是厭惡和生命直接接觸的；它們只有當生命被過去底簾幕掩蔽之下纔能消受，或者隔着一重已死的前人底言語纔敢領略。——克利斯朶夫底友誼，慢慢地把奧里維從這些藝術的混沌中拯拔出來。陽光滲入了他靈魂深處。

工程師哀斯白閑也感染到了克利斯朶夫底樂天主義。但在他的習慣裏還看不出有何變化，這習慣是像痼疾一般牢不可拔的了；且也不能希望他的性情變得如何快樂，使他能離開法國到別處尋求財富。這未免苛求，但他已從萎靡的狀態中醒來，對於研究、讀書、久已放棄的科學工作，重新感到興趣。要是有人告訴他，說他對於職業的重感興味是有賴於克利斯朶夫底幫助時，他定會十分驚異；而最驚異的當然還是克利斯朶夫。

在全座屋子裏，和克利斯朶夫相交最快的是二層樓上的那對夫婦。好幾次在他們門前走過時，他側耳聽着年青的亞諾夫人獨自在家很有風趣地彈琴。這樣之後，他寄了幾張他的音樂會門票給他們。他們眞情洋溢地向他道謝。從此他不時在晚上到他們家裏去。他永不能再聽到少婦底彈奏：她太畏怯，不敢在人前彈琴，就是當她獨在一人的時光，因爲知道人家可從樓梯上聽見之故，也加上了節音器。但克利斯朵夫爲他們彈奏，和他們長時間的談論音樂。亞諾夫婦在這些談話裏灌注入一股靑春之氣，使克利斯朵夫大爲高興。他不信法國人對於音樂竟能愛好到如此熱情的地步。

——這是因爲，奧里維說，你一向只看見音樂家的緣故。

——我很知道，克利斯朵夫答道，音樂家是最不愛音樂的人；但你不能使我相信像你這類的人在法國眞有多少。

——成千累萬。

——那末是一種傳染病，最近的一種時尙。

——這不是一種時尙，亞諾說。『凡是具有樂器底甘美的和音或聲音底柔媚的人而不知體味、不知感動、從頭到脚不會顫動，不知心曠神怡，不知超脫自我，那是表示他的心靈是歪曲的，醜惡的，墮落的，對於這種人，我們應當警戒，好似對一個出身下賤的人應當警戒一樣……』

——我知道，克利斯朵夫說：這是我的朋友莎士比亞說的。

——不，亞諾温和地說，這是在莎士比亞以前的我們的龍沙說的。你現在可看到這在法國並非昨天纔開始的時尚了。

法國人愛好音樂這件事實，還不及法國人差不多和德國人愛好着同樣的音樂更使克利斯朵夫詫怪。在他們先前所見的巴黎藝術界和時髦朋友中間，最得體的是把德國的大師說是一般漂亮的外國人，大家固然不致拒絕讚美，但總把他們放在相當距離之外：人們很樂意嘲笑葛呂克底粗笨，華葛耐底野蠻，提出法國人細膩的風格來揶揄他們。而且，事實上，克利斯朵夫還懷疑一個法國人能否瞭解那些照法國那種演奏方式所演出的德國音樂。有一次他聽了一個葛呂克音樂會回來大爲氣惱：這些巧妙的巴黎人不是故意和這老人搗蛋麼？他們把他打扮，改裝，把他的節奏改頭換面，把他的音樂染上印象派的色彩，頹廢淫猥的氣息……可憐的葛呂克！他的善於表白的心，純潔的道德，赤裸裸的痛苦，都到哪裏去了？難道一個法國人感覺不到麼？——可是，克利斯朵夫此刻看到他的新朋友對於在舊歌謠與古典作家中表現日耳曼性靈最親密的成分，表示那麼深對那麼温柔的愛情。他就問，他們的覺得這些德國人是外國人，一個法國人的只能愛同種族的藝術家等等，難道竟不是事實？

——不是事實！他們抗辯道。這是我們的批評家假借我們的名義。因爲他們跟着潮流走，就說我們也跟着潮流走。但我們的不關心他們，正如他們的不關心我們一樣。這般可笑的東西居然想教我們什麼是法國的，什麼不是法國的！教我們這批古老的法蘭西族的法國人！……他們教我們說我們的法蘭西是只以拉慕——或拉西納——爲代表的！髣髴貝多芬，莫扎爾德，葛呂克不曾到我們家裏來過，不曾和我們一起坐在我們所愛者底牀頭，分擔我們的憂苦，鼓動我們的希望，……髣髴他們不是我們一家人！如果我們敢老實說出我們的思想，那末，我們的巴黎批評家所頌揚的某些法國藝術家，爲我們倒眞是外國人呢。

——實際上，奧里維說，如果藝術眞有疆界的話，倒不在於種族底分歧而在於階級底分歧。我不知是否眞有一種法國藝術與一種德國藝術；但的確有一種富人底藝術與一種非富人底藝術。葛呂克是一個偉大的中產者，他屬於我們的階級。某個法國藝術家，在此我不指出他的姓名，却並不是：雖然他出身是中產者，但他以我們爲羞，否認我們；而我們，我們也否認他。

奧里維說得很對。克利斯朶夫愈認識法國人，愈覺得法國底善良人士和德國底善良人士相同。亞諾夫婦使他想起他親愛的老蘇茲，對藝術抱着那麽純潔、那麽不計利害的愛情，忘記自我，不惜爲美而犧牲。想念到蘇茲，他就愛他們了。

他旣發現在不同種族底善良人士之間不當有精神上的界限，同時又發現在同種族底善良人士之間也不當因思想不同而有畛域之分。靠了他的力量，在無意之間使兩個似乎最不能彼此瞭解的人，高爾乃伊神甫與華德萊先生，居然相識了。

克利斯朶夫時常向兩個人借書看，而且用着那種奧里維不以爲然的冒昧的態度，把他們的書互相轉借給他們。高爾乃伊神甫並不因此着惱：他對於別人底心靈具有直覺；他看出他青年鄰居底心中所隱藏着的宗教氣息。一部從華德萊先生那邊借來、爲三個人因各各不同的理由愛讀的克魯泡特金底著作，促成了他們的接近。有一天，他們偶然在克利斯朶夫寓所碰見了。克利斯朶夫先擔心兩位客人之間會說出不大客氣的話。可是相反，他們彼此竟表示很慇懃。他們談些毫無危險的題目：談着他們的旅行，談着他們的人生經驗。他們發覺彼此都是温厚之士，充滿着福音書底精神和虛幻的希望，雖然他們有那麽許多理由使他們絕望。他們互相表示同情，其中雜着多少譏諷的成分。這是一種謹愼小心的同情。他們從不涉及他們信仰底眞際。他們很少相見，也不求相見；但相遇時彼此都很愉快。

兩個人中，在思想底獨立不羈這一點上，高爾乃伊神甫並不稍遜於人。這是克利斯朵夫意想不到的。他慢慢地窺見這自由的宗教思想底偉大，也窺見這堅强而清明的神祕主義，滲透着教士底全部思想，日常生活底全部行爲，全部宇宙觀，——使他生活在基督身上，好像——照着他信仰的說法——基督生活在上帝身上一樣。

他對甚麽都不否認，不否認生命底任何力量。爲他，一切的著作，古代的與現代的，宗教的與非宗教的，從摩西到斐德羅（法國近代大化學家大政治家）都是確切的，神聖的，神底表現。聖經不過是其中最豐富的一部，有如教會是一羣結合在神底身上的弟兄們底最優秀的精華所在；但聖經與教會並不把思想束縛在一條呆板固定的眞理之內。基督教義是活的基督。世界底歷史只是神底觀念不斷擴張的歷史。猶太廟堂之顚覆，異教社會之崩潰，十字軍之失敗，鮑尼法斯八世（十三世紀時教皇，以反對國王征收教會賦稅受辱。）之受辱，伽利萊（十六——十七世紀時意大利數學家，物理學家，天文學家，擁護太陽系中心說最力。）的把陸地擲向無垠的太空無限小底力量較強於大王權與教會協定底廢止，這一切，在一個時期內都會把人心弄得徬徨無措。有的人絕望地攀着崩潰的東西不肯放手；有的人隨便抓着一塊木板飄流出去。高爾乃依神甫只自忖道：『人類在哪裏？使他們生存的東西在哪裏？』因爲他相信：『有生命所在的地方就是神所在的地方。』——他爲這個緣故對克利斯朵夫抱着好感。

在克利斯朵夫方面，也很高興重新聽到一顆偉大的宗教心靈底美妙的音樂。它在他心中喚起遙遠而深沉的回聲。一般堅強的性格，對外界的壓力始終有反動底能力，那爲他們簡直是一種生活和存續底本能，使受到威脅的心靈恢復均衡，獲得一股新的活力，——由於這種反動底情操，克利斯朵夫兩年來被巴黎的肉欲主義所引起的厭惡與懷疑，反而使上帝在他心中復活了。並非他相信上帝。他否認上帝。但他心中充滿着上帝底精神。高爾乃伊神甫微笑着和他說，他好似他的寄名神（按即指聖者克利斯朵夫）一樣，生活在上帝身上而自己不知道。

——那末怎麼我會看不見上帝呢?克利斯朵夫問。

——您好似成千累萬的人一樣:您天天看見它而不覺得是它,上帝用各式各種的形式顯示給大家,——對有的人,好像對聖·比哀爾(按法文之聖比哀即英文之聖彼得)之在加里萊(巴勒斯坦行省之一)那樣,是在他們的日常生活裏,——對有的人,(對您的朋友華德萊先生,)好像對聖·多瑪那樣,是在人類底創傷與憂患裏,——對您,是在您的理想底尊嚴裏:不要來碰我……(按此典出約翰福音書。爲耶穌對瑪特闌納之語,今以表示理想之神聖不可侵犯之意)有一天,你會認出它來。

——我永要不會退讓而承認上帝,克利斯朵夫說。我是自由的。

——當您和上帝同在時,您只有更自由,教士安靜地回答。

但克利斯朵夫不允許人家不得他同意而認他爲基督徒。他天眞地熱烈抗辯,彷彿人家在他思想上加上這一個或另一個標籤時會有如何重大的關係一般。高爾乃伊神甫聽着他,用一種教士所慣有的不易覺察的譏諷,也用十二分的慈悲。他有着經久不變的耐心,那是建築在他信仰底習慣上的。教會底磨難,欺弄了他的耐心,使他感到無窮悲哀,受着精神上慘酷的痛苦,但還不曾使他的耐心受到實際的傷害。眼見自己被上司壓迫，一舉一動被主教監視，也被那些自由思想者窺伺，——他們想利用他的思想，利用他來做與他的信心相反的事情，——同教的教友與教外的仇敵同樣不瞭解他，擯棄他，這種情景對他當然非常慘酷。不能抗拒，因爲應當服從。不能眞心服從，因爲上司明明是錯的。不說，固然苦惱。說了而被人曲解，也是苦惱。此外，還有你應當負責的別的心靈，等待你予以指導、予以援助、而眼見在受苦的心靈……高爾乃伊神甫爲了他們、爲了自己而痛苦，但他隱忍着。他知道在長久的教會歷史中，這些磨難的日子眞是微末不足道。——只是，沈默隱忍底結果使他把自己慢慢地磨蝕了，他變得膽怯，怕說話，不敢作任何微小的活動，久而久之，靜默的麻痺包裹了他。他哀傷地覺得自己麻痺而不思振作。與克利斯朵夫的相遇於他眞是極大的援助。這位鄰人底青春的熱誠，對他表示的天眞而親切的關懷，有時不免唐突的問話，使他得到莫大的裨益。克利斯朵夫強迫他加入活人底隊伍。

電氣工人奧貝在克利斯朵夫處遇見他。他一見教士，便倒退了一步。他不大能隱藏他的厭惡。就是當初期的情操克服之後，他和這穿着長袍的、他心目中認爲曖昧的人物一起時，還是覺得很侷促。雖然如此，和一切受有高深教養的人談話的樂趣，戰勝了他的反教會主義。他對於華德萊先生和高爾乃伊神甫間慇懃的口吻非常訝異；同樣使他驚奇的是看到一個民主派的教士和一個貴族派的革命黨：這可把他一切的既成思想推翻了。他徒然尋思把他們歸人哪一類；因爲他需要把人物歸類纔能瞭解。他實在不容易找到一個部門，好列入這個讀着阿那托·法朗士和勒南，而安靜地、公平地、正確地談着他們的教士。關於科學的問題，高爾乃伊神甫底原則是聽任那些知道科學而非支配科學的人領導。他尊重權威；但他認爲權威和科學是兩個系統。肉，靈，愛：三個系統，神明的梯子底三個階級。——自然，善良的奧貝猜不到這種精神境界。高爾乃伊神甫柔和地告訴克利斯朵夫，說奧貝使他想起從前曾經見過的法國鄉下人。一個年青的英國女子向他們問路。她和他們講的是英語。他們聽着不懂。接着，他們講着法語。她也不懂。於是他們憐憫地望着她，微側着頭，一邊說着一邊重新做他們的工作：

——豈不可惜！一個如此美貌的姑娘！……

初時，奧貝對教士和華德萊先生底學問和高雅的舉止覺得膽怯，不則一聲，盡量把他們的談話存在肚裏。慢慢地，他因爲天眞地需要聽自己說話，也加入進去了。他發表他模糊的空想。那兩位有禮地聽着他，帶着一副內心的微笑。奧貝歡喜之下，不能適可而止；他利用着、不久更濫用着高爾乃伊神甫底無窮盡的耐性。他對他念着自己嘔盡心血的作品。教士隱忍地聽着；這也並不使他覺得如何厭煩：因爲他所聽的並不是言語而是吐出這言語的人。接着，因爲克利斯朵夫爲他抱怨，他就說：

——罷！我從中着實聽到些別的東西呢！

奧貝對華德萊先生和高爾乃伊神甫很感激；三個人並不顧到互相瞭解與否，竟莫名其妙地相愛起來。他們覺得彼此如是接近非常奇怪。這是他們從未想到的。——是克利斯朵夫把他們結合了。

他把三個孩子也變做了他的同盟者，那是哀斯白閑家的兩個女孩和華德萊先生底義女。他成爲她們的朋友。他哀憐她們孤獨的生活。他對她們講着她們不認識的小朋友，慢慢地覺引起她們急欲相見的願望。她們互相從窗子裏示意；在樓梯上匆促地交換一言半語。她們的努力，再加上克利斯朶夫底幫助，覺獲得在盧森堡公園相會的許可。克利斯朶夫因爲狡計成功而很高興，在她們初次相遇時去看她們；他發見她們很笨拙，很侷促，對於一椿如此新奇的幸福不知如何是好。他却一下子把她們的窘狀驅除了，他發明遊戲，提議奔跑，追逐；他自己也混在裏面，和一個十歲左右的孩子一樣的忘形；散步的人好玩地看着這大孩子叫着跑着，繞着樹木奔馳，被三個小姑娘追逐着。她們的父母却始終抱着猜疑的心思，不大高興讓這些盧森堡公園底玩藝多來幾次，——（因爲他們不能從近處監護她們）——克利斯朶夫便設法使住在底層的夏勃朗少佐邀請她們就在屋子底花園裏玩。

「偶然」已經使克利斯朶夫和軍官有了往來：——（偶然、自會找到能利用偶然的人）。——克利斯朶夫底書桌擺在近窗的地位。幾頁樂譜被風吹到下面的花園裏去了。克利斯朶夫下去檢拾，照例禿着頭，敞開着衣服。他以爲這不過是一件和僕人的交涉。可是開門的却是那位少女。他稍稍有些侷促，和她說明來意。她微笑着，帶他進門，同到園中。當他檢起紙張，她送他出來，劈面撞見了自外回來的軍官。少佐睜着驚奇的目光望着這古怪的客人。少女笑着和他介紹了。

——啊！是您，音樂家軍官說。高興之極！我們是同行。

他握着他的手。他們用着一種友善的詼諧的口氣談着他們互相供應的音樂會，談着克利斯朵夫底琴聲和少佐底笛聲。克利斯朵夫想走了；但對方再也不放他海闊天空地越談越遠，講着音樂問題。突然他停住了，說道：

——來看我的加農。（按canon一字普通意義爲大砲，在音樂上爲一種迴旋曲，此處用爲雙關語，詳見下文。）

克利斯朵夫跟着他，自忖他對於法國礮隊的意見會有什麼用處。但那軍官得意地給他看的卻是音樂上的加農，是他費盡心血寫成的樂曲，可以從末尾看起，或者兩人同時看，一個從正面看，一個從反面看。多藝學校出身，這位少佐一向保存着音樂嗜好；但他所愛於音樂的，尤其是那些難題；他覺得音樂——（有一部分的確如此）——是一種奇妙的思想游戲；他努力提出並且解決音樂結構上的謎，總是愈來愈奇怪，愈來愈無用的東西。自然，當他服務軍中的時代，他無暇培植他的嗜好；但從他退休之後，便把全部熱情都灌注在這方面了；他把從前用在非洲大沙漠中追逐黑人軍隊、或躲避他們的陷阱的精力化在這上面。克利斯朵夫覺得這種謎很好玩，便提出一個更複雜的。軍官歡喜極了；他們比賽巧妙：你也來一個，我也來一個，弄了一大堆音樂謎。等到他們玩得盡興之後，克利斯朵夫纔上樓。但次日清早，他從鄰人那邊已接到一個新的難題，爲他費了半夜的功夫想出來的；克利斯朵夫拿來解答了；這種競賽繼續着，直到有一天把克利斯朵夫鬧得厭倦而認輸時方始罷休：而這認輸底聲明把少佐樂開了。他認爲這個成功是對德國的一種報復。他邀請克利斯朵夫吃飯。克利斯朵夫坦白地說他的音樂作品是惡劣的，他在風琴上嗚嗚地奏着罕頓底 Andante 時又高聲怪叫起來，這種率直的態度竟把夏勃朗完全征服了。從此他們時常聚談。但非復關於音樂的談話。克利斯朵夫對於這方面的廢話全不感興趣；他寧願把話題轉到軍隊方面。這正是軍官所求之不得的；音樂對此可憐的人不過是一種無可奈何的消遣；他心裏非常苦悶。

於是他娓娓不倦的敍述他非洲底出征，偉大的奇遇，堪和比查爾（按係西班牙十六世紀大冒險家，爲祕魯之征服者。）與高丹士（西班牙十六世紀冒險家爲墨西哥之征服者。）底事蹟媲美！克利斯朵夫驚愕地看到這篇奇妙而野蠻的史詩，不但於他是聞所未聞，卽在法國也幾無人知道，可是二十年中，幾個少數的法國征略者在黑色的大陸上，被黑色的軍隊包圍着，缺乏一切最簡單的行動工具，消耗着多少的英雄氣魄，巧妙的大膽，超人的毅力，和膽怯的輿論與政府奮鬪，違反着法國底志願替法國征服了一個比它本身還要巨大的帝國。在這件行動裏有一陣強烈的歡樂氣息和血腥味道，在克利斯朵夫眼前活現出一批現代condottieri（按此語意爲嚮導，艦長，指十五六世紀時征略外國的航海家。）底面貌，一批英雄式的冒險家，不但是現代的法國所意料不到的，且是現代的法國羞於承認的：它爲了廉恥關係，把一重帷幕覆在他們身上。少佐用着宏亮的聲音喚起這些往事；他敍述時用一種快活的心情，並且加入——（奇妙地穿插在這些悲壯的故事裏）——一部分地質學上的描寫，範圍巨大的行獵，在此毫無微倖可圖的國土裏，他時而是追逐土人的獵人，時而是被土人追逐的目標，——克利斯朵夫聽着他，望着他，眼見這美麗的野獸般的人不得不放棄活動，成日玩着一些可笑的玩意，覺得十分同情。他私忖他怎能忍受這種命運。他就把這一點問他。關於他衷心的怨恨，少佐先不大願意和一個外國人解釋。但法國人都是長舌婦，尤其當他們責備別人的時候：

——在他們今日的軍隊裏，您要我怎麼辦呢？他說。水兵弄着文學。步兵弄着社會學。他們無所不幹，只除了打仗。他們連預備也不預備，他們只預備不打仗；他們鬧着戰爭底哲學……戰爭底哲學！這是打敗的蠢驢底游戲，對着牠們有一天會挨受的鞭笞呆想！……談天說地，廢話連篇，不，這可不是我的事情。還不如回家製作我的加農！

爲了羞惡之心，他却不說出他最大的苦悶：告密者在軍官間挑撥離間，屈辱地受着愚昧而惡意的政客底荒謬的命令，軍隊痛苦地做着一些警察式的卑下的工作，管理教堂，彈壓罷工，被當權的政黨——這些急進的反教會的小布爾喬亞——利用來和國家其餘的分子爭權奪利，報復仇恨。還有這老非洲人所憎厭的新殖民地軍隊，大部分募集着一國最壞的分子，以滿足別人底自私，因爲這般傢伙不願分擔保衛『大法國』——保護海外的法國底榮譽和危險……

克利斯朶夫毋須參與這些法國人底爭執：這與他無關；但他對老軍官抱着同情。不論他對戰爭作何思想，他總認爲一個軍隊應當產生兵士，好像蘋果樹應當產生蘋果一樣，而把政客、美學家、社會學家移殖到軍隊裏去實在是一種變態。可是他始終不懂這個堅毅的人怎會對別人退讓。一個人不去攻擊他的敵人，便是自己最大的敵人。一切較有價值的法國人都有一種退讓精神，一種奇特的捨棄。——克利斯朶夫在軍官底女兒身上所發見的這種精神尤其令人感動。

她名叫賽麗納。細膩的頭髮梳得很考究，露出高爽的圓額與尖形的耳朵，瘦削的面頰，嫵媚的下巴，帶一種鄉村風味的典雅，一對美麗的黑眼睛，又聰明又有信心很柔和，近視的目光，微嫌太大的鼻子，上唇角有顆小小的斑，一副沉靜的笑容使她微腫的下唇稍稍前突。她是善心的，活潑的，有機智的，但絕無好奇心。她讀書甚少，新書是一本也不知道的，從來不上戲院，從來不去旅行——（這是使往年奔波過度的父親厭惡的，）——不參加任何交際界組織的慈善事業——（那是她的父親非議的，）——絕對不想研究——（他嘲笑那些博學女子，）——難得離開她井一般的園子。她並不如何煩悶，儘可能的消磨着她的日子，毫無怨尤的隱忍着。在她身上，在一切女子無論處何境地都會創造出來的她的境界中，頗有一股和夏鄧底畫面相類的氣息：這是那種溫暖沉默的意境，恬靜的人物恍恍惚惚地關懷着他們的例行工作；這是家常瑣事與刻板生活中的那股詩意，雖是預料得到的思想與舉動，雖是天天在同一時間發生而出以同一方式，也照樣用一種深刻而安詳的溫情愛着；這是一般中產階級底美麗的靈魂，平庸的，但是清明的，一切都充滿着良知，誠實，真理，恬靜而富有詩意的工作與樂趣。健全的典雅，好比拉芬香草，象徵身心之純潔，令人感到仁慈與正直。和平的人與物，和平的古屋，和平的歡笑的靈魂……

克利斯朵夫親切的信賴博得了她的信賴，成爲她的好友；他們相當自由地談話；他甚至向她提出問題，她回答過後連她自己也奇怪起來；她對他說了許多對誰也沒說過的事情。

——這是因爲，克利斯朵夫解釋道，您不懼怕我的緣故。我們決無墮入戀愛的危險：我們這樣好的朋友不會走上這條路。

——您多好！她笑着答道。

這種含有戀愛意味的友誼，對於一般曖昧的、跟着自己的感覺走的心靈固然很可寶貴，但對於天性健全的她，好像對克利斯朵夫一樣，却是可厭的。他們只是親切的伴侶。

有一天他問她，在有些下午他看見她坐在園中櫈上，活計擺在膝上，幾小時的獃着不動的時候，她究竟做些什麼。她紅着臉，辯說並沒有幾小時，不過偶而有幾分鐘，一刻鐘，『繼續着她的故事。』

——『什麼故事？』

——『她自己編造的故事。』

——您自已編造故事嗅講給我聽罷！

她說他太好奇了。她只告訴他，這是些並不以她自己爲主角的故事。

這可使他詫異了，他說：

——既然這樣的編造故事，那末我認爲替自己編造一些美妙的故事，爲自己想像一種更幸福的生活是更自然的事。

——我不能，她說。如果我這樣做，會使我絕望。

她因爲洩漏了一些隱祕的心靈，重又臉紅起來；她又道：

——當我在園中吹到一陣風時，我就很快活。花園顯得有了生氣。而且當那陣風是強勁峭厲、來自遠處的辰光，它眞會說出多少事情！

克利斯朵夫覺得在她矜持的態度之下，透露出她凄凉哀怨的心懷，這在平時是被她用快活的性情與她明知是無聊的活動掩蔽着的。爲何她不設法解放自己？她豈非極配過一種活動而有益的生活？——她把父親底疼愛作爲藉口，說他不讓她離開。克利斯朵夫徒然和她抗辯，說強壯果敢的軍官並不需要她像這種體質的一個男人很可獨自過活，沒有把她犧牲的權利。她却爲她父親辯護；故意推說並非他強留她在家，乃是她不忍離開他。——這在某程度內是實在的。對於她，對於她的父親，對於一切在他周圍的人，似乎都肯定着現況得永遠繼續下去，不能有所更易。她有一個已經娶妻的哥哥，認爲她爲了父親而犧牲是極其自然的。他自己也只關心他的孩子。他嫉妒地愛着他們，不讓他們有絲毫自動力。這種愛情，爲他，尤其是爲他的妻子，成爲一種志願的束縛，桎梏他們的生命，限制他們的活動；竟可說一個人有了孩子以後，個人生活就告終，應當永遠放棄自己的發展；這個活潑、聰明、年輕的男子，已經計算着在退休之前還有多少年工作。——這些優秀之士聽任自己在家庭之愛底空氣中萎靡下去。在法國，這種空氣是多麼濃厚，多麼悶人；而尤其令人窒息的是這類家庭已減縮到最小限度：父，母，一二個孩子。瑟縮的，畏葸的，集中在自己身上的愛情，好似一個鄙吝人緊握着他的一把黃金一樣。

一件偶然的事故，使克利斯朵夫對賽麗納更感興趣，使他看到法國人底情愛底緊縮，畏懼活，不敢享受他們分內的財產。

工程師哀斯白閑有一個兄弟，年紀比他小十歲，也是像他一樣的工程師。他是一個中產家庭出身的具有藝術憧憬的好男兒，這種人原是很多，很想從事於藝術；但他們不願妨害他們布爾喬亞的地位。實在這並非十分困難的問題；如今多數的藝術家都毫無危險的解決了。可是還得有志願；這種可憐的毅力就非個個人做得到；他們不能肯定自己眞有這志願；而當他們布爾喬亞的地位日趨穩固時，也就毫無反抗毫無聲息的聽其自然了。這是我們不能責備他們的，只要他們是本分的布爾喬亞，究竟比作惡的藝術家來得好。但在他們幻滅的情緒中，往往會留下一縷隱祕的憤懣之情：『一個何等偉大的藝術家在我身上死了！』——（按係古羅馬尼羅大帝自殺前語。）這種大家稱爲『哲學』的思想，毒害着他們的生命；直到日子久了，新的憂慮把舊時悲痛底痕跡拭去爲止。這便是安特萊·哀斯白閑底情形。他很想從事文學；但他的哥哥思想很固執，要他像自己一樣投身科學界。安特萊人很聰明，對於科學——或者文學——還有相當的天分；他沒有把握能成功一個藝術家，但確有把握成功一個布爾喬亞；他便讓步了，先是暫時地——（大家該明白這暫時、底意思）——順從着哥哥底意志；他進了中央工程學校；進去時名次不高，出來時也是一樣，從此他幹着工程師底行業，認眞地，但毫無興趣地。當然，這樣之後，他所有的一些藝術天分已經喪失；所以他只用着譏諷的口吻講起這樁事情。

——而且，他說，——（克利斯朵夫在這種推理中認出奧里維底悲觀氣息）——人生也不値得你爲了一個已經蹉跎的前程而煩惱。那不過是多一個或少一個不高明的詩人罷了！……

弟兄倆很相愛。他們具有同樣的道德氣質；但他們在一處時很不投機。從前，兩人都是特萊弗斯黨。但安特萊受了工團運動底吸引，變成反軍國主義者；而哀里變做了愛國主義者。

有時安特萊來訪問克利斯朵夫而不去探望他的哥哥，使克利斯朵夫很驚異：因爲他和安特萊談不到有何好感。安特萊除了抱怨什麼人或事——而這是夠討厭的——以外難得開口；而當克利斯朵夫說話時，安特萊又不聽。因此克利斯朵夫並不隱瞞他覺得這種訪問無聊；但這位客人並不介意，似乎不會覺察。終於有一天，克利斯朵夫注意到他的客人俯在窗子上，專心致志的留神着樓下的花園而不大理會主人底說話時，他纔明白了這個謎。他向他揭穿了；安特萊也直率地承認他的確認識夏勃朗小姐，他的訪問克利斯朵夫也確是爲了她。他舌頭一鬆，便說出他對她已有長久的友誼，也許還有更進一步的感情：哀斯白閑一家和少佐一家認識已經很久；但自從他們非常親密過了以後，政治把他們分開了；從此他們就不復相見。克利斯朵夫老實不客氣的說他覺得這是荒謬的。難道他們不能各想各的念頭而繼續相敬相愛麼？安特萊辯說他自然有這種自由的思想；但他把兩三個問題除外，不列入他所容忍的事情以內；關於這兩三個問題，他認為不能允許別人底見解和他的相反；他提出那著名的事件、（即指特萊弗斯事件）作為例證。說到這裏，他照例失去了理性。克利斯朵夫識得這種脾氣，不和他爭辯；但他追問這事件、是不是沒有完結的一天，或者他的咀咒是不是要與時間一樣長久，及於我們的兒子，孫子。安特萊笑了出來；他不回答克利斯朵夫底問話而轉過詞鋒來頌讚賽麗納·夏勃朗，指責那父親底自私，居然把女兒的為他犧牲認為理所當然。

——那末，克利斯朵夫說道，您為何不娶她，要是您愛她而她亦愛您的話？

安特萊抱怨賽麗納是僭權擴張論者。克利斯朵夫問他這個名辭有何意義。他回答說，這是實行宗教儀式，奴事上帝和上帝底僧侶。

——這對您可有什麽相干？

——我不願我的妻子屬於我以外的人。

——怎麽！您甚至對妻子底思想都嫉妒麽？那末您比少佐更自私。

——您逞着您的高興說話。難道您會娶一個不愛音樂的妻子麽您？

——這我已經遇見過了！

——要是兩人不是同樣的思想，怎能一起過活？

——丟開您的思想罷！啊！我可憐的朋友，當一個人戀愛時，一切的思想都不在計算之內。我所愛的女人像我一樣愛音樂，於我又有什麽關係？為我，她本身就是音樂！當一個人像您一樣，有機會遇到一個你所愛而也愛你的女子時，讓她相信她的，您相信您的。豈不是好！結果，你們所有的思想互相顯得有價值；世界上只有一條眞理：就是相愛。

——您說的是詩人底話。您不看見人生。我所認識的為了思想不同而痛苦的夫婦太多了。

——這是因為他們相愛不深之故。一個人先該知道自己的願望。

——意志是不能把一切見諸事實的。我要娶夏勃朗小姐時，我就不能。

——我願知道爲何緣故。

安特萊講着他的顧慮：他的地位尙未穩固；沒有財產；身體不好。他懷疑自己究竟有無權利結婚。重大的責任……沒有使你所愛的人遭遇不幸的危險麽？沒有使自己陷於苦惱的危險麽？——且不說未來的兒女……最好還是等待，——或者根本放棄。

克利斯朶夫聳聳肩：

——美妙的戀愛方式！如果她眞有愛情，她將覺得爲愛人獻身而幸福。至於兒女，你們法國人眞可笑。你們眞要有把握使他們過着養尊處優的生活而毫無所苦時，纔肯放他們到世界上來……見鬼！這是和你們不相干的；你們只要給他們生命，使他們愛生命，使他們有保衞生命的勇氣。其餘的……他們活也罷，死也罷……這是各人底命運。難道放棄人生倒比試試人生底機會更好麽？

克利斯朶夫胸中流露出來的堅實的信心，滲透了安特萊，却不能使他下決心。他說：

——是的，也許……

但他至此爲止他好似和其餘的人一樣，害着不能願望不能行動底癱瘓症。

克利斯朶夫發動着抵抗這種麻痺狀態的戰爭；那是他在大多數的法國朋友中見到的，在麻痺狀態之外，同時還奇怪地伴着一種勤勉的、往往狂熱的活動。他在中產社會中見到的人，幾乎全是憤懣不平之士。幾乎全都厭惡當日底主宰和他們腐敗的思想，幾乎全都對於他們被汚辱的民族精神有着同樣悲哀而高傲的意識。而這可並非個人的怨懟，並非被摒於政權與活動生活之外的戰敗階級——如免職的官員之類——底悲苦，也並非精力無處發洩的、坐以待斃的、如受傷的獅子般的貴族階級底苦惱。這是一種精神上的反抗，潛在的，深刻的，普遍的：在軍隊裏，司法界裏，大學裏，辦公室裏，政府機關底一切有生命的輪軸裏，到處都有這種情操。但他們毫無動作。他們預先就垂頭喪氣，再三說：

——一無辦法。

他們的思想、談話、膽怯地迴避着悲慘的事情，努力在日常生活中尋覓托庇之所。

要是他們只脫離政治活動倒也罷了！但就在日常行動底範圍裏，這些老實人也都不感行動底興趣。他們容忍着和他們鄙視的壞蛋來往，竭力避免和壞蛋爭鬥，因爲他們認爲無益。例如克利斯朵夫所認識的那些藝術家，音樂家，爲何毫無異議的忍受着輿論界小丑底教訓呢？其中頗有一般無知的文盲，其愚昧是大衆週知的，却儼然以最高的權威自居。他們連寫論文與書籍都有所不屑；他們有着書記，那些可憐的饑餓的傢伙，爲了衣食妻孥，連靈魂都願出賣，倘使他們有一顆的話。還在巴黎對誰都不是一樁祕密。可是他們繼續統治着，像對待臣下一般對待藝術家。當克利斯朵夫讀到他們某些評論時，簡直憤怒得叫喊起來：

——呋！懦怯的東西！

——你對誰說？奧里維問道。老是對節場上的一些鬼東西說麼？

——不，對老實的人說。壞蛋們是幹着他們的行當：他們撒謊，搶刼，竊盜，凶殺。但其餘的人，——一方面鄙視他們、一方面聽任他們擺佈的人，我更瞧不起。如果他們輿論界底同事，如果正直而有學問的批評家，如果被那些小丑在背上溜滑的人們，並不因為膽怯、因為害怕累及自己、或是因為可恥地存着互相利用的念頭，和敵人默契、使自己不致受到攻擊，如果不是為了這些理由而緘默着放任他們做去，——如果他們不讓這般醜類假借他們的保護與友誼，那末，這種無恥的威權自會可笑地坍臺。在所有的事情裏，都是同樣的弱點。我遇到二十個善良的人提到一個人時說：『這是一個壞蛋。』可是沒有一個不稱呼他『親愛的同行，』不握他的手。——『他們這種人太多了！』據他們說。——是的，奴顏婢膝的人太多了。懦怯的好人太多了。

——唉！你要我們怎辦呢？

——你們自己來執行你們的警權！你們等什麼？等老天來處理你們的事情麼？咄，瞧罷。到現在，雪已經下了三天。它堆塞了你們的街道，把你們的巴黎弄成一個泥窪。你們又做些什麼？你們責罵你們的市政當局把你們丟在泥湫裏。但你們，你們也曾試着爬出來麼？讓上帝去高興罷！你們交叉着手臂。誰也沒有心腸掃除自己門前的行人道。沒有一個人盡他的義務，政府也不，私人也不……他們互相推諉一頓就算完了責任。你們幾百年君主制度底教育，把你們養成了什麼都不親自動手的習慣。以致你們在等待奇蹟出現之前，老仰着頭呆望着天。只有你們決心動作，纔是唯一可能的奇蹟。你瞧，我的小奧里維，你們所有的聰明與德性儘夠拿來轉售；但你們缺少熱血。第一得由你來開端。你們的病旣不在精神，也不在心腸，而在於你們的生機。它去了。

——怎麼辦？應當等它回來。

——應當願望它回來。應當願望！對於這，先得使純潔的空氣回來。一個人不願走出家門，至少應當使他的家衞生。你們却聽任節場上的烏烟瘴氣到屋裏來散佈疫癘。你們的藝術與思想已有三分之二被淫汚了，而你們沮喪的精神竟使你們連憤怒底念頭都沒有，僅僅會感到驚訝。這些荒唐的好人中間，甚至有些會在駭懼之下承認是他們的過失，倒是那般走江湖的有理。在你們宣傳着勿被任何事物欺騙的伊索伯雜誌裏，我不是會遇到這些可憐的青年，承認他們愛着一種他們實在不愛的藝術麼？他們因爲如綿羊般懦怯無用，便毫無樂趣的使自己中毒：而他們就在自己的謊言裏煩悶以死！

克利斯朵夫文轉過來說到那般徬徨無定的人，髣髴一陣風搖撼着酣睡的森林。他並不想把自己的思想灌注他們，他只鼓勵他們自己去思想。他說：

——你們太謙虛了。最大的敵人是神經衰弱性的多疑。一個人能夠而且應該容忍，但不可懷疑他所信爲善與眞的東西。你可相信的，你應當加以保護。不管我們的力量如何，總不該退讓。在這個世界上，最小的對於最大的有一種義務。而——（這是他所不知道的）——它也有一種威權。別以爲你們孤獨的反抗是白費的！一個敢於肯定自己的堅定的良知，是一種力量。近年以來，你們已看到不止一次，政府與輿論不得不用一個善良人士底判斷來處理一件事情，而這善良人士底唯一的武器就祇有他道德的力量，堅毅地公開加以肯定……

如果你們要問費這許多力量有何用處，奮鬥有何用處，有、何、用、處？……那末，你們可以知道：——因爲法蘭西會死滅，——因爲歐羅巴會死滅，——因爲我們的文明，人類用着幾千年的痛苦所美妙地建造起來的文明會崩潰，如果我們不去奮鬥的話。國家在危險中，我們的歐羅巴國家、在危險中，——尤其是你們的，你們的法蘭西小國家，你們的痲痺把它殺死了。它就死在你們每一股死去的精力中，死在你們每一縷隱忍的思想中，死在你們每一顆貧弱的意志中，死在你們每一滴無用地乾涸的血中……起來罷！應當生活！是的，如果你們應當死，也應當立起來死。

但最難的還不是引導他們去行動而是引導他們共同行動。在這一點上，他們是無法可想的。他們互相抱怨。最優秀的人是最固執的。克利斯朵夫在所住的屋子裏就看到這種例子。法列克斯·韋爾，工程師哀斯白閎，少佐夏勃朗三個人中間有一種沉默的敵意。可是在不同的政黨或不同的民族旗幟之下，他們所願望的實在是一樣的東西。

韋爾先生和少佐可有許多地方意見相同。像一般思想之士所常有的那種對照的情形，這個埋頭書本、終年在思想中過生活的韋爾先生，對於軍事感有非常熱烈的興趣。這靈智的老人崇拜着拿破侖。他蒐羅着令人回想起帝政時代的紀念物和書籍。像他同時代多少人士一樣，這顆煊赫的太陽底遙遠的光芒使他神迷目眩。他把當時的戰役重新安排起來，討論行軍底步驟；他如學士會與大學裏的許多人一樣，是一個室內的戰略家，解釋着奧斯丹列茲，糾正着滑鐵盧一役底錯誤。

但對於這種拿破侖迷，他第一個會取笑，發揮他的譏諷；然而他仍不免耽溺這些美妙的故事，好比游戲時的兒童一樣；在有些軼事上，他簡直會流淚：當他發見自己這種熱情時，便笑彎了腰，把自己叫做蠢老兒。實在說來，他的成爲拿破侖崇拜者，並非爲了愛國主義，乃是爲了愛好奇妙的故事與愛好行動。但是確是一個出色的愛國分子，比許多純種的法國人更愛法國。法國底反猶太主義者常常用着不應當的猜疑，使居住法國的猶太人底情操爲之沮喪，實在是荒唐的行爲。一切的家庭過了兩三代以後，必然愛它居住的鄉土，這是很粗淺的道理；除此以外，猶太人還有特殊的理由愛此在西方思想最前進最自由的民族。何況他們百年以來已參與着法國底建設，所謂「自由」——一部分也是他們的功蹟。當他們看見封建的、反動的勢力來危害它時，他們怎會不起來保衛它呢？摧毀法國和這些異族同化的法國人中間的聯繫，——一羣發瘋的囚犯就在這樣做——不啻爲敵人作倀。

夏勃朗少佐便是這類思慮不明的愛國主義者，他們的報紙恐嚇他們，說在法國的一切別國底移民等於一個潛伏的敵人，而他們，雖然天生着好客的精神，也強使自己猜疑，嫉恨，否認他們民族底運命是在於成爲一切民族底合流。所以夏勃朗認爲應當不理那一層樓上的房客，雖然他心裏很想結識。在另一方面，韋爾先生也很高興和軍官談談但他識得對方底國家主義，便對他抱着淡淡的鄙薄的態度。

克利斯朵夫比少佐更少理由對韋爾先生感到興趣。但他看不過不公平的待遇。所以當夏勃朗攻擊韋爾時，他就挺身而出了。

有一天，少佐照例咀咒着現狀，克利斯朵夫和他說道：

——這是你們的過失。你們全都退避了。當事情在法國弄得不妙時，你們便逞着自己的脾氣，吵吵嚷嚷的辭職。竟可說你們把自己宣告戰敗認爲是榮譽。人家從沒眼見自己失敗而這樣起勁的。您說，少佐，您是曾經打過仗的人，難道這是一種戰鬥方式麼？

——不是戰鬥問題，少佐回答，我們不能以法國爲犧牲品而互相廝殺。但像這一類的鬥爭，必須要說話，辯論，投票，和多少無賴之徒摩擦：這我是辦不到的。

——您眞是灰心透了！在非洲，您可見得多哩！

——我敢賭咒，那還不及這些事情可厭。而且，我們永遠可以砍破他們的腦袋！何況要戰鬥，先得有兵。在那邊我有我的狙擊手。這裏，我是一個人。

——然而好人並不缺少。

——在哪裏？

——到處都是。

——那末，他們在幹什麼？

——他們像您一樣，一事不做，說是無法可想。

——至少舉出一個來。

——三個，如果您願意，而且在您的屋子裏。

克利斯朵夫說出韋爾先生，——（少佐叫了一聲，）——哀斯白閑夫婦，——（他跳起來了）：

——這個猶太人，這些特萊弗斯黨？

——特萊弗斯黨？克利斯朵夫說，那末，這有什麼關係？

——是他們把法國斷送了。
——他們和您一樣愛它。
——那末，這是些瘋子，害人的瘋子。
——一個人不能對敵人取公平的態度麽？
——和那般明鎗決鬥的光明的敵人，我完全能夠妥協。證據是，我和您，德國人，談着話。我敬重德國人，雖然心中祝望有一天能把我們受之於他們的鞭擊加利奉還他們。但其餘的，內裏的敵人，不，這可不是同樣的事情：他們用着不誠實的武器，不健全的觀念，含有毒素的人道主義……
——是的，您的思想髣髴中世紀的騎士第一次遇到礮彈一樣。您要怎辦呢？戰爭在進化啊。
——就算如此。那末不要說謊，就說這是戰爭。
——假定一個共同的敵人威脅着歐洲，難道您不和德國人聯盟麽？
——這我們在中國已實行過。（按係指八國聯軍事）
——看看您的周圍罷！您的國家，所有我們的國家，在民族底英雄的理想主義上，豈非都受到威脅？它們不全握在政治的與思想的冒險家手中？對付這個共同的敵人，你們豈不該和你們的具有道德價值的敵手聯合起來？一個像您這樣的人，怎麼能對現實如此忽視？那是些擁護一種與您的理想不同的理想的人！一種理想是一種力！這是您不能否認的；在你們最近一次的鬥爭中，是你們對手方底理想把你們戰敗了。與其爲反對這個理想而浪費你們的精力，何不把這個理想和你們的放在一起，用來對付一切理想底公敵，對付國家利益底榨取者，對付歐洲文明底蠹蟲？

——爲了誰？先要曉得。爲了我們對手方底勝利麼？

——當您在非洲的時候，您不曾顧慮您打仗是爲了君王還是爲了共和國。我猜想你們之中有許多是不會想到爲共和國的。

——他們不管這些。

——好！但法蘭西已經從中獲得利益。你們的出征是爲了它，也爲了你們。那末，在此也同樣做法罷！擴大戰鬥。別爲了政治上或宗教上的細故而互相傾軋。這是些無聊的事情。別問你們的種族是教會底長女還是理性底長女，這是無關緊要的。緊要的是你們的種族生活這件事！凡是能激發生機的，一切都是善的。只有一個敵人，是從中漁利的自私主義，是它把生命底源泉吸乾了，弄汚了。把力量，光明，豐滿的愛，犧牲底歡樂，發揚光大起來。永勿推諉，勿教別人代你們幹。幹，幹，聯合起來！起來！……

於是他開始在鋼琴上奏起合唱交響樂中降B調進行曲底最初幾拍。

——您知道，他停住了說，如果我是你們的一個音樂家，夏邦蒂哀或勃呂諾（法國近代作曲家。），（見他們的鬼！）我要替你們把公民執戈前驅，國際歌，亨利四世萬歲，神佑法蘭西等等，用盡方法一齊放在一闋合唱交響樂裏，——（像這種樣子，——我要爲你們弄一鍋大雜會塞在你們嘴裏！這當然是怪惡劣的——（但無論如何不會比他們所做的更惡劣；）——可是我要回答你們，這會在你們的肚裏生起火來，強迫你們走路！

他胸懷開暢的笑了。

少佐也像他一樣的笑着：

——您是一個勇士，克拉夫脫先生。可惜您不是我們隊伍裏的人！

——但我是和你們在一起啊！到處是同一的戰鬥。我們把行列擠緊些罷！

少佐表示同意；但也至此而已。於是克利斯朵夫固執起來，重新把話題轉到韋爾先生與哀斯白閑夫婦身上。軍官和他一樣的執拗，對猶太人和特萊弗斯黨提出他永久不變的理由。

克利斯朵夫爲之很難過。奧里維和他說：

——別傷心，一個人不能一下子改變整個社會底思想的。這將太美了！但你已經做了不少事情，你自己不覺得能了。

——我做了什麼？克利斯朵夫問。

——你是克利斯朵夫。

——這對於別人有甚麼好處？

——很大的好處。保持你的本來，親愛的克利斯朵夫！別爲我們操心。

但克利斯朵夫絕對不肯退讓。他繼續和夏勃朗少佐辯論，有時很激烈地。賽麗納覺得很好玩。她聽他們談話，靜靜地做她的工作。她並不加入辯論：但她顯得快活了些；目光更有光彩：似乎周圍的空間擴大了。她開始看書；出門的時候比較多了；感到興趣的事情也逐漸增加了。有一天當克利斯朵夫爲了哀斯白闌和她的父親大開論戰的時候，少佐看見她微笑着便問她作何思想；她安詳地答道：

——我想克拉夫脫先生是對的。

少佐驚愕之下，說道：

——這可有些過分了！……而且，不管有理無理，我們像現在這樣過得很好。我們毋須看見這些人。是不是，妮子？

——不，爸爸，這會使我愉快。

少佐不則一聲，假裝沒有聽見，雖然表面上不願顯露出來，其實他對於克利斯朵夫底影響並非毫無感受。他的狹隘的判斷和暴躁的性情不會妨害他的正直和豪爽的心腸。他愛克利斯朵夫，愛他的坦白與精神底康健，他常常惋惜克利斯朵夫是德國人。他徒然在辯論中和他生氣：他是在尋找這些辯論；克利斯朵夫底理由慢慢地在他心中發生作用。他却不肯明白承認。有一天，克利斯朶夫看見他讀着一本書，不肯給人看。賽麗納獨自送克利斯朶夫出門時，說道：

——您知道他讀的是什麼書？章爾先生底一部著作。

克利斯朶夫覺得很快活。

——那末他怎麽說？

——他說：『這畜牲！……』可是他捨不得放手。

當克利斯朶夫下次再見少佐時，絕口不提那樁事情。倒是他先問道：

——怎麽您不再拿您的猶太人來和我糾纏了？

——因爲這已毋須了。克利斯朶夫說。

——爲什麽？少佐惡狠狠地追問。

克利斯朶夫置之不答，一邊笑一邊走了。

奧里維說得對。一個人對於別人的影響決非單靠言語，而是要用他的生命來完成的。有一般人能用他們的目光，他們的舉動，他們清明的心靈底沉默的接觸，在自己周圍放射出一種蘇慰的空氣。克利斯朵夫所放射的則是生意。它慢慢地，緩緩地滲透人家底心，髣髴一縷春天的暖氣，穿過昏睡的房屋底古老的牆壁和緊閉的窗子，使那些受着多少年來痛苦、病弱、孤獨底磨蝕而枯萎憔悴、被視爲已經死滅的心再生。這是心靈對心靈的力量！感受的和施與的，都是不知道的。可是人類的生命就由這種潮漲潮落形成，而暗中策動的便是這神祕的吸引力。

在克利斯朵夫和奧里維寓所之下第二層，住着前文已經提及的一個三十五歲的少婦，奚爾曼夫人，兩年前死了丈夫，一年前死了一個七八歲的女孩。她和婆婆一起過活。她不見任何人。在全座屋子裏，沒有人比她和克利斯朵夫更少關係的了。他們難得相遇；也從來不說一句話。

這是一個高大、瘦削、身材相當美好的女人，褐色的眼睛，沒有光彩，沒有表情，有時射出一道黯澹的冷酷的火焰，照着她蠟黃的臉，平板的面頰，抽搐的嘴巴。老奚爾曼夫人是一個虔婆。所有的日子都消磨在教堂裏。臢下那少婦，含着妒意在家守孝。她對甚麼都不感興趣。她把亡女底遺物、照像、環繞在自己周圍；因爲一心貫注着這些東西，她腦海裏再也看不見她的孩子；眼前那些死的形象把她心中的那個活的形象摧毀了。她因為不再看見她，便固執着愈要看見她；她要，她要專心一意的想念她：這樣，她終於弄到連想到她也不可能；她幫助死神完成了它的事業。於是，她冷冰冰的，惘然若失的，沒有眼淚，生命枯涸了。宗教也不能援救她。她奉行着，但沒有愛，因此也沒有活潑潑的信仰；她在彌撒祭時把金錢放入捐筒裏，但她絕不積極地參加慈善事業；她所有的宗教都建築在「再見女兒！」這唯一的念頭上，其餘的，對她有什麼相干？上帝麼？她和上帝有何關係？再見她！……但她也毫無把握。她願如此相信，她固執地，拚命地願意相信，但她懷疑着……她不能看見別的孩子；她想道：

——為何這些孩子不曾死？

街坊上有一個小姑娘，身材舉動都像她的亡女。當她看見她拖着小辮子的背影時，她就發抖。她開始跟踪她；當那孩子旋過頭來，她看見不是她、時，她真想把她勒死。她抱怨哀斯白閔家已經被教育壓迫得很安靜的孩子在她上層吵鬧；只要兩個可憐的孩子在室內踅着小步，她立刻教僕人上樓要求靜默。克利斯朵夫有一次領着那些小姑娘從外邊回來遇見她時，被她瞧覷孩子的那副凶狠的目光駭呆了。
一個夏天底晚上，正當這個已死的活人靠近窗子，坐在黑暗裏，在虛無中催眠着自己的時光，忽然聽見克利斯朶夫底琴聲。他慣於在這時候在琴上幻想。這音樂把她惱怒了，因爲它擾亂她麻痺自己的癖好。她憤憤地關上窗子。音樂却一直鑽到房間底裏，使奚爾曼夫人對它感到一種恨意。她很想阻止克利斯朶夫彈奏；但她絕無此種權利。從此，她每天在同一時間，又憤怒又焦急的等待着鋼琴開始；要是它開場得遲了，她的怒氣只有格外增加。她不由自主地得把音樂從頭聽到尾音樂完後，她再也找不到她麻痺的境界了。——有一個晚上，她伏在黝黯的臥室一隅，從緊閉的窗子裏傳來一陣遙遠的音樂使她打了一個寒噤，眼淚底泉源重新在她胸中飛湧。她打開窗子；從此她一邊聽一邊哭。音樂有如雨水，一點一滴地滲透了她憔悴的心，使它甦醒。她重新看見了天空，明星，夏夜；她覺得像一縷還很黯澹的微光般，心中生出一些對於生命的興趣，一縷人類的同情。夜裏，幾月來第一次她的女孩在夢中顯現了。因爲使我們接近亡人的最可靠的路，是生活，他們因我們的生存而生存，因我們的死亡而死亡。

她並不設法遇見克利斯朵夫。但她聽見他在樓梯上和女孩們走過；他躲在門後，竊聽着兒童底嘮叨，怦然心動。

一天，她正要出去，聽見小小的腳步在下樓，比平時的聲響高了一些，有一個孩子和她的妹子說：

——別這樣鬧，呂賽德，你知道，克利斯朵夫說過，爲了那個傷心的太太。

另外一個便放輕了腳步，低着聲音講話。於是奚爾曼夫人忍不住了：她開出門去，猛烈地擁抱她們。她們害怕起來；其中有一個哭叫了。她不得不放下她們進去。

從此以後，當她遇見她們時，她試對她們微笑，但是一副抽搐的笑容，——（她已失去了習慣……）——她和她們說些突兀的親熱的話，驚駭的孩子們對之只互相喁語。她們繼續懼怕這位太太，比從前更怕了；當她們走過她門前時，因爲怕她來抓她們而覺飛跑了。她呢，躲在門外窺視她們。她心中非常羞愧：覺得竊取了一部分亡女獨享的愛情。她跪在地下向她求恕。但此刻，她的生活與愛底本能已經覺醒，再也抑捺不住。

一天晚上，——克利斯朵夫從外面回來，——他發見屋裏有些異常的騷亂。人家告訴他華德萊先生胸痛暴卒。克利斯朵夫想起那個遺下的女孩，非常同情。人家絕對不知華德萊先生有何親屬，因此那個女孩差不多是毫無倚靠的了。克利斯朵夫連奔帶爬的上樓，進到大門打開着的三樓公寓裏。他發見高爾乃伊神甫伴着死者；女孩淚流滿頰的喚着爸爸；女門房笨拙地把她撫慰着。克利斯朵夫把孩子抱在懷裏，和她說些溫柔的話。女孩絕望地勾在他頸上；他想帶她走出寓所；但她不肯。他便留着斷伴她。靠窗坐着，在白日將盡的時分，他繼續把她在臂抱中輕輕地搖。孩子慢慢的安靜下來，嗚咽着入睡了。克利斯朵夫把她放在牀上，笨手笨腳的試着解她的鞋帶。這已經是黑夜將臨的時光。公寓底門依舊開着。一個影子閃了進來，連帶有些裙子悉索聲。在白日褪色的餘光裏，克利斯朵夫認出那穿孝的婦人底一雙熱烈的眼睛。她立在門口，喉嚨梗塞着說道：

——我來……您願……您願把她給我麽？

克利斯朵夫握着她的手。奚爾曼夫人哭了。接着，她坐在牀頭。過了忽，她又說：

——讓我來看護她……

克利斯朶夫和高爾乃伊神甫回到他的頂樓上。教士微微有些侷促，表示來得很抱歉。他希望，他謙卑地說，死者不要責備他他不是以教士底資格而是以朋友底資格來的。

明天早上，當克利斯朶夫再來的時候，他發見女孩已經抱着奚爾曼夫人底頸項，天眞的信心使這些小生命立刻傾向討他們歡心的人。她答應跟着新朋友走……可憐！她已忘記了她的義父。她對於新的母親表示同樣的親切。這並不是令人十分安心的現象。奚爾曼夫人自私的愛情有沒有看到這一層？……也許。但這有什麼相干？應當愛。這便是幸福……

安葬過華德萊先生幾星期之後，奚爾曼夫人領着孩子到遠離巴黎的鄉間去。克利斯朶夫和奧里維送她出門。少婦有一股衷心歡悅的表情，爲他們所從未見過的。她對他們完全不加注意。可是在動身的時光，她留神到克利斯朶夫，便握着他的手，說道：

——您救了我。

——她是什麼意思呢，這個瘋婦？克利斯朶夫在上樓時奇怪地問。

幾天之後，他從郵局裏接到一張照片，是一個不認識的小女孩，坐在一張小圓櫈上，兩隻小手乖乖地交叉着放在膝蓋上面，睜着一雙淸明而哀怨的眼睛；照片上寫着一行字：

「我的亡女感謝您。」

這樣，一陣新生命底風在這些人心中吹過。在那五層的頂樓上，一座強烈的人類的爐竈在燃燒，它的光芒慢慢地透入全座屋子。

但克利斯朵夫不曾覺察。在他是覺得非常遲緩的。

——啊！他嘆道，還有可能使那些不願相識的、信仰不同、階級不同的善良之士聯手的麽？難道一無法想麽？

——您想怎辦？奧里維說，這需要一種互相的容忍和一股同情的力量，而這些情操是從內心的歡樂產生的，——一個健全、正常、和諧的生命底歡樂，——因爲自己作着有益的活動，覺得自己爲了某些偉大的事業服務而歡樂。而要一個人達到這種境界，必要一個國家處在一個偉大的時代，或——（更好是）——正在向「偉大」邁進的時代。也需要——（這兩件是並行的）——

有一個能把所有的精力引導到事業方面去的政權，超乎一切黨派的，聰明的、堅強的政權。然而能超乎一切黨派的政權，又必須是從自己心中而非從多數中汲取力量的政權，絕對不依賴混亂的大多數、而是用它所完成的事業使大衆心悅誠服的政權：戰勝的將軍，匡救國難的獨裁政府，智慧高於一切的權力……究竟是什麽我也不能說。這不是我們所能做主的。要有機會產生，要人類懂得抓住機會；要幸運與天才兩者俱備。等待罷，希望罷！力量在這裏：信仰底力量，科學底力量，古法蘭西、新法蘭西、大法蘭西底工作底力量……如果有一句咒語把這些聯合的力量一齊迸發起來，那將是何等偉大的氣勢！這咒語，可既不是你，也不是我，所能說的。誰能說的？勝利麽？光榮麽？忍耐啊！主要的是，把種族裏面所有堅強的成分集中起來，不要自己消耗，在時間不曾來到以前切勿灰心。唯有能夠用幾世紀的耐性、勞作、信仰、去換取幸運與天才的民族，纔有獲得幸運與天才的希望。

——誰知道？克利斯朵夫說。它們往往來得出人意外的早，——在人們並不期待的時候。你們盤算時太重視「世紀」了。你們預備起來罷！端整起來罷！永遠把鞋子穿在你們腳上，把手杖拿在你們手裏……因爲你不能斷定主、決不會就在今晚走過你的門口。

今晚它、已離得很近。它的翅翼底影子在門口上移過。

在許多表面上無甚意義的事故以後，法國與德國底關係突然緊張起來。三天之內，大家從往常的好鄉鄰的關係一變而爲戰爭前幕的挑釁口吻。這種情形只能使那般夢想理性統制世界的人出驚。而這種人在法國是很多的；當他們一朝看到萊茵彼岸的報紙忽然激烈地宣揚排法主義時，便怔住了。兩國底報紙中，有一部分都自命爲享有愛國專利權，用着國家底名義說話，對政府（有時暗中受着政府底指使）指陳它應該採取的政策，對法蘭西發出含有侮辱意味的最後通牒。原來德國與英國發生了齟齬；而德國不答應法國不站在它的一面；它的傲慢的報紙強迫法國作擁護德國的聲明，否則就威嚇法國要它支付戰爭底第一批代價；它們意欲用恫嚇手段來獲取同盟國，不經戰爭而先把對方當作戰敗的、心悅誠服的臣屬看待——總而言之，把法國和奧地利一樣看待。在此我們可以認出德意志帝國主義因迭次勝利而造成的驕恣狂悖，以及德國那些政治家底完全不能瞭解別的種族，強把適合於自己的律令，毫無分別的加在別人身上。對於一個古老的民族，在歐洲享有德國從未領略到的幾百年的光榮和威權的國家，這種強暴的壓迫，自然要引起和德國底期望完全相反的後果。它的酣睡的傲氣爲之驚醒了；法蘭西從上到下的沸騰起來；最麻木的人也狂怒地叫喊了。

在這件挑釁行爲中，德國底大衆是完全不相干的：一切國家底善良之士只要求過着和平生活；德國那些人尤其來得和平，親熱，願意和所有的人安居樂業，非但沒有攻擊別人的心思，反而有讚美別人、模倣別人的傾向。可是人們並不向善良之士徵求意見；他們也沒有膽量發表意見。凡是沒有勇氣參與公共行動的人，勢必成爲公共行動底玩具，成爲響亮而荒唐的回聲，反射出輿論界聲勢洶洶的吶喊和領袖們底挑戰；結果就產生了馬賽曲或保衞萊茵。

對於克利斯朵夫與奧里維，這眞是一個可怕的打擊。他們那麼習慣於相親相愛，以致他們想不出爲何他們的國家不和他們一樣做法。這樁突然覺醒的深仇宿恨，其中的理由是兩人都看不見的，尤其是克利斯朵夫，以他德國人底地位，覺得對於一個被自己的民族戰敗的民族，毫無懷恨的理由。他同胞中有些人士底驕傲使他非常難堪；他在某種程度內，對於這件壓迫的行爲和法國人同樣憤慨；但他不大明白爲何法國不肯做德國底盟友。他覺得兩個國家有多少深刻的理由應當攜手，多少共同的思想，多大的事業得由他們會同着來完成，以致他看到它們倆固執着毫無結果的讐恨而氣惱了。和所有的德國人一樣，他認爲法蘭西是這件誤會中主要的罪人：因爲卽使他肯承認戰敗底回憶對法國很痛苦，他亦只以爲是一種自尊心底問題，而這問題在文明與法蘭西本身底更重大的利益之前是不應當再存在的。他從不肯費心思索一下亞爾薩斯——洛蘭納底問題。在小學校裏，他已學會把併吞這些土地的行爲認作一件合乎正義的行爲，不過在幾百年的異族統制之後，把德意志底土地歸還給德意志底國家罷了。所以當他的朋友認爲這是一件罪行時，他簡直弄糊塗了。他從未和他談起這些事情，滿心以爲他們的意思是一致的；而現在，這個誠實的、自由的奧里維，竟沒有衝動，沒有憤怒，用着一種深刻的悲哀和他說，一個民族很可放棄對於這樣一件罪行的報復，却不能在放棄報復時不使自己蒙受羞辱。

他們極難彼此瞭解。奧里維所陳說的法國有權要求恢復亞爾薩斯爲拉丁土地的歷史的理由，對於克利斯朵夫絲毫不生作用；他有同樣堅強的理由可以證明相反：凡是政治爲它所擁護的事情所必需的論證，歷史都能供給。——這個問題感動克利斯朵夫的地方，不限於法國方面，而尤在於人情方面。問題並不在於亞爾薩斯人是否德國人；事實是他們不願成爲德國人，重要的就祗有這一點。誰有權利說：「這個民族是屬於我的，因爲他是我的兄弟，」如果他的兄弟否認他？即使這種否認是不應該的，那末錯處也在於不能博得人家底愛的那方面，而且他也絕無權利強使對方跟從他的運命。四十年來，在德國人用着武力，用着種種的威脅利誘，甚至也由賢明正直的德國行政機關施行過許多善政之後，亞爾薩斯人始終堅持着不願做德國人。而即使當他們疲倦的意志不得不讓步的時候，那般被迫離鄉別井、逃亡異地的人底痛苦，或更慘酷的，因爲動身不得而忍受着他們深惡痛絕的羈絆、忍受着鄉土被盜、同胞屈服的人底痛苦，畢竟是永難抹滅的。

克利斯朵夫天眞地承認他從未看到問題底這一方面；但他並不因之有何騷動。一個誠實的德國人往往用着坦白的心思對付一場辯論，這是一個熱情嚮往於自尊心的拉丁人——不管是如何眞誠——所不能常有的。克利斯朵夫並不以所有的民族在歷史上所有的時代都犯過巨大的罪惡，就認爲自己也有犯同樣罪惡的權利。他太驕傲，不能去搜尋這種可恥的藉口；他知道人類愈進步，人類的罪惡愈可怖，因爲四周有着更多的光明。但他也知道，如果輪到法蘭西勝利時，它也不見得比德意志更有節制，而在罪惡底連索中也要加上一環。這樣，悲慘的衝突可以永遠繼續下去，使歐羅巴文明底精華蒙受全部毀滅的危險。

這個問題對克利斯朵夫固然悲痛，但對奧里維尤其慘酷。可悲的還不止在兩個最配攜手的民族底自相殘殺。卽在法國本部，也有一部分民族準備和另一部分爭鬥。多少年來，和平的與反軍國的主義，同時被國中最高尚的和最下賤的分子宣傳，散播。政府聽任他們幹，只要不妨害政客們底直接利益，它對於一切都採着旁觀者底態度；却不曾想到最危險的並不在於坦白地支持一種最危險的主義，而在於聽讓這種主義在民族底動脈中潛流，在人們準備戰爭時，這潛伏的主義却在破壞戰爭。它一方面迎合自由的智慧之士，因爲他們夢想建立一個友善的歐羅巴，集中全部的努力來造一個更公平更近人情的世界。同時，它也迎合賤民底卑怯的自私主義。這般人是不論爲什麽人什麽事都不肯把他們的皮肉去冒險的。——這些思想感染了奧里維和他的許多朋友。有過一二次，克利斯朵夫在他寓裏曾參與使他駭愕的談話。善良的莫克，被人道主義的幻想迷住了，睜着明亮的眼睛，心神歡暢地說，應當阻止戰爭，而最好的方法是煽動兵士反抗教他們射殺他們的長官！他以爲這一定會成功的。工程師哀里・哀斯白閑冷冷地激烈地回答他說，如果發生戰事，他和朋友們先要和國內的敵人算清了賬，然後上前線。安特萊・哀斯白閑却贊同莫克底意見。克利斯朵夫有一天看見弟兄倆爭執得很劇烈。他們互相以鎗斃來威嚇。雖然這些凶狠的說話上面蓋着一種說笑的口吻，人們很可感到他們所說的話都有一天會得實行。克利斯朵夫詫怪地端相着這個荒謬的民族，永遠預備爲了思想而自殺……眞是瘋子。邏輯的瘋子。各人只見自己的思想，一心要走到終點，不肯歪一歪脚步。自然他們要互相否認，抹煞對方。人道主義者對愛國主義者開戰。愛國主義者對人道主義者開戰。正在這時候，敵人來了，把國家和人類一齊壓得粉碎。

——可是究竟，克利斯朵夫問安特萊・哀斯白閑道，你們和別的民族中的無產階級有沒有商量妥當？

——總得有人發難。這一定是我們了。我們素來是第一批。得由我們來發信號！

——如果別人站着不走呢？

——他們自會走的。

——你們有沒有條約，有沒有一個預先確定的計劃？

——毋須條約！我們的力量高於一切的權術。

——這不是一個觀念底問題，而是戰術底問題。如果你們要滅絕戰爭，就得向戰爭學些方法。在兩個國家中建立起你們的作戰計劃來。約定你們同盟軍在德法兩國起事底日期。倘若你們把這件事情一聽偶然擺佈，那會有什麽結果？一方面是偶然，一方面是有組織的巨大的力量，——結果是一定的：你們勢必被他們壓倒。

安特萊·哀斯白閑不聽這些。他聳聳肩，只以渺茫的恫嚇爲滿足：他說只要一把砂子放在要害，放在齒輪裏，就可把機器破壞。

但安閒地從理論上討論一樁問題是一件事情，把思想付諸實行，——尤其在需要當機立斷的時候，——又是一件事情。巨大的波濤在心坎裏捲過的時間眞是何等悲痛！一個人自以爲是自由的，是自己的思想底主宰。而現在却覺得自己不由自主地被別人曳引着。一個曖昧的意志要違反你的意志。你這纔發見有一個陌生的主宰，發見這個無形的力量是它的律令統治着人類的海洋……

一般智慧最堅決的、信仰最穩固的人，會看見他們的信仰溶解，使他們迷惑，顫抖，不知如何是好，而結果往往會採取和他們所預定的全然不同的路，使自己都出驚。反對戰爭最激烈的人中有些會覺得國家底驕傲與熱情突然在胸中覺醒起來。克利斯朵夫看到一般社會主義者，甚至工團主義者，在這些敵對的熱情與責任中徬徨失措，無所適從。在衝突底初期，當他還未把事情看得嚴重時，他用着德國人底那種冒失的態度和安特萊·哀斯白閑說，這是實行他的理論的時候了，如果他不願德國吞滅法國的話。安特萊跳起來，憤怒地答道：

——試試看能！……你們這批混蛋，白白有着該死的社會黨，擁着四十萬黨員，三百萬選舉人，而不敢塞住你們皇帝底嘴，擺脫你們的羈軛！……哼，我們會來代勞的，我們！吞滅我們罷！我們也會吞滅你們！……

在期待底時間拖延下去的當兒，各人心裏都煩躁起來。安特萊痛苦不堪。明知一種信仰是眞的而無法保衛！覺得自己受着這種精神疫癘底傳染，感受到在民衆間傳播的集體思想底強烈的瘋狂，戰爭底氣息！這股氣息，在克利斯朵夫周圍所有的人底心中都起了作用，卽克利斯朵夫自己亦有所不免。他們彼此不說話了。他們互相隔着相當的距離。

但長此躊躇下去是不可能的。行動底風，好歹把那些遲疑不決的人吹送到了這個或那個黨派裏。有一天，當大家以爲是最後通牒底前夜時，——當兩國所有的緊張的活力到了準備出來殺戮時，克利斯朵夫發見大家都已選擇定當。一切敵對的黨派，都本能地站到它們先前所嫉恨或鄙視的代表法國的政權方面。頹廢藝術底大師們和美學家們，在輕薄的短文裏宣傳着愛國信念。猶太人講着保衛他們祖先底土地。哈密爾頓只要提到國旗二字就會下淚。而大家都是眞誠的，大家都害了傳染病。安特萊·哀斯白閎和他革命主義的朋友們，和別人一樣地，——並且更甚地：迫於事實之急不容緩，不得不服從一個他們痛恨的意見，用着一股陰沉的、悲觀的怒氣決定了他們的趨向，逼得他們成爲殘殺的狂暴的工具。工人奧貝，徘徊於後天的人道主義與先天的排外主義底矛盾間，幾乎喪失理智。失眠幾夜之後，他終於找到了一個解決一切的方式：法國是人類底化身。從此，他不復與克利斯朶夫交談。屋子裏差不多所有的人對他都閉門不納了。即是那挺好的亞諾夫婦也不再邀請他。他們繼續弄着音樂，沉浸在藝術裏，試着忘記那大衆所關切的事情。但他們時刻要想到。他們之中每個人單獨遇見克利斯朶夫時，仍舊親熱地和他握手，但是急促地，遮遮掩掩地。倘在同一天內克利斯朶夫再見到他們而逢着他們夫婦倆在一處時，他們便脚不停步的走過，只侷促地和他行禮。反之，多少年來不復交談的人，倒突然接近起來。一天晚上，奧里維做手勢教克利斯朶夫走近窗邊，指給他看在下面園中，哀斯白閑一家和夏勃朗少佐在談天。

克利斯朶夫不想對於這種精神上的激變表示驚奇。他自己的變動也儘夠他操心了。他騷亂惶惑，簡直無法控制。奧里維比他可有更多的騷動的理由，却比他鎮靜。他似乎是唯一不曾染疫的人。對於將臨未臨的戰爭的等待，對於預料之中的內心的痛苦的懼怕，儘管壓迫他，他却知道兩項遲早必須一戰的敵對的信仰都偉大；也知道法國底任務是成爲人類進步底試驗場，是要用它的熱血來灌溉新思想使之長成。爲他，他不願捲入這個漩渦。在此文明底殘殺中，他很想把安蒂高納（古希臘神話中之孝女。）底箴言再說一遍：『我是爲愛而非爲恨而生的。』爲了愛，也爲了愛底另一種形式

——智慧。他對於克利斯朵夫的溫情，足以使他明白自己的責任。在這個千千萬萬的生靈準備相讎相恨的時間，他感到像他和克利斯朵夫這樣兩顆靈魂底責任與幸福，在於當着狂風暴雨而仍保持着他們完美無比的愛情和理性。他記起歌德拒絕參預一八一三年德國發動的仇法運動。

這一切，克利斯朵夫全感覺到；但終不能安靜。在某種方式下拋棄了德國而不能回去的他，像老朋友蘇茲一樣浸淫着十八世紀偉大的德國人底歐羅巴思想，厭惡新德意志底軍國精神和經商主義的他，聽到自己心中掀起一股巨大的熱情，不知將拖曳他到什麼地方去。他不告訴奧里維；但他在悲痛中消磨日子，整天等待消息。他偷偷地整理東西，端整行裝。他不用理智來思索了。他抑制不住了。奧里維不安地注意他，猜到他心中的爭鬥，不敢動問。他們覺得需要比平時更接近，他們比任何時都更相愛；但他們害怕交談；唯恐發現他們之中什麼思想底歧異會使他們分離。他們目光相遇時，往往帶着一種不安的溫柔的情緒，好似已經到了永別底前夜。他們苦悶地守着緘默。

可是，在天井對面那座正在建造的房屋頂上，在這些悲慘的日子裏，工人們正敲着最後幾下的錘子；克利斯朵夫底朋友，那個曉舌的蓋屋匠，遠遠裏笑着對他喊道：

——瞧，我的屋子終究完成了！

幸而陣雨過了，去得和來得一樣快。宮廷中半官式的文告像晴雨表一般報告天氣轉好。輿論界叫嚣的狗重新回到窠裏。數小時內，人心一齊鬆弛下來。這是一個夏日底晚上。克利斯朵夫氣吁吁的跑來把好消息告訴奧里維。他們幸福地呼吸着。奧里維望着他，微笑着，有些悲哀。他還不敢把他心中的問題提出來。他只說：

——哦，你已看見了那些不能諒解的人聯合一致的情形，是不是？

——我看見了，克利斯朵夫興奮地回答。你們眞會開玩笑！你們互相叫嚷表示反對。其實你們全是一樣的見解。

——這是你滿意的是麽？奧里維說。

——幹麽不滿意？因爲這種聯合把我作了犧牲品麽？……罷！我是相當強的人……並且，感到這個掀動我們的波濤，感到這些魔鬼在心中覺醒，也很有意思。

道：

——我却駭極了，奧里維道。我寧願永遠孤獨，可不愛我的民族以這種代價來結合。

他們不說下去了；兩人都不敢提到使他們惶亂的問題。終於奧里維振作一下，喉嚨梗塞着說道：

——老實告訴我，克利斯朶夫，你已預備走了，是不是？

克利斯朶夫答道：

——是的。

奧里維早已料到這句答語。可是他心裏仍不免震動一下，說道：

——克利斯朶夫，你可能……！

克利斯朶夫用手在額上按了一按，說：

——別再談這個，我不願再去想了。

奧里維痛苦地回答說：

——你將和我們作戰麼？

——我不知道，我不曾思索這問題。

——但在你心裏你已經決定了麽？

克利斯朶夫說：

——是的。

——對我作戰麽？

——永遠不對你。你是我的。我不論到哪裏，你總和我同在。

——可是對我的國家麽？

——爲了我的國家。

——這是一件可怕的事，奧里維說。我愛我的國家，像你一樣。我愛我親愛的法蘭西；但我能爲它而殺害我的靈魂麽？爲它而欺騙我的良心麽？這無異欺騙法蘭西本身。我怎能沒有仇恨而恨，怎能扮演那雠恨底喜劇而不犯說謊底罪惡？當現代的政府自命把它戰爭底信仰和那以瞭解與愛爲原則的自由思想結合起來時，它眞犯了一樁可怖的罪惡，——一樁會把自己壓得粉碎的罪惡。

凱撒就是凱撒，切勿自以爲上帝！他要取我們的金錢生命，都取去就是；他却沒有權利却奪我們的心靈，他不能把血來濺汚它們。我們到世界上來是爲傳播光明而非熄滅光明的。各負各的責任！如果凱撒要戰爭，讓凱撒用他自己的軍隊去戰爭，像從前一樣以戰爭爲職業的軍隊去戰爭！我不會蠢到對暴力作無效的呻吟。但我不屬於暴力底軍隊。我屬於思想底軍隊；我和千萬的同胞代表着法蘭西。讓凱撒去征服土地，如果他願意！我們將征服眞理。

——爲征服，克利斯朵夫說，就得戰勝，就得生活。眞理不是一種由腦子分泌出來的硬性的教義，像岩洞底壁上分泌出來的鐘乳石那樣。眞理是生活。你不當在你的腦子裏去找尋，而當在別人底心裏找尋。和他們聯合起來罷。你們愛想什麽就想什麽，但每天得洗一個人間的浴。應當生活着别人底生活，忍受他的運命，愛他的運命。

——我們的運命是保持我們的本來。思想與否，不由我們作主，即使其中有何危險也是如此。我們到了文明底一個階段，使我們再不能後退。

——是的，你們到了高崗底邊緣上，一個民族到了這個危險的地方決不能沒有望下跳去的願望。宗教與本能在你們身上都沒有力量了。你們只剩着智慧。危險啊！死神來了。

——所有的民族都要到此地步：這是幾個世紀底問題。

——丟開你的世紀罷！整個的生命是日子底問題。眞要那般該死的夢想家，纔把自己放在「絕對」裏面而不去抓住在眼前過去的時刻。

——你要怎辦呢？火焰燃燒着燈蕊。一個人不能在現在與過去常住，我可憐的克利斯朵夫。

——應當在現在常住。

——在過去成爲一些偉大的東西已經不容易了。

——唯有在現在還有偉大而活着的人能夠賞識的時候，過去的偉大纔成其爲偉大。

——與其成爲今日這麽許多醉生夢死的民族，你豈不寧願成爲已死的希臘人？

——我更愛成爲活的克利斯朵夫。

奧里維停止辯論了。並非他沒有許多話可以回答，但這不能使他感到興趣。在此全部的辯論中，他只想着克利斯朵夫。他嘆道：

——你的愛我不及我的愛你。

克利斯朶夫溫柔地執着他的手：

——親愛的奧里維，他說，我愛你甚於愛我的生命。但原諒我，我不能愛你甚於愛、生、命，甚於愛我們種族底太陽。我最恨黑夜，而你們虛僞的進步勾引我望黑暗中去。你們一切捨棄底說話都遮掩着同樣的深淵。唯有行動是活的，卽在它殺人的時候也是活的。在這個世界上，我們只有兩件東西可以選擇：吞噬一切的火焰或黑夜，雖然黃昏以前淒凉的幻夢含有如何甘美的滋味，我却不要這種死亡前驅的和平。無窮的空間底靜默使我驚駭。在火上添些新的木柴罷！愈多愈好！連我也丟進去罷，如果需要的話……我不願火焰熄滅。如果它熄滅了，我們也要消滅，世界上一切都要消滅。

——我識得你的聲音，奧里維說；那是從過去的野蠻中來的。

他在書架上抽出一部古印度詩人底集子，念道：

「起來罷，下着決心去戰鬥。別關心快樂與痛苦，盈餘與損失，勝利與失敗，竭盡你的力量戰鬥……

克利斯朵夫從他手裏搶過書來，念道：

——……我在世上沒有一件東西強迫我行動；沒有一件東西不是我的；可是我決不拋棄行動。要是我不孜孜矻矻的幹着，給人家一個榜樣，所有的人類都將絕滅。要是我的行動停止一分鐘，我將把世界陷入混沌，而我將是生命底劊子手。」

——生命，奧里維再三說，什麼叫做生命？

——一場悲劇，克利斯朵夫回答。勝利啊！

風平浪息了。大家懷着鬼胎，急急要忘記它。沒有一個人似乎還記起經過的情形可是我們發覺他們依舊想着，卽在他們重新過着的他們生活底歡樂裏，在那受到威脅纔充分感到價值的美好的日常生活裏。好似在每次危險之後，人們兩口併做一口的呑食着。

克利斯朵夫用着十倍的興緻重新埋頭創作。奧里維也被他拖下去了。他們因爲對陰沉的思想需要反動一下，便共同製作着一部拉勃萊派的史詩。其中深深地印着唯物主義的思想，這是精神苦悶後所必有的現象。除了那些傳說的英雄——伽爾剛多阿，修士約翰，巴奴越——以外，奧里維受着克利斯朵夫暗示，又添上一個新角色，一個名叫忍耐的鄉下人，天眞的，狡猾的，被人毆打，被人竊盜……聽人擺佈，——妻子被人親吻，田地被人刼掠，……聽人擺佈，……永無倦色的耕種着他的土地，——被逼去打仗，喫盡苦頭，……聽人擺佈，——等待着，鑒賞着他的主子們搜刮，受着鞭打，心裏想道：『決不會長此下去的，』預料到終局的顚蹶，斜着眼睛睨視，先已用他沉默的大嘴巴笑起來了。果然有一天，伽爾剛多阿和修士約翰當了十字軍，墮入河裏。忍耐眞心地爲他們抱憾，快活地安慰自己，把淹得半死的巴奴越救了起來，說道：『我知道你還要捉弄我，但我少不了你；你能替我消愁解悶，你能使我發笑。』

用這篇詩歌爲主題，克利斯朵夫製作了一些帶有合唱的交響曲，悲壯而可笑的戰爭，狂歡的節會，滑稽的歌辭，耶納甘（十六世紀法國作曲家。）派的牧歌，像兒童般的粗俗的歡樂，海中的狂風暴雨，音樂底島嶼和鐘聲，末了是一闋田園交響樂，充滿着草地上的氣息，清明的觱篥與木笛，通俗的民歌，散佈着一派輕快喜悅的情調。——兩位朋友喜氣洋洋的工作着。瘦弱的、面頰蒼白的奧里維，洗了一個強身浴。歡樂底巨潮在他們頂樓上捲過……用着他的心和朋友底心創造兩個情侶底擁抱亦不會比這兩顆友愛的靈魂底配合更甜蜜更熱烈。它們交融的程度，使他們常有同樣的思想同時在各人心中閃現。或者是克利斯朵夫寫着一幕音樂，奧里維立卽想出歌辭。他牽着奧里維踏着他的足跡。他的思想孕育了另一個底思想。

在創造底歡樂之上再加勝利底歡樂。哀區脫決心把大衞付印了；出版之後，立刻在外國引起巨大的回響。一個住在英國的有名的華葛耐派『教堂樂長』，哀區脫底朋友，對作品表示非常熱心；他把它在好幾個音樂會裏演奏，獲得巨大的成功而且靠着『教堂樂長』底熱心，大衞在德國也演奏了，獲得同樣的成績。『教堂樂長』和克利斯朵夫相交起來，向他要求別的作品，幫助他，爲他作着熱烈的宣傳。在德國，人們把以前奏過而被喝倒采的依斐日尼重新發見。大家說是天才。克利斯朵夫傳奇式的生涯更從旁刺激了大衆底注意。弗朗克府日報首先發表一篇遍傳遐邇的文字。別的報章接踵而起。於是，在法國，有些人士發見他們中間有一個大音樂家。拉勃萊史詩尚未完工時，巴黎許多音樂會會長中有一個就向克利斯朵夫要求這件作品；而古耶，預感到他不久就享受的大名，開始用神祕的詞句講他的天才朋友，說是他發現的。他在一篇文章裏頌揚着美妙的大衛，——全忘了他在上年提及它時用的是兩句侮辱的文字。他周圍的人，也沒有一個想起這件往事。巴黎多少人士曾經揶揄過他們今日所頌揚的華葛耐和弗朗，而在今日又壓迫着待明日再去頌揚的新藝術家！

這次的成功出於克利斯朵夫意料之外。他知道他有戰勝之日；但他想不到這一日會這麼近；所以他對過於迅速的成功抱着警戒的態度。他聳聳肩。說人家還是不要來和他糾纏罷。要是人家在他寫作大衛的那年恭維他，他倒能瞭解；但如今他和寫作大衛時的心情已經離遠了，已經多爬了幾級。他很想和那些對他提起他的舊作的人說：

——別把這髒東西和我糾纏！我厭惡它，也厭惡你們。

接着，他用一種被人驚擾的那種微微生氣的神情，重新埋頭做他的新工作。但他暗中畢竟感到一種快意。榮譽底最初的光芒是很溫暖的。戰勝是甜蜜的，衛生的。窗子開了，初春的氣息滲透了屋子。——克利斯朵夫徒然輕視他的舊作，尤其是依斐日尼；看到這件使他受過多少屈辱的可憐的作品、如今受着德國批評家底恭維與戲院底要求，究竟也是一種報復。一封從特萊斯登寄來的信，告訴他說人家很高興排演他的劇本，在下一季中上演……

這個消息，使他在多少年的憂患以後，終於窺見了比較寧靜的前途和遠遠擺在前面的勝利；但同日，他又收到了另外一封信。

這天下午，他正在一邊洗臉一邊隔着房間和奧里維快活地談話，門房從門下塞進一封信來。是他母親底筆跡：他心裏正想寫信給她，告訴她他的成功……他拆開信來……短短的幾行……歪斜的字跡顯然是手指顫抖時寫的！……

「我親愛的孩子，我身體不大好。如果可能，我想再見你一面。我擁抱你。

媽媽。」

克利斯朵夫哭了。奧里維驚惶着立即跑來。克利斯朵夫不能說話，只把桌上的信給他看。他繼續嚎啕，也不聽奧里維看完信後對他的安慰。他奔到牀前，拿起丟在牀上的外衣，急匆匆的穿起來，紐領也不帶，——（因爲他手指在發抖）——便望外走。奧里維在樓梯上追上他：他想怎辦呢？搭下班車麼？在黃昏以前就沒有車。與其在站上等還不如在家等。必需的路費他有了沒有呢？——他們倆搜遍了各人底衣袋，把所有的錢合起來也不過三十法郎左右。時方九月，哀區脫，亞諾夫婦，所有的朋友都不在巴黎。沒有地方可以想法。克利斯朵夫焦急地說他可以徒步走一程。奧里維求他等待一小時；答應替他張羅路費。克利斯朵夫一籌莫展，由他擺佈。奧里維跑到當舖裏：這是他破天荒第一次；他素來寧願捱餓而不肯把那些紀念物當掉一件，但此次是爲了克利斯朵夫，且是刻不容緩的事。他便當了他的錶，可是當來的錢和他預期的相差太遠了。他只得回到家裏，揀幾部書送到舊書攤去。這是痛苦的；但此時也無暇想到：克利斯朵夫底悲傷占據了他全部的思念。他回來發見克利斯朵夫神色沮喪的坐在原來的地位。奧里維弄來的錢，再加上三十法郞，綽綽有餘了。克利斯朵夫這時慌亂的心境使他無暇追究錢底來源，也不想想他走後他的朋友是否還有錢過活。奧里維也和他一樣不會想到；他把所有的款子統給了克利斯朵夫。他得照顧克利斯朵夫像照顧孩子一樣。他送他到車站，直到車子開動纔和他分別。

在夜裏，克利斯朵夫睜大着眼睛，望着前面想道：

——我還能及時趕到麼？

他很知道，要使母親寫信叫他回去，她定是急不及待的了。他焦急的心情只想鞭策着快車風馳電掣般兼程前進。他悲苦地埋怨自己離開母親。同時，他覺得這種責備是無益的：他並不是左右人事的主宰。

車輪與車廂震動的單調聲慢慢地使他平靜下來，恢復了思想底主宰。有如從一道音樂中掀起的巨流被強烈的節奏阻遏住了一般。他重新看到他全部的過去，從遙遠的童年幻夢起：愛情，希望，幻滅，喪事，還有這令人欣喜的力，這受苦、享樂、創造底醉意，以及在抓握生命之光與暗，抓握他靈魂之靈魂時所感到的輕快的歡樂。如今，一切都在相當的距離之外顯得明白了。他的欲望底騷擾，思想底惶亂，他的過失，他的舛誤，他的激烈的戰鬥，於他顯得像逆流與漩渦，爲巨大的潮流向他永恆的目標推進着。他發覺這些磨鍊的歲月底深刻的意義：在每次試鍊上，總有一道水柵被逐漸高漲的河流衝倒；它從一個狹隘的山谷流到另一個更寬廣的山谷，把它漲滿了；視線變得更遼闊，空氣變得更自由。在法國底高地與德國底平原中間，河流溢出了河牀，流到草地上，剝蝕着高崗下的低地，把兩個國家底水源滙集了。這樣，它在它們中間流着，不復爲它們的分野，而把它們結合起來：兩個民族在它身上融和了。這時，克利斯朵夫纔初次感到，他的命運是像動脈一般把兩岸所有的生命力灌注到敵對的民族中去。——在最陰沉的時間，他反感到奇特的清明的境界，和突如其來的寧靜……隨後，那些景象消失了；唯有老母痛苦而溫柔的面貌在眼前重復顯現。

當他到達那德國小城的時候，東方纔發白。他得留神不給人家認出來因爲他的通緝令尚未撤銷。但站上沒有一人注意他：這是灰色的時間，黑夜底光已經消滅，白日底光還未來到，——是睡眠最甜蜜，好夢染着東方慘白的亮光的時候。一個小女僕開着一家店舖底百葉窗，嘴裏唱着一支老歌謠。克利斯朵夫感動到幾乎窒息。呋，故鄉親愛的故鄉！……他眞想親吻土地。聽着使他心兒溶化的平凡的歌，他覺得在遠離鄉土時多麼苦惱多麼愛它……他凝神屏氣的走着。當他看見他的家時，不得不用手掩着嘴巴，不使自己喊出聲來。留在此間的被他遺棄的人究竟怎樣了呢？他重新鼓着氣，連奔帶跑的直到門前。門半開着。他推進去。闃無一人……舊的木扶梯在脚下格格作響。他走上二樓。屋子好像空無人居，母親底房門關着。

克利斯朵夫手握着門鈕，沒有力氣去推開……

魯意莎獨自睡着覺得自己完了。其餘兩個兒子，一個，經商的洛陶夫，住在漢堡；另外一個，恩斯德，到美洲去了，杳無音訊。沒有人關切她，衹有一個鄰婦，每天來看魯意莎兩次，問問她需要什麼，留着幾分鐘，然後回家幹她自己的事，她來的時間不大準確，常常遲到。魯意莎覺得人家底忘記她是很自然的，一如她覺得她的疾苦是很自然的。她有着天神般的耐心受苦也習慣了。她患着心病，常有氣塞的現象，那時她自以爲要死了：眼睛大睜，雙手拘攣，臉上淌着汗。她並不抱怨。她知道這是應當如此的。她已經準備就緒；受過臨終聖禮。只有一件事情掛心：就是上帝或者要認爲她不配進天堂。其餘的一切，她都耐心忍受。

在她斗室底黝暗的一隅，在枕頭四周，在牀龕的壁上，她做了一個紀念堂：一切心愛之人底像片統統會集在一起：二三個孩子底，丈夫底；——她對他始終保持着初期的愛情，——老祖父底，哥哥高脫弗烈特底：她對於一切對她有過好處——不管如何微小——的人都抱着一種感激的戀念之情。她把克利斯朶夫寄來的最後一張照相用針扣在褥單上，靠近她的臉，把他最後的幾封信藏在枕下。她最愛秩序和清潔，要是她臥室內不是一切都整理得好好的，她就不好過。她關心着外邊各種細小的聲音，從這些聲音上面她知道日間的時刻。這她已經聽了多少年了！在此狹隘的空間消磨了她一生……她想着她心愛的克利斯朶夫。她多願望他此時此刻來到這裏，挨着她！可是即使他不來，她也能够隱忍，她確信能在天上見到他。她祇消閉上眼睛就已看見他了。她迷迷惘惘的在過去的回憶中度日……

她發覺自己在萊茵河畔的老屋內……是一個節日……夏季晴好的一天。窗子開着：太陽照在雪白的路上。鳥兒在歌唱。曼希沃和祖父坐在門前談話，抽煙，笑得很高興。魯意莎不看見他們；但她因爲這一天丈夫在家、祖父心情快活而很高興。她在下面的屋裏端整午飯一頓豐美的午飯；她非常留神的照顧着有一樣大家意料不到的東西，一塊香瓜作餡的蛋糕；她想到孩子快樂的叫喊先已開心了……孩子，他在哪兒？在上面：她聽見他，他在彈琴。她不懂他彈的東西但聽到這熟習的啁啾聲，知道他在那邊乖乖地坐着……於她就是一種幸福。多美妙的日子！一輛車子底輕快的鈴聲在大路上過去……啊！天！那燻肉呢！但願它別在她眼望窗外的時節燻焦了！她唯恐她多麼愛而又多麼怕的祖父不高興，埋怨她……還好，托上帝底福，全無毛病。瞧，一切預備好了，飯桌端整好了。她喚着曼希沃和祖父。他們愉快地答應。可是孩子呢？……他不在彈琴了。她不曾留意，他的琴聲已停了一忽……——『克利斯朵夫，』……他在幹什麼？毫無聲息。他永遠忘記下來喫飯的：父親又要責罵他了。她急急忙忙上樓：——『克利斯朵夫』……他不響。她打開他工作室底門。闃無一人。室內空空的；鋼琴蓋着……魯意莎一陣悲痛。他怎麼了？窗子開着。天哪！要是他跌了下去！……魯意莎睽昏了。她俯在窗上望下瞧……——『克利斯朵夫！』……到處都沒有他。她走遍了各個房間。祖父在樓下對她喊道：『來罷，別着急，他總會來的。』她可不願下樓；她知道他在這裏：他躲着玩，想捉弄她。啊！可惡的孩子！……是的，她此刻毫無疑問的斷定了，樓板在吱吱作響；他在門背後。但鑰匙不在門上。鑰匙！她在一張擺滿各式各種鑰匙的抽斗內急急尋找。這一個，這一個，……不，不是這個！……啊！在這裏！……鎖孔裏可插不進去。魯意莎手顫抖着。她急急忙忙的，應當趕緊呀。爲什麽？她不知道；但她知道非如此不可：如果不趕緊的話，她將來不及了。她聽見克利斯朵夫在門後的呼吸……啊！這個鑰匙！……終於開了。一聲快樂的叫喊。是他。他撲上她的頸項……啊！可惡的，好的，親愛的孩子！……

她睜開眼來。他眞的在這裏，在她面前。

他已經望了她一刻，望着這張改變了多少的、望下挂落而有些虛腫的臉，一種無言的痛苦，因她隱忍的笑容而格外顯得悽慘；還有這靜默，周圍的孤獨……他心如刀割……

她看見了他，並不驚奇。她浮着一副永不會磨滅的笑容。他撲上她的頸項，擁抱她；她也擁抱他；巨大的淚珠從她面頰上滾下。她輕輕地說：

——等一等……

他看見她氣喘得很厲害。

他們一動不動。她用手撫摩着他的頭；眼淚繼續流。他嗚咽着吻她的手，把臉蒙在被單裏。

當她悲愴的情緒過了以後，她試着說話。但她再也找不到她的言語；她屢屢說錯，他簡直不大懂得。這又有什麼關係？他們相愛，相見，相接：這就行了。——他憤慨地查問爲何人家丟下她一人在此。她替那守護的女人解釋道：

——她不能老在這裏：她有她的工作。

用着一種微弱的、斷續的、不成句的聲音，她急促地囑咐一些關於她墳墓的事情。她要克利斯朶夫向其餘兩個把她忘了的兒子轉達她的溫情。她也提起奧里維，知道他對克利斯朶夫有着熱烈的友誼。她要克利斯朶夫告訴奧里維，說她祝福他——（立刻她改正了。畏怯地用一種更謙卑的詞藻）——『對他表示她的敬愛』……

她又喘氣起來。他扶她在牀上坐着，滿臉是汗。她想如今當她的手握在兒子底手裏時，她對此世再沒什麽要求了。

克利斯朵夫突然覺得這隻手在他的手裏抽搐起來。魯意莎張開着嘴，用着無限的溫情望着她的兒子。——她去了。

當天晚上，奧里維趕到了。他不能讓克利斯朵夫在這些悲痛的時間中孤獨無助，這種滋味他是早已經驗過了。他也擔心他的朋友回到德國去所冒的危險。他要到場監護。但他沒有旅費。送了克利斯朵夫從站上回來之後，他決意賣掉老家傳下來的幾件飾物。既然他想搭明天第一班車走，而此時當舖又已關門，他便到本區的古董店裏想法，不料在樓梯上遇見莫克。莫克知道了他的意思，立刻表示奧里維不去向他開口使他很悲傷；他強要奧里維接受他的銀錢。但他還是不能安慰，因爲奧里維當掉了錶、賣掉了書、來供給克利斯朵夫川資，而不曾向樂於援助的他設法。在竭力要幫助他們的熱情中，他甚至向奧里維提議陪他同到克利斯朵夫那邊去。奧里維好容易纔把他勸阻了。

奧里維底來到給克利斯朵夫極大的幫助。他廝伴着長眠的母親，頹喪不堪的消磨了一天，守護的女人來了一次。做了幾件瑣事又走了，再沒有來過。時間在死氣沉沉的情調中流逝。克利斯朵夫並不比死者更能動彈，他眼睛一直釘着她；他不哭，不想，也是一個死人了。——奧里維底來到，不啻完成了一件友誼的奇蹟，使他的眼淚和生命一齊回復了轉來。

『勇敢啊！只要有一雙忠實的眼睛和我們一同哭泣的時候，就值得我們爲了生命而受苦。』

他們長久地擁抱着。隨後，他們坐在魯意莎旁邊，低聲談話……夜裏……克利斯朵夫坐在牀脚下，隨便講着童年往事，講來講去都有媽媽底形象在內。他靜默了幾分鐘，隨後又往下講。直到他疲倦之極，手捧着臉，完全不響的時候，奧里維挨近去看見他已睡熟了。於是他獨自守夜。額角靠着牀背，睡眠也上了他的身。魯意莎温柔地微笑着，似乎守護着兩個孩子很快樂。

天方黎明，他們就被叩門聲驚醒。克利斯朵夫去開門。是一個鄰居的木匠，來通知克利斯朵夫說他的回家已經被人告發，如果他不願被捕的話，應當立刻就走。克利斯朵夫不肯逃；他在未把母親送入墳墓之前決不願離開。但奧里維求他搭車就走，答應代替他忠實地守護亡人。他强迫他走出屋子，且爲防他反悔起計，送他上車站。克利斯朵夫執意要在動身之前去瞻仰一番萊茵河，在河邊他曾度過他的童年，他的靈魂像海洋中的貝殼一樣，始終保存着河水響亮的回聲。雖是在城中露面很危險，但爲了他的意志也有所不顧。他們沿着下臨萊茵的崖壁走去，看着它浩浩蕩蕩地、和平地，在低矮的堤岸中間流。一座大鐵橋在霧中把它兩個穹窿的橋洞浸在灰色的水裏，好似巨車底半個輪子。遠遠裏，在草地彼端，薄霧中隱現着幾葉扁舟沿着曲折的河道上駛。克利斯朵夫在這夢境中出神了。奧里維把他喚醒過來，攙着他手臂領他到車站。克利斯朵夫像睡遊病者般完全聽他擺佈。奧里維把他安頓在升火待發的火車裏；約定次日在第一個法國站上相會，免得克利斯朵夫一人回到巴黎。

火車開了，奧里維回到屋裏，門口已有兩個憲兵等克利斯朵夫回來。他們把奧里維當做克利斯朵夫。奧里維並不急於分辯，好讓克利斯朵夫從容遠去。而且，警察當局在發覺錯誤時也並不着急；他們似乎不大起勁去追尋逃亡者；奧里維覺覺得他們實在也樂意克利斯朵夫走掉。

奧里維一直留到明天早上，以便料理魯意莎葬事。克利斯朵夫底兄弟，商人洛陶夫，在兩班火車相隔的時間內來參加葬禮。這個儼然的人物規矩地隨着行列，送到以後立刻走了，不和奧里維說一句或是問他哥哥近況或是感謝他爲他們的母親辦理後事的話。奧里維在這座城裏又躭留了一些時候，在此，他不認識一個活人，但充滿着多少熟習的影子：小克利斯朵夫，小克利斯朵夫所愛的人，使他受苦的人，——還有那親愛的安多納德……所有這些在此生存過的生靈，如今完全消滅了的克拉夫脫一家，還留下些什麼呢？……只有一個外國人對於他們的愛。

這天下午，奧里維在約定的邊界車站上遇見了克利斯朵夫。這是林木幽密，山巒起伏的一個小村。他們並不搭乘下一班到巴黎去的火車，決意徒步走到前面一個城市。他們需要單獨相處便望森林中走去，萬籟俱寂，祇有遠處傳來的幾下沉重的伐木聲。他們走到山崗上的一片空地。在他們脚下，一個狹隘的山谷還是德國土地，一座守林人底屋子，頂上蓋着紅瓦，一片小小的草地，有如林間一口碧綠的湖。四周是海洋般深藍的樹林，包裹在水汽中間。霧雰在柏樹枝間繚繞。一層透明的幕遮去了線條，隱沒了顏色。一切凝靜不動。沒有脚聲，沒有語聲。幾滴雨水打在秋天成熟的櫸樹上，發出琤琮的音響。一條溪水潺潺地在亂石中流着。克利斯朵夫和奧里維停下脚步，不動了。各人想着各人底喪事。奧里維想道：

——安多納德，你在哪裏？

克利斯朵夫想着：

——如今她不在世上時，成功於我還有什麽意思？

但各人聽見各人底死者安慰他們：

——親愛的，别爲了我們流淚。别想我們。想着它罷……

他們彼此相覷，各人所感到的創傷不復是自己的而是朋友底了。他們互相執着手。一種清明的淒涼情調包裹他們。緩緩地，沒有一絲風影，水霧消失了；蔚藍的天空重新顯出晴朗的面目。這是雨後的土地底柔和……它把我們擁抱在懷中，用一副親熱的笑容和我們說道：

——休息罷。一切都好……

克利斯朵夫底心寬弛了。兩天以來，他整個地在往事中、在親愛的媽媽底靈魂中過活；他溫習着她卑微的生活，過着她單調的孤獨的日子，在沒有孩子的靜寂的家中，思念着把她丟下的兒子，可憐的老婦，殘廢的，勇敢的，抱着鎮靜的信仰，溫婉的好心情，含着微笑的隱忍，沒有一些自私……克利斯朵夫也想起他認識的一切謙卑的心靈。他這時覺得和他們多麼接近！在煩躁的巴黎，多少的思想人物，狂亂地攪在一起；狂易殘忍的風，驅使錯亂的民族互相仇視；克利斯朵夫經過了幾年累人的爭鬬，又經過了那些激昂的日子，對於這個興奮而貧瘠的世界，這些自私的爭戰，這些人類的精華，這些野心家，虛榮者，自命爲代表人間理智而實在只是些惡劣的夢想者，深深地感到厭倦。他所有的愛情都傾向於一切種族內純樸的靈魂，靜靜地燃燒着慈悲，信仰，犧牲底火焰，——人類眞正的心。

——是的，我認得你們，我終於找到你們，你們是和我同一血統的，是我的。像早熟的兒童般，我離開了你們，跟着在大路上經過的那些影子走。如今我回到你們中間來了，收留我罷。我們生死都是一個生靈；我到哪裏，你們總和我在一起。母親，我曾生活在你身上的母親，現在你生活在我的身上了。你們大家，高脫弗烈特，蘇茲，薩皮納，安多納德，你們全生活在我身上。你們是我的財寶。我們一同上路。我將是你們的聲音。用我們聯合的力量，我們定會達到目的……

一道陽光在緩緩地滴着雨水的樹枝間漏下。從下面的小草地上，傳來一羣兒童底聲音，三個小姑娘一邊繞着屋子跳舞，一邊唱着一支德國的天眞的老歌謠。而遠遠裏，一陣西風吹來法國底鐘聲，好似玫瑰底香味……

——吠！和平，神聖的和諧，解放的心靈底音樂，苦、樂、生、死，敵對的種族與友愛的種族，一齊交融在這音樂裏……吠！我愛你，我要佔有你，我一定能佔有你……

黑夜底幕降下了。克利斯朵夫從幻夢中醒來，重新看見他朋友忠實的臉在他旁邊。他對他微笑，擁抱他。隨後，他們穿過樹林，默默地重復上路；克利斯朵夫替奥里維掃除着路徑。

孤零零地緘默着，沒有伴侶，
他們一前一後的向前邁進，
大路上，來了他們年青的兄弟……

卷七終

卷八·女朋友們

女朋友們

雖是在法國以外有了聲望，兩位朋友底境況並不立卽有所改善。每隔多少時候總有些艱窘的日子，使他們不得不束緊腰帶，有錢的時候，他們便拚命喫一個飽，作爲飢餓底補償。但日子長了，這就成爲一種令人消瘦的攝生法。

此刻他們又逢着窮困的時期。克利斯朶夫費了半夜功夫替哀區脫做完乏味的改譜工作；直到黎明時他纔上牀沉沉睡去，追回那損失的時間。奧里維淸早出門了：他要到巴黎城底那一端去授課。八點左右，送信上樓的門房來按鈴。平常他是不堅持的，按鈴不應的時節就把信塞在門下。這早上他却繼續敲門。克利斯朶夫睡眼惺忪地咕嚕着去開門，可全沒聽見門房微笑着，嘮叨着，和他講起報上的一篇文章，他連瞧也不瞧一眼，接了信，把門一推，不曾關上就躺下酣然入睡了。

一小時以後，他又被室內的腳聲驚醒了；當他瞧見牀前有一張陌生面孔對他莊重地行禮時，不禁大爲詫異。這是一個新聞記者，看見大門開着便老實不客氣的走了進來，克利斯朵夫憤憤地從牀上跳起，嚷道：

——您來幹什麼？

他抓起枕頭望客人身上擲去，教來人做了一個後退的姿勢。他說明來意，說是民族報底記者，爲了大日報上的一篇文章特來訪問克拉夫脫先生。

——什麼文章？

——他沒有讀到麼？這記者便自告奮勇的把那篇文字底內容告訴他。

克利斯朵夫重新躺下，如果他不是被睡魔弄得迷迷糊糊的話，他早就把來人趕出門外了；但他覺得讓來人說話究竟沒有把他驅逐來得費力。他便鑽入被窩，闔上眼睛，假做睡覺。他很可能弄假成眞的睡去。可是來人執拗非常，高聲念着文章底開端。在最初幾行上，克利斯朵夫就耳朵直豎起來。人家把克拉夫脫先生說做當代第一個音樂天才。克利斯朵夫忘記了自己的裝睡，驚怪地咒了一句，在牀上坐起，說道：

——他們瘋了。他們着了什麽魔？

記者趁此停住了朗誦，向克利斯朵夫提出一大串問句，克利斯朵夫都不假思索的回答了。他檢起那篇文章，望着印在第一張上的他的肖像發獃；但他沒有時間一讀文字底內容因爲第二個記者又進到房裏來了。這一回，克利斯朵夫眞的生氣了。他强迫他們離開座位：但他們在未曾把室內的佈置、牆上的照片、藝術家底面貌迅速地記載下來時是決不肯照辦的，克利斯朵夫又好笑又好氣，推着他們的肩膀，衣服也不穿好，把他們一直送出門外，趕緊下了門。

然而這一天是註定他不得安靜的。他梳洗尙未完畢又有人敲門了，而且用着只有幾個最親密的朋友知道的方式敲着。克利斯朵夫開出門來，却發見是第三個陌生人，他決意客客氣氣的表示謝絕，來人可卽刻分辯說他就是今天報上那篇文字底作者。對一個把你當作天才的人，有什麽方法好拒絕呢？克利斯朵夫懊喪之下，也只能領受他的崇拜者底熱誠。他詫異這種權威怎會從雲端裏忽然落在他頭上，思量自己有沒有在隔天給人家演奏了甚麽連自己也不曾覺察的傑作。他沒有時間追究這些。這位記者是來拉他出去的（不問他願不願）想一邊談着一邊引他到報館裏去，大名鼎鼎的阿賽納·伽瑪希等在那裏要見他汽車已經開在下面。克利斯朵夫試着推辭；但對於友善的爭執他是天眞的易感的，不由自主的終於聽讓人家擺佈了。

十分鐘後，他就被介紹給所有的人對之都要股栗的無冕之王。一個身強力壯的男子，五十上下的年紀；矮小肥胖，又圓又大的頭顱，灰色的頭髮梳得筆直的望上豎着，紅紅的臉，專斷的言語，沉重而浮誇的音調，嗓子很響。他在巴黎扯着他的人種平等論做幌子。長於經商，善於用人，自私自利，天眞而又狡獪，熱情的，自負的，他聲言他的事業是和法國底、甚至和全人類底一致的。他的利益，他的報紙底發達，和公衆的福利是一類裏的，休戚相關的。他一口咬定誰損害他就是損害法蘭西；且爲打倒一個個人的敵手起計，他不惜推翻政府。此外，他亦不乏寬宏的度量。像有些人在酒醉飯飽之後一樣，他是一個理想主義者，愛照着上帝吾父底方式，不時捧幾個可憐的窮人出來，以表現他權勢之偉大，平白可以造出一個光榮的人物，幾個部長之流的巨人，如果他願意，也可造成君王，廢黜君王。他的權能是無限的。祇要他高興，他也能創造些天才出來。

這一天，他來『製造』克利斯朵夫了。

這件事情底始作俑者，實在是無心的奧里維。不為自己作任何鑽營而痛恨宣傳而避新聞記者如避疫癘一般的奧里維，等到為他的朋友時，却以為是另一件事了。他髣髴那些溫柔的媽媽，老實的小布爾喬亞，賢慧的妻子，為了她們無賴的兒子不惜把自己的身體來出賣。

奧里維在雜誌上寫文的時候，和許多批評家與業餘愛好者接觸的時候，從不放過一個可以提到克利斯朵夫的機會；而從若干時以來，他奇怪地發見居然有人聽他的話。他在周圍覺察到有一個好奇的運動，一種神祕的傳說，在文學集團與上流社會中傳佈。這種運動底來源在哪裏呢？是報上登載了克利斯朵夫底作品最近在英德諸國演奏的消息所引起的回聲麼？其中似乎並沒一個確切的原因。不過有一般偵探般的人，嗅着巴黎底空氣，比着聖·雅各塔底氣象臺更能知道在醞釀中的風向，更能知道這陣風將在明天吹什麼東西來：這原是巴黎許多著名的現象之一。在此煩躁的大城中，有着冷熱無定的電流，有着光榮底無形的波浪，一個名人後面蟄伏着另一個名人，沙龍裏流行着一些渺茫的傳說，到了時期，就會在一篇廣告式的文字裏宣佈出來，粗聲大氣的喇叭把新偶像底名字吹進最麻木的耳鼓。同時，這陣喧鬧聲把它所頌揚的人底第一批最好的朋友倒驚走了。然而這種情形還當由第一批最好的朋友負責。

因此，奧里維在大日報那篇文字中也有份兒他會利用人家對克利斯朵夫的關切，有意用巧妙的情報把大衆關切的情緒刺激起來。他不使克利斯朵夫和新聞記者直接接觸，恐怕鬧什麼笑柄。但依着大日報底請求，他會狡獪地使克利斯朵夫和一個記者在某咖啡店裏不露聲色的見了一次面。所有這種預防的措置，更引起了人家底好奇心，覺得克利斯朵夫格外有意思。奧里維和新聞界從沒有過交涉；想不到他開動了一架可怕的機器，一朝撥動之後再也無法駕馭或節制。

當他在上課去的路上讀到大日報底文字時，他駭呆了。他料不到有這一下。他想報紙定要等到把所有的材料彙集起來，對於他們所要講起的人認識更清楚時，方纔動手寫文。這種想法實在太天眞了。倘使一份報紙肯費心發現一個新人物，當然是爲了報紙本身，爲了和它的同行爭取發見新人物的榮譽之故。所以它得趕緊，全不管對這新人物是否瞭解。被捧的人也不會有抱怨別人誤解他的事情；當有人稱揚他的時候，他總是被人相當瞭解的了。

大日報先對克利斯朶夫底苦況零零碎碎敍述了一些荒唐的故事，把他寫成一個德國專制政府底被害者，一個自由底使徒，被迫逃出德意志帝國，躱到自由靈魂底托庇所——法蘭西——來，——（這是愛國狂底美妙的辭藻！）——然後又對他的天才肉麻地頌揚一番，這天才原是作者完全不懂的，所恭維的不過是克利斯朶夫在德國早期所作的幾支平板的曲調，爲克利斯朶夫引以爲羞而要毀去的東西。但這篇文字底作者雖不懂克利斯朶夫底作品，却自以爲懂得克利斯朶夫底用意，——他所假借給克利斯朶夫的用意。從克利斯朶夫或奧里維嘴裏，甚至從自以爲知道很詳盡的古耶嘴裏東零西碎聽來的幾句說話，爲他已足夠造成一個約翰·克利斯朶夫底形象，這是『共和的天才——德謨克拉西的大音樂家。』他乘機毀謗當代的法國音樂家，尤其是最獨特最自由最不關心德謨克拉西的那一批。他只把一二個作曲家除外，因爲他們在選區裏似乎享有最佳的聲譽。可惜他們的音樂遠不及他們的政治活動得人心。但這不過是一樁細節。而且，他們的頌揚，就是對克利斯朵夫的頌揚，也遠不及對別人的詆譭來得重要。在巴黎，當你讀到一篇恭維某人的文字時，最聰明的是先要問：

——他們在說誰的壞話？

奧里維讀着報紙，羞得臉紅起來，他想道：

——我做得好事。

他心不在焉的上完了課，立刻跑回家來。當他得悉克利斯朵夫已經和新聞記者出外時，他眞是何等的驚駭與難過！他等他回來用午餐。克利斯朵夫却不回來。奧里維不安的心緒，一小時一小時的加增起來，他想：

——他們將逗他說出多少蠢話！

到三點左右，克利斯朵夫高高興興的回來了。他和阿賽納・伽瑪希一同用了午餐，腦袋被香檳酒灌得有些糊裏糊塗。他全然不懂奧里維底憂慮，不懂他爲何煩躁地追問他說過什麽話，做過什麽事。

——我做過什麽事？一頓豐盛的午餐。有好久我不曾如此大嚼了。
他把菜單背給奧里維聽。
——還有酒……各種顏色的我都灌下了。
奧里維打斷他的話頭，問他同席的是些什麽人。
——同席的？……我不知道。有伽瑪希，一個又矮又胖的傢伙，像黃金一樣爽快；有格勞杜米，那篇文章底作者，一個可愛的青年；還有三四個我不認識的記者，很快活的，待我很好很可愛，是一般最好的好人。
奧里維似乎不大相信。克利斯朵夫覺得他這種淡漠的神氣有些奇怪。
——難道你沒有讀到那篇文字麽？
——讀到了，正是。而你，你難道不曾仔細閱讀麽？
——是的……就是說，我瞥了一眼。我沒有時間。
——那麽，念一念罷。

克利斯朵夫念了頭上幾行就笑開了。

——啊！混帳！他說。

他笑彎了腰。

——罷他！他接着說，所有的批評家都是一樣。他們甚麼都不懂。

但他念到後來，却氣惱了：這太胡鬧了，人家竟把他弄成可笑。把他造成『一個共和的音樂家』已經毫無意義……但且不管這種笑話！……人家却還要把他『共和的』藝術作爲抨擊前輩大師底『教堂藝術』的武器，——（而他是以這些偉人底心靈作爲精神養料的人，）——這可過分了……

——惡棍！他們竟教人們把我當作白癡！……

而且，有何理由在提到他的時候罵倒一些有才能的法國音樂家呢？這些音樂家還是他多少愛着的，——（雖然愛的程度很少，）——他們都懂得他們的技藝，爲技藝增光。而最可惡的，是說他對他的祖國懷有那些惡劣的情操！……不，這究竟不能忍受……

——我要寫信給他們，克利斯朵夫說。

奧里維勸阻他道：

——不，不要在此刻寫！你太興奮了。明天，等你頭腦冷靜的時候……

克利斯朵夫固執着。當他有什麽話要說時，他是不能等待的。他只應允把他的信先給奧里維看過。而這並非無益的。信稿經過嚴密的修正，把要點集中在更正他對於祖國的意見這一層上之後，克利斯朵夫拿着信連奔帶跑的送到郵局。

——這樣，克利斯朵夫回來時說，壞處只剩一半了：我的信明天會登出來。

奧里維用着懷疑的神氣搖搖頭。隨後，還是擔心地直望着克利斯朵夫底眼睛，問道：

——克利斯朵夫，你在午餐時沒有說出任何唐突的話麽？

——沒有啊，克利斯朵夫笑着說。

——眞的？

——當然眞的，膽怯鬼。

奧里維稍稍寬慰了些。克利斯朵夫可並不。他想起自己曾經胡言亂語過來。但他又立刻寬心了：他沒有想到提防別人：他覺得他們多親熱，待他多慇懃！他們的確如此。人們對於受自己恩惠的人總是慇懃的。克利斯朵夫又表示那麼坦白的歡悅，把別人也感染了。他的親切的爽直的態度，快活的俏皮話，宏大的胃納，無比的雅量，灌了多少酒而不會醉。這一切都使阿賽納・伽瑪希不討厭，因為他也是一個飯桌上的好漢，結實，獷野，血氣旺盛，最瞧不起身體孱弱，既不敢喫、也不敢喝的巴黎人。他是在飯桌上判斷人的。所以他賞識了克利斯朵夫。他當場向克利斯朵夫提議把他的伽爾剛多阿編成歌劇在歌劇院上演。——（對於這些法國布爾喬亞藝術底頂點就是把浮士德入地獄（斐里奧士名作）或九闋音響樂（指貝多芬底全部交響樂）搬上舞台。）——克利斯朵夫被這古怪的主意引得哈哈大笑，費了好大力量纔把他阻住，不使他立刻打電話給歌劇院管理處或美術部去傳達他的命令：——（照伽瑪希說來，這些人似乎都是為他服務的。）——這個提議使克利斯朵夫記起他從前的交響詩大衛受到何等古怪的改裝的故事，便把衆議員羅孫為要捧他的情婦出場而主辦的那次表現之事隨口敍述了一遍。原與羅孫不和的伽瑪希，聽了很高興；克利斯朵夫被多量的酒和聽衆底熱情刺激得衝動起來，又講了許多别的祕史。使在場的人一字不遺的聽在耳裏。一離飯桌就忘記得乾乾淨淨的，只有克利斯朵夫一個。此刻經奥里維一問，這些故事便回到他思想中來。他覺得沿着背脊打了一個小小的寒噤。因爲他毫無幻想；他的經驗儘夠使他明白所能發生的事情；如今他的酒意已經過去，他對於這種情景看得格外淸楚，好似已經發生一般：他的冒昧的敍述經過人家一番點綴之後，被人刊登在專事攻訐的報紙上；他的藝術方面的俏皮話一變而爲攻擊他人的武器。至於他更正的信會有什麽後果，他和奥里維知道得一樣淸楚：去答覆一個新聞記者是浪費筆墨；新聞記者永遠有說最後一句話的權利。

一切都照着克利斯朵夫所預料的情形發生，絲毫沒有錯。冒昧的談話發表了，更正的信却不曾刊出。伽瑪希只着人通知他說，他認爲這是他氣度寬宏的表現，這種顧慮顯出他有君子之風；但伽瑪希嫉妒地把這些顧慮保守祕密；而硬派作克利斯朵夫底意見却繼續傳播開去，引起尖刻的批評，先在巴黎的報上，繼而在德國的報上，大家覺得一個德國藝術家竟對祖國發表如是不敬的言論是激動公憤的事情。

克利斯朵夫自以爲很乖巧，他利用別一家報紙底記者來訪問時，聲明他對於德國政府是愛護的，他說在那邊至少也和在法蘭西共和國一樣自由。——不料這是一家保守派的日報，便立刻把反對共和的言論加在他頭上。

——越來越妙了！克利斯朵夫說。啊！這個，音樂和政治有什麽關係呢？

——這是我們此地的習慣，奥里維說。瞧那些爬在貝多芬背上的爭戰罷。有的說他是革命黨，有的說他是教會派，有的說他是平民派，有的說他是保王黨。

——嘿，貝多芬眞會把他們一齊踢出去呢！

——那末，你照樣做去就是。

克利斯朵夫心裏很想這樣做。但他和那些待他親熱的人太顧情分。奥里維總不放心讓他獨自在家。因爲老是有人來訪問他；而克利斯朵夫白白地應允小心行事：總禁不住盡情吐露。凡是他腦子裏想到的都會說出口來。有些女記者自稱爲他的朋友，逗他說出他愛底經驗。有些利用他來毁謗某一個人。奥里維回家時，常發覺克利斯朵夫狼狽不堪。

——又是什麽蠢事麽？他問。

——老是這一套囉，克利斯朵夫沮喪地回答。

——那末你是不知悛改的！

——我應該關起門來……但這一次，我發誓，是最後一次了。

——是啊，是啊，到下次說來是上一次……。

——不，這一次，的確是完了。

明天，克利斯朵夫得意揚揚地告訴奧里維道：

——又來了一個。被我趕走了。

——不要過分，奧里維說。對付他們是得謹愼小心的。『這畜牲是很凶惡的……』當你自衞時，他就會攻擊你……他們要報復是挺容易的事，他們會從一句極無意義的說話裏尋出把柄。

克利斯朵夫把手按着額角：

——啊，天哪！

——又有什麽事情了?

——我在關門的時候對他說……

——說甚麽?

——說了一句關於皇帝的話。

——皇帝的?

——是啊，要不是關於皇帝的，總是皇族的……

——該死的傢伙!你明天會在報紙第一張上看到。

克利斯朵夫戰抖着。但他明天所見到的，却是那記者脚都不曾踏進來的他的寓所底描寫，和根本不曾有的一段談話。

那些消息一邊傳播開去一邊改頭換面。外國底報紙又加上許多誤會。法國報上敍述克利斯朵夫在窮困的境況中替人把樂譜改成六弦琴譜，一家英國的日報却說他在院子裏彈奏六弦琴。

他讀到的並非全是恭維的說話。眞是差得遠呢!祗要克利斯朵夫受了大日報底捧場，便立刻受到別的報紙底攻擊他們的尊嚴，決不容許一個同行能發現一個他們所不知道的天才。所以他們都公開加以訕笑。古耶因爲人家把他掌握中的東西搶了去而很着惱，寫了一篇說是糾正一切的文字。他親狎地講起他的老朋友克利斯朵夫，——他到巴黎以後的最初幾步還是由他領導的：——他說這是一個很有天才的音樂家，毫無疑問；但——（他可以如此說，既然他們是朋友，）——學養不足，缺少獨特的性格，過分的驕傲，人家用如此可笑的方式去奉承這驕傲實在是害了他，因爲他此時正需要一個機警的、博學的、明辨的、好意而嚴正的指導者：——（這便是古耶底自畫像。）一般音樂家則勉強裝做嬉笑的樣子。他們表示瞧不起一個獲得報紙支持的藝術家；討厭諂媚的模樣，拒絕人家並不給予他們的禮物。有些中傷克利斯朵夫；有些對他假裝憐憫。又有一批則轉而懷恨奧里維——（這是他的同行。）——他們恨他的強硬，恨他的不和他們親近，——其實他這種態度倒是由於愛好孤獨而非由於憎惡他們。某幾個人幾乎說他在大日報那些文字裏有好處到手。又有幾個替克利斯朵夫抱不平；責備奧里維不該把一個嬌弱的、幻想的、力不足以應付人生的藝術家，——克利斯朵夫！——擲到嘈雜的節場上去，使他迷路。那是，據他們說，會破壞這個人底前途的，他雖沒有天才，還可因用功而獲得較好的命運，現在却被人用着巧言令色迷住了。這眞教人可憐啊！難道人們不能讓他默處一隅耐心工作麽？

奧里維徒然回答他們說：

——爲工作，先得有東西喫。誰給他麪包呢？

但這是難不倒他們的。他們很可用着清明無比的心地回答說：

——這是一點小枝節。應當受苦啊。

自然囉，宣傳這等禁欲理論的是上流社會的人。例如有一個人求某個百萬富翁援助一個窮藝術家時，富翁回答說：

——可是，先生，莫扎爾德是窮困以死的啊！

要是奧里維告訴他們說，莫扎爾德只求生存，克利斯朵夫也決不肯餓死時，他們會覺得奧里維趣味惡劣。

* * * * * * *

克利斯朵夫被這些長舌婦底胡說霸道弄得厭倦透了。他懷疑這是否將永無窮盡。但半個月之後，一切都靜下來。報紙不再提到他了。只是他的聲名已經大著。人家提到他的名字時都不說：

——大衛或伽爾剛多阿底作者？

而是說

——啊，是的，那個大日報上的人物！……

這是他的聲名。

奧里維也發覺這一點，因爲他看見克利斯朵夫收到大宗的信，而他自己也間接地收到不少：什麼腳本作者底請求音樂會主催者底建議，由初期的仇敵變成的新近的朋友底聲辯，婦女底請柬。人家爲了報紙底測驗也提出許多問題徵求他的答案，例如法國人口減少問題，理想派藝術問題，女人胸衣問題，裸體搬上舞台問題，——還問他信不信德國是在頹唐的路上，信不信音樂已經絕滅，等等。他們倆對之一齊笑起來。但儘管對着這些事情取着滿不在乎的態度，克利斯朵夫這粗豪的漢子，不也接受那些宴會底邀請了麼？奧里維簡直不敢相信自己的眼睛。

——你？他說。

——不錯，是我，克利斯朵夫咕嚕着說。你以爲只有你會去看夫人太太麽？輪到我了，我的孩子！我要來作樂了！

——你要作樂？我可憐的朋友！

實際是克利斯朵夫在家關得太久，忽然強烈地感到出門底需要。而且他感到一種天眞的歡悅，想呼吸一下新的光榮底氣息。在這些夜會裏，他還是照舊的煩惱不堪，覺得所有的人都是混蛋。但他回家來狡獪地對奧里維說相反的話。他去過的人家，不再去第二次；他會尋出可笑的藉口，用着駭人的滿不在乎的態度迴避他們再度的邀請，使奧里維從旁看了也不免氣憤。克利斯朵夫却哈哈大笑。他到沙龍裏去是非爲培植自己的聲名，而爲增添他生命底養料，看一批新人底目光、舉止、語聲，一切的形狀、聲音、顏色，因爲一個藝術家每隔多少時候就得更換一次他的調色板。一個音樂家底養料，決不能以音樂爲限。一句說話底抑揚頓挫，一個動作底疾徐進退，一個笑容底和諧幽美，都可比一個同行底交響樂給你更多的音樂感應。但在沙龍裏的這些面貌與心靈底音樂，和音樂家底音樂同樣枯索，同樣單調。各有各的固定姿態。一個美貌少婦底微笑，在她刻意研求的嫵媚上，和一支巴黎的曲調同樣是印板式的。男人比女人還要無聊。受着社會原氣衰退底影響，強烈的精力變成泡沫，獨特的性格用着駭人的速度衰退，消失。克利斯朶夫在他遇到的藝術家中看見有這麼多的死者與垂死者，不禁爲之出驚：某個青年音樂家充滿着元氣與天才，被成功吞沒了；他只想呼吸人家用來毒害他的恭維，只想享樂與睡覺。二十年後他將變成什麼樣子，只要看那坐在沙龍一隅的年老的大師便可知道：有錢，有名，所有的學士會都請他做會員，登峯造極，似乎再沒有什麼東西要害怕要敷衍，却對所有的人低首，對輿論、政府、報紙，懷着恐懼，不敢說出他的思想，且也不復思想，不復存在，只像一頭滿載着自己遺骸的驢子般在人前展覽。

在從前曾經偉大或可能偉大的這些藝術家和思想之士後面，我們可以斷定有一個女人在蠶食他們。她們都是危險的，不管是蠢或不蠢，愛他們或不愛他們；最好的女子其實是最可怕的：因爲用她們短視的熱情更容易消滅藝術家，她們一心要馴服天才，琢磨天才，把它删除，剪削，加香料，直要這天才能和她們的感覺、虛榮、平凡、相適應，並和她們所來往的人物底平凡相稱纔肯罷休。

克利斯朶夫雖不會在這社會裏逗留，但他所見的已儘够使他感到危險。想把他來點綴沙龍、以供驅使的女人，已不止一個；克利斯朶夫，也曾咬過一半的餌，受過誘人的媚笑勾引。要沒有他堅強的明辨的意識，和周圍那些可怕的榜樣，他是決計逃不過的。但他並不想替那般看守獸子的美婦人擴充她們的羊羣。要不是她們緊緊追隨他，他倒不會覺察而危險更大。如今大家一致相信他們中間有着一個天才的時候，他們照例要設法使他窒息了。這般人唯一的念頭是看見一朶花時把它摘下插在瓶裏，——看到一頭鳥時把它關在籠裏，——看見一個自由人時把他變成奴隸。

克利斯朶夫迷惑了一會兒，立刻振作起來，把他們一古腦兒丟開了。

*　*　*　*　*　*　*

運命是弄人的。它會讓一般不知顧慮的人漏網；但決不放過那些提防的、謹愼的、機警的人。投入巴黎底羅網的倒並非克利斯朶夫而是奧里維。

他的朋友底成功使他沾到好處：克利斯朶夫聲名底光彩也射到他身上。他此刻被人認識了，不是爲了他六年來所寫的文章，而是爲了他發見克利斯朶夫。所以寄給克利斯朶夫的請柬中也有他的份；他陪着他去，抱着暗中監督的意思。但無疑他是太專心於這件任務了，以致對自己倒無暇提防。愛神從旁經過，把他帶走了。

這是一個頭髮金黃的少女，瘦削而頗有丰韻的，細膩的鬈髮，像波浪般圍繞着她狹窄而清明的額角，細膩的眉毛覆在微嫌沉重的眼皮之上，碧藍的眼睛，玲瓏的鼻子，翕動不已的鼻孔，微微凹陷的太陽穴表示任性的下巴，一張機智而肉感的嘴，兩角的線條往上斜着，嫵媚的微笑顯得她是一頭純潔的小野獸。她的頸頸生得又長又細，身材狹小而很苗條，年青的臉上有些快活而多所愁慮的氣息，籠罩着初春底惱人的謎。——她名叫雅葛麗納·朗依哀。

她年紀不到二十。家庭是信舊教的，富有的，優秀的，思想自由的。父親是一個聰明的工程師，賦有發明底天才，做事十分能幹，胸襟寬廣，能接受新思想，靠了他的工作，靠了他政界方面的交際，靠了他的婚事，掙了一筆財產。他和金融界裏一個十足巴黎化的美貌女子，結了愛情的和金錢的婚姻——（對這般人，這是唯一眞正的愛情婚姻。）金錢留下了，愛情飛去了。但還留下多少殘餘的光輝：因爲雙方底愛情都曾熱烈過來；可是他們並不以過分的忠實自命。各幹各的事，各尋各的快樂；相聚時也很投機，像兩個好夥伴一樣過着無思無慮的、謹愼小心的生活。

他們的女兒在他們中間是一個聯絡，同時亦是他們暗中爭奪的對象：因爲他們嫉妒地愛她。各人在她身上看出自己的面目，具備自己的缺陷，那是各人所癖愛而被兒童底嫵媚之姿理想化了的；各人都狡獪地想把她從對方手中搶過來。孩子也感覺這種情形，因爲這些小生物全有一種狡猾的戇直的念頭，最易認爲整個宇宙都趨向她們，所以竭力利用這種機會。她刺激父母使他們在對於她的愛情上互相競爭。任何使性的行爲，她都可以斷定被一個所贊許，倘使另一個表示反對的話；而另一個因眼見自己被疎遠而氣惱，會更進一步的答應比第一個答應的更多的條件。她受着過分的溺愛；幸虧她天性中毫無壞的傾向，——除了自私一項，那是一切兒童共有的，但在一般太疼愛太富有的孩子身上，因爲缺少阻礙之故會蒙着多少病態的形式。

朗依哀先生朗依哀夫人雖然疼愛她到極點，却決不肯爲她犧牲一些他們個人的安樂。白天大部分時間，他們讓孩子一個人孤獨着。所以她並不缺少幻想底時間。由於早熟，由於人們當她的面所說的不加檢點的話——（因爲人家並不爲她有所顧忌，）——她六歲時就對着洋娃娃講戀愛故事，其中的人物是丈夫妻子，情人。不必說，她不覺得這有什麽不好的意味。等到有一天她窺見在言語後面有着情操底影子時，便不對洋娃娃說了：她保留着這些故事爲自己之用。她有一個無邪的淫逸的素質，在遠遠裏作響髣髴一些無形的鐘，在地平線那一邊。有時，風中傳來幾陣聲音，不知從哪兒來的，只覺得一個人被它包裹了，臉紅了，又害怕又快活的喘不過氣來。完全莫名其妙。隨後它又消失，像來時一樣的縹緲。甚麽都聽不到了。僅僅有些喁喁之聲，有些隱約莫辨的回音，在蔚藍的天空飄散。人們只知道是那邊，在山底彼端，應當往那邊去，越快越好：幸福便在那裏。啊！但願能到達！……

在沒有到達之前，人們對於在那邊所能發見的東西作着種種奇特的猜想。因爲，這個小姑娘豐富的智慧所能做的大事業，便是猜測這些未來境界。她有一位年齡相若的女友，西蒙納·亞當，可以和她討論這些重大的問題。各人運用她十二歲底經驗與領悟，運用她聽到的談話與偷看的書籍，提起着足尖，爬在石子堆上，兩個小姑娘想從遮蔽她們前途的舊牆上探頭一望。但她們白費氣力，徒然以爲從罅隙中窺到了什麽東西：其實她們一無所見。她們童眞未鑿，但想望着富有詩意的猥褻，學着巴黎人底嘲弄。她們說出粗野的話而完全不曾覺得；把極簡單的說話當做含有天大的意義。可以到處搜索而無人敢阻止的雅葛麗納，翻遍了父親底書。幸而她無邪與純潔的本能保護她不受壞影響：只要一幕稍稍露骨的景象，一句稍爲放肆的說話，就可使她惛厭，立刻丟下書本，她在下賤的隊伍中穿過，有如一頭小貓被一句濁水駭逃了，——身上絲毫不曾沾污。

小說不大能吸引她：那是太確切太枯索了。使她心兒顫動、懷着希望的却是詩人底作品，——當然是談情說愛的一部分。這等詩人底性格和小女子底很接近。他們不看事實，只從欲望和悔恨底三稜鏡中想像事實；他們的神氣，像她一樣是伏在舊牆底罅隙中瞧望的。但他們知道的事情着實多呢，他們知道一切應該知道的事情，用着非常甜蜜與神祕的字眼包裹着，你得小心翼翼的展視，纔能找到……啊！你什麽都不會找到，但永遠在就要找到的關頭……

兩個好奇的孩子全不知厭倦。她們低聲背誦阿爾弗萊、特、繆塞和蘇利、普呂東底詩句，一邊打着寒噤一邊滿以爲是墮落的深淵；她們鈔寫着互相詢問有些段落底隱藏的意義，而有時實在是毫無的。這些十三歲的小婦人，無邪的，無恥的，全不知什麽叫做愛情，却一半嘻笑一半正經地討論着愛情與肉欲她們在課室內，當着溫良的教員底面，——一個十分慈和、十分有禮的老爸爸，——在吸墨紙上塗着一些有一天被他查抄到而爲之錯愕的詩句：

讓我，吠，讓我緊緊摟抱您，
在您的親吻裏喝着狂亂的愛情，
一點一滴地，長久地！……

她們在一所滿着富家子女的學校裏上學，教授都是大學裏的宗師。她們在此發展她們多情的憧憬。這些小妮子幾乎全都鍾情於她們的教授。祇要他們年輕，不太難看，就可在她們心中佔有地位。她們的工作，做得像天使般完美，爲要博得她們的蘇丹青睞。倘使在作文課上被他把名次列在後面時，就要大哭一場。倘使他稱讚幾句，便要臉紅臉白，對他丟幾個感激而賣俏的眼風。要是他叫你到一邊去指點或讚美一番，那簡直是登天般快樂。且也無須怎樣的天才纔能博得她們歡喜。在體操課上，當教師把雅葛麗納抱在懷裏放到鞦韆架上時，她覺得渾身發熱。還有多麼劇烈的競爭！多少嫉妒的衝動！多少謙恭而媚人的眼風投向教師，想把他從一個愚蠢的情敵手裏奪過來！當他在教室裏開口的辰光，鋼筆與鉛筆飛一般地跟踪着他的說話。她們並不求理解，主要是不錯過一個音節。而當她們寫着，寫着的時候，她們好奇的目光還是要偸偸注意偶像底臉色舉止，雅葛麗納和西蒙納互相低聲問道：

——你想他用一條藍點子的領帶好看不好看？

後來，理想集中在彩色畫上，傳奇式的浮華的詩集上，流行的詩歌插圖上，——愛戀着優伶，演奏家，死的或活的作家，摩南—舒里（十九世紀法國著名悲劇演員），薩曼（十九世紀法國詩人），特皮西，——想着在音樂會中，沙龍裏，街道上和一些陌生的青年男子交換的眼風，一些愛情的故事立刻在思想中組織起來，——心中永遠感到需要愛戀，需要有一件愛情來羈縻她，需要有一個愛底藉口。雅葛麗納和西蒙納彼此無話不談：這就證明她們並不感覺到多少東西；這甚至也是使自己永無深刻的情操的好方法。在另一方面，這倒變爲一種慢性病，她們雖然自己先覺得好笑，暗中却在加意培植。她們互相刺激。傳奇式的、謹愼的西蒙納有着更荒唐的幻想。但眞誠而熱烈的雅葛麗納更能把幻想實現。她有一二十次幾乎做出最糟糕的傻事來……但她一次也不曾做得。這是少年人常有的情形：有些時光，這些可憐的受驚的小動物——（我們都曾經歷過來）——幾乎要縱身跳入自殺的深淵，或投入第一個遇到的人底懷中。只是，靠了上帝底恩寵，差不多所有的青年都至此爲止。雅葛麗納起了十多張情書底稿子，想寄給她僅僅見過一面的人；但她一封都沒寄出，除了一封熱烈的不曾署名的信，寄給一個醜陋的、俗不可耐的、自私的、無情的、思想褊狹的批評家。她因爲在他所寫的三行文字裏發見了富於情緒的表現，便對他愛慕起來。她也對一個名演員抱着熱情：他住在她的近邊；她每次走過他的門首總自忖道：

——要是我進去！

有一次，她竟大膽走到他居住的那層樓上，一到那裏，她却立刻逃了。她將和他說些甚麼呢？她對他一無話說，一無話說，她全然不愛他。她很知道。在她的瘋狂中，一半是故意哄騙自己，另外一半是永不可缺的又甘美又愚蠢的愛底需要。既然雅葛麗納很聰明，她一切都明白。但這並不能阻止她發瘋。一個自己明白的瘋子抵得兩個。

她常常出去交際。許多青年受她的蠱惑，簇擁着她，而且愛她的也不止一個。她是一個都不愛，但和所有的男人調情。她並不顧慮到她所能給人的痛苦，一個俊俏的少女把愛情作爲一種殘忍的游戲。她覺得人家的愛她，她只對她所愛的人負有責任，是挺自然的；她幾乎相信誰愛她就够幸福了。但我們得替她辯護，雖然她整天想着愛情，實在對愛情一無所知。人家以爲一個上流社會的少女，在暖室裏撫養長大的，總比鄉間女子早熟，其實是完全相反。讀到的書本，聽到的談話，使她的心念念不忘於愛情，而在她閒蕩的生活中，這種念念不忘的心情變成了一種癖好；她有時把全部劇本預先念熟，所有的字句都能背誦。所以她對劇本本身就沒有感覺可言了。愛情如藝術一樣，不應該去讀別人所說的話，而應該說出自己所感覺到的；誰在無話可說之前急於說話，就永遠說不出東西來。

因此，雅葛麗納如大多數的少女一樣，生活在前人已經生活過的殘灰餘燼裏，雖替她維持着一股不斷的熱情，使她雙手灼熱，喉嚨乾澀，眼睛辛辣，却阻止她看見事物底眞際。她以爲認識它們。她並不缺少堅決的意志。她念着，聽着。在談話裏，書本裏，她東鱗西爪的蒐羅了不少。甚至她也努力省察自己的內心。她比周圍的人高明，因爲她更眞。

* * * * * * *

有一個女子——可惜爲時太短——對她有過很好的影響。這是她父親底一個不出嫁的姊妹，瑪德、朗依哀，年紀在四十至五十之間，生得五官端整，但帶些憂鬱的情調，毫無美點可言；她永遠穿着黑衣服，舉止態度在典雅中缺少大方；難得說話，聲音極低。要沒有那雙灰色眼睛底清明的目光，和哀怨的嘴角上浮着的那副笑容，一定沒有人會注意到她。

她祇在某些沒有外客的日子上在朗依哀家露面。朗依哀對她抱着又敬重又厭煩的心思。朗依哀夫人對丈夫老實表示不大高興接見她。可是他們不得不敷衍。爲了禮節關係，每星期總留她在家用一次晚餐；表面上他們也不露出這是完全爲了責任。朗依哀談着自己的事，這是他永遠感到興趣的。朗依哀夫人却想着別的事情，照例微笑，莫名其妙的對答。一切情形都很好，很有禮貌。且當識趣的姑母在人家預期的時間以前告辭時，也不乏親熱的感情流露；在有些日子上，當朗依哀夫人腦子裏想到一些特別快意的往事時，她的魅人的微笑越發光彩奕奕。瑪德姑母一切都看在眼裏；很少事情逃得過她的目光；她在兄弟家中注意到不少使她不快或悲哀的事。但她不露聲色：那又有什麽用？她愛她的兄弟，對他的聰明與成就很是得意，如老家裏其餘的人一樣，認爲種種不入眼的地方和長子這種成功比較之下並不算付了過高的代價。她至少，對他還保持她的批判。和他一般聰明，精神上比他更堅實更剛強，——（像法國多少高出於男人的女子一樣，）——她把他看得很明白；當他徵求她的意見時，她也坦白地說出來。但朗依哀久已不來問她的意見了！他認爲最好是不知道，或者——（因爲他和她一樣明白）——閉上眼睛。她呢，因爲高傲之故，把一切都悶在肚裏。沒有一個人關切她的內心生活。不去知道是更方便。她獨自生活着，難得出門，只有幾個並不十分親密的朋友。她很容易利用她兄弟底交際和她自己的才能來顯露頭角：但她並不利用。她在一份巴黎有名的雜誌上寫過兩三篇文字，關於歷史和文學的，她的樸素、準確、動人的風格曾引起讀者注意。她却至此爲止。和某些關切她而她也樂意結識的男人，她很可能締結一些有意思的交誼。但她並不答覆他們慇懃的用意。有時她在戲院定了座，預備去看她心愛的作品上演，到時竟不曾去；而在能夠作一次她所歡喜的旅行時，結果還是留在家裏。她的天性是禁欲主義和神經衰弱底奇怪的混合物。但神經衰弱絕對沒有損害到她思想之純樸。她的生命是損害了，精神却並不。一件唯有她一個人知道的舊創，在她心上留下深刻的痕跡。而更深刻的，更曖昧的，——連她自己也不知道的，——是運命底痕跡，是已經磨蝕了她的內心的疾病。——然而，朗依哀一家祇看見她那副有時使他們難堪的淸明的目光。

雅葛麗納在無愁無慮的快樂的時候，——這是她早先的正常狀態——是不大注意姑母的。但當她到了年紀，身體上心靈內醞釀着一種不安的情緒，使她悲苦，憎厭，恐怖，抑鬱，在荒唐而慘酷的眩暈的時間，雖然爲時甚暫，但覺得自己像要死去一般的難過，——有如孩子溺在水中而不敢喊救命的時候，她在身旁便只看見瑪德姑母對她伸手了。啊！其餘的人和她離得多遠！父親母親都像外人一般，以他們那種感情的自私，對自己的過於滿足，再也無心來理會一個十四歲的洋娃娃底悲傷！但姑母猜到她的苦惱，和她表示同情。她甚麼話都不說，只純樸地微笑；隔着桌子和雅葛麗納交換一下仁慈的目光。雅葛麗納覺得姑母懂得她，便躲到她身旁。瑪德把手放在雅葛麗納頭上，撫摩着，一言不發。

女孩子信賴姑母了。她心中悲苦時，便去訪問這位好友。不論在什麼時候去，她有把握可以遇到同樣寬容的眼睛，把它們的沉靜灌注一部分到她心裏。她並不和姑母提起她幻想的情史：那是她會覺得害羞的；她感到這絕對不是眞的。但她說着她渺茫而深刻的煩躁，更實在的，唯一實在的。

——姑母，她有時嘆道，我多願意幸福！

——可憐的妮子！瑪德微笑着說。

雅葛麗納把頭枕在姑母膝上，吻着那撫摩她的手：

——我將來能幸福麼？姑母，姑母告訴我，我將來能幸福麼？

——我不知道，親愛的。一部分要靠你……一個人願意幸福時總能夠的。

雅葛麗納表示不信。

——那末你幸福麼？你？

瑪德悲哀地微笑。

——幸福的。

——不？真的？你幸福的？
——難道你不信麽？
——信的。可是……
雅葛麗納停住了。
——可是什麽啊？
——我，我要幸福，但不是像你那種方式。
——可憐的妮子！我也希望你如此，瑪德說。
——不，雅葛麗納堅決地搖搖頭，繼續說道：我，第一我不能。
——我也是的，我也不會相信我竟能够。但人生教你能、够做許多事情。
——呋！但我不願學這一套，雅葛麗納不安地抗議道。我，我要照着我願望的那樣幸福。
——倘使有人問你究竟願望怎樣的幸福時，你就回答不出了。
——我很知道我的願望。

她願望許多事情。但要她說出時，她只找到一件，回來回去像複唱的歌辭一樣：

——第一，我要人家愛我。

瑪德默默地縫着衣服。過了一忽，她說：

——倘使你不愛人家，單是人家愛你又有何用？

雅葛麗納怔了一怔，回答說：

——可是，姑母，我所說的當然限於我所愛的呀！其餘的是不在計算之內的。

——如果你一無所愛呢？

——多古怪的念頭！一個人總有所愛，總有所愛。

瑪德搖搖頭，表示懷疑的神氣。

——一個人是並不愛的，她說。人只是願望愛。愛是神底一種恩寵，最大的恩寵。求它賜予你罷。

——倘使人家不愛我呢？

——即使人家不愛你時也該如此。你將因之更幸福。

雅葛麗納沉着臉，裝出一副氣惱的模樣：

——我不願意，她說，這，我感不到一些樂趣。

瑪德慈和地笑了，望着雅葛麗納，嘆了一口氣，隨後又做她的工作。

——可憐的妮子！她又道。

——你爲何老是說可憐的妮子？雅葛麗納不大放心地問。我不願做一個可憐的妮子。我多願望，多願望幸福！

——就因爲此我纔說：可憐的妮子！

雅葛麗納有些惱了。但不久也就過去。瑪德慈和的笑使她扳不起臉來。她一邊佯做生氣一邊擁抱她。其實，在這個年齡上，一個人並不討厭人家恭維他將來的悲哀的預兆。遠遠裏「不幸」已經蒙着富有詩意的光彩；而一個人所最怕的，莫過於人生底平庸。

雅葛麗納全沒覺察姑母底臉色越來越慘白。她只注意到瑪德出門的次數越來越少；但她以爲這是她愛守在家裏的怪癖，如她平時所竊笑的。有一二次她去探望時，恰恰遇到醫生出門。她問姑母道：

——你病了麽？

瑪德答道：

——無關緊要的。

但她連每星期一次到朗依哀家用晚飯的約會都不去了。雅葛麗納憤憤地去埋怨她。

——親愛的，瑪德溫和地說，我有些疲倦。

但雅葛麗納甚麽都不信。她只認爲是不高明的推託！

——哼，每星期到我們家來兩小時，眞够疲倦了！你不愛我。你只愛你那火爐前的一席地。

但當她回家去得意揚揚講述她的刻薄話時，父親立刻嚴厲地責罵道：

——讓你姑母安靜些！你難道不知那可憐的婦人病得很厲害麽？

雅葛麗納臉色發白；用着顫抖的聲音，追問姑母到底害什麽病。人家不肯告訴她。末了，她得悉瑪德患着腸癌，只有幾個月的壽命了。

雅葛麗納驚駭了好幾天。後來見到姑母時又覺得寬慰了些。總算瑪德運氣，她並不過分痛楚，依舊保持着她安詳的笑容在她透明的臉上放射出內心的光彩。雅葛麗納私忖道：

——不，這是不可能的，他們弄錯了，否則她決不會如此鎮靜……

她重新講着那些幽密的心事，瑪德對之比從前更關切了。不過，有時在談話中間，姑母走出室外，毫不流露出痛苦；她等劇烈的苦楚過去，臉色完全恢復時纔重新進來。她絕口不提她的病狀，設法掩飾；也許她需要不去想它：她知道病魔在侵蝕她，使她駭懼，不願把思想轉到這方面去；她所有的努力在於保持最後幾個月的和平。可是急轉直下的形勢，來得比別人意想中的時間早了許多。不久她除雅葛麗納外不再接見任何人。隨後，雅葛麗納探望的時間也不得不縮短。隨後，終於到了分別的日子。瑪德躺在幾星期來不曾離開過的床上，和她的小朋友溫柔地告別，和她講着許多慈和與安慰的說話。之後，她關起門來等死神降臨。

雅葛麗納絕望地過了幾個月。瑪德之死適逢她經歷精神上最痛苦的時期，對付這種苦楚，瑪德是唯一的保護人。此刻她可墮入孤獨無援的境界。她很需要一種信仰支持。這支持，她似乎不會缺少人家教她實地奉行着宗教儀式；她的母親也信守不渝。但問題就在這裏：母親是實地奉行的；瑪德姑母却並不。說是不要把她們做比較罷！大人再也不注意的謊言，兒童底眼睛是很易看出的；從這些謊言上顯出許多的弱點與矛盾。雅葛麗納發覺她的母親與一般自稱信仰宗教的人照樣怕死，髣髴不曾信仰一樣。不，這不是一種可靠的支持……此外，還有個人的經驗，反抗，厭惡，一個冒犯了她的笨拙的懺悔師，……都使她懷疑宗教。她繼續奉行，但沒有信仰，好似去拜客一般，因爲是受過教養的人，不得不如此做。她覺得宗教像世界一樣是空虛的。她唯一的救星是對於死者的回憶，她把她完全裹在身上了。她悔恨當初不該遝着青年人自私的脾氣而忽視她，如今要呼喚她也是枉然了。她把她的面貌理想化；瑪德所留下的深沉而澹泊的生活榜樣，使她憎厭不嚴肅不眞實的浮華生活。她眼中只看見虛僞；而這些在別的時間會使她覺得好玩的、使人墮落的事情，此刻却使她反抗起來。她患着精神過敏症：一切都教她痛苦；她的良知完全赤裸了。她的眼睛把從前未曾注意的事情統統看到了。其中有一件覺傷害她入骨。

一天下午，她和母親在客廳裏。朗依哀夫人有一個客人，——一個時髦畫家，美貌而沒有光彩的，自命不凡的，在他家算是熟客，但並不在十分知己的朋友之列。雅葛麗納覺得她的在場使其餘兩人感到不便便愈加逗留不去。朗依哀夫人微微有些不耐，腦子被頭痛症鬧得有些昏沉，或是被那些今日的太太們像糖果一般咬着的藥片弄糊塗了，不大注意自己的說話。她無意之間稱客人：

——我的愛人……

她立刻發覺了。他亦不比她更着慌；他們繼續用客氣的語調談下去。正在一旁沏茶的雅葛麗納，震動之下幾乎把一隻杯子滑在地下。她覺得他們在她背後交換一個會心的微笑。她轉過身來，看到他們通同共謀的目光，一下子就遮掩過去了。——這種發見駭呆了她。這個自由地教養長大的少女，時常聽見人家講，她自己也笑着講這一類的說話，此時竟感到一種難以忍受的痛苦，當她看見她的母親……她的母親，不，這可不能和平常所說所聞的相比！以她慣於誇大的性情，她從這一個極端轉到另一個極端。至此爲止，她對甚麼都不猜疑。從今以後，她對一切都猜疑了。她努力推詳母親過去的行爲中某些枝節。而無疑的，朗依哀夫人底佻𠍲很有些令人懷疑的地方；但雅葛麗納還要加些上去。她很想接近父親，他一向對她比較密切，而他的聰明也更能吸引她。她很想多愛一些父親，替他抱怨。但朗依哀似乎不需要人家爲他抱怨；於是這感覺過敏的少女又起了一種猜疑，比前者更可怕的猜疑，就是想到——父親一切都明白，但他認爲不知道更爲方便，只消他自己能夠爲所欲爲，其他的事情對他都不生關係。

於是，雅葛麗納覺得自己完了。她不敢鄙薄他們。她愛他們。但她再不能在此過活。她和西蒙納、亞當底友誼於她也毫無裨益，她嚴厲地批判她昔日的伴侶底弱點。她不能解脫；她看到她身上的醜惡與平庸的部分大爲痛苦；她只有絕望地抓着瑪德底純潔的回憶。但這回憶也慢慢消失了；她覺得日月底洪流把往事淹沒，把它的痕跡洗刷掉。這樣看來，一切都要完結；她將和別人一樣，淹溺在污泥中……！吁無論用什麼代價得跳出這個世界！救救我啊！救救我啊！……

* * * * * *

在這些狂亂、孤獨、憎厭、神祕地期待着，向着一個無名的救主伸手乞援的日子中，雅葛麗納遇到了奧里維。

朗依哀夫人不曾錯過邀請這個冬天極時髦的音樂家克利斯朵夫。克利斯朵夫來了，照例是不十分慇懃的。朗依哀夫人卻一樣覺得他很可愛：——只要在他當令的時候，什麽態度都可以；人家總覺得他可愛這是幾個月的事情——……雅葛麗納可不大歡喜他；克利斯朶夫被某些人恭維這件事先已使她不信任。再加克利斯朶夫底粗暴，大聲的說話，快活的心情，都使她看不入眼。在她此時的心境中，生之歡樂髣髴是鄙俗的；她追求着心靈底淒涼的、半明半暗的境界，自以爲愛這種情調。克利斯朶夫底光芒太明亮。但她和他談話時，他提起奧里維：他需要把他的朋友和他所遇到的一切幸福之事連在一處。他把奧里維說得那樣的美好，以致雅葛麗納覺得看到了一個適配她思想的心靈，也設法把奧里維邀請。奧里維並不立刻接受：在這邀請而不來的時期內，克利斯朶夫和雅葛麗納更能從容地完成一個幻想的奧里維肖像。當他決意應邀而來時，終於也和這幻想的肖像相似。

他來了，但不大說話。他不需要說話。他的聰明的眼睛，他的微笑，温文爾雅的舉止，渾身包裹着的光輝四射的恬靜，迷住了雅葛麗納。何況有克利斯朶夫在旁對照，把奧里維底價值烘托得愈益彰明。她因爲害怕那正在萌動的情操，在臉上全無表示；她繼續與克利斯朶夫談話，所談的卻是關於奧里維的事。克利斯朵夫因爲能談起他的朋友而高興之極，不會注意到雅葛麗納在這個話題上所感到的趣味。他也談他自己，她慇懃地聽着，雖然毫無興趣；隨後，她不着痕跡的又把話題轉到他日常生活上去，因爲其中有着奧里維底份兒。

雅葛麗納底愛嬌對於一個不自警戒的人是很危險的。克利斯朵夫不知不覺地已受她的蠱惑；他歡喜到她家裏去；他注意自己的裝束修飾；他熟識的一縷情操又開始用着那種笑瞇瞇的、魅人的方式混入他所有的幻想裏了。奧里維也戀着她，且從最初幾天起就戀着她，他以爲人家不把他放在心上，便在暗中煎熬。克利斯朵夫快活地對他敍述和雅葛麗納的談話，更增加了他的痛苦。奧里維決想不到他會討雅葛麗納歡喜。雖然因爲和克利斯朵夫一起生活，感染到較多的樂觀主義，他仍是不相信自己；他用過於眞實的眼光看自己，不能相信自己還會被人愛慕：——要是一個人底被愛是靠他的價値而非靠神奇與寬容的愛情底功績，那末還有誰夠得上被愛。

一天晚上，他受着朗依哀家邀請而感到再去見那淡漠的雅葛麗納實在太難堪時，便推說疲倦，教克利斯朵夫獨自前去。一無猜疑的克利斯朵夫，挺快活的去了。以他天眞的自私心理，他只想着和雅葛麗納單獨晤對底快樂。但他這種快樂，享受不了多久。聽到奧里維不來的消息以後，雅葛麗納馬上扮起一副懊喪的、惱怒的、煩悶的、失望的面孔；她再沒有取悅他人底意願；她不聽克利斯朵夫說話，胡亂對答着；也甚至看見她掩着嘴不耐煩地打了一個呼欠。她眞想哭出來。突然之間她在夜會中走了出去；不再露面。

克利斯朵夫錯愕地回去。在路上他思索這突然改變態度底理由；眞相底一部分開始在他面前顯現了。回到家裏，奧里維等着他，裝着若無其事的樣子問他夜會底情形。克利斯朵夫把他感到的失意講給他聽。他一邊講一邊看見奧里維臉色慢慢開朗起來。

——你的疲倦呢？他問。幹麼你不睡？

——呋！我好些了！奧里維答道，我一些兒不累了。

——是的，我相信，克利斯朵夫俏皮地說，你今晚不去使你精神恢復了不少。

他親切地、狡獪地望着奧里維，回到自己房裏。當他獨自一人時，他笑了，輕聲地，可是笑到連眼淚都淌了出來：

——壞坯子！他想道。她居然捉弄我！他也捉弄我。他們玩的好把戲！

從此，他把自己心中對雅葛麗納的思念一齊丟開；而像嫉妒地孵卵的母雞一樣，他孵育着兩個小情人底情史。臉上裝做完全不知道他們秘密，也不對他們中任何一個揭破，只在暗中幫助他們。

他嚴重地以爲他的責任應當把雅葛麗納底性格研究一番，以便看看奧里維和她一起時能否幸福。以他那種笨拙的手段，他向雅葛麗納提出許多古怪的問題，使她着惱，有的是趣味方面的，有的是道德方面的……

——這可不是一個混蛋！干他底事？雅葛麗納憤憤地旋轉背去想。

奧里維看見雅葛麗納不再留神克利斯朵夫時快活極了。而克利斯朵夫看見奧里維幸福時也快活極了。他的快樂，甚至表現得比奧里維底更露骨。雅葛麗納弄不明白，她想不到克利斯朵夫在他們的愛情中看得比她還淸楚，只覺得他可厭之至；她不懂奧里維怎會迷戀一個如是粗俗如是惹厭的朋友。善良的克利斯朵夫猜到她的心思；故意惹她生氣以爲樂；隨後，他却推說工作忙碌，謝絕了朗依哀家底邀請，讓雅葛麗納和奧里維單獨相處：

可是他對於將來並非毫無憂慮。他自以爲在此醞釀中的婚事裏負有很大的責任；他很苦惱：因爲他把雅葛麗納看得相當準確，擔心着許多事情第一是她的富有，她的教育，她的環境，尤其是她的弱點。他想起他從前的女友高蘭德。無疑的，雅葛麗納來得更眞更坦白，更熱情；在這顆小生命中有一股對於勇敢的生活的熱烈的嚮往之情，抱着一種英雄式的壯烈的志願……

——但單是願望還不夠，克利斯朵夫想道，還得有毅力。

他想把危險通知奧里維。但當他看見奧里維從雅葛麗納那邊回來，眼中滿着快樂的光彩時，他沒有勇氣開口了。他想：

——可憐的孩子們很快活。別擾亂他們的幸福罷。

慢慢地，他對奧里維的愛護之情使他感染了奧里維底信賴。他安心了；他終究相信雅葛麗納底爲人確是像奧里維所看到和她自己所願意看到的那樣。她有那麼堅強的意志！她愛着奧里維一切異於她和異於她的社會的地方。她愛他，因爲他淸貧；因爲他在道德觀念上不肯讓步，因爲他在交際場中很笨拙。她用一種那麼純粹那麼完整的方式愛着，以致她有時幾乎要使自己和他一樣貧窮，……是的，幾乎要使自己變醜，以便更有把握使自己的被愛純粹是爲她的本身，純粹爲她胸中充滿着而爲他所渴望的愛情……啊！有些日子，當他在眼前的時節，她覺得自己臉色發白，雙手發抖。她勉強嘲笑自己的感動，裝做關心別的事情，不去瞧望他；她用譏諷的口吻說話。但她突然停住，躲到臥室裏去，關上了門，下了窗帘，她坐着，雙膝緊擠着，肘子縮到腹部，手臂交叉放在胸口，壓制她心房底跳動；她凝神屏氣的坐着，不敢動彈，唯恐一個細小的動作就會驅散她感到的幸福。她默默地緊摑着愛情。

如今，克利斯朵夫一心專注着奧維里底成功，像母親般照顧他，留心他的修飾，對他的衣著發表意見，替他打領帶。奧維里耐心地讓他擺佈，寧可到樓梯上當克利斯朵夫不在眼前時把領帶重打。他微笑着，但他對這種親切的表示並非不知感動。被愛情弄得膽怯之後，他也不大信任自己了，很願意請教克利斯朵夫；他對他敍述訪問底經過。克利斯朵夫和他一樣的感動，有時會幾小時的，整夜的，替朋友開闢愛情之路。

* * * * * * *

在朗依哀家底別墅裏，在巴黎近郊，亞當島森林近旁的一個小地方，奧里維和雅葛麗納有一次確定終身的談話。

克利斯朵夫陪着朋友同去；但他在屋內發見一架風琴，便彈着琴，讓兩個人安靜地散步去了。——實在，他們倒並不希望他如此。他們怕單獨相對。雅葛麗納緘默着，有些仇視的樣子。在上次會晤時，奧里維已感到她態度底改變，一種突然的冷淡，目光顯得殘酷，幾乎是敵對的了。他不禁爲之懍然。他不敢和她申說：他害怕從所愛的人嘴裏聽到殘忍的話。他看到克利斯朵夫離開他時不免顫抖起來；似乎只要克利斯朵夫在場就可保護他不受那一下的打擊。

雅葛麗納愛奧里維的心並未稍減。她只有更愛他。這就是使她變成仇視的緣故。這個她從前當作游戲而竭力盼望的愛情，此刻在她面前了；但她突然看見在脚下顯出一個巨大的窟窿，唬得望後倒退；她弄不明白了；自忖道：

——可是爲什麼？爲什麼？爲什麼這是什麼意思？

於是她望着奧里維，用着那副使他痛苦的目光，想道：

——這個男人是誰呀？

她不知道。

——爲何我愛他呢？

她不知道。

——我愛不愛他呢？

她不知道……她不知道；但她知道她是被抓住了；愛情把她握在手掌中她將完全在愛情中消失，她的意志，她的獨立，她的自私，她的未來的夢，一切都將在此怪物身上淹沒。於是她憤憤地跳起來；有些時候，她對奧里維差不多感到一股恨意。

他們一直走到花園盡處，到了有一行大樹和草坪隔離着的菜園裏。他們踅着細步在小徑上走，兩旁種滿小葡萄樹，累累垂着紅的褐色的果子，還有一堆堆的楊梅，空氣中散佈着香味。時方六月，陣雨之後氣候變得涼爽。天空灰灰的，透出半明半暗的光；低低的雲，一大塊一大塊的隨風沉重地移動。但這陣來自遠方的風一絲都吹不到地面上來：沒有一張樹葉搖動。一種無邊的淒涼的氣息籠罩一切，籠罩他們的心。在花園底上，從那望不見的別莊底半開的窗子裏，傳來風琴聲，奏着約翰、賽白斯打、罷哈底降E短調追逸曲。他們倆緊挨着坐在井欄上，臉色慘白，一言不發。奧里維看見淚水在雅葛麗納面頰上流。

——您哭？他嘴唇顫動，喁喁地說。

他的眼淚也奪眶而出了。

他執着她的手。她把滿覆金髮的頭顱靠在奧里維肩上。她不再想抗拒她已戰敗了；而這是何等的蘇慰！……他們輕輕地哭着，聽着音樂，沉重的雲無聲無臭地在上面移動，髣髴在樹巔上掠過，他們想着他們所有的痛苦，——誰知道？也許還想着將來的痛苦。在這種時間，音樂往往能把在一個生靈底運命周圍所羅織着的悲哀完全表現出來……

過了一會，雅葛麗納擦擦眼睛，望着奧里維。而突然之間，他們擁抱了。呋！永難磨滅的幸福！神聖的幸福！如此的甘美，如此的深邃，以致變成痛苦的了！……

雅葛麗納問道：

——您的姊姊像您麼？

奧里維喫了一驚，說：

——爲何您提起她？難道您認識她麼？

她答道。

——克利斯朵夫講給我聽的……您曾非常痛苦，是不是？

奧里維點點頭，太感動了，不能回答。

——我也曾經很痛苦，她說。

於是她講起她的亡友，親愛的瑪德；她心酸地說她曾哭得死去活來。

——您將幫助我，是不是？她用着哀求的口吻說，您將幫助我生活，做個善良的人，像她一樣？可憐的瑪德，您會愛她麽，您？

——她們倆，我們都愛。正如她們倆會彼此相愛。

——我多願她們在這裏！

——她們是在這裏。

他們互相緊緊摟着，感到彼此的心房跳動。一陣細雨緩緩地降着，降着。雅葛麗納打了一個寒噤。

——我們進去罷，她說。

在樹蔭底下，差不多已經黑暗了，奧里維吻着雅葛麗納潮潤的頭髮；她仰起頭來向他，他第一次在嘴唇上覺得那熱愛的嘴唇，這個小妮子底灼熱而微微龜裂的嘴唇。他們幾乎暈去了。

快到屋子的時候，他們又停下來：

——以前我們多孤獨！他說。

他已忘記了克利斯朵夫。

但他們立卽記起他。音樂已經靜寂。他們走進屋子。克利斯朵夫肘子倚在風琴上，雙手捧着腦袋，也在想着許多以往之事。他聽見開門時，從幻夢中醒來，對他們顯出一副親熱的面孔，露着莊嚴而溫柔的笑容。他在他們眼中看到一切的經過，握着他們的手，說道：

——坐在這裏。我來彈些東西給你們聽。

他們坐下，他在琴上把胸中所有的情緒，對他們倆所有的愛，一齊傾訴了出來。彈完之後，三個人都一聲不響。隨後，他站起來，瞧着他們。他的神氣多仁慈，比他們多年長多堅強！她第一次感到克利斯朵夫底心靈。他把他們倆摟在臂抱裏，對雅葛麗納說：

——您很愛他，是不是？你們十分相愛？

他們抱着滿腔的感激之情。但一霎時後，克利斯朵夫立卽轉變了話題，笑着，走向窗邊，跳到花園裏去了。

* * * * * * *

以後幾天內，他慫恿奧里維向雅葛麗納底父母求婚。奧里維却不敢，害怕意料中的拒絕。克利斯朵夫也催促他去尋一個職位。就是朗依哀應允了，他也不能接受雅葛麗納底財產，倘使他自己不能掙取麵包的話。奧里維和他一般想法，可不同意他對於有錢的婚姻所抱的過分警戒的、有些可笑的態度。財富毒害心靈，這是克利斯朵夫腦中一個牢固的念頭。他最高興念着一個明哲的光棍對一個爲靈魂得救問題煩惱的有錢女人所說的話：

——怎麼，夫人，您有了百萬家私，而還想有一顆不朽的靈魂？

——提防女人罷，他半正經半取笑的和奧里維說，提防女人，尤其要提防有錢的女人！女人愛藝術，也許是眞的，但她把藝術家壓得窒息。有錢的女人則把兩者全毒害了。財富是一種病。女人比男人更受不住這種病。一切的富人都是反常的生物……你笑？你取笑我？怎麼！難道一個富翁知道什麼叫做人生？難道他和艱難的現實還有什麼接觸？難道他在臉上會覺得饑寒底殘酷的風，會聞到用自己的勞力換來的麵包底味道，得自己胼手胝足去墾植的土地底氣息？難道他能懂得衆生萬物連看見與否都成問題呢！……當我小時候，會有兩三次被人帶着坐在大公爵底馬車裏出外游覽。車子走過我每根草都稔悉的草原，穿過我獨自奔馳而心愛的樹林。但那時節，我一無所見。所有這些可愛的景色，都變得和帶我遊覽的那些糊塗蟲一樣僵死一樣不自然。在那些草原和我的心中間，不但有這批顢頇的心靈間隔；只要在我脚下的四塊板，在自然上面擺着這個活動的臺，就使我和天地絕緣。要我能感到大地是我的母親，必須把我的脚踏入它的胸腹中，好似一個初見光明的新生兒一樣。財富斬斷大地與人類底連繫，斬斷所有大地之子相互間的連繫。這樣，你怎麼還想成功一個藝術家？藝術家是大地之聲。一個有錢的人不能成爲一個大藝術家。如果能夠，那末在如此不景氣的環境中他必須有勝過別人千倍的天才。卽使成功，他也總是一顆暖室裏長成的果子。偉大的歌德也是徒然：他的心靈配合着萎縮的四肢，他缺少那被財富斬滅的主要器官。你旣無歌德底天賦，勢必被財富吞噬，尤其是被一個在歌德至少避免掉的富有的妻子吞噬。單身的男人還可抗拒災難。他自身有一種天生的強悍之氣，有一種由堅靭的本能凝結成的腐蝕土把他連繫着大地。但女人是容易中毒的，而且還要把毒素傳給別人。財富底裹着香味的臭氣，在她是恬不爲怪的。一個女人而能在財富中保持心底健康是一樁奇蹟，好似一個百萬富翁而有天才一樣……而且我不歡喜那些妖魔。誰有着超過他生活所必需的財產就是一個妖魔，——一個侵蝕他人的癌菌。

奧里維笑道：

——可是我不能因爲雅葛麗納不貧窮，因爲她不能爲愛我之故而勉強變成貧窮，而就此不愛雅葛麗納。

——那麽，你如果不能救她，至少得救你自己！而這還是救她的最好的方法。保持你的純潔。做你的工作。

奧里維無須克利斯朵夫告訴他這些顧慮。他的心靈比他的更敏感。這可並非說他把克利斯朵夫對財富的咀咒當眞：他自己也富有過來，絕不鄙薄財産，而且認爲財産和雅葛麗納俊俏的臉龐很適配。但他不能容忍别人猜疑他的愛情含有圖利的作用。他便要求重進教育界。目前，他所能希望的只有一所内地中學裏一個很平庸的職位。這便是他所能獻給雅葛麗納的可憐的新婚禮物。他羞怯地和她談起此事。雅葛麗納先是不大能接受他的理由：以爲這是克利斯朵夫灌輸給他的一種誇大的自尊心作祟，她覺得是可笑的：當一個人愛的時候，用着不分軒輊的心懷接受所愛者底財富或貧窮，豈非很自然？而拒絕所愛者樂於貢獻他的優惠又豈非是矯情？……雖然如此，她仍贊同了奧里維底計劃：就爲這計劃中有些苦澀與不快的成分，她纔下了決心；她在此找到了一個滿足她犧牲情緒的機會。她的驕傲的反抗，被喪失姑母的悲苦惹動了，更被愛情刺激得興奮起來，不但想反抗她的環境，還要把她天性中一切和這神祕的熱情牴觸的部分一概否認；她拔着她的生命，髣髴引滿着一張弓，向着一種理想射去，想過着極純潔、極艱苦、滿着幸福的光輝的生活……將來的平庸的境况和障礙，於她都成歡樂。這纔是何等美妙的境界！……

朗依哀夫人一心專注自己，不遑留意周圍發生的事情。不久以來，她只想着她的健康，整天調攝她莫須有的病，一會兒試試這個醫生，一會兒試試那個醫生：初時個個都是救星；十五天後，又輪到下一個做救星了。她幾個月的遠離着家，住在一些費用極昂的療養院裏虔誠地奉行種種可笑的醫方。她把女兒和丈夫統統忘記了。

比較關心的朗依哀先生，開始猜到他們的密謀。那是他爲父的嫉妒心提醒他的。他對雅葛麗納有着那種謎樣的溫情，爲許多父親對女兒感到而不肯承認的，這種神祕的、肉感的、幾乎是神聖的好奇心，要在和自己同一血統，是自己化身而是女人底身上再生。在心頭這些祕密中間，有些陰影與微光，還是不去知道之爲健全。至此爲止，他看見女兒使那些青年着魔覺得很好玩：他愛她這種賣俏的樣子，愛她荒唐的可是機警的性格——（像他一樣）。——但當他看見事情變得嚴重時，便不安起來，開始在雅葛麗納前面揶揄奧里維。繼而又用一種相當尖刻的口吻批評他。雅葛麗納先是笑着，說：

——別這樣說他的壞話，爸爸，這會使你以後不便，倘我要嫁他的話。

朗依哀先生高聲叫喊起來，當她瘋子。這纔是使她完全成爲瘋子的好方法！他聲言她永遠不能嫁給奧里維。她聲言非嫁他不可。幕揭開了。他發見她已不把他放在心上。爲父的自私心不禁大爲氣憤。他發誓說再不讓奧里維和克利斯朵夫插足到他家來。雅葛麗納惱怒了；一天早上，奧里維開出門來，發見她像一陣狂風般捲進室來，臉色發白，下了決心的樣子，對他說：

——把我帶走罷！我的父母不答應。我，我却非要不可。破壞我的身體罷。

奧里維駭壞了，但是感動了，並不想和她從長討論。幸而克利斯朵夫在家。平常他是沒理性的。

這次他却對他們講理性了。他說這將鬧出何等的醜事，貽以後無窮的痛苦，雅葛麗納憤激地咬着口唇。說道：

——那末，我們隨後就自殺。

這句話非但沒有使奧里維驚駭，反倒使他決定了主意。克利斯朵夫好容易教兩個瘋子忍耐下來：在用到這最後一著之前，總得試過其他的方法：雅葛麗納回家去；由他去看朗依哀先生，辯護這件事情。

古怪的說客！在他所說的最初幾句話上，朗依哀先生幾乎要攆他出門；接着，事情底可笑引起了他的注意，覺得好玩起來。慢慢地，來客底嚴肅，誠實信念，使聽的人動容了；然而他始終不肯表示同意，繼續說些譏諷的話。克利斯朵夫只做不聽見；但在某些格外尖刻的冷箭上，他停下，靜默地遲疑了一會；隨後又往下說。到了一個時候，他把拳頭望桌上一擊，說道：

——我請您相信我這次的拜訪對我並非一件有趣的事：我眞得極力壓制自己纔不來挑剔您某些措辭；但我認爲我有權利對您說話；所以我便說了。請您忘掉我，有如我忘掉我自己一樣，但望把我所說的話估量一下。

朗依哀先生聽着；當他聽見講到自殺底計劃時，他聳聳肩，裝着冷笑；但心裏已經震動。以他的聰明，決不致把這種威嚇當玩笑看；他知道應該顧到在戀愛中的女子底瘋狂。從前，他情婦之中有一個終日嘻笑的、柔和的女人，他認爲決不能實行她的大話的，居然當他的面自己打了一鎗；她當場並不就死；那幕情景他現在還歷歷在目……不，一個人和這些癡心女子是毫無把握的。想到此，他不禁心頭一震……『她要？那末，好罷，蠢妮子！算她倒楣！……』當然，他可能運用手段，佯作應允，挨延時日，慢慢地使雅葛麗納疎遠奧里維。但這樣非得化一番他所不願化或不能化的心血。何況他是軟心人；只因爲他對雅葛麗納曾粗暴地說過：『不！』就使他現在說：『好！』了。歸根結蒂，對於人生誰又知道些什麼？這小妮子或許是對的。主要是相愛。朗依哀先生也並非不知奧里維是一個嚴肅的漢子，也許還有才具……於是他同意了。

結婚前夕，兩個朋友廝守了半夜，不曾睡覺。他們對於一個可愛的過去底最後數小時，想好好領略一番。但這已經過去了。好似那些凄涼的離別，在車站月台上，大家在車子開行以前執意要留着，望着，說着話，但心已不在此處；朋友已經遠去……克利斯朵夫試着說話，但他在一句中間發覺奧里維心猿意馬的眼神時，便停住話頭，微微笑了一笑，道：

——你已經遠去了！

奧里維惶恐地道歉。他對於自己在這些最後的親密時間中如是分心覺得很難過。但克利斯朵夫握着他的手：

——算了罷，不要勉強。我很幸福。做你的夢罷，我的孩子。

他們佇立在窗前，偎倚着望着黑暗中的花園。過了一息，克利斯朵夫對奧里維道：

——你拋棄我了，是麼？你以為將躱過我了？你想着雅葛麗納。但我仍會把你抓回來。我，我也想着她。

他停住了。

——可憐的老朋友，奧里維說，我何曾不想你！即使……

克利斯朵夫笑着把他的話續完道：

——……卽使要想着你時多麽不容易……

參加婚禮時，克利斯朵夫修飾得很美，差不多漂亮了。宗教儀式是不舉行的，滿不在乎的奧里維和反抗宗教的雅葛麗納都不願意要。克利斯朵夫寫了一闋交響樂，預備在市政廳裏演奏；但到了最後一刻，明白了民法上的婚姻是什麽一會事，便放棄了奏樂底計劃：他覺得這是可笑的儀式。要相信這種儀式，簡直要信仰與自由兩者都缺少的人纔能夠。一個眞正的舊教徒變成自由思想者時，並非要從一個教士轉變爲一個官吏。在上帝與自由意識之間，絕無國家宗教底地位。國家只管註册，不管結合。

奧里維和雅葛麗納結婚的情形，絕不會引起克利斯朵夫對他的決意有何後悔。奧里維用一種洒脫的、嘲弄的神氣聽着市長粗俗地恭維新夫婦，恭維富有的家庭和掛着勳章的證婚人。雅葛麗納完全不聽；她偸偸向在旁窺探的西蒙納、亞當吐吐舌頭；她曾和她賭下東道，說結婚『對她絲毫不生作用，』而這場東道她現在快要贏了：她簡直不大想到她在結婚；想到時也只覺得好玩。

其餘的人都是在來賓前面擺樣子，而來賓們又都架着望遠鏡瞧望。朗依哀先生得意揚揚的誇耀着；不管他對女兒的感情如何眞誠，他主要的關切是檢點來賓，思忖有沒有在分發通知單時漏去了什麼人。唯有克利斯朵夫一個人感動着；他爲父母、結婚當事人、市長、一個個的設身處地；他目不轉睛地凝視着奧里維，奧里維可並不瞧他一眼。

晚上，一對新人動身赴意大利。克利斯朵夫和朗依哀先生送他們到車站。他們看見新夫婦很快樂，毫無遺憾，全不隱瞞他們巴不得已經動身的情緒。奧里維好像一個少年人，雅葛麗納好像一個小姑娘……這一類的登程含有多少溫婉的淒涼意味！父親悲哀地望着他的小女兒被一個陌生人帶走，爲了什麼？……爲了和他永遠分離。但他們只感到一股解放底醉意。人生不復有何桎梏；不復有何阻礙；他們自以爲到了頂點：當此有了一切，甚麼都不復恐懼時，他們可以死而無憾了……過後，他們纔知道這不過是一個階段。路途還擺在前面呢，隨着山峯拐彎了；而且很少人到達第二程……

火車在黑夜裏載着他們去了。克利斯朵夫和朗依哀一同回去。克利斯朵夫俏皮地說：

——瞧我們這批鰥夫！

朗依哀先生笑了。他們道了再會，各自走上回家的路。他們都很難過。但這是悲傷與甘美混合而成的。克利斯朵夫獨自在臥室裏想道：

——我生命中最優秀的一部分是幸福了。

奥里維底臥室內，一切都沒移動。兩位朋友約定：在奥里維不曾回來覓得新居之前，他的傢具和紀念物都存在克利斯朵夫那邊。所以他還在眼前。克利斯朵夫端相着安多納德底像片，把它放在自己桌上，對它說道：

——朋友，你快活麽？

* * * * * * *

他時常——微嫌太密了些——寫信給奥里維。回信可來得不多，內容是心不在焉的，慢慢地在精神上疎遠起來。他爲之失望；但他強使自己相信這是應當如此的；他並不爲他們友誼前途就憂。

孤獨對他絲毫不生影響。以他的口味而論，他覺得還不夠孤獨。他開始對於大日報底庇護感到不快。阿賽納、伽瑪希似乎相信他是那些由他費了多少心血吹捧出來的光榮底主人翁：覺得那些人底光榮理當和他的光榮打成一片，好似路易十四在王座周圍羅列着莫利哀、勒、勃侖（十七世紀法國畫家）和呂里一樣。克利斯朶夫覺得，在藝術上，即是德皇也不見得比他大日報底老闆更可厭。因為這個新聞記者對藝術既不比皇帝更懂，牢固的成見倒並不比他更少；凡是他所不歡喜的，他絕對不容存在：說它是惡劣的危險的；他為了公衆的利害把它毀滅。最可厭而最可怕的，就是這般畸形的、不學無術的市儈，自以為用了金錢和報紙，不但要控制政治，且還要控制思想；聽他們指揮的，給他一個窠，一串項鍊，一些肉糜；拒絕他們的，就驅使他們上千的糊塗走狗來咬他！——克利斯朶夫可不是受人譴責的傢伙。他覺得一頭蠢驢膽敢來告訴他在音樂方面何者應作何者不應作，眞是可厭透了；他表示藝術需要比政治更多的準備。他直截了當的拒絕把一部無聊的脚本譜成音樂，全不管這脚本作者是報館高級職員之一而為老闆特別介紹的。這一樁事情就使他和伽瑪希底交情冷淡了一些。

然而克利斯朵夫並不因之有何遺憾。他纔從黑暗中露出頭來，已經急於縮回黑暗中去。他覺得『展露在強烈的陽光之下，會使自己在人羣中迷失。』干涉他的人太多了。他玩味着歌德底說話：

『當一個作家用一部有價值的作品引起人們注意時，羣衆便設法阻止他產生第二部……一個深自反省的天才也要不由自主地捲入紛紜擾攘的世界，因爲每個人認爲可以從中佔有一部分。』

於是他關上大門，守在家裏，重新去接近幾個老朋友。他又去探望亞諾夫婦，爲他近來疏遠了的。一天大部分的時間都孤獨着的亞諾夫人，很有餘暇想到別人底悲傷。她想到克利斯朵夫在奥里維走後所感到的空虛，便抑止着膽怯的心情邀請他晚餐。如果她敢的話，她很願意不時來照顧一下他的家務；但她沒有膽子；而且這也許更好：因爲克利斯朵夫絕對不歡喜有人來顧問他的事情。但他接受了晚餐底邀請，慣在晚上到亞諾家閒坐一會。

他發見這對夫婦老是這樣親密，老是維持着同樣溫柔而黯澹的空氣，比從前更灰色了。亞諾經歷着一個精神頹喪的時期，教授生涯把他磨折了，——這種倦人的勞作日復一日的，永無變化的，髣髴一個輪子老在一個地方打轉，從不停止也從不向前。雖然很有耐性，這好人也不免沮喪起來。他爲了某些不公平的事情難過，覺得他的忠誠毫無用處。亞諾夫人用溫婉的言語鼓勵他；她似乎永遠這樣寧靜但她憔悴了。克利斯朵夫當她的面祝賀亞諾有這麼一個賢德的夫人。

——是的，亞諾說，這是一個善良的女子；甚麼都不會使她惶惑。她有運氣：而我也是的。如果她對於我們的生活覺得痛苦的話，我想我會一蹶不振的。

亞諾夫人紅着臉，不則一聲。隨後她又用平穩的語調講別的事情。——克利斯朵夫底過從照例於他們大有裨益；而在他那方面，也樂於在這些善良的心旁取一些暖意。

另外一個女友來了。更準確地說，是他去找來的：因爲她雖極願認識他，却決不會自動來看他。

那是一個二十五歲左右的女子，音樂家，國立音樂院第一名畢業生名叫賽西爾、弗洛梨。身材不高，相當肥胖，生着濃厚的眉毛，美麗的大眼睛，水汪汪的，又小又粗的鼻子，下端微微上翹，有些紅色，像鴨嘴一般厚厚的嘴唇，顯出溫良的性格；下顎表示強毅的意志，結實的，豐腴的，額角並不高爽，但很寬廣。濃密的頭髮挽成髻兒懸在頭上，粗大的手臂，鋼琴家式的手指，又長又大，指端是方形的，大姆指懸隔得很開。她全部的體格，顯然給人以一種元氣充足、壯健非凡的印象。她和她親愛的母親住在一起：也是一個好心的婦人，絕對不感到音樂底興趣，但因常常聽人談到，便也談着音樂，知道一切音樂界底潮流。賽西爾過着平庸的生活，整天教着課，有時也舉行無人注意的音樂會。她回家很遲，或步行，或坐街車，筋疲力盡的，可是高高興興的；回來還打起精神練習她的音階，做她的帽子，說着許多話，愛笑，愛莫名其妙地唱。

她並沒被人生驕縱。她懂得用自己的勞力去掙來的些少安樂底價值，知道一些微末的快感，在她的境況中或工作中有些微妙的進步時就快活。是的，只要她本月份比上月份多掙五法郎，或是把幾星期來彈奏着的這段曉邦底東西弄出一些頭緒來，——她就開心了。她的並不過度的工作，恰恰適合她的能力，像適當的攝生一般使她感到身心蘇慰。彈琴，唱歌，教課，使她因作了正常的、有規則的、滿足需要的活動而感到愉快，感到平凡的安樂和沉靜的成功。她胃口很好，喫得下，睡得熟，從來不害病。

她賦有正直、合理、謙虛、完全均衡的精神，一無煩惱：因為她生活着現在這時間，不顧慮已往也不躭心將來。既然她身體健旺，生活不受運命播弄，她便差不多永遠快樂的了。她樂於研究她的琴藝，也樂於研究她的家務，也樂於一事不做。她的生活，不是一天天過的，——（她是經濟的，有預見的）——而是一分鐘一分鐘過的。她心中毫無高遠的理想；或即使有一個，也是散佈在她一切的行為與思想裏面的布爾喬亞理想；恬靜地愛她所做的事情。星期日，她到教堂去；但宗教情操在她生活裏毫無地位可言。她賞識那些狂熱之徒，好似克利斯朵夫般有一種信仰或天才的人；但她並不羨慕他們：她有了他們的煩悶和他們的天才，她又將怎麼辦？

如此說來，她又怎能體會到他們的音樂？這個道理，她實在不容易解釋。她只知道她的確體會到。她高出別的演奏家的地方，是從她身心底健康與均衡上來的；在這顆並無個人熱情的豐滿的生命中，那些陌生人底熱情找到了一塊異樣豐饒的園地。然而她並不因之受到騷亂。這些侵蝕過藝術家的可怕的熱情，她能盡量傳達出來而自己不受熱情侵害；在這些作品內，她只感到力量和彈完之後的痛快的疲勞。那時，她滿頭大汗，筋疲力盡，安詳地微笑着：她很快活。

克利斯朵夫有一晚聽到她的彈琴，對她的技術大爲驚奇。他在音樂會終場以後去向她握手道賀。她表示很感激：聽衆很少，她對於這種讚美自然感覺更淸楚。她既不取巧加入某個音樂團體，也不運用手段招致一般崇拜者跟在她後面，既不想在技術方面標新立異，也不用一種荒唐古怪的傳達方式去演奏名作，也不自命爲某個大師，如約翰、賽白斯打、罷哈或貝多芬底專家，更不對她所奏的東西標榜什麼理論，衹老老實實把她所感到的彈出來，——因此，沒有一個人注意她，批評家們也完全不知道她：因爲沒有人告訴他們說她彈得好；而批評家自己又決不會知道好壞。

克利斯朵夫時常見到賽西爾。這個壯健而沉靜的女子像謎一般吸引他。她是剛強的，冷淡的。他因爲人家不知道她而激於義憤地提議要教大日報底朋友們談起。她雖樂意受人恭維，却求他切勿去爲她鑽謀。她不願意爭鬥，費力，惹人妒忌；她只求安靜過活。人家不提起她，倒更好！她是沒有艷羨之心的，對於別個演奏家底技巧，她第一個會驚嘆佩服。既無野心，亦無欲望。她精神上很懶惰！當她沒有一件急迫的、確切的事情時，她便一事不做：連幻想都沒有；夜裏躺在床上，要就是睡去，要就是一無所思。多少在這個年紀上不曾出閣的女子，思想都受着婚姻念頭底毒害，而她覓是例外。人家問她愛不愛有一個好丈夫時，她回答說：

——咦！爲何要談到這五萬鎊底收益？應當以自己所有的爲限呀。如果人家給你，更好！否則，也就罷。一個人決不能因爲沒有蛋糕就覺得好好的麵包不可口。尤其當一個人咬了長久的硬麵包的時候！

——並且，母親說，還有許多人不是每天都有得喫呢！

賽西爾自有她不信任男子的理由。幾年前故世的父親，是一個軟弱而懶惰的人；待妻子與家人都很不好。她也有一個墮落的兄弟；不知成何模樣；他不時露面一下，需索銀錢；大家怕他，爲他而害羞，唯恐今天到明天之間又要聽到他鬧出什麽醜事來；可是，大家愛着他。克利斯朵夫遇見他一次。他正在賽西爾家：有人打鈴了；母親去開門。一陣談話聲在隔室傳來，雜着幾聲叫喊。賽西爾顯得着了慌，也出去了，讓克利斯朵夫獨自留着。爭論繼續着，陌生人底口氣慢慢地含有威嚇意味；克利斯朵夫以爲應當出去干涉：便開進門去，但他僅僅瞥見一個有些畸形的青年人底背影，就給賽西爾跑來把他擋住，哀求他回進去。她亦和他一起回來；默默坐着。來人在隔室又叫嚷了幾分鐘，走了，把大門用勁碰了一下。於是賽西爾嘆一口氣，和克利斯朵夫說：

——是的……是我的兄弟。

克利斯朵夫明白了：

——啊！他說……我知道……我，我也有一個……

賽西爾執着他的手，用一種親切的哀憐的態度說：

——您也有麽？

——是的，他說……這都是使家裏見了發笑的寶貝。

賽西爾笑了；他們轉換了話題。不，這種使家裏發笑的寶貝對她毫無魅力可言，而結婚底念頭也絕不會打動她的心：男人們不值多少代價。她覺得還是過她的獨立生活好：她的母親對這種自由難過了很久她却不想喪失自由。她平時愛好的唯一的夢想，是——以後，有一天，天知道什麼時候！——住到鄉間去。但她不願費心去想像這種生活底細節：她覺得思想如是不可捉摸的事情是累人的；還不如睡覺，——或是做她的工作……

在未能實現她的夢想之前，她在夏季在巴黎近郊租一所小榭，和母親兩人住着。那是坐廾分鐘火車就可到達的地方。屋子和孤零零的車站離得相當遙遠，在人們稱做一片田地的荒原中間；賽西爾往往在夜裏很晚的時分回家。但她全不害怕，不信有何危險。她固然有一支手鎗；但常常忘在家中，且她也不大知道使用。

克利斯朶夫去探望她時，常常要她彈琴。她對於音樂作品的深切的領悟使他覺得很有意思，尤其當他從旁把應當表白的情操指點她的時候。他發見她賦有優美的歌喉：爲她自己所不曾覺察的。他強使她加以鍛鍊：教她唱德國的老歌謠或他自己的作品；她很高興，很有進步，使她和他一樣的驚奇。她具有美妙的天才。音樂底光芒，像奇蹟般落在這個毫無藝術情操的巴黎小布爾喬亞女子身上。夜鶯——（他這樣稱呼她）——偶而也談論音樂，但老是用實際的觀點，從來不及於情操方面，她似乎只關心歌唱與鋼琴底技巧。通常，當她和克利斯朵夫一起而不弄音樂的時光，他們談着十足布爾喬亞的問題：談着家務，烹飪，日常生活。平時一分鐘都不耐煩和一個布爾喬亞女子談這些題目的克利斯朵夫，和夜鶯倒談得津津有味。

他們這樣地消磨着夜晚，單獨相對，眞誠地相愛，用一種恬靜的、幾乎是冷淡的情緒。一天晚上，他來用晚餐而比往常流連稍久時，突然來了一場陣雨。當他想到車站去趕最後一班火車的辰光，正在風狂雨驟的勢頭上；她和他說：

——別走了！明天早上再動身罷。

他宿在客廳裏睡着一張臨時拼湊起來的床。客廳和賽西爾底臥室之間只有一重薄薄的分隔；門也不曾關上。他從床上聽到另一張床格格作響，也聽到賽西爾平靜的呼吸。五分鐘後，她已睡熟了；他也跟着入夢，全無騷亂之念驚擾他們。

同時，他又獲得另一批陌生朋友，爲他的作品招引來的。大半都住在遠離巴黎的地方，或住在巴黎而等於不在巴黎，從不會遇見克利斯朵夫的。成功，即使是鄙俗的，也有一樁好處：它使千萬善良人士認識了要沒有報紙那些荒謬的文字永不會認識的藝術家。克利斯朵夫和其中的幾個發生了關係。這是一般孤獨的青年，過着艱苦的生活，整個生命傾向着一個他們並無把握的理想：他們盡量吸取克利斯朵夫友愛的心靈。這是內地一些渺小的人：讀了他的歌後寫信給他，像老蘇茲一樣，他們覺得和他是聲氣相通、精神一致的。這是一批貧寒的藝術家，——其中也有一些作曲家，——不但不能獲得聲譽，亦且無法表白自己：他們看見自己的思想被克利斯朵夫表現出來時快活極了。而其中最可愛的也許是信上不署名的人：因爲這樣可更自由訴說，他們天眞地把信心寄托在這個支持他們的長兄身上。克利斯朵夫想到他永遠不能認識這些他多麼樂於愛護的可愛的靈魂，不禁大爲惆悵；他吻着這些無名的信，好似寫信的人吻着克利斯朵夫底歌一樣；各人在一邊想：

——親愛的紙張，你們給了我多少慈惠！

這樣，在他周圍依着宇宙慣例的節奏形成一羣精靈，在他身上汲取營養而亦給他營養，慢慢地擴展出去，終於形成一顆以他爲中心的集體靈魂，這中心好像一個光明的世界，一個精神上的星球，把他友愛的合唱與一切星球底和諧交融爲一。

正當神祕的連繫在克利斯朵夫和他不可見的朋友中間組織起來時，他的藝術思想發生了重大的變化，變得更寬廣更富於人間性。他不復願望音樂只爲自己的獨白，自己的言語，更不願望一種只適用於內行的複雜艱深的結構。他要音樂成爲和人類溝通的橋樑。唯有和別人密切相連的藝術纔是有生命的藝術。約翰・賽白斯打・罷哈，在最孤獨的時間，也靠着他在藝術中表白的宗教信仰和其餘的人類連接着。亨特爾和莫扎爾德底寫作，也爲了一批羣衆而非只爲他們自己。即貝多芬也顧到大衆。這是大有裨益的。人類應當喚醒天才：

——你的藝術裏有什麼是爲我的？如果全無，那末去你的罷！

在這種強制中間，藝術家第一個得到好處。當然，只表白自己的大藝術家也有。但一切之中最偉大的總是那些心兒爲全人類跳動的藝術家。誰要當面見到活的上帝，就得在人類的愛情中去尋訪，而非在自己荒漠的思想中探求。

然而當代的藝人和這種愛情相離太遠了。他們的寫作，只爲了一批虛榮的、混亂的、脫離社會生活的少數階級，這等人物，絕對不願分享別人底熱情，或竟加以玩弄以爲榮。哼！爲不要和別人相似起計而和人生割絕，算是光榮！讓死神把他們帶走罷！我們，我們得向生人羣中走去，得飲着大地底乳汁，吸收人種裏最聖潔的部份，吞嚥他們愛家庭愛土地的情操。在最自由的世紀，意大利文藝復興底少年親王，拉斐爾，在那些聖母像中謳歌着母性底光榮。今日誰能爲我們在音樂上作一幅「聖母坐像？」誰能爲我們作出人生各個時間底音樂？你們一無所有，你們法國一無所有。當你們想把歌曲給你們的民衆時，不得不剽竊德國往日的名作。在你們的藝術中，從底層到頂層，一切都得從頭做起，或重新做起。……

克利斯朵夫和此刻卜居在外省的奧里維通信。他想藉書信來維持他們從前豐富的合作。他要他蒐集優美的詩歌，和日常的思想行爲有密切關係的東西，像德國的老歌謠一樣。聖書或印度詩中的片段，宗教的或倫理的短曲，自然界底小景，愛情的或天倫的情緒，清晨、黃昏、與黑夜底詩歌，適合一般淳樸而健全的心靈的東西。每支歌只消四句或六句詩就夠：最簡單的表白，不用艱深的鋪陳，不用精鍊的和聲，你們美學家底高論於我有什麼用？愛我的生活罷，幫助我愛罷！替我寫些法蘭西的時間和日禱的時間。讓我們來尋找最明白的旋律。應當像避疫癘一般避免這藝術言語，那是一個階級專用的術語而爲今日多少音樂家慣用的。應當有勇氣以『人』的立場而非以『藝術、家』的立場說話。瞧瞧前人底作品罷。十八世紀末期底古典藝術，就是回到大衆的音樂語言。葛呂克，以及交響樂底創造者、初期歌謠作家底樂句，倘和約翰·賽白斯打·罷哈與拉慕底精鍊艱深的句子比較起來，有時會顯得平庸，帶着小資產階級意味。但就是這種特殊的背景，造成了偉大的古典作者底韻味與通俗性。它們是從最簡單的音樂形式、從歌謠裏來的；這些日常生活底小小的花朵深深地印在莫扎爾德或韋白底童年的心上。——你們不妨效法他們！寫作爲大衆的歌曲罷！以後，你們再來建造交響樂。越級又有何用？金字塔不是從頂上造起的。你們現在的交響樂祇是一些沒有軀幹的頭顱。呋，美麗的思想，你們得有一個身體啊！必須有幾代耐心的音樂家和羣衆親近。音樂底藝術決不能在一天之中成就。

克利斯朵夫不只把他的原則應用於音樂，且還鼓勵奧里維在文學方面實施：

——今日的作家他說，努力描寫一些人類稀有的現象或只在反常的人羣中纔有、而和活動的健康的大衆毫無關係的模型。既然他們自願站在人生底門外，聽他們去就是；你自己向有人類的地方去罷。對天天看到的人，且表現天天經歷的生活罷：它比海洋還要深沉、還要廣闊。我們中最微末的人也包藏着無窮。無窮是每個人具有的；祇要他甘於簡單地做一個人，不論是情人，是朋友，是以痛苦換取分娩的光榮的婦女，是默默無聞地犧牲自己的人；無窮是生命底洪流，從這個人流到那個人，從那個人流到這個人……寫這些簡單的人底簡單生活罷，寫這些單調的歲月底平靜的史詩罷，一切都相同而又相異，從世界第一日起，一切都是同一母親底子女。你切勿學現代藝術家底樣，枉費心力去尋求微妙。你向大衆說話：所以得運用大衆的語言。無所謂高雅與粗俗的字眼；只有把心中所要說的說得準確不準確的字眼。你得整個兒沉浸在你所做的一切事情裏：想你所思想的，感你所感覺的。讓你心房底節奏領導你的文字。風格就是靈魂。

奥里維贊同克利斯朵夫底意見；但他用着譏誚的口吻回答道：

——一部這樣的作品可能是美的；但它永遠不能到達那些能讀此等作品的人眼裏。批評界在半路上就會把它壓抑了。

——老是法國小布爾喬亞的說法！克利斯朶夫回答。他還擔心批評界對他的作品作何思想！……批評家們，我的孩子，只知記錄勝利或失敗。只要勝利就行！……我完全不把他們放在心上！你也學着不要把他們放在心上罷……

但奧里維所學會不放在心上的東西正多着呢！他不理會藝術，不理會克利斯朶夫。這時候，他只想着雅葛麗納。

* * * * * *

他們愛情的自私在他們周圍形成了一片空虛，毫無遠見地把未來的一切富源煎熬完了。

在初婚的醉意中，兩顆交融的生命專心一意的只想彼此吸收……他們身心底每個部分都互相接觸着，玩味着，想彼此參透。他們成爲一個沒有律令的宇宙，一片愛情的混沌，在其中，一切交融的成分還不知他們之間有何區別，只知努力彼此吞噬，貪饞地吞噬。在別一個人身上的，一切都使他們心神駘蕩：所謂別一個人，實在還是自己。世界對於他們還有什麼相干？有如古代的兩性人在他和諸美妙的夢裏酣睡一般，他們對世界緊閉着眼睛，整個的世界都在他們身上。

白日，黑夜，同樣組織着幻夢，像美麗的白雲般飛逝的時間，在眩暈的眼中只現出一道光明的痕跡，令人感到春倦的温暖的氣息，肉體底暖意愛情底沉醉，貞潔的淫亂，瘋狂的摟抱，嘆息與歡笑，幸福的眼淚，吠，微塵般的幸福，你還留下些什麼呢？心兒簡直想不起你了：因爲當你存在時，時間是不存在的。

全都類似的日子……甜蜜的黎明；兩個緊摟着的肉體從睡眠底窩籮裏同時浮現起來；笑盈盈的，呼吸交融着，一同睜眼相見，相親相吻：平旦清明之氣使身體底灼熱平息了……無窮的歲月底酣暢迷惘，還有黑夜底暢美在裏面嗡嗡作響……夏日底午晝，在田疇間，在草茵上，在蕭蕭簌簌的白楊下，出神……清幽的黃昏，雙雙挽着手在明亮的天空下回向愛情底牀第，又是何等的幻夢。風吹着叢樹底葉子發抖。明淨如水的天上，像鵝毛般飄浮着銀色夜月。一顆明星下殞，——令人心中微微一震……——一個世界無聲無息的吹掉了。路上，在他們旁邊，稀少的影子，默默地迅速地閃過。城裏的鐘聲報告明天底佳節。他們停了一會兒，她偎倚着他，默然不語……！啊但願生命就這樣，一動不動的，像此時一般！……她嘆一口氣說道：

——爲何我如此愛您？……

在意大利旅行了幾星期之後，他們在法國西部一個城裏安頓下來，在那邊奧里維獲得一個中學教員底位置。他們差不多誰都不見。他們對甚麽都不關心。當他們不得不出去拜客時，這種令人氣惱的冷淡毫無顧忌地表現出來，使有些人不快，使有些人微笑。所有的言語在他們身上滑過，接觸不到他們。他們裝着那副新婚夫婦底傲慢的嚴肅的態度，髣髴對你們說：

——哼你們，你們全不知……

在雅葛麗納姣好的、耽思的臉上，在奧里維快樂的、心不在焉的眼中，顯然可以看到：

——你們不知使我們多討厭！……什麽時候我們纔得淸靜呢？

卽在應酬的場合，他們也毫無隱瞞的表現這種心境。人們常會發見他們的目光在談話中間示意傳語。他們也毋須相視纔能相見；他們微笑着因爲彼此都知道在同時想着同樣的念頭。當他們在某些不得不敷衍的交際完了以後，他們快活得喊起來，做着癡兒女底種種狂態，似乎只有八歲的樣子。他們說着傻話，互相用古怪的名字稱呼。她把奧里維喚做奧里佛，奧里丸，奧里芳，歪男，瑪米，咪末，咪奴，幾奴，古尼猛，哥西瑪，高堡，巴娜，娜谷，包納德，拿敢，加諾。她做出小妮子底嬌態。但她要同時成爲他的一切，一切愛情底混合物：母親，姊妹，妻子，情人，情婦。

她不獨以分享他的快樂爲滿足；如她從前所許願的那樣，她還要分擔他的工作：這也是一種遊戲。初時，她用着一種有趣的熱誠去做，好似對於有些婦女、工作是一件新鮮的玩意兒一樣：她覺對最枯索的工作也感樂趣，圖書館裏的鈔寫，無味的書籍底翻譯：這是她生活計劃中的一部，因爲她所理想的一種生活是很純潔、很嚴肅、全部貢獻給共同的高尚的思想與勞作的。而這都過得很好，只要有愛情底光輝照射着：因爲她只想着他而非想着她所做的事情。最奇怪的是，她這樣所做的一切都做得很好。她的思想，對於那些在一生中別的時間應付不了的抽象的讀物，都毫不費力地領悟了；她的性靈被愛情超昇到水平以上去了；她自己可不覺得：好比一個夢遊病者在屋頂上走着，安閒地前進，一無所見，做着她的嚴肅而歡悅的夢……

後來，她開始看見屋頂了；而她並不着慌；但她思忖自己在屋頂上做些什麼，便回到屋裏去了。工作使她厭煩起來。她相信自己的愛情受到工作底影響。這無疑因爲她的愛情已不及從前熱烈之故。但表面上還一無顯露。他們不能有一刻鐘的分離。他們關起門來和世界隔絕，不再接受任何邀請。他們妒忌別人底好感，甚至妒忌他們的作業，妒忌一切使他們不能專注於他們愛情的阻撓。和克利斯朵夫的通信也稀少了。雅葛麗納不歡喜這件事情：他是一個情敵，代表奧里維過去的一部分，而這一部分裏是完全沒有她的分的；他在奧里維底生命中愈占據地位，她本能地愈想推翻他的地位。並無特殊的籌算，她暗暗地使奧里維疏遠他的朋友；她譏誚克利斯朵夫底態度，面貌，寫信底方式，藝術的計劃；但她並無惡意，並不弄什麼手段：那是善良的天性使她避免了的。奧里維對她的批評覺得好玩；認爲並無不良的用意；他以爲自己愛克利斯朵夫的心始終不減；但他此刻所愛的只是他的爲人了：而這在友誼中是很微末的；他不覺得自己漸漸不瞭解他，不再關切他的思想，不再關切他們從前同心戮力的英雄式的理想主義。對於一顆年青的心，愛情這般甜味是太濃郁了：在它旁邊，還有甚麽信仰能夠站得住？愛人底肉體，在此神聖的肉體上所採擷得來的靈魂，代替了所有的學問、所有的信仰。這時候，一個人用着何等憐憫的笑容看着別人所熱愛而自己也熱愛過來的理想！強烈的生命及其峭厲的力量，原非千古不朽而祇是曇花一現……愛情吞沒了奧里維。最初，他的幸福還有力量用嫵媚多姿的詩歌來表現自己。後來，卽是這個於他也顯得虛妄：倒反侵占了愛情底時間！而雅葛麗納也像他一樣，竭力毁滅生命底一切別的意義，戕害生命之樹，可不知大樹一倒，藤蘿般的愛情也就失去了依傍。這樣，他們倆就在愛情中互相毁滅。

可憐！一個人對於幸福眞容易習慣！當自私的幸福成爲人生唯一的目標之後，人生不久就變成沒有目標了。幸福成了一種習慣，一種痲醉品，必不可少了。然而一個人總要少得了它！……幸福是宇宙節奏裏的一個動作，是爲人生底鐘錘搖擺其間的兩個極端中的一個：要使鐘擺停止而且永遠停在一個極端上，就得把它折斷……

他們嘗到了『這種安樂的煩悶，使感覺失去了正常作用的那種滋味。』甘美的光陰，速度變得遲緩了，軟弱無力了，像沒有水分的花一般褪色了。天空老是這樣的藍；但已非復淸晨輕快的空氣。一切靜止；大地緘默。他們孤獨了，正如他們所願望的那樣。——而他們中心傷悲。

一種說不出的空虛的情操，一種並非沒有魅力的渺茫的煩惱，顯現在他們面前。他們不知道這是什麽境界，只模糊地感到不安。他們變得病態地容易感觸。他們的神經在靜寂中緊張着，一遇到人生中最輕微的意外的擊觸，就像樹葉般發抖。雅葛麗納毫無哭泣的理由也流起淚來；雖然她定欲相信這是愛極而泣，其實並不是。從結婚以前的熱烈而苦惱的歲月中出來，她的努力，對着已經達到的目的——達到而且超過了，——突然停止活動，一切新的行動都忽然顯得無用——也許連一切過去的行動在內——，使她墮入一種莫名其妙的、可怖的混亂中去。她不肯承認；只以爲神經疲倦所致，便裝着嘻笑；但她的笑和她的哭同樣令人不安。她勇敢地試着重理舊時的工作。立刻她不懂從前怎會對如此愚蠢的事情感到興趣：她懷着厭惡的心思把它丟開。她勉強試着去交際：也沒有更多的成就；習慣已深；她不復能忍受人生不能避免的平庸的人物與談話：她覺得這些都鄙俗不堪；便廝守着兩個人底孤獨，以這些不幸的試驗強使自己相信天下正是除了幸福以外就一無足取。在若干時期內，她果然顯得比任何時都更耽溺於愛情。但這是她強欲如此之故。

沒有如是狂熱但更富於柔情的奧里維，比較不易受這些煩悶侵擾；他那方面只覺得不時有一陣模糊的戰慄。而且他的愛情在某程度內也受着他日常事務——他所不歡喜的職業——底限制而不致完全消耗。但他既然具有敏銳的感覺，既然愛人心中經歷的一切動作都會在他心中激起反應，雅葛麗納暗中的困惑也就不免感染給他。

一個美妙的下晝，他們在郊野散步。他們未出門前，預想這次散步很愉快。似乎一切都有笑意。但剛走了幾步，一重陰沉的、倦人的憂鬱忽然籠罩在他們身上，使他們心為之冷。無法談話。他們却勉強談着；每個字都使他們感到空虛。他們像木偶般完成了散步，一無所見，一無所感，悲傷地回家。天已薄暮，寓所顯得空虛，黑暗，寒冷。他們為避免相視起計，不即點燈。雅葛麗納走進臥室，不除帽子，不脫大衣，逕自默默地靠窗坐下。奧里維在隔室倚着書桌站着。兩間屋子中間的門打開着；他們離得很近，甚至可聽到彼此的呼吸。兩人在半明半暗中，悄悄地悲苦地啜泣。他們掩着嘴，免得被人聽見。末了，奧里維淒苦地說：

——雅葛麗納……

雅葛麗納噙着眼淚，答道：

——什麽事？

——你不來麽？

——我來了。

她脫了外衣，洗了淚眼。他掌起燈來。幾分鐘後，她進來了。他們不敢相視。彼此知道哭過了。他們不能相慰：因爲他們知道爲了什麽緣故。

終於到了一個時候，他們倆不能再把胸中的惶亂隱藏下去。因爲大家都不願承認其中的原因，便想法另找一個原因，而這是不難的。他們把煩悶歸咎於內地生活。這樣一來，他們寬慰了。朗依哀先生從女兒那邊得知這消息時，並不詫異她對於犧牲生活的厭倦。他運用政治方面的交誼，使女婿調任到巴黎來。

好消息傳到時，雅葛麗納快活得跳起來，重復覓得了她一切過去的幸福。如今他們快要離去時，這可厭的地方也顯得可愛了；他們在此留有多少愛情底紀念！在最後幾天內，他們盡力搜尋這些遺跡。這次的巡禮含有一種溫柔的淒涼情調。這些恬靜的原野曾經見過他們幸福。一種內在的聲音對他們喁喁訴說道：

——你知道你留下的東西。你可知道你將遇到的麼？

動身前夜，雅葛麗納哭了。奧里維問她爲何。她不願回答。他們拿一張紙，好似他們不敢開口時所常用的那樣，寫道：

——我親愛的小奧里維……

——我親愛的小雅葛麗納……

——我很難過，離開……

——離開哪裏？

——離開我們相愛的地方，

——離開了到何處去？

——到我們將要更老的地方去。

——到我們偕老的地方去。

——但永遠不能如此相愛。

——永遠更愛。

——誰知道？

——我知道。

——我要。

於是他們在紙張下端畫兩個圓圈，表示他們擁抱。隨後，她拭着眼淚，笑了，把他穿扮得像亨利三世底愛人（按法王亨利三世爲歷史上有名的嬖幸極多的君主，嬖幸者史皆稱爲亨利三世之愛人。）一般，頭上戴着她的小帽，身上披着像頸圍似的高領的白坎肩。

* * * * * * *

在巴黎，他們重新遇到了他們所離開的一切。他們覺得一切都和離開時不同了。聽到奧里維來到的消息以後，克利斯朵夫高興非凡的跑來。奧里維也同樣高興的和他重聚。但在最初幾道目光上，他們都感到一種意料不及的侷促。他們試着打疊精神。可是無用。奧里維很親熱；但總有些改變；克利斯朵夫明明覺得。一個結婚以後的朋友，無論如何已非從前的朋友了。男人底靈魂，如今總有些女人底靈魂滲雜其間。克利斯朵夫在奧里維身上到處發見這種痕跡：在他目光底不可捉摸的光彩裏，在他前所未見的嘴唇的褶痕裏，在他聲音與思想底新腔調裏。奧里維不曾覺得；但他奇怪克利斯朵夫和從前分別時大不相同。可是他並不想是克利斯朵夫改變，而認為自己改變：在他看來，這也是隨年齡俱變的正常的變化；他還詫怪克利斯朵夫沒有先前那樣的進步；他責備他思想停頓，這些思想是他前所珍視而今認為幼稚與不合時宜的。這是因為克利斯朵夫底思想對於那顆佔據着奧里維心窩的——（那是他自己不曾覺察的）——外人底靈魂不適合的緣故。這種情操，當雅葛麗納在場時，格外來得明顯：那時在奧里維和克利斯朵夫之間橫隔着一重譏諷底簾幕。可是他們盡力掩藏他們這種印象。克利斯朵夫繼續到他家來。雅葛麗納無邪地向他放幾下尖刻的挖苦的冷箭。他聽她擺佈；但回家以後覺得很難過。

到巴黎以後的最初幾個月，爲雅葛麗納是相當幸福的時期，所以爲奧里維也是的。她先是忙於安頓新居；他們在巴西區一條舊街上覓得一所可愛的小公寓，窗外還有一方小花園。傢具與花紙底選擇，足足化了她數星期的光陰。雅葛麗納爲之大費心力，差不多用着過度的熱情去對付；髣髴她永久的幸福就靠幾口舊櫥底顏色與形狀似的。接着，她對於父親、母親、朋友，作了一番新的認識。因爲她在沉醉於愛河中的一年內，把他們完全忘了，此時倒是眞正一種新發見：尤其因爲她的靈魂固然滲入了奧里維底，奧里維底靈魂也滲入了她的靈魂中去，所以她對舊時的相識不免用一雙嶄新的眼睛覷視。她覺得這些人物比從前有意思得多。最初，在這種比較裏，奧里維還不致受到何種影響。把新發見的舊相識和她的終身伴侶放在一起時，可說是相得益彰。丈夫精神底凝靜，富有詩意的半明半暗的情調，使雅葛麗納在這些祇求享樂、眩耀、與取悅的浮華人物身上發見更多的魅力；反之，這些人物底可愛的但是危險的缺點，——因爲她是此中出身，所以認識得格外清楚，——使她更加賞識丈夫底忠實可靠的心。她歡喜做這些比較，而且反覆不已的做着，以便證明她的選擇着實不錯。——但她一味無限止地比較下去，以致有時她覺不懂爲何作了這種選擇。幸而這種時間並不長久。且當她因之感到內疚時，她對奧里維反比任何時都更溫柔。這樣之後，她重新再來。當她成了習慣時，便不覺得有趣了；那種比較漸漸取了攻勢：兩種相反的人物，不像從前那樣相得益彰、顯出各自的價值了，他們覺開始衝突爭鬥起來。她思忖爲何奧里維沒有她此刻在那些巴黎朋友身上所賞識的優點與缺點。她嘴上絕不和奧里維提及；但奧里維感覺到他的伴侶嚴峻地觀察他的目光，覺得不安而屈辱。

雖然如此，他對雅葛麗納還未失去愛情給予他的優勢；青年夫婦底溫柔與勤勉的親密生活還可相當長久地繼續下去，倘使沒有特殊的事故把他們的境況改變。把此境況底脆弱的平衡破壞的話。

「在此我們纔覺得普魯多斯是最大的敵人……」（按Ploutos爲財富之神）

朗依哀夫人底一個姊妹死了。她是一個富有的實業家底寡婦，不曾遺下兒女。她全部的財產都落到朗依哀家來。雅葛麗納底財富增加了一倍有奇。遺產來到的時候，奧里維記起克利斯朵夫關於財富的那段說話，便道：

——沒有這筆財產，我們也過得很好，也許多了反有害處。

雅葛麗納取笑他道：

——傻子！這也會有害處！何況我們可以不改變我們的生活。

生活在表面上固然照舊。因為照舊，以致過了一些時候，他聽見雅葛麗納抱怨不夠富有：這顯然是有些事情已經改變了。事實上，收入雖多了三倍，還是全部用罄，不知何故。這眞要問他們以前怎樣過活的了。金錢飛逸，被無數新的、但立刻顯得是習慣的、必不可少的用度吞沒了。雅葛麗納結識了一些有名的裁縫，把自幼熟識的按日計工的老女裁縫辭退。戴用那些不費多少材料就能做得很美的四個銅子的小帽子，和穿那些難免微疵、但反映着自己的嫵媚、有些自己的氣息的衣衫的日子，都已遠去。從周圍一切的東西上照射出來的溫和親切的情調，一天天的減退。詩意消失了。

變得庸俗了。

他們換了一個公寓。從前費了多少心血、多麼歡喜居住的寓所，顯得狹隘醜陋了。充滿着心靈底光輝的樸素的小房間，窗外搖曳着親切的、苗條的樹影的景色，都被他們棄去，另外租了一個寬大的、舒適的、房間分配得很好的、爲他們所不愛的、不能愛的、煩悶欲死的公寓。親切的舊東西代以陌生的傢具與壁紙。其中全沒令人回念往事的可能。共同生活最初幾年底印象從腦海裏掃盪出去了……對於兩個結爲一體的生命，當他們和過去的愛底連繫一朝斬斷時，眞是莫大的不幸！因爲，唯有靠這個過去底形象，纔能在接着初期的溫情而來的沮喪和敵視的時期內勉強撑持過去。揮霍底便利，使雅葛麗納在巴黎、在旅途上，——（因爲如今富有了，他們時常旅行）——接近了一批有錢而無用的人物，和他們交往的結果，使她對其餘的人、對勞作的人，都抱着鄙薄之意。以她奇妙的適應能力，她立刻和這些貧弱而腐敗的心靈同化。無法振作。她一聽到人家能夠——而且應該——在盡了日常生活底責任之後，在中庸的環境中獲得幸福時，立即表示氣憤，認爲是『布爾喬亞的下賤。』她甚至不復瞭解自己過去在愛情中慷慨獻身底行爲。

奧里維沒有充分的力量奮鬥。他也改變了。他辭去了教職，再沒強迫的任務。他只是寫作；生活底平衡因之有了變動。至此爲止，他因爲不能完全獻身於藝術而痛苦。如今他可以完全獻身於藝術的時候，却又在雲霧的境界中迷失。倘使藝術沒有一樁職業來平衡它的力量，沒有一種強烈的實際生活作它的支撑，倘使藝術不感到日常任務底刺激，不需要掙取它的麵包，藝術就會失去它最優秀的力量與現實性。它將成爲奢侈的花，而非復——（像藝術家中最偉大的一批那樣，）——人類苦難底神聖的果子……奧里維嘗到了有閒的滋味：『有什麽用？……』甚麽都不壓迫他了：他聽讓他的筆桿在一旁做夢，他閒逛着，迷了方向。他和他的階級，和那些耐心地、辛苦地耕着田畦的人，失去了接觸。他墮入一個完全不同的世界，雖然覺得不舒服，却並不討厭。柔弱的，可愛的，好奇的，他親切地玩味着這個非無風趣但毫無內容的社會；他不覺得自己已經受着它的渲染：他的信念已不像從前那般堅固。

可是他的轉變不及雅葛麗納迅速。女人有一種可怕的天賦，能一下子完全改變。一個人底這些新陳代謝的現象，往往使愛他的人出驚。但爲一個不受意志駕馭而充滿生機的人，明日底面目不與今日底相同正是自然的事。髣髴一道流水似的。愛它的人，要就跟着它走，要就自己是長江大河把它帶走。兩者之中不論你選擇哪一種，總之得改變。危險的試鍊啊：一個人只在向愛情屈服過後纔認識愛情。在共同生活底最初幾年中，愛情底和諧是很脆弱的，往往只要兩個愛人中有一個有些最輕微的轉變就會把和諧毀滅。而當財富與環境突然有巨大的改變時，勢必危險愈甚！眞要極堅強的人——或極冷淡的人——纔抗拒得了。

雅葛麗納和奧里維既不堅強亦不冷淡。他們看見彼此都換了一副模樣，熟稔的面目顯得陌生了。當他們發見這種悲苦的情形時，他們爲了愛底憐憫而互相掩藏：因爲他們始終相愛。奧里維可以借工作來逃避，有規律的練習於他有鎭靜的作用。雅葛麗納却無所隱遁。她一事不做，只漫無目的地留在牀上，或是梳裝，幾小時的坐着，衣衫穿了一半，一動不動的，耽思冥想；一種潛在的悲哀一點一滴地積聚起來，好似一層冰冷的霧。她固執地想着愛情，絕對不肯轉換一下念頭……愛情！當它是自我犧牲的時候，確是人間最神妙的東西。但當它只是對於幸福的追求時，它就是最無聊的，最欺人的……雅葛麗納却除了追求幸福以外，不能想像人生還有其他的目的。在她意志堅強的時刻，她試着關切旁人，關切旁人底苦難：但她做不到。旁人底痛苦使她感到一種無可抑制的厭惡；她的神經不能忍受這種景象或念頭。爲使良心安慰起計，她曾有兩三次做了幾件髣髴是善的事情：結果却很平庸。

——您瞧，她和克利斯朵夫說。當一個人行善時，反而作了惡。還是根本不做爲妙。我實在沒有這種天稟。

克利斯朵夫望着她，想到他某個偶而碰到的女友，自私的、輕佻的、不道德的、不能有眞正的溫情的，但她一見人家受苦，不論是不相干的或不相識的，她就會感到母性的同情。最可厭的看護工作也嚇不倒她：她甚至她對那些需要她作更大的克制功夫的照拂，有一種奇異的樂趣。她自己並不覺得：似乎她的模糊的、不表現出來的、全部的精力，找到了發洩之處；她在人生別的場合萎縮的靈魂，在這些難得的時間却自在地舒展了；減少一些旁人底痛苦使她感到一種舒適；她的歡樂差不多到了極度。——這個本性自私的女子底仁慈，本性善良的雅葛麗納底自私：既不能說是癖習，也不能說是德性；對兩者都是一種保持健康的衛生。但一個比較身體強健。

雅葛麗納：被痛苦底念頭壓倒了。她寧願死而不願受肉體上的痛楚。她寧願死而不願喪失她快樂底泉源美貌或青春。要是她沒有她分內的一切幸福，——（因爲她對幸福抱着一股絕對的、荒謬的、宗教般的信仰，）——要是別人有了比她更多的幸福，她就覺得是天下最不公平的事。幸福不但是信仰，——亦且是德性。苦難於她顯得是一種殘疾，她全部的生活慢慢的都依着這種原則安排。她眞正的性格從理想主義的幕裏顯出來了，這種理想底幕是她在處女時代臙怯地包裹着的。爲反抗這過去的理想主義起計，她對世界換了一副明晰而放肆的目光，所有的事物，祇在和社會底輿論與生活底便利相適應的時候纔受她重視。她漸漸達到和母親同樣的精神狀態：她也到教堂裏去，準時不悞地，不關痛癢地，奉行宗教儀式。她不復操心眞假問題：她有其他更實際的煩慮：想到自己童時神祕的反抗不禁懷着又憐憫又嘲弄的心情。——其實，她今日注重實際的思想不比她昨日的理想主義更實在。她只是強欲如此罷了。她既非神，亦非獸，是一個煩惱的可憐女子。

她煩惱着，煩惱着：……尤因爲她煩惱底理由既非奧里維不愛她，亦非她不愛奧里維，所以更煩惱。她覺得自己的生活被閉塞了，桎梏了，沒有前途了；她渴望一種時刻變換的新幸福，——其實她適應幸福的那種平庸的能力，決不配這種兒童式的夢想。她好似多少別的女人，多少有閒的夫婦一樣，具備一切幸福的條件而始終苦惱。這般人都有財富，有美麗的孩子，很好的身體，人是聰明的，能夠領受美妙的東西，具有一切活動的能力，能夠行善，能夠充實自己的與別人底生活。而他們整天呻吟着，說他們不相愛，說他們愛着別人或不愛別人，——永遠關切着自己，關切着他們的感情的與性欲的關係，關切着他們自以為應得的幸福，關切着他們矛盾的自私主義，爭辯着，爭辯着，爭辯着，扮演着愛情底大喜劇，痛苦底大喜劇，結果竟弄假成真的相信起來……誰會對他們說：

——你們實在無聊。當一個人具備着多少幸福的條件還要逢迎諂媚自己，是無恥的！

誰會奪去他們的財產，健康，和一切他們不配有的神奇的天賦！誰去把這些不能自由的、對自己的自由駭怕的奴隸，重新驅入艱難和眞正的苦痛底牢籠！倘若他們得辛辛苦苦掙取他們的麵包，他們定會快快活活的嚥下肚去。而如果他們正視到痛苦底眞面目時，他們也不敢再把痛苦來搬弄惱人的戲劇了……

但歸根結蒂他們痛苦着。這是一般病人，如何不替他們抱怨呢？——可憐的雅葛麗納的疏遠奧里維，和奧里維的不會驫縻雅葛麗納，同樣是無辜的行爲。她就是天性所造成的那樣子。她不知結婚是對天性的一種挑戰，不知當你挑戰之後，就得預備天性起來反抗，而你就得勇敢地支持你所挑動的戰鬥。她發覺自己弄錯了。於是她惱怒自己；這幻滅又轉而仇視她從前所愛的一切，仇視她從前所信仰的奧里維底信仰。一個聰明的女子，比男人更能直覺地感到永久的事情但更難維持。領會到這種思想的男人，是用自己的生命去灌漑它的。女子却用這思想來灌漑自己她吸收它，絕不創造它。在她精神上，在她心裏，得永遠灌注新的養料：單靠她的精神與心是不夠的。因爲她沒有信仰沒有愛情，她就毀滅它們，——除非她獲得上天底恩寵：獲得那最高的德性：恬靜。

從前，雅葛麗納熱誠相信建築在共同信仰上的結合，相信共同奮鬥、共同受苦、共同建造底幸福。但如今她只有在愛情底陽光照射她的時間纔相信；隨着太陽底下墮，他的信仰便像一座陰沉枯索的荒山矗立在空虛的天上；雅葛麗納覺得無力繼續她的行程：爬到山巓又有何用？在山底那邊又有什麽？多大的騙局！雅葛麗納不復瞭解奧里維怎會繼續受這些侵噬生命的幻想欺騙；她以爲他既不十分聰明，也沒多大生氣。她在她的空氣中感到窒息，不能呼吸；保存自己的本能，驅使她起而自衞，向他攻擊。她竭力要破壞她還愛着的人底這些敵對的信仰；她運用一切譏諷的和淫逸的武器；她把她的願望和瑣屑的煩慮像葛藤般纏繞他她希望把他做成自己的反影……而她自己就不知願望什麼，自己是什麼！她覺得奧里維不能成功是很羞辱的；初不問要他成功是對還是不對：因爲她終覺相信，歸根結蒂，一個落伍者與一個天才底分別是「成功。」奧里維感到這些懷疑底壓迫，便喪失了他力量中最優秀的部分。可是他盡力掙扎着，像多少其餘的人徒然掙扎過來而將來還要掙扎一樣。在這勢力不均的鬥爭裏，女子自私的本能所藉以反抗男子靈智的自私的，是男子底軟弱、幻滅、和世故，——這是一個遮掩人生底磨蝕和他本身的懦怯的名辭。至少，雅葛麗納與奧里維比一般的戰士高明多了。因爲奧里維永遠不會欺騙他的理想，不像千萬的男子那樣，聽任自己的懶惰、虛榮、混亂的愛情驅使，甘心否定他們永恆的靈魂。而若他做到了這一步，雅葛麗納也要瞧不起他。然而她盲目地要竭全力毀滅奧里維底力量，不知這力量也是她的力量，是他們兩人底保障；她用着本能的戰術，更把支持此種力量的友誼也加以毀滅。

自從這對青年夫婦承受遺產以後，克利斯朵夫就覺得在他們中間不慣。

雅葛麗納在對他的談話中所表現的時髦主義平板的實際觀念，終於到了頂點。他有時不免反抗，說些尖刻的話，使聽的人生氣。但兩位朋友從未因之有何芥蒂：他們是連接得太牢固了。奧里維無論爲了什麽也不願犧牲克利斯朵夫。但他不能強制雅葛麗納；雅葛麗納因愛情而變得軟弱以後，他不能使她痛苦。克利斯朵夫看到奧里維底苦衷，爲免得他爲難，就自動隱退。他懂得長此下去也不能對奧里維有何裨益反而會妨害他。他找到離開他的藉口；懦弱的奧里維也接受了他假託的理由；但他猜到克利斯朵夫底犧牲，心裏很難過。

克利斯朵夫並不懷恨他。他想，人家說女人是一半的男人是不錯的。因爲結了婚的男人是一個只剩一半的男人了。

* * * * * * *

他和奧里維分離以後試着重新安排生活，他強使自己相信分離是暫時的，只是徒然：他雖生性樂觀，也有很悲哀的時間。他喪失了獨自過活的習慣。當然，他在奧里維住居外省的期間已經孤獨過來；但那時他可以製造幻象；他想朋友遠離着，會回來的。而現在朋友已經回來了，却比任何時都隔離得遠。這股在幾年中充滿着他的生命的温情一下子喪失了：有如喪失了最好的生活意義。從他愛奧里維以來，他慣把他納入他所有的思想裏。工作已不夠塡塞空虛：因爲克利斯朵夫在工作裏混入朋友底形象已經成了習慣。現在朋友對他不關心以後，克利斯朵夫似乎失去了均衡：爲重新樹立這均衡起計，他尋找另外一股温情。

亞諾夫人和夜鶯對他始終保持着温柔的友誼。但此時，這些恬靜的朋友於他是不夠的。

可是她們似乎猜到克利斯朵夫底哀傷，暗中和他表示同情。有一晚，克利斯朵夫很詫異地看見亞諾夫人進到他寓所裏來。她從未來探望過他，此時她顯得有些騷動的神氣。克利斯朵夫不加注意，當她是膽怯所致。她一言不發的坐下。克利斯朵夫想擺脫她拘束的態度，領她參觀他的屋子；房內到處有奧里維底紀念物，他們便提到奧里維。克利斯朵夫高興地談着，一些不說破經過的情形。但亞諾夫人禁不住用憐憫的神氣望着他說：

——你們差不多不復相見了，是不是？

他以爲她是來安慰他的，便惱了：因爲他最不歡喜人家干預他的事情。他答道：

——由我們的高興。

她紅着臉，說道：

——吠！這句問話並沒刺探之意！

他後悔自己的粗暴，便執着她的手說：

——原諒我。我老害怕人家攻擊他。可憐的孩子！他和我一樣的痛苦……不，我們不復相見了。

——他也不寫信給您麼？

——不，克利斯朵夫羞愧地回答。

——人生多悲慘！亞諾夫人過了一忽又說。

克利斯朵夫擡起頭來。

——不，人生不是悲慘的，他說。它不過有些悲慘的時間。

亞諾夫人用着一種含糊的悲哀的口吻又道：

——人們相愛，又不相愛了。究竟有什麼用？

——已經相愛過就行了。

她還說：

——您爲他而犧牲了。要是您的犧牲能有益於所愛的人倒也罷了！但他並未因之更幸福！

——我並未犧牲我自己，克利斯朵夫憤憤地說。而如果我犧牲，也是因爲犧牲使我快樂之故。還沒有討論的餘地。一個人做他所應當做的。如果不做，他就將因之苦惱！犧牲，再沒比這個更荒謬的名詞！不知哪個心靈貧乏的牧師，在犧牲中間攙入一種清教徒式的、憂鬱的、陰沉的觀念。似乎要一樁犧牲成爲善的，非要它使你苦惱不可……見鬼！如果一樁犧牲爲你是悲哀而非快樂，那末不要犧牲便了，你根本不配犧牲。一個人底犧牲，並非爲了普魯士王而是爲了自己。如果你在獻身的時候不覺得幸福，還是去你的罷！你不配生活。

亞諾夫人聽着克利斯朵夫，不敢對他望一眼。突然，她站起來說：

——再見。

這時，他纔想到她是來對他傾訴什麼事情的，便道：

——呋！對不起，我是一個自私的人，只講着我自己。再留一會罷，好不好？

她說：

——不，我不願……謝謝您……

她走了。

他們在某個時期內不復相見。她不給他一些消息；他不到她家去，也不到夜鶯家去。他很愛她們；但他怕談到使他悲哀的事情。而且，他們沉靜平淡的生活，稀薄的空氣，暫時對他不相宜。他需要看見一些新的面目；他需要專心貫注一件事，借一件新的愛情振作起來。

* * * * * * *

爲出外走動一下起計，他再到疎闊已久的戲院裏去。他覺得戲院對於一個要觀察及記錄熱情底情調的音樂家，是一所極有意思的學校。

這並非說他對法國戲劇比他初到巴黎的時期有何更大的好感。且不說他不歡喜他們那些永永不變的題材，平板的、生硬的、愛情的精神生理學，即法國人的戲劇語言也於他顯得虛僞，尤其是詩劇方面。他們的散文與韻文都不適合民衆底活言語和民衆底天才。散文是一種做作的言語，上焉者是浮華的評論式的文句，下焉者是粗俗的報屁股式的東西。至於詩歌，恰如歌德所說的：

「詩歌是那些一無話講的人底玩藝。」

它是一種冗長的、裝腔作勢的散文；心裏沒有需要而勉強製造出來的形象，使一切眞誠的人覺得是謊言。克利斯朶夫把這些詩劇和靡靡之音的意大利歌劇一樣看待。倒是演員比劇本使他感到更大的興趣。演員們竭力互相模倣。「人們絕無把握可以說一部戲劇演出的結果有多少成功，如果這戲劇底性質不是依照演員們底惡癖來塑成的話。」從狄特洛寫了這段文字（按係十八世紀）以來，情形並沒如何改變。喜劇演員成爲藝術底模型。祇要他們有一個成功了，他立刻可以有他的戲院，有他的劇作家，像慇懃的裁縫般照他身材定製的劇本。

在這些文學潮流底偉大的標本中，法朗梭阿士、烏東引起了克利斯朶夫底注意。從一二年來，大家都爲她着迷。她也有她的角色供應者，但她並不只演爲她定製的劇本。從易卜生到薩杜，鄧南遮到小仲馬，蕭、伯訥到享利、巴太依，都可在她相當混雜的戲碼簿中找到。有時，她也在古典詩劇——莎士比亞底作品中冒一下險。但在此，她比較不自在。不論她演什麽，她總演着她自己，永遠只有她自己。這是她的弱點所在，也是她的力量所在。在羣衆底注意未曾轉到她個人身上時，她的演技是毫無成績的。但從她引起了大衆底好奇心之後，她所演的一切都顯得神奇美妙了。實在，人家看到她時，的確値得忘掉爲她以她的生命點綴起來的貧弱的作品。由一顆陌生的心靈模塑而成的這個女人的身體之謎，對於克利斯朶夫確是比她所演的作品更動人。

她有一個美麗的側影，淸楚的，富有悲劇味的。並非那種羅馬女子式輪廓鮮明的素描。她的細膩的、巴黎式的綫條，像約翰、古雄（法國文藝復興期大彫塑家。）底作風一般，是一個極像少年男子的女人。鼻子雖短，但很有姿態。一張口脣很薄的美麗的嘴巴，帶着一道悲苦的褶痕。聰明的面頰，少年人底淸瘦，有些動人的韻致，反映出一種內心的痛苦。從下顎上，顯出她堅強的性格。面色是慘白的。一張輕易不動聲色的臉，却是透明的，皮膚下到處流露着她的心靈。很細膩的頭髮和眉毛，變化莫測的眼睛，灰灰的，琥珀似的，能映出或靑或黃的光彩，像貓眼一般。她表面的神態也和貓兒一樣，迷迷惘惘，半睡半醒，睜着眼睛，窺伺着，永遠提防着，神經突然寬弛的時候會流露出她隱藏的殘忍。身材並沒外觀上那般高，身體也並沒外觀上那麽瘦，生着一對美麗的肩頭，和諧的臂膊，修長柔軟的手。衣着，頭髮，都打扮得很大方，素雅，沒有某些女演員底不修邊幅或過分艷麗的模樣，——雖然出身微賤，在這一點上倒表現出她本能上是一個貴族。心裏却藏着一股無可克制的獷野的性格。

她年紀大概不到三十歲。克利斯朵夫在伽瑪希那邊聽見人家談到她，用着一種粗野的讚美，好似講着一個很放浪的、聰明的、大膽的女子，有着鐵一般的毅力，抱着極大的野心，但是冷酷的，古怪的，暴烈的，在達到現在這光榮之前曾墮落過，而從她得志以來盡量的報復。

有一天，克利斯朵夫坐火車到墨屯去探望夜鶯，打開車廂門，發見這女演員已經先在。她髣髴處於騷亂與痛苦的情境中；克利斯朵夫底出現使她大爲不快，她旋轉背去，固執地望着另一面的窗子。但克利斯朵夫被她異常的臉色引起了注意，不住用着一種天眞而難堪的同情心望着她。她不耐煩起來，對他狠狠地瞪了一眼，弄得他莫名其妙。在下一站上，她下去走上另一節車。那時他纔想到——太晚了些——是他把她趕走的，不禁爲之悶悶不樂。

過了幾天，在同一路線上，他等着回巴黎的火車，坐在月台上獨一無二的櫈上。她又出現了，走來坐在他旁邊。他想站起來。她却說：

——坐着罷。

這時沒有旁人在場。他對於那天害她更換車廂的事情表示歉意，他說他要是想到他使她侷促時，他定會下車的。她浮着嘲弄的笑容答道：

——不錯，那天您一刻不停的瞪着我眞是可厭極了。

他說：

——對不起；我禁不住自己……您好似很痛苦的樣子。

——那末又怎麼樣？她問。

——這是我不由自主的。倘您看見一個人淹在河裏，您不將伸手救他麼？

——我？絕對不會，她說。我將把他的頭揿入水中，使他早早完結。

她說這些話時，用一種又悲苦又嘲弄的神氣；因爲他愕然望着，她便笑了。

火車到了。除了最後一輛外，統統已告客滿。她上去了。車守在催促他們。克利斯朵夫不願重演上次的故事，想另找一間車廂。她却說：

——上來罷。

他進去了。她說：

——今天，我就無所謂了。

他們談着。克利斯朶夫非常嚴肅地想對她解釋說一個人不該對旁人抱着漠不相關的態度，相助，相慰，究竟可使大家獲得多少好處……

——安慰，她說，對我不生作用……

克利斯朶夫堅持着，她就裝着傲慢的笑容說：

——是的，安慰者是一種對扮演的人有利的角色。

他想了一會，不會明白。當他懂得她的意思，把實在只爲她着想的他，疑心爲他自己的利益打算時，不禁憤憤地站起來，打開車門，不管火車底開動，就想出去。她好容易把他擋住了。他怒氣冲冲的重新坐下，關上了門，這時火車恰恰進入地道。

——您瞧，她說，您下去不是要送命麽？

——我不管。

他不願再和她說話。

——人類眞是太蠢了，他說。一個人使自己受苦；而有人幫助他時，他倒猜疑你。這實在可惡。這種人是沒有人性的。

她笑着想撫慰他。她把戴着手套的手按在他的手上，親熱地和他談着，喊出他的名字。

——怎麽，您認得我？他說。

——難道大家在巴黎不會相識麽？您，您也是一個時髦人物。但我不該對您說像剛纔那種話。您是一個好男兒，您，這是我看到的。算了罷，別生氣了。好！我們講和！

他們握了一握手，友好地談着話，她說：

——這不是我的過失，您瞧。我和一般人有了多少經驗，使我不得不提防。

——他們也常常欺騙我，克利斯朵夫說。但我永遠相信他們。

——我看得很明白，您大概是天生的傻瓜。

他笑了。

——是的，我一生吞過不少，但這於我並無害處。我有着強健的胃。我能吞下大畜牲，也能忍受飢餓、貧困，必要時還可吞下那些來攻擊我的可憐蟲。我只有因之更加康健。

——您有運氣，她說，您是男人，您。

——而您，您是女人。

——這倒沒有多大關係。

——這是很美的，他說，或許這個是很好的！

她笑了。

——這、個！她說。可是人家怎樣對待這、個？

——得自衞啊。

——那末，所謂善心也不會存在多久。

——這是因爲您的善心不多之故。

——或許是吧。此外，還得勿過於痛苦。

——要知道有一個會使心靈枯涸的『過於』。

他幾乎要哀憐她了。但他立卽記起她剛纔對他憐憫的態度……

——您又要提起安慰者底利害作用了……

——不，她說，我不說了。我覺得您是善良的，您是眞誠的。謝謝您。只是，請您甚麼都別和我說。您不能知道……我謝謝您。

他們到了巴黎，分手了，大家旣沒留下地址，也沒邀約後會。

一二月以後，她來叩克利斯朵夫寓所底門。

——我來找您。我需要和您談談。從那次相遇以後，我有時想起您。

她坐下了。

——不過一忽兒。我不會打攪您長久。

他開始和她談話。她道：

——等一等，好不好？

他們緘默着。過了一忽，她微笑道：

——剛纔我忍不住了。此刻可好一些。

他想問她。

——不，她說，別問我這個！

她望四下裏瞧了一會，看到了並且批判了各種東西，瞥見魯意莎底照片。

——這是媽媽麽？她說。

——是的。

她拿在手裏，善意地瞧着。

——慈悲的老母！她說。您好運氣！

——可憐！她已去世。

——這沒有關係。您總是有過她的。

——那末您呢？

她眉頭一蹙，把話題岔開。她不願人家問起她的事情。

——不，和我談談您的事情罷。告訴我……告訴我一些關於您生活的事情……

——這對您有什麽相干？

——不用管，講罷……

他不願意講；但他禁不住回答她很巧妙的問話。而他所敍述的正是使他悲傷的事，他的友誼底故事，奧里維底分離。她聽着，臉上浮着一層同情而譏諷的笑意……突然她問道：

——幾點鐘了？啊！天我來此已有兩小時了！對不起……啊！這使我感到多少安息！……

她接着又道：

——我願能夠再來……不常常……有時候……這對我有些好處。但我不願惹你厭煩，廢掉您的光陰……難得，談上一分鐘……

——我可以到您那邊來，克利斯朵夫說。

——不，不，不要在我家。我更歡喜在您這裏……

但她有許多時候不來。

一天晚上，他偶然得悉她病得很重，已經停演了幾星期。他便不管她從前攔阻他的說話，還自去看她。她人家回答說不見客；但當裏面知道他的名字時，又從樓梯上把他叫回去。她躺在牀上，已經好些了，她害了肺炎，有了相當的改變；但她始終保持着那副譏諷的神氣和永不退讓的銳利的目光。可是她見到克利斯朵夫表示一種眞正的快樂。她教他坐在床側。她談着自己的事情，用一種滿不在乎的嘲弄的態度，說她幾乎死去。他聽了爲之改容。於是她取笑他。他埋怨她早先全不給他知道：

——通知您？使您來麼？永遠不！

——我打賭您連想也不會想到我。

——這是您的造化啊，她含着又嘲弄又悲哀的笑容說。在病中，我一分鐘也沒想到這點。只是，今天，剛想到。別難過罷！當我病時，我誰也不想到，我對大家只要求一件事情，就是讓我安靜。我鼻子朝着牆壁，等待着，我願孤獨，我願獨自煎熬，像一頭老鼠一般。

——但獨個兒受苦是很難過的。

——我已經慣了。我曾受過多年的磨折。沒有一個人來幫助我。如今，已經成了習慣。而且這樣倒更好。誰也不能對你有所裨益。屋裏充滿着聲音，不識趣的關切，虛僞的嘆息……不，我寧願獨個兒死。

——您很能隱忍！

——隱忍？我簡直不知這名詞有何意義。不，我只知咬緊牙關，恨使我痛楚的疾苦。

他問她是否無人來看她，無人關切她。她說她戲院裏的同伴都是些相當善良的人，——是些混蛋，——但很慇懃，很慈悲（浮表地。）

——但倒是我，我告訴您，是我不願見他們。我是一個睡相很壞的同床者。（按此語原意爲：我是一個不易相與的人；照字

面直譯則爲：我是一個睡相很壞的同牀者，因下文克利斯朵夫利用此雙關語作戲謔語，故此處直譯字面以便與下文參照）

——那我倒不在乎，他說。

她憐憫地望着他。

——您也要！您也要像別人那樣說話麽？

他說：

——對不起，對不起……天哪！我竟變成了巴黎人！……眞慚愧……我敢發誓我簡直不會想到我說些什麽……

他把臉蒙在被單裏。她坦白地笑了，在他頭上輕輕打了一下：

——啊！這個字，可不是巴黎的！好！好，我識得您。好，擡起頭來罷。別哭濕了我的被單。

——寬恕了麽？

——寬恕了。別再提。

她和他談了一會，問問他做些什麽，隨後她疲乏了，厭煩了，打發他動身。

他們約好下星期他再來看她。但到期他正要出門時，忽然接到她的通知，教他不要去：她正逢着心情惡劣的日子。——後來，過了一天，她來喚他了。他去時，發見她病已痊癒，靠窗躺着。這是初春時節，天上照着晴朗的太陽，樹木抽着嫩芽。她比平日格外親熱格外柔和，這是他從未見過的。她說，前天她誰都不能見，就是他，也和別人一樣會受她厭惡。

——那末今天呢？

——今天，我覺得自己年青，簇新，且對周圍一切年青與簇新的人——譬如您，——感到好意。

——可是我已非復年青與簇新的人了。

——您至死也是的。

他們談着他在別後所做的事情，談着她不久又將去上演的戲院；說到這裏，她告訴他對於戲劇的意見，她厭惡它，又捨不得它。

她不願他再到她家裏；她答應以後繼續去探望他，但怕打攪他。他說出比較不會妨害他工作的時間，約定了一種暗號。她用着某種方式敲門，他隨着他的心緒而決定開或不開……

她絕不濫用這種准許。但有一次她去赴一個夜會朗誦詩篇時，忽而臨時覺得厭煩起來，半路上打電話去辭掉，轉車到克利斯朶夫寓所來。她不過想在過路時和他道一聲晚安。但這晚上她竟信任了他，把她自幼的歷史一齊說了出來。

悲慘的童年！一個偶然遇到而爲她從未認識的父親。一個母親開着一所醜名四佈的小客店，在法國北部某城底近郊；許多趕車的來喝酒，和女店主睡覺，淩虐她。其中有一個把她娶了，因爲她有幾個錢；他把她毆打，拼命喝酒。法朗棱阿士有一個姊姊在小客店當侍女，像牛馬般勞作，被店主當她母親的面姦佔了，做他的情婦；後來害肺病死了。法朗棱阿士在拳頭和恥辱下面長大起來。這個皮膚蒼白帶黃的孩子，性情沉默，有一顆熱烈而獷野的靈魂。她看着母親與姊姊哭泣，受苦，隱忍，淪落，死亡。她却有一股強烈的意志不肯屈服；她是一個反抗者；受到某些羞辱的時候，她神經發作起來，會把打她的人亂抓亂咬。有一次，她試着自縊，結果沒有成功：她剛開始上吊已不願死了，唯恐眞會吊死；而當她已經在窒息的時候，她就急急用拘攣的手指解開繩子，心裏有一股狂熱的求生的欲望掀動。旣然她不能從死中逃遁，——（克利斯朵夫悲哀地微笑，記起他同樣的經歷，）——便發誓要戰勝，要成爲自由的、富有的人，把一切壓迫她的人打倒在脚下。有一晚她在小房裏聽見男人在隔室咒駡，被他毆打的母親叫嚷着，被他凌辱的姊姊哭泣着，她便暗暗發下了這個誓。她覺得自己多可憐！但她的誓言使她蘇慰了。她咬緊牙齒想道：

——我將把你們一齊壓成虀粉。

在這黯澹的童年，只有一線光明：一天，和她在溪旁玩耍的孩子中的一個，戲院門房底兒子，領她去看了一次排演。他們在黑暗中一直躱在劇場底裏。舞臺上的神祕，在黑暗中愈加令人神迷目眩，人家所說的美妙而不可解的言語，女演員底王后般的神氣，——她的確在一齣浪漫派的雜劇中串演王后底角色，——把她看得發獃了。她感動得渾身冰冷，心兒跳動……『瞧啊，瞧啊，要成爲這樣的人纔好啊！……呋要是她能夠……』——等到排演完了，她一心要看一看晚上的公演。她佯裝跟着同伴出去，隨後却偷偷地回來躱在戲院裏，伏在一張櫈下，在塵埃中等了三小時；當戲院快要開演，觀衆已經來到，而她從躲藏的地方鑽出來時，立刻被人抓住，羞辱地逐出戲院，押送回家，挨了一頓打。這一晚，倘不是因爲她已知道她將來要對這些惡徒報復的話，她定會自殺的了。

她的計劃已經定妥。她自己投到一般演員們下宿的戲院咖啡館兼營旅店的鋪子裏當侍女。她既識不多字，也不大會書寫；從沒讀過一本書，也沒有一本書可讀。她願意學習，用着魔鬼般的毅力學習。她在旅客房中偸竊書籍，拿來在月夜或黎明時讀免得耗費燈燭。由於演員們生活底無規律，她的竊盜一直不曾發覺：至多不過是失主們把她咒罵一頓完事。且她也把看過的書還給他們；——但不是完璧：因爲她把歡喜的幾頁撕下了。她還給她們時，總小心地把書塞在床底下或傢具底下，使失主在發見的時候以爲這些東西從沒出過房間。她耳朶貼在門上，竊聽演員們背誦他們的臺辭。隨後她獨自低聲在走廊裏學着他們的聲調，做着手勢。人家撞見時便把她取笑一頓，侮辱一頓。她憤然緘默了。——這種方式的教育可以長久繼續下去，倘她不是有一次偸了一個演員底脚本的話。失主咆哮起來。除了侍女以外，誰也不會進他的臥室，他便咬定是她偸了。她厚着臉否認：但他威嚇着要教人搜查她；她便撲在他脚下，招認了一切，也招認了別的竊案和撕去的書頁，總之是全部的祕密。他大大地咒了她一場，但他的心地倒不像外表那樣凶惡。他追究她爲何做這些事情。當她說出要成爲一個女演員時，他大笑起來。他詢問她她把記得爛熟的脚本背了好幾頁，使他大爲驚異，他就說：

——聽我講，你要不要我教你？

她快活極了，吻着他的手。

——啊！她和克利斯朵夫說，我將何等的愛他！

但他立刻補充道：

——可是，我的孩子，你知道，甚麼都要付代價……

她還是處女，一向保持着一種野性的貞潔，迴避了別人對她的一切攻擊。這種獷野的貞操，這種對不潔行爲、對沒有愛情的性欲的憎厭，是她從小就具備的，——是她家中悲慘的景象所感應給她的；——至今還沒喪失——但是——！唉可憐的孩子！她受到多嚴酷的懲罰！……命運弄人，一至於此！……

——那末，克利斯朵夫問道，您答應麽？

——啊！她說，要是能跳出這個陷阱，我眞是投入火裏都願意！但他威嚇我要把我當竊賊一樣送到警署去。我沒有別條路可走。——這樣我便投入了藝術……投入了人生。

——那該死的男子！克利斯朵夫說。

——是的，當時我恨他。但從此，我見到多少同類的傢伙，以致覺得他還不算頂壞的一個。至少他對我實踐了諾言。他把他所知道的——（並不多！）——演員底技藝教給我。他使我進入劇團。在裏面，我先是做大家的僕役。只扮一些零碎的角色。後來，有一晚，扮侍從的女演員病了，人們胡亂把我充數。從此我就繼續演下去。人家認爲我是不勝任的，可笑的，不規則的。那時我生得很醜。我也一直是醜的，在人家不會在有一天上宣布我是超特的、理想的『女人』之前……哼！那些混蛋！——至於演技，被認爲不依規矩的，沒理性的。觀衆不賞識我。同伴們取笑我。但人家還是把我留着，因爲我對大家都肯幫忙，又是薪給低廉。不但薪給低廉，我還要支付代價。每個進步，每次升級，我都用肉體支付代價。同伴，經理，戲院主幹，戲院主幹底朋友們……

她停住話頭，臉色發白，咬緊牙齒，睜着惡狠狠的眼睛，但人們可以感到她的心在流着血淚。一刹那間，她重復看到了這些過去的恥辱，和支持她的那股定欲戰勝底強烈的意志，而她每次非忍受不可的汚辱愈加把這股意志鍛練得堅強。她很祝望死；但在這些屈辱中間顚蹶是太可怕了。在以前自殺，倒還罷了。或等勝利以後也可以。但當一個人已經墮入泥犂而毫無取償的時候死掉是……

她緘默着。克利斯朵夫憤怒地在室中踱步；他眞想把這些磨難汚辱這女子的男人一齊打死。接着，他憐憫地望着她；站在她前面，捧着她的頭，扶着她的前額，親熱地抱着，說：

——可憐的孩子！

她掙扎了一下。他說：

——別害怕。我很愛您。

於是，眼淚在法朗棱阿士慘白的臉上流下。他跪在旁邊，吻着美麗的細長的手，兩顆淚珠滴在上面。

隨後他重新坐下。她也重新振作起來，安靜地繼續她的敍述：

一個作家終於把她捧了起來。他在這個古怪的造物身上發現一個魔鬼，一個天才，——他還更進一步的發見『一個戲劇的典型，一個代表時代的新女性。』自然，在那麼許多人之後，他也佔有了她。而她在那麼許多人之後也讓他佔有了，毫無愛情地，甚至懷了一股與愛相反的情緒。但他造成了她的榮名，她也造成了他的榮名。

——現在，克利斯朶夫說，別人再也奈何您不得了；輪到您來隨心所欲的支配他們了。

——您以爲如此麼？她悲苦地回答。

於是她又和他講起命運底另一種戲弄。——她對一個她所鄙視的壞蛋發生了熱情：一個榨取她的文人，賺到了她最痛苦的敍述，寫成了文學，然後把她遺棄。

——我鄙薄他，她說，像鄙薄我脚下的汚泥一樣；而當我想起我愛他，只要他呼喚一下我就會跑去，在此該死的傢伙前面低頭時，我簡直憤怒得發抖。但我有什麼辦法？我的心永遠不愛我的精神所要愛的東西。精神和心，我得輪流使其中有一個犧牲，受辱。我有一顆心。我有一個肉體。而它們吶喊着，吶喊着，要求它們各自的幸福。而我沒有制服它們的機軸，我甚麽都不信，我是自由的……自由的？做着我的心與肉體底奴隸，它們往往——幾乎永遠——強迫我願望。它們使我屈服，使我羞愧。但有什麽辦法？……

她緘默了，呆呆地用鉗子撥着火灰。

——我讀到一些文字，她說，說演員們毫無感覺可言。事實上我所見到的那批，確是些虛榮的大孩子，除了一些小小的自尊心底問題以外，毫無思慮。我不知究竟是他們非眞正的喜劇演員呢還是我。我相信還是我。但總之是我替他們付了代價。

她停止說話，已經是夜裏三點鐘了。她起身想走。克利斯朶夫勸她等到明天早上回去；他向她提議在他的床上躺一躺。她却更愛坐在已熄的火旁安樂椅裏，繼續在靜悄的屋中談話。

——您明天會疲倦的。

——我習慣了。但您……您明天早上有什麽事？

——我是空閒的。十一點鐘時有一堂課……而且我是結實的。

——這是爲酣睡多添了一項理由。

——是的，我睡得像石頭一樣。沒有一種痛苦抵抗得住。我有時恨我這種渴睡。多少光陰給糟塌了！……能有一次偷掉它一夜，對睡眠報復報復，是我挺高興的。

他們繼續談着，聲音很低，中間隔着長時間的靜默。克利斯朵夫睡着了。法朗梭阿士微笑着，扶着他的頭，使他不致傾跌：……她幻想着，靠窗坐着，望着漆黑的花園不久亮起來。七點左右，她輕輕地喚醒克利斯朵夫，和他道別。

在同一月裏，她又來了一次，恰巧克利斯朵夫不在家，門緊閉着。克利斯朵夫把公寓底鑰匙交給她，讓她可隨時進去。果然，她有好幾次來時，克利斯朵夫出去了。她在桌上留下一小束紫羅蘭，或在紙上寫幾個字，塗幾筆速寫，漫畫，——表示她來過。

一天晚上，她從戲院出來，到克利斯朵夫家繼續他們有趣的談話。她發見他在工作；他們談着。在最初幾句話上，他們就覺得彼此都沒有上一次那樣的好興致。她想走；但已太晚。並非克利斯朵夫阻止她。而是她自己的意志不允許她再走。於是他們留着，感到欲念在心中上升。

他們便互相佔有了。

＊　＊　＊　＊　＊　＊　＊　＊

從這一夜之後，有好幾星期不見她的蹤跡。他長久地沉醉着的性欲的火焰，被她在這一夜燃燒起來以後，竟少不了她了。她曾禁止他到她家裏；他便上戲院去。他躲藏在最後幾行位置上；胸中滿着愛與激動的情緒；渾身打戰，變得軟癱了！她演戲時的悲壯熱烈的情緒，把他和她一起消耗得心神疲竭。他終於寫信給她：

——『我的朋友，您恨我麼？如果我使您不快，請原諒我。』

接到這卑辭下氣的短簡以後，她立刻跑來，撲在他懷裏。

——大家簡簡單單做着好朋友倒是更好。但既然不可能，就毋庸抗拒那不可避免的事情。聽其自然罷！

他們的生活混在一起了。可是各人保持各人底住處與自由。法朗梭阿士是不可能和克利斯朵夫過有規律的同居生活的。再加她的地位也有所不許。她到克利斯朵夫寓所來，消磨一部分的白晝和黑夜；但她每天都回家去過宿。

在戲院停演的暑假中，他們在巴黎郊外葉弗近旁租了一所房子，除了若干愁苦籠罩的時間以外，他們在此過了些快樂的日子。信賴與用功底日子。他們有一間美麗的明亮的臥室，居高臨下，一望無際，眼底盡是碧綠的田隴。夜裏，他們在床上可從窗內望見雲彩奇怪的影子在天空馳騁，照出一層陰暗呆滯的光。互相摟抱着，他們在將睡未睡的狀態中聽見蟋蟀快樂若狂地歌唱；天上下着陣雨；秋季土地底呼吸——金銀樹，仙人草，蔓藤，割下的乾草，——透到屋子裏來，透入他們的身體。夜底寂靜。兩人底酣眠。萬籟俱寂。遠處幾聲狗吠，幾聲雞鳴。晨光透露了。在灰暗而寒冷的曉色中，遠鐘傳來早禱底聲音，使躺在溫暖的床中的身體打着寒噤，愈加偎依得緊。羣鳥在靠牆的藤棚上醒來，喳喳地叫。克利斯朵夫睜開眼睛，屏着氣，懷着一顆溫柔的心，注視身旁這個睡熟的朋友底可愛的臉，和在愛情激動過後的慘白的顏色……

他們的愛絕非自私的情欲。這是肉體也要求參預一分的深刻的友誼。他們不相妨害。各做各的工作。克利斯朵夫底天才，慈悲，道德的氣質，都是法朗梭阿士心愛的。在某些事情上她覺得比他年長，從而感到一種母性之樂。她很抱憾絲毫不懂他所演奏的東西：對於音樂，她是不能感受的，除非在極難得的時間，她纔覺得有一股獷野的情緒把她控制了，但這獷野的情緒還不是直接從音樂上來，而是由於當時確在她心頭的熱情，由於她和她周圍的一切，風景、人物、顏色、聲音、全部感染着的那股熱情。但她在此莫名其妙的神祕的言語中，照樣能感到克利斯朵夫底天才。有如她看見一個偉大的演員講外國語言一樣。他固有的天才會從中顯露出來。而克利斯朵夫創造一件作品的時候，往往把他的思想與熱情化身在這個女子身上，假借她的形式；於是他看見這些思想與熱情比在他心中時更美。和一個如是女性的、軟弱的、善心的、殘酷的、有時是天才的靈魂密切交接的結果，就有這種估計不盡的富藏。她教他許多關於人生和人類的智識，——關於他不大認識而爲她清明的目光判斷得很尖刻的女子的事情。他尤其靠了她而對於戲劇獲得進一步的認識；她使他深深體味到這一切藝術中最完美、最中和、最豐滿的藝術底精神。她使他窺到這人類幻夢底最奇妙的工具；告訴他不應爲自己一人寫作，像他現在這種傾嚮，——（多少的藝術家都有這種傾嚮，他們學着貝多芬底榜樣，不肯『當神、靈、啓示他們時爲一張該死的提琴寫作。』）——一個偉大的詩劇作家認爲他是爲一幕確切的景象寫作，把自己的思想去適應他手下的演員是當然的；他不以爲這種作法會把自己變得渺小：因爲他知道幻想固然美妙，實現究竟更爲偉大。戲劇，像壁畫一樣，是最嚴格的藝術，——是活的藝術。

法朗梭阿士所表現的這些思想，正和克利斯朶夫底思想符合，他到了生命中這個階段，正傾向於一種和其餘的人類溝通的、集體的藝術。法朗梭阿士底經驗，使他把握到羣衆與演員之間的神祕的合作。法朗梭阿士雖然那麽現實、那麽缺少幻象，也能窺見這種互相感應的力量，這些聯絡演員與羣衆的同情底電波，她感到在千萬心靈底強有力的靜默中，湧現出獨一無二的演員底聲音，——傳達那千萬心靈的聲音。當然，她這種感覺是間歇的，極難得的，從不在同一戲劇同一段落上再現。其餘的時間，她不過運用着沒有靈魂的技藝，聰明而無情的機械罷了。但重要的就是例外，——閃電在一秒鐘內照明了深淵，照明了力量集中在一個生命身上表白出來的千萬人底共同靈魂。

大藝術家底責任，就在乎把這共同靈魂具體表現出來。他的理想，是具有如希臘古代樂詩人般的純客觀，擺脫了自我，來蒙上吹遍人間的集體的熱情。法朗梭阿士所以尤其渴望這種境界，是因爲她做不到這種無我的地步，因爲她老是表現着自己。——一百五十年來，個人抒情主義底過度的發展，已經有了病態的成分。眞正的偉大，在於多多感覺，多多控制，說話簡潔，思想莊重，絕不鋪張，用眼睛底一瞥一瞬，深刻的一言片語來說話，沒有幼稚的誇張，沒有女人的多感，只要爲那些聽了半個字就能領悟的人說話，爲男人說話。現代音樂嘮叨不已地講着自己，對任何人冒失地吐露心腹：這是缺少貞潔缺少趣味底表現。它頗像那些病人，津津樂道的對旁人講自己的病症，把可厭可笑的細節描摹得淋漓盡致。非音樂家的法朗梭阿士，在那依賴詩歌存活、像寄生蟲般吞食詩歌的音樂發展中，也隱約窺見這種頹唐的徵象。克利斯朵夫先是否認；但思索一番之後，他想其中也許有一部分是實在的。依着歌德底詩篇所寫的第一批德國歌謠是樸素的，準確的；不久，修倍爾脫就滲入他浪漫底克的感傷性；舒芒又加上他小姑娘式的多愁善感；到雨果·伏爾夫時，竟變做一種粗笨的朗誦，不知羞恥的分析，非把靈魂赤裸裸地全部暴露不可了。一切的帷幕都在神祕的心頭揭去。

克利斯朵夫對於自己也被沾污的這種藝術覺得慚愧；既不願回到過去，——（那是荒唐的、違反自然的欲願）——他只有把自己重新浸到曾經莊嚴地珍重各自的思想、具有偉大的集體藝術意識的大師底心靈中去：他重新瀏覽亨特爾底作品，——他是厭惡德國民族易於流淚的婦人心腸，而寫着史詩般的聖樂、爲平民寫着平民歌謠的。所難的，是在於尋覓能把現代民衆底共同情緒喚醒起來的題材，像聖經在亨特爾時代般的資料。當今的歐羅巴沒有一部共同的典籍了：沒有一首詩，沒有一節禱詞，沒有一種信仰，能爲大衆的財產。這是今日所有的文人、藝術家、思想家底恥辱！沒有一個爲大衆而寫作，爲大衆而思想。祇有貝多芬留下一部安慰心靈的新福音書底幾頁；但這幾頁只有音樂家能讀，大多數人是永遠不會聽到的。華葛耐曾想在巴哀垺脫山崗上建立一種聯合全人類的宗教藝術。但他偉大的心靈已染上同時代頹廢的音樂與思想底一切汚點：來到這神聖的高崗上的已非加里萊底漁夫而是一批法利舍人。（按即僞善之徒）

克利斯朵夫明白感到他所應做的事情；但他缺少一個詩人只能單靠自己，以音樂爲限，而音樂，雖然人家說是普遍的言語，究竟不是的：應當要有言語底弓纔能把聲音射入大衆底精神中去。克利斯朵夫計劃寫一組以日常生活爲根據的交響樂。他假想一闋他的、家庭交響樂，而非李却·史脫洛斯式的。他並不把家庭生活用一幅電影式的圖畫來表現，運用一些傳統的字母、以音樂的辭藻來依着作者底意志表現各種人物。這是對位學者底淹博而幼稚的玩藝！……他根本不欲描寫人物或動作，而是要說出每個人都認識、每個人都能在自己心靈中覓得回聲的情感。第一段，表現一對青年夫婦嚴肅而天眞的幸福，溫柔的情感，對前途的信賴。第二段是哭一個亡兒的輓歌。克利斯朵夫在痛苦的表辭中，竭力避免理想主義的推敲；沒有一副個人的面貌；只有一片廣大的災難，——你的，我的，一切人類的大災難，正對着一樁也許是大衆命中註定的厄運。因死亡而沮喪的心靈，痛苦地掙扎着，慢慢地振作起來，把它的苦難看作犧牲。在下一段樂曲內，心靈重復繼續它的途程，——那是一支表示意志的追逸曲，剛強的線條與固執的節奏終於把心靈感染了，把它在爭鬥與血淚中拽着前進，唱着有力的進行曲，充滿着一股抑捺不住的信仰。最後一段描繪人生底暮景。第一段底主題滿懷着動人的信心重復出現，非但不曾衰老、反更堅實隱重的溫情，在痛苦的陰影中浮現出來，戴着光明的冠冕，向天空唱着頌歌，對無窮的生命表示宗教般的敬愛。

克利斯朵夫也在古書中尋覓簡單的、富有人間性的、能和大衆底心靈說話的大題目。他選擇了兩個：約瑟與尼奧貝。但在此，克利斯朵夫遭遇到結合詩與音樂的棘手問題。他和法朗梭阿士底談話又使他想起從前和高麗納商量過的計劃（原註：參閱卷四、反抗）一種介乎吟咏歌劇（opéra récitatif）與話劇（drame parlé）之間的樂劇，——自由的言語與自由的音樂結合起來的藝術，——是今日沒有一個藝術家想到的，爲染着華葛耐傳統的、墨守舊法的批評家非笑的藝術。但確是嶄新的作品：因爲要點並不在追隨貝多芬、韋白、舒芒、皮才底遺跡，雖然他們很有天才地實現了樂劇；並不在把某種朗誦（déclamation）配合某種音樂，竭盡力量的運用顫音（trémolo）來對粗俗的羣衆發生粗俗的效果；而是在創造一種新的格式，使其中音樂的聲音，和與這些聲音同類的樂器融和合一，把音樂底幻想與怨嘆的回聲，攙和在劇詞和諧的音節裏。像這種的形式只適用於某些有限的場合，適用於心靈某些特殊的時間，親切的默省的辰光，纔能喚引起一種詩的韻味。沒有一種藝術比此更鄭重更貴族化了。所以在一個藝術家們自命不凡而實際滿着暴發戶底鄙俗時代，這種藝術是很少發展機會的。

或許克利斯朵夫也不比別人更適合於這種藝術；他的長處，他的平民式的力，就是極大的障礙。他只能想像到，藉着法朗梭阿士底助力，實現了一部分雛型。

他用這種方法把聖經上的文字譜成音樂，差不多逐字迻譯，——例如約瑟使他的兄弟們重新相認的那不朽的故事，因爲不勝感情衝動，輕輕地說出這幾句使老年的托爾斯泰爲之下淚的話：

『我不復能……了……聽我說，我是約瑟；我的父親還活着麼？我是你們的兄弟，你們失掉了的兄弟……我是約瑟……』（按舊約載：約瑟爲雅各之子，希伯萊族長；幼年爲兄弟賣往埃及，卒爲埃及行政長官，終回希伯萊與父子兄弟團聚。）

＊　＊　＊　＊　＊　＊

這美妙自由的結合不能持久。他們在一處時固然不乏生活充滿的時間；但他們倆太不同了。再加兩人都是暴躁的性子，不免時常衝突。這些衝突可決非庸俗的：因爲克利斯朵夫素來敬重法朗梭阿士。而可能成爲殘忍的法朗梭阿士，對於待她善良的人也是善良的；她無論如何不願傷害他。並且他們生性都很快活。她常常會嘲笑自己。但她照樣有磨難自己的辰光：因爲從前的熱情始終占據着她的心靈；她永遠想着她所愛的壞蛋；想到時，她覺得受不了這種羞辱，也受不了克利斯朵夫底猜疑。

克利斯朵夫看見她默不作聲的，渾身痙攣着，整天在悲哀中發獃，便奇怪她爲何不覺得幸福。如今她已達到了終點，她已成爲大藝術家，受着人家底景仰和趨奉……

——是的，她說，如果我像那般女演員一樣，有一顆女店主式的靈魂，把戲劇當作商業看法的話。這種人，一朝實現了一個美好的地位，一件布爾喬亞的婚事，並且——空前絕後的——拿到一顆勳章的時候，當然快活了。我，我所要的却不止這些。秖要一個人不是獃子，成功顯得比不成功更空虛。這是你應該知道的！

——我知道，克利斯朵夫說。啊！天！當我童時，我理想的光榮並非如此。那時我對它多麼熱望！它在我眼裏顯得多光明！我遠遠裏膜拜它，當它是什麽神聖的東西一般……但也無妨在成功中間也有一項神聖的德性：就是它能給予人的好處。

——什麼好處？勝利固然勝利了。但有何用？什麼都不會改變。戲院，音樂會，一切都依然故我。不過是一椿新的時髦代替了另一椿時髦罷了。他們不懂得你，或者不過走馬看花般賞鑒一下；而他們已經在想別的事情了……你自己，你也懂得別個藝術家麼？至少，你是不會被他們瞭解。你所最愛的人和你距離多遠！你只消記起你的托爾斯泰……

克利斯朵夫曾寫信給托爾斯泰；他讀了他的著作十分佩服，想把他的一個通俗短篇譜成音樂，請求他的許可，並把他的歌集寄給他。托爾斯泰置之不答，正如修倍爾脫與裴里奧士把傑作寄給歌德所得到的結果一樣。他教人把克利斯朵夫底音樂奏了一遍；他很氣惱，完全不懂。他認爲貝多芬是頹廢的，莎士比亞是走方郎中。反之，他倒醉心於虛僞矯飾的小作家；把『一個侍女底懺悔錄』當作富有基督教氣息的書。

——偉大的人物是用不到我們的，克利斯朵夫說。他應該想到別人。

——別人？？誰？布爾喬亞的羣衆，這些行屍走肉似的影子麼？爲這些人寫作，表演麼？爲他們而虛度一生！這纔是惡作劇哩！

——不差！克利斯朵夫說。我也像你一樣的看到；可並不因之喪氣。他們不見得壞到如何地步！

——勇敢的樂天的德國人！班葛洛斯先生！（按係服爾德小說剛第德內輕信的人物。）

——他們也是像我一樣的人。爲何他們不瞭解我呢？……——而當他們不瞭解我時，難道我就爲之發愁不成？在這些成千成萬的人中，總有一二個會站在我一起……這就夠了，只要一扇天窗就可呼吸到外邊的空氣……想想那些天眞的看客，這些少年，這些戇直的老人，爲你悲壯的美把他們從平庸的日子裏超昇出來的人。回想你自己幼時的情形罷！把人家從前給你的好處與幸福轉給別人，——卽使領受的只有一個也無妨，——豈不是好？

——你以爲眞的有一個麼？我弄得疑惑起來……愛我們的人中最優秀的分子是怎樣愛我們的？怎樣看我們的？連會不會看都成問題。他們用着使我們屈辱的方式讚美我們；他們無論看到什麼滑稽角兒都會感到同樣的樂趣；他們把我們列入大家輕蔑的傻子隊裏。一切轟動一時的人，在他們眼裏都是平等的。

——可是，的確是一切之中最偉大的纔能留傳到後世成爲最偉大的人物。

——這不過是因爲有了退步之故！一個人越離得遠，就越覺得山底崇高。它的高度固然看得更淸楚了，但你和它離得更遠了……而且誰告訴我們這是些最偉大的呢？你在古人中認得其他的人麽？

——管它！克利斯朵夫說。卽使一個人也感覺不到我是何等樣人，我可還是我。我有我的音樂，我愛它，我相信它；它比一切都更眞。

——在你的藝術裏你是自由的，你可以爲所欲爲。但我，我能夠做什麽呢？我不得不扮演人家要我扮演的東西，一演再演，演到你心頭作嘔。美國有些演員把李潑（爲一喜歌劇，劇辭採自華盛頓、歐文之傳說，曾轟動全美。）或勞白——瑪敢（法國通俗人物，在戲劇中爲荒淫無恥之代表者。）上演到一萬次，在一生底二十五年中老是搬弄着一個無聊的角色。在法國，我們雖還不會到這非人的地步，但也走在這條路上了。可憐的戲劇！羣衆所能忍受的天才只是極小量的，修正剪裁過的，灑着時行的香水的……一個『時髦的天才』！豈不可厭？……豈不浪費了多少精力！你瞧人家怎樣的處置麽？他一生有什麽東西可演？只有兩三個角色是値得久存的：一個奧狄潑，一個卜里安克德。其餘盡是無聊的東西！但你想想他可能創造多偉大多光榮的角色！……在法國以外，情形也不見得更好。人家怎樣的安排杜斯（近代意大利著名女演員）她的生命是爲了什麽消耗的？爲了多少無聊的角兒！

——你眞正的任務，克利斯朶夫說，便是強迫社會接受強有力的藝術品。

——白費心血，而且不値得。祇要這些強有力的作品一上舞臺，就會失去詩意，變成謊言。羣衆的氣息把它摧殘了。窒息臭穢的城裏羣衆，不復知道什麽是野外，是自然，是健全的詩：它需要一種像我們面孔一樣褪色的詩。——啊！而且……而且……卽使會成功！……不，也不能充實我的生命！不能充實我的生命……

——你還想着他。

——想誰？

——你知道，那壞蛋。

——是的。

——如果你仍和這傢伙一起，如果他愛你，你也得承認，你決不會幸福，你還是會找到方法使你苦惱。

——不錯……啊！我究竟有些什麼呢？……我鬥爭過度，自苦太甚，不能覓得安寧恬靜的境界，煩惱的病根種在我心裏了。

——那是在你未有痛苦經驗以前就有的。

——可能的：是啊，當我幼時，就已有煩惱侵蝕我。

——那末你又將怎辦？

——我怎麼知道？完全不是我的力量所能做到的。

——我也識得這種境界，克利斯朶夫說。我少年時也曾經歷過來。

——是啊，但你是成人了。我却永遠是一個少年。我是一個不完全的生物。

——沒有一個人是完全的。所謂幸福，是在於認識一個人底界限而愛這個界限。

——我不能了。我已出了界限。人生逼迫我，蹂躪我，使我殘廢。可是我覺得我儘可成爲一個正常的，又康健又美麗的女子，而不致像芸芸衆生一樣。

——你還是能夠啊。我看你現在多好！

——告訴我，你怎樣的看我。

他把她描寫為在自然與和諧的方式下發展的人，幸福的，愛別人的，被別人所愛的。她聽着他的話感到一種甜蜜的樂趣。但隨後她又說：

——不，這如今是不可能了。

——那末，他說，應當像亨特爾雙目失明時所說的那樣對自己說：

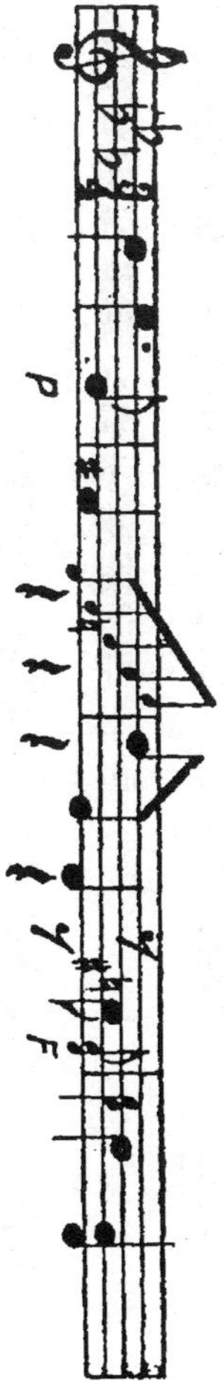
what e-ver is is right
(一切存在的是善的)

他又在琴上彈給她聽。她擁抱他，擁抱她親愛的瘋癲的樂天主義者。他使她幸福。但她使他苦惱：至少她怕要使他苦惱。她常常感到絕望之苦，不能對他隱瞞；愛情使她變得軟弱了。夜裏，當他們睡在床上，她悄悄地嚥着她的悲苦時，他猜到了，哀求這個似近而實遠的朋友把壓着她的重負分些給他擔荷；於是她支持不住了，她哭着撲在他懷裏，盡情吐露；而他整夜的安慰她，耐心地，毫不生氣。但長此下去，這種無窮盡的煩惱勢必要打擊他。法朗梭阿士唯恐將自己的狂熱傳染給他。她對他的愛情決不能讓他為她受苦。有人約她到美國去上演；她接受了，好強迫自己動身。她屈辱地離開了他。但她還是感到屈辱。兩個人竟不能使彼此幸福！

——我可憐的朋友，她和他悲哀地温柔地微笑着說。我們實在不高明！將來，我們永無如是美妙的機會，永不能覓得一個同樣的友誼了。但沒有辦法，沒有辦法。我們太蠢！……

他們互相望着，狠狠地，悲哀地。他們為免得哭泣起計而笑着，擁抱着，分別了，眼中噙着淚。他們的相愛從沒像此刻分別時的深切。

等她動身之後，他又回到他的老伴侶藝術中去……吠！羣星密佈，天上是一片平和！……

* * * * * *

不多時後，克利斯朵夫接到雅葛麗納一封信。這不過是她第三次寫信給他；信中的語氣和她慣用的大不相同。她表示不再見到他甚是遺憾，和藹地邀請他去，倘使他不願加增他所愛的兩位朋友底悲戚的話。克利斯朵夫快活極了，但並不十分詫異。他早就想到，雅葛麗納待他的不公平的態度不會永遠繼續下去的。他歡喜念着老祖父底一句嘲弄的話：

「女人們遲早總有一些美好的辰光；只要耐心等待便是。」

所以他回到奧里維那邊去，他們見到他時表示非常快慰。雅葛麗納顯得用心週到；她避免習慣的嘲弄的語氣，謹防着，絕口不說足以傷害克利斯朵夫的言語，對他的工作表示十分關切，很聰明地對答一些嚴肅的問題。克利斯朵夫以爲她改變了。實在她的改變不過爲討他歡喜。雅葛麗納聽人說起克利斯朵夫和時髦女演員底愛情，——那是已經傳遍巴黎的新聞，——便認爲克利斯朵夫換了一副面目，對他生了好奇心。當她重新見到他時，覺得他比從前可愛多了。連他的缺點於她也顯得不無魅力。她發現克利斯朵夫有天才，值得使他愛自己。

青年夫婦底情況並沒好轉甚至更壞。雅葛麗納煩悶欲死……女人是多麼孤單！除了孩子以外，甚麼都牽不住她；而孩子也不足以永遠牽住她：因爲當她不但是女性、而且成爲真正的女人的時候，當她有了一顆豐富的靈魂和一種苛求的生活的時候，她需要應付多少事情，倘使人家不幫助她是不能單獨完成的！……男人却沒有這樣孤獨，即使在最孤獨的時候也不：他的獨白已足點綴他的沙漠；而當他處於兩個人底孤獨中間時，他更能適應，因爲他更不注意孤獨，老是在自言自語。他可想不到這種冷靜地在沙漠中繼續說話底語聲，使身旁的女子覺得她的靜默更慘酷，她的沙漠更可怕，因爲對於她，一切的言語都已死滅，愛情也不復能使它再生。他不曾注意到這一點；他不曾像女人一樣把整個生命當作賭注一般放在愛情之上：他的生命還關切着旁的事情……但誰去關切女人們底生活和無窮的欲望呢？這些億兆的生靈，懷着一股熱烈的力量，從有人類四千年以來，一直毫無結果地燃燒着，如犧牲般獻給兩個偶像：愛情與母性，——而這個崇高的騙局，對千千萬萬的女人還靳而不與，對一部分，不過充實了她們幾年的生命……

雅葛麗納在失望中煎熬。她有時感到的駭懼，竟似利刃般直刺她的心窩。她想：

——『我爲何活着？我爲何生下來？』

而她的心爲悲愴的情緒磨折着。

——『天哪！我要死了！天哪！我要死了！』

這個念頭在夜裏常常緊迫着她。她夢見她說着：

——『今年是一八八九年。』

——『不，人家回答她說。是一九〇九年。』

她想起她比自己所想像的大了十歲，覺得愁苦不堪。

——生命快要告終，而我還不曾生活！這二十年中我做了些什麼？我一生又做了些什麼？

她夢見她變了四個小姑娘。她們住在同一室內，分床睡着。四個都是同樣的身材，同樣的面孔；但一個八歲，一個十五歲，一個二十歲，一個三十歲。三個染了時疫死了。第四個在鏡子裏照着；突然駭怕起來；她看見自己鼻子瘦削，臉孔望下直掛……她也要死了，——於是一切都將完了……

——『……我一生做了些什麼？……』

她淚流滿頰的醒來；惡夢並不隨着白天底來到而消失，白天就是惡夢。她一生做了些什麼？誰竊盜了她的一生？……她開始恨奧里維，當他是無邪的共謀犯——（「無邪」又有什麼關係，如

約翰・克利斯朵夫　　一七三四

果禍害是相同的話）——是壓抑着她的盲目的律令底共謀犯。事後她後悔，因爲她心地善良；但她太痛苦了；而這個壓抑她生命的人物雖則也在痛苦，她仍禁不住要使他更痛苦，作爲報復。過後她更難過，厭惡自己；她覺得如果找不到方法來救出自己，那她還要增加人家底痛苦。這救出自己的方法，她在周圍摸索着尋找；不論什麼她都要抓住，好似一個淹在水裏的人；她試着關切一些事情，一件作品，一個生命，好讓她拿來變成她的事情，她的作品，她的生命。她試着再去做一件靈智的工作，學習外國語，着手寫一篇論文，一個短篇，從事於繪畫，作曲……可是徒然：她在第一天上就灰心。這太難了。而且『書啊，藝術品啊！又算是什麼？我不知是否愛它們，不知它們究竟是否存在……』——有些日子，她興奮地和奧里維談笑，似乎對他所說的很表熱情，她設法麻醉自己……還是枉然：興奮的情緒突然降下，她心冷却了，她躲藏起來，沒有眼淚，沒有喘息，只是頹喪。——她磨難奧里維的工作已有一部分告成。他變得懷疑，變得浮華。但她絕不因之感到滿意；她覺得他和她一樣軟弱。他們幾乎每晚都出門；她在巴黎各處交際場中廝混。譏諷的笑容下所藏着的悲愴的煩悶，誰都猜不透。她尋覓能夠愛她、支持她、不使她墮入深淵的人……徒然，徒然，徒然。她絕望的呼籲，毫無回響。

只有一片靜默。

她絕對不愛克利斯朵夫；她受不了他粗魯的舉止，令人難堪的直率，尤其是他的淡漠無情。她絕對不愛他；但她感到他至少是強者，——是死亡上面的一塊岩石。她想依附這塊岩石，依附這個頭在水外的游泳者，要不然就把他一齊拖下水去……

而且，單使丈夫和他的朋友分離還嫌不足：她得把那些朋友從他手裏搶過來。最誠實的女子有時也有一種本能驅使她們盡量施展她們的威力，甚至超過一切界限。在這種威力底濫用裏，她們的弱點證實了它的力量。而倘使是一個自私的、傲慢的女人的話，她會覺得竊取丈夫底朋友底友誼是一件有趣的事。事情挺容易：只要丟幾下眼風就夠。不論誠實與否的男人，難得不上她的鈎，朋友儘管知己，儘管能夠避免行動，但思想上總把他的朋友欺騙了。而如果被他發覺，他們的交誼就算告終：彼此不復用同樣的眼睛相看。——玩着這個危險玩藝的女子，往往至此爲止，不再有其他的要求：她把兩個男人一齊抓在手裏，使他們的友誼爲她而破裂。

克利斯朵夫注意到雅葛麗納底親熱，絲毫不覺驚奇。當他對一個人抱着好感時，他有一種天眞的傾向認爲人家自然也會毫無作用地愛他。所以他快樂地回答少婦底慇懃，覺得她挺可愛，和她玩得很痛快，對她抱着那麼好的批評，幾乎要當奧里維底不能幸福是由於奧里維自身的笨拙了。

他陪他們坐汽車出去作幾天短期旅行。朗依哀家在蒲爾高逆鄉間有一座老屋，爲了紀念起計而留着，平時不大居住的：克利斯朵夫就在這裏作客。屋子孤零零的位於葡萄園與森林中間；裏面已很破舊，窗子也關不緊；到處有一股霉腐的、熟果子的、陰涼的、被太陽晒熱的樹脂味。和雅葛麗納一起過了幾天之後，克利斯朵夫漸漸被一種嫵媚的甜蜜的情操包裹，但並無不安之感；他看到她時，聽到她時，拂觸到這美麗的軀體，呼吸到她的氣息時，只體味到一種無邪的、全無精神氣雰的樂趣。奧里維稍稍躭着心，沉默着。他毫無猜疑之意；但一種模糊的不安的情操把他壓迫着，爲他不敢坦然承認的；爲懲罰自己起計，他時常放任他們單獨相處。雅葛麗納窺到他的心事，不禁爲之感動，想和他說：

——喂，別難過罷，我的朋友。我最愛的究竟還是你。

　　但她並不說他們聽讓三個人去冒險；克利斯朵夫一無猜疑，雅葛麗納既不知自己究竟有何欲望，也就聽任「偶然」去把她的欲望告訴他；唯獨奧里維一人有着先見之明，有着預感，但爲了自尊心和愛情之故，不願去想。等到意志緘默時，本能就說話了；當心靈不在時，肉體就走它的路了。

　　一天晚上，喫過晚飯，大家覺得夜景清幽，——沒有月亮，滿天星斗，——都想到園中散步一會。奧里維和克利斯朵夫走出屋子。雅葛麗納上樓到臥室去拿一條圍巾，久久不下來。最討厭女子行動遲緩的克利斯朵夫，便進屋去找她。——（從若干時以來，在不知不覺中倒是他做了丈夫底角色。）——他聽見她在來了。他進去的那間屋子，百葉窗全關上，甚麼都瞧不見。

　　——喂！來罷，永遠端整不了的太太，克利斯朵夫快活地喊着。您這樣地照着鏡子，不怕把鏡子照壞麼？

　　她一言不答，停着腳步。克利斯朵夫覺得她已在室內，但她站着不動。

　　——您在哪兒啊？他問。

　　她依然不答。克利斯朵夫也緘默了：他在暗中摸索着；突然感到一陣惶亂。他心兒亂跳的停下，聽見雅葛麗納底呼吸就在身旁。他又走了一步，又停住了。她就在他近旁，他知道，但他不願再向前。靜默了幾秒鐘。突然，兩隻手抓住了他的手，把他拉着，一張嘴貼在他的嘴上。他緊緊摟着她。一言不發，一動不動。——嘴巴離開了，彼此掙脫了。雅葛麗納走出房間。克利斯朵夫氣吁吁地跟着她，兩腿發抖。他依着牆站了一會，等待他血液底奔騰平靜下去。終於他追上他們。雅葛麗納若無其事地和奧里維談着話。他們走在前面，和他相隔幾步。克利斯朵夫心神沮喪的跟隨着。奧里維停下來等待他。克利斯朵夫也跟着停下。奧里維友善地呼喚他。克利斯朵夫只是不答。奧里維識得他朋友底脾氣和他使性的沉默，也就不堅持而繼續和雅葛麗納望前走。克利斯朵夫呆呆地隨在後面，隔着十步路，像一條狗一樣。他們停下，他也停下。他們走，他也走。他們在園中繞了一圈，進去了。克利斯朵夫上樓去關在自己房裏。不點燈，不睡覺，不思想。到了半夜，他倦極了，坐着，手和頭倚在桌上沉沉睡去。一小時後，他又醒來，燃着蠟燭，狂熱地把他的紙張雜物收拾起來，整理了衣箱，倒在牀上一直睡到黎明時分。那時，他帶着行李下樓，動身了。大家整天尋找他。雅葛麗納在冷淡的表面之下，心裏又氣又惱，用一種侮辱的、譏諷的神氣，假裝檢點她的銀器。直到明天晚上，奧里維方始接到克利斯朵夫一封信：

「我的好朋友，別恨我像瘋子一般的走了。瘋子，我是的，這是你知道的。有什麼辦法呢？我是我本來的樣子。謝謝你親切的東道之誼。眞是太好了。但你瞧，我從來不能和別人一起生活。即爲生活本身，我也不知我能否適應。我只配株守我的一角，愛着別人——遠遠地：較爲妥當。當我從太近處看他們時，我會變成厭世者。而這是我不願意的。我願愛別人，愛你們大家。呋！我多願意使你們大家幸福。要是我能够使你們——使你幸福！我將甘願把我所能有的全部幸福來交換！……但這是不允許的。一個人祇能爲別人引路，却不能代替他們走路。各人應當救自己。救你罷！救你們罷！我多愛你！

克利斯朵夫。

耶南夫人前乞代致意。」

「耶南夫人」念完了信，抿緊着嘴唇，露出一副輕蔑的笑容，冷冷地說道：

——那末，聽他的忠告。救救你自己罷。

但當奧里維伸手去取回信來時，雅葛麗納把信紙搓成一團，摔在地下；兩顆巨大的淚珠在眼眶中湧上來。奧里維她執着的手，感動地問道：

——你怎麼啦？

——讓我去！她憤憤地喊道。

她出去了。在門口，她又嚷道：

——自私的人們！

* * * * * * *

克利斯朵夫終竟把大日報方面的保護人翻成仇敵了。這是不難預料的。克利斯朵夫天賦有這種為歌德所頌揚的『不知感激』底德性：

『不願表示感激，歌德幽默地寫道，是難得的，只有一般出衆的人物纔有，他們出身於最貧寒的階級，到處不得不接受那些被施惠者底鄙俗所毒害的幫助……」

克利斯朵夫認爲他不需要爲了人家給他的援助而墮落，也不需要——這對於他是一樣的墮落——割讓他的自由。他的優惠是非部分地出借而是整個地贈與的。他的恩主們却抱着和他不同的見解。他們對於受恩人底責任，抱有極高的道德觀念；所以當克利斯朵夫不肯在日報所組織的一個含有廣告性質的遊藝會中替一支荒謬的頌歌寫作樂譜時，這種道德觀念大大地受到了損害。他們使克利斯朵夫覺得他的行爲不對。克利斯朵夫置之不理。不久以後，他還否認日報所宣傳的他的主張，愈加使那些恩主們惱羞成怒。

於是報紙開始攻擊他，用各式各種的武器。人們又從毀謗庫裏搬出一些古老的軍械，爲一切低能的人用來攻擊一切創造者而從未殺死一個人，但對於一切糊塗蟲的效果是不會缺少的：這武器是指控他剽竊。人們割裂他的作品，取出一段來；再從一些無名作家底樂曲中割出一段來，化裝一番，來證明他的靈感是竊取他人的。大家指控他故意抑壓青年藝術家。但這還不過是一般以狂吠爲職業的人，是爬在大人物肩上的下賤的批評家，對他嚷着：

——我比你更偉大哩！

可是有才能的人也要互相傾軋；各人想法擾亂同行；他們全不知世界之大儘夠他們安安靜靜地各做各的工作；而各人在自己的才具中就已有了一個很頑強的敵人。

在德國，便有一般嫉妒的藝術家能把武器供給克利斯朵夫底仇敵，必要時還可發明些出來。這種人有幾個就在法國。音樂刊物上的國家主義者，——其中不少是外國人——指出克利斯朵夫所出身的種族，也算是對他的一種侮辱。克利斯朵夫底聲名已經不小；這些攻擊立刻引起時髦人物注意，以爲他過分的誇張連把那些毫無偏見的人都激怒起來，——其餘的更是不必說。在音樂會聽衆內，克利斯朵夫現在有一批上流人物和青年雜誌底作家做他熱烈的擁護者，不問他寫作什麽，總一致叫好，揚言在他以前簡直無音樂可言。有幾個解釋他的作品，發見裏面含有哲學用意，使克利斯朵夫聽了喫驚。又有幾個從中看到一種音樂革命，說是對於傳統的攻擊，不知克利斯朵夫正敬重傳統。他儘管分辯也無用。他們竟要說他對自己所寫的東西一無所知了。因爲他們在讚美他時就在讚美他們自己。所以報紙上對克利斯朶夫所施的攻擊，在他的同行中博得熱烈的同情，他們相信那虛構的「謊言」而表示憤慨。其實他們也毋須這些理由纔會不愛他的音樂：自己並無思想可以表現、但依照着呆板的方式把思想表現得非常流利的大多數人，一朝看到他死啃着思想，用着表面上很凌亂的、創造的方式，把思想表現得有些笨拙時，自然不免惱怒。一般謄錄生，只知風格是有現成訣竅，只消把思想納入便是，像烹飪時把食物放入模子一般；所以他們屢屢指責他不會寫作。克利斯朶夫朋友中最好的一批，不想瞭解他而因爲簡單地愛他——因爲他使他們幸福——之故而眞能瞭解他的，是在社會上沒有發言權的曖昧的聽衆。唯一能够替克利斯朶夫作強有力的答覆的奧里維，和他分離了，似乎把他忘掉了。於是克利斯朶夫整個地落在他的敵人和他的崇拜者手裏，這兩種人作着競爭，看誰損害他最厲害。他厭惡之餘，絕對不加聲辯。當他在一份大報上讀到一個爲大衆底愚昧與寬縱所造成的藝術界權威，——一個僭越的批評家對他的宣判時，他聳聳肩說：

——批判我罷。我也批判你。你們在百年之後再來投降罷！

因爲處境並不如何艱難，克利斯朵夫選中了這個時間和他的出版家反目。可是他毫無抱怨哀區脫之處，他依次印行他的新作，在交易方面也很誠實。固然，這種誠實不能阻止他訂立對克利斯朵夫不利的合同；但這些合同他是遵守的。只嫌他遵守得太嚴格。有一天，克利斯朵夫奇怪地發見他的七重奏被改爲四重奏，一支鋼琴曲被改爲——且是笨拙地——兩架鋼琴底合奏曲。而這一切，人家都不曾通知他。他便跑去見哀區脫，把這些違法的作品送到他面前，問道：

——您認識這個麼？

——無疑的，哀區脫說。

——那您竟敢……竟敢私自竄改我的作品，不請求我的許可！……

——什麼許可？哀區脫鎮靜地說。您的作品是屬於我的。

——也是屬於我的，我想！

——不，哀區脫溫和地說。

克利斯朵夫跳起來。

——我的作品不屬於我？

——它們已不再屬於您了。您把它們出賣了。

——您在取笑我！我賣給您的是紙張。把它去賺錢罷，倘使您願意。但寫在紙上的是我的血，是屬於我的。

——您把一切都賣給我了。以初版每份三十生的計算，我已預先支付您三百法郎，作爲您賣絕的代價。在這種條件之下，您已把您對於作品的全部權利讓與我，沒有任何限制，沒有任何保留。

——連把它毀壞之權也在內麽？

哀區脫聳聳肩，按着鈴，對一個職員說：

——把克拉夫脫先生底案卷取來。

他鎮靜地把契約條文念給克利斯朵夫聽，那是當時克利斯朵夫並沒讀過一遍就簽了字的，

——依着那時音樂出版家底契約普通規則，——『哀區脫君取有作家全部的權利、方法、與行動，由哀區脫獨家出版發行，鐫版，印刷，翻譯，出租，出售，在音樂會、咖啡店音樂會、舞場、戲院、等處演奏，加

以任何修正,改削,以便適合任何樂器,或增加歌辭,或更換題目,或……均由哀區脫君自由處理,與任何人無涉……』(原註:此段全部照錄契約原文。)

——您瞧,他說,我還是極其溫和呢。

——不錯,克利斯朵夫說,我得謝謝您。您還可把我的七重奏改成咖啡店音樂會底一支歌曲哩。

他緘默了,呆呆地手捧着頭。

——我出賣了我的靈魂,他再三說。

——放心罷,哀區脫譏諷地說,我決不濫用我的權利。

——而您的共和國,克利斯朵夫說,竟允許這種交易?你們說人是自由的。你們却在拍賣思想。

——您已經取得代價,哀區脫回答。

——是的,三十生丁,克利斯朵夫說。拿回去罷、

他在袋裏搜尋着,想拿出三百法郎來還給哀區脫。但他拿不出來。哀區脫微笑着,微微帶着輕

蔑的神氣。這副笑容愈加鼓動了克利斯朵夫。

——我要我的作品，他說，我向您贖回來。

——您沒有贖回底權利，哀區脫回答。但我素不願抑制別人，我答應還給您，——如果您能賠償我的損失。

——好罷，克利斯朵夫說，就是因此而要賣掉我自己也可以。

他毫不爭論的接受了哀區脫在半月以後提出的條件。由於顯然的瘋狂，他贖回他全部作品底出版權，所出的代價比他從前的收益高出五十倍，雖然這贖價全不誇張：因爲那是哀區脫根據實在所得的利潤精密計算出來的。克利斯朵夫無力償付；而這是早在哀區脫意料之中。他並不想打擊克利斯朵夫，認爲他是一個藝術家，一個「人」，比任何青年音樂家都値得重視；但他要給他一頓教訓：因爲他絕對不容人家反抗在他權利之內的行動。並且那些規則並非他定下，而是當時通行的：所以他認爲很公平。此外，他還眞心相信那些條文對作家與出版家雙方有同樣的好處，後者比前者更懂得推廣作品底方法，絕對不似作家般拘泥一些屬於情操的問題，——這種顧慮，不用說得是可敬的，但究竟和他眞實的利益相背。他決意要使克利斯朵夫成功；但要照他的方式，要克利斯朵夫渾身捆縛着聽他擺佈纔行。他極想使人家感到，要擺脫他的幫助沒有這麼容易。於是他們成立了一種有伸縮性的協定：如果在六個月內克利斯朵夫不能償淸債務，作品將完全歸哀區脫所有。他預料克利斯朵夫連這筆款子底四分之一都湊不起來。

但他固執着，把留有多少紀念的寓所退租了；另租一個低廉的，——賣掉了各種東西，奇怪地發覺其中竟沒有一件有價値的，——負着債，求助於好心的莫克，不幸他此時貧病交加，患着骨節痛而出不得門，——尋訪別的出版者，條件到處都和哀區脫底一樣不公平，或竟拒絕承受。

這時正當音樂刊物對他攻擊最猛烈的時期。巴黎主要的日報中有一份對他格外凶狠，一個不署名的編輯當他是挨打的孩子：沒有一星期不在「回聲」欄內寫些誣蔑的文字使他變得可笑。報紙底音樂批評家，更進一步的完成了他那位不露面的同事底事業：任何細微的藉口都足使他發洩一下殘暴的獸性。這還不過是第一個回合：他預言稍緩再得來一個澈底的殲滅戰。他們並不着急：知道任何確鑿的指控，對羣衆的效果都不及一組反覆不已的諷示。他們玩弄克利斯朵夫，像貓兒玩弄耗子一樣。他們把每篇文字寄給他；他雖抱着鄙夷他們的態度，也不免因之痛苦。然而他緘默着，不去答覆這些侮辱——（卽使他要答覆，他能不能還成問題。）——只固執着爲了無益的、過分誇大的自尊心而和他的出版家奮鬥。他從中損失時間，精力，金錢，和他唯一的武器，因爲他逞着意氣，不願使哀區脫再爲他的音樂作宣傳。

突然，一切改變了。在報上預告的文字始終不曾發表。對羣衆的諷示靜默下來。攻擊戛然中止。不但如此：兩三星期以後，日報底批評家借着偶然的機會還發表幾行贊美的文字，似乎證實他們已經講和。萊布齊一個有名的出版商寫信來請求承印他的作品；契約底條件對作者很有利。一封蓋有奧國大使館印章的恭維信，向克利斯朶夫表示大使館很願在它的慶祝夜會中演奏他的樂曲。克利斯朶夫所推荐的夜鶯，也被邀請去演奏；這樣以後，她立刻被德、意兩國僑居巴黎的貴族沙龍邀請。克利斯朶夫自己，不免到這些音樂會中走動，受到大使熱烈的招待。可是幾句談話就使他知道這位主人並不懂得音樂，對他的作品茫無所知。那末，這突如其來的靑眼又從何而來？似乎有一隻無形的手在照拂他，替他掃除障礙，開闢前路。克利斯朶夫探問之下，大使便提起克利斯朶夫底兩位朋友，裴萊尼伯爵和伯爵夫人，對他抱着同情。克利斯朵夫卻連這兩個姓氏都沒聽到過；而在他到使館去的那晚，也沒有機會見到他們。他並不堅欲認識他們。他這時期對一切的人都覺厭惡，對朋友也像對敵人一樣的不信任友和敵都同樣靠不住；一陣風就會把他們改變；應得要學會少得了他們，像那十七世紀的老人所說的一般：

『上帝給了我朋友，又把他們收回去了。他們把我遺棄。我也把他們撒手，隻字不提。』

自從他離開了奧里維底屋子以後，奧里維再沒消息給他；他們中間似乎一切都完了。克利斯朵夫不想再結新的友誼。他理想中把裴萊尼伯爵和伯爵夫人當作是那些自稱為他的朋友的時髦人物一流；所以他全不想法和他們見面，倒反有躲避他們的傾向。

他還想躲避整個的巴黎。他需要在一種親切的孤獨中隱遁幾星期。——要是他能到故鄉去浸潤幾天的話！——只要幾天——慢慢地，這種思想變成一種病態的欲望。他要再見他的河，他的天，埋着他的亡人的土地。他非要重見一次不可。但他非冒着被囚之險就辦不到：緝捕他的命令，從他出奔以來從未撤銷。但他感到自己為了回去不惜做出任何傻事來，只要能回去一天也好。

幸而他把這件心願和他新的保護人中間的一個談及。德國使館底一個靑年隨員，在一個演奏他的作品的夜會裏遇到他，和他說，他的國家對於一個像他一般的音樂家是很可驕傲的，克利斯朶夫却悲苦地回答道：

——它對我那樣的驕傲，竟至讓我死在國門之外而不肯收納。

靑年外交官想法追究這個原因幾天之後，他再去見克利斯朶夫，和他說：

——上面有人關切您。一個地位極高的人物，具有唯一的威權能使對您的裁判暫時不生效力的人，知道了您的境遇，大爲感動。我不知您的音樂怎會使他歡喜：因爲——（我們之間不妨直說）——他並沒很好的趣味；但他是聰明的，心腸又很好。他此刻雖不能立卽撤銷您的緝捕狀，但人家答應裝作痴聾，如果您要回去四十八小時看看您的家族的話。瞧，這裏是一張護照。您在到達與動身時教人家驗一驗。諸事小心，別引起人家注意。

* * * * * * *

克利斯朶夫重復見到了一次故鄉。照人家所允許的期限，他逗留了兩天，只和他的鄉土和埋在鄉土裏的人們敍了一番舊話。他看見了母親底墳墓。草長得很長；但鮮花是新近供上的。父親與祖父並肩長眠着。他坐在他們脚下。墳墓背靠着牆垣。一株長在牆外凹陷的路上的栗樹，蔭蔽着它。從短牆上望去，可以見到金色的穀物，温暖的風在上面吹起一陣柔波；太陽照臨着嬾洋洋的大地；鵪鶉在麥田裏叫，柏樹在墓園上面發出微波輕拍的濤聲。克利斯朵夫獨個兒幻想着。心地沉靜。他坐着，雙手抱着膝蓋，背靠牆垣，眼望着天。他眼睛閉了一會。一切多淳樸！他覺得身在自己家裏，圍繞着家人。他和他們挨得這麼近，髣髴手握着手。幾小時過去了。到了傍晚，走道底砂石上忽然有脚步聲。守墓的人走過，對坐在地下的克利斯朵夫望着。克利斯朵夫問他這花是誰供的。那人答說蒲伊農莊上的主婦每年總來一二次。

——是洛金麼？克利斯朵夫說。

他們交談起來。

——您是兒子麼？那守墓人說。

——她有三個呢，克利斯朵夫回答。

——我講的是在漢堡的那個。其餘兩個都不成器。

克利斯朵夫把頭微微後仰，一動不動，一聲不響。太陽下山了。

——我要關門了，守墓人說。

克利斯朵夫站起來，和他在墓園中繞了一匝。守墓人領他看他的住處。克利斯朵夫停了一會看看死者底留名。他在此重新見到了多少熟人聯合在一塊老于萊，——他的女壻，——下面，是他童時的伴侶，和他玩耍的小姑娘，——在此，有一個使他心動的名字：阿達……大家都得到了安息……。

落日底餘輝像一條腰帶般圍繞着平靜的天際。克利斯朵夫出了墓園，在田野裏走了長久。羣星發光了……。

明天他又來，坐在隔日的位置上消磨了一個下晝。但隔日美妙的恬靜的空氣消失了。他心中唱着一支無愁無慮的、幸福的頌歌。坐在墓欄上，他用鉛筆把他聽到的歌在小册子上寫下。白天就這樣的過去了。他覺得自己髣髴在當年的小室內工作，媽媽就在隔壁。他寫完了要動身時，——他已走了幾步，——忽然念頭一動，回來把小册藏在艸裏。天上開始滴下幾點雨。克利斯朵夫想道：

——它將很快地消失。那也更好！……只是爲你的。不是爲任何人的。

他又重新見到了河，熟習的市街，多少情形已經改變。城門口，在古堡走道上，一個小小的皂角樹林，他從前眼見種植的，如今已長大到把老樹壅塞。沿着園繞特·克里赫家花園的牆垣走去，他還認出那根界碑，爲他幼時爬着瞧望花園的；他詫異地發見那街道，牆垣，花園，變得多狹小。在大門鐵欄前，他停了一會。當他繼續前進時，恰好有一輛車經過。他無意中擡起頭來，看見一個鮮艷的、肥胖的、快樂的少婦，好奇地把他端相着。她驚訝地喊了一聲，招呼車子停下。她喊道：

——克拉夫脫先生！

他停住脚步。

她笑着說道：

——彌娜……

他迎上去，心裏差不多像初次遇到她（原註參閱卷二：清晨）時一樣慌亂，她同着一位高大禿頂、髭鬚高聳、帶一副得意的神氣的男子，她介紹說是『法官洪・勃龍龍哈先生，』——她的丈夫。她要克利斯朵夫進到她家裏去。他想法推辭。但彌娜一味嚷着：

——『不，不，他應當來，來用晚餐。』

她講得很響很快，不等克利斯朵夫詢問，就敍述她的歷史。克利斯朵夫被她的大聲叫嚷鬧昏了，只聽到一半，只顧望着她。這便是他的小彌娜！她正當妙年，又結實又肥滿，美麗的皮膚，薔薇般的顏色，但線條都寬弛了，尤其是那個飽滿豐腴的鼻子。姿勢，態度，愛嬌，都和從前一樣；唯有聲量變了。

她始終不歇的講着；和克利斯朵夫講着她過去的歷史，親密的歷史，她愛丈夫和丈夫愛她的方式。克利斯朵夫被她弄得侷促起來。她有一種毫無批評成分的樂觀主義，使她覺得一切都比旁人高勝，——（至少在她當着旁人之面的時候）——她的城市，她的家，她的家庭。她講着她的丈夫，當着丈夫底面說他是『她從未見過的最偉大的男子，』在他身上有『一股超人的力量。』那『最偉大的男人』一邊笑着一邊拍拍彌娜底面頰，和克利斯朵夫聲言她是『一個崇高地賢慧的婦人。』似乎這位法官先生知道克利斯朵夫底事情，不知對他應該表示敬意還是輕蔑，既然一方面有他的罪案，另一方面有高級的保護；結果他決定參用這兩種態度。至於彌娜，老是滔滔無盡的講着。當她對克利斯朵夫說了一大堆關於自己的事情以後，她轉過話題來講到他了；她提出許許多多的問題，其親密的程度，恰恰像她自述歷史時一樣，因為她以前的敍述，髣髴是對他並未提出而由她自己假想出來的問題底答覆。她能重見克利斯朵夫真是高興極了；她對他的音樂一無所知，但知道他已出名；她覺得自己被他愛過——（而被她拒絕）——是一件光榮的事。她說笑似的用直率的語氣提及此事。她要他在她的紀念册上簽名。她拼命問他關於巴黎的情形。她對這個城市所表示的好奇心恰恰和她輕蔑的分量相等。她自己說認識巴黎，見過福利·裴爾悅，（按係巴黎歌舞劇場，表演雜耍，滑稽，及裸體歌舞，與紅磨坊齊名。）歌劇院，蒙瑪德爾（按係巴黎娛樂場所薈聚之地，夜總會最多之區域。）聖·格魯（巴黎郊外名勝區域）。據她說來，巴黎女子盡是些淫娃，惡母，孩子只求越少越好，有了也置之不問，把他們丟在家裏而自己到戲院與娛樂場所去。她絕不允許人家表示異議。晚上，她要克利斯朵夫在琴上奏一闋。她覺得很可愛。但她心裏，同樣佩服丈夫底琴藝。

克利斯朵夫很快樂重見彌娜底母親，特·克里赫夫人。他對她保存着一股幽密的柔情，因為她曾待他很好。她慈悲的心腸絲毫沒有喪失，並且比彌娜更自然；但她對克利斯朵夫永遠表示一種從前使他着惱的嘲弄態度。她始終保持着他離開她時的那種神態；她愛着同樣的東西；覺得人家既不能做得更好也不能有另一種做法；她把從前的克利斯朵夫和今日的克利斯朵夫相比她還是更歡喜前者。

在她周圍，誰也不曾改變思想，除了克利斯朵夫。小城底死寂，眼界底狹隘，使他大爲不快。他的主人們講着關於他不認識的人們的壞話。他們窺伺着鄉鄰底可笑，把和他們不同的一切都稱做可笑。這種惡意的好奇心，老是關切一些無聊的事情，終於使克利斯朵夫渾身不舒服起來。他試着談他在外國的生活。但他立刻感到他們是無法領會這法國文明的，這個他素來引以爲苦的文明，當他一朝到了本國時，倒覺可愛了，——這種自由的拉丁精神，其中的第一條律令是聰明：不惜冒着喪失『道德』的危險去換取的『盡量的瞭解』。在那些主人們身上，尤其在彌娜身上，他重新見到以前傷害過他而他已忘懷了的那種驕傲的精神，——從弱點上來的驕傲，也是從德性上來的驕傲，——那種沒有慈悲心的誠實，以自己的德性傲視別人，鄙視她所不能認識的墮落，信奉着規律，瞧不起『不規則的』優越。彌娜鎭靜地、儼然地、確信自己有理。在她批判別人的方式內，沒有細微的區別。她不願費心瞭解他們，她只知道關切自己。她的自私主義染上了一層模糊的玄學色彩。她永遠的問題是她的『我，』是她的『我』底發展。她或者是一個善良的婦人，能夠愛別人。但她太愛自己。尤其她太尊重自己。她的神氣似乎永遠要在她的『我』前面加一個『長老』或『敬禮』底字眼。我們可以覺得，要是她所最愛的男人膽敢有一刻兒——（以後他定會無窮地後悔，）——對她尊嚴的『我』有所失敬的話，她將完全而且永遠不愛他……你的『我，』眞是見他的鬼！還是想想『你』罷！……

然而克利斯朶夫並不用嚴厲的目光看待她。平時那麼易怒的他，此刻竟像天使般耐心聽着。他不許自己批判。他把童時虔敬的回憶像一道光輪般籠罩着她；一意要在她身上尋找小彌娜底形象。在她某些姿態上面，要認出她當年的模樣也並非不可能；她的語聲中有些音響還能引起動人的回聲。他耽溺着這些，不聲不響的，不聽她的言語，只裝做聽着的樣子，不住的對她表示一種溫柔的敬意。但他不大能集中精神：她聲音太高，使他聽不見從前的彌娜。末了，他厭倦着站起身來：

——可憐的小彌娜！他們想教我相信你在這裏，在這個大聲叫嚷、使我厭煩的、美麗肥胖的人身上。但我明明知道不是。算了罷，彌娜。我們和這些人有什麼相干？

他走了，騙他們說明天會再來。如果他說出當晚要動身的話，不到火車開行時他們一定不肯放鬆他。他在黑夜裏纔走了幾步，他重新找到了未遇彌娜車輛前的那種愉快的印象。不合時宜的夜會像海綿底痕跡般隱滅了；甚麼都不復存在；萊茵底語聲淹沒了一切。他走到河濱，靠着他誕生的屋子那邊。他一見就辨認出來。護窗緊閉，人們已經入睡。克利斯朶夫在路中停下，覺得要是他去叩門的話，那些熟識的幽靈定會來開他。他繞着屋子，走入草地，到河旁從前與高脫弗烈特談話的地方。他坐下來。以往的日子再生了。和他一起做過美妙的初戀之夢的可愛的小姑娘復活了。他們重復體驗到少年底溫情，甜蜜的眼淚與無窮的希望。他親切地微笑着自忖道：

——人生什麼都不會教我。我白白地知道，白白地知道……我始終有着同樣的幻象。能夠始終不衰地愛和信仰是多麼好！一切和愛有關的都是不死的。

——彌娜，和我在一起的——而非和另外一個在一起的……彌娜。永不衰老的彌娜！……

朦朧的月從雲端裏出來，在河上照出鱗鱗的銀光。克利斯朵夫覺得河流距離他所坐的陸地比從前近多了。他走前去。是的，從前在這裏，在這株梨樹之外，有一段沙帶，有一片小小的草地，他一向在上面玩耍的。河流把它們侵蝕了；它已接觸到梨樹底根。克利斯朵夫悲傷了一會，向車站走去。在這方面，一個新興的市區，——窮人底住屋正在建築的工場工廠底巨大的煙突，——方在建造起來。克利斯朵夫記起下午看到的皂角樹林，想道：

——那邊，河流也在侵蝕……

在陰影中沉睡的古舊的城市和它包容的一切生人與死者；於他顯得格外可愛了，因爲他覺得它們受着威脅……

『敵人已佔有了城垣……』

趕快救出我們的來罷！死神窺伺着我們所愛的一切。趕快把眼前消逝的臉龐鐫刻在永久的銅像上去罷。我們得從火焰中救出國家底財寶，趁着大火還沒把伯里安（按係希臘脫洛揚城之最後之君主）宮呑沒的時候……

克利斯朵夫踏上正在開動的火車，好似一個逃避洪水的人。但也和那些從城裏救出護城神的人一樣，克利斯朵夫把從故土裏發射出來的愛情底火花，以及過去底神聖的心靈揣在懷裏帶走了。

* * * * * *

在某個時期內，雅葛麗納和奧里維互相接近了些。雅葛麗納底父親去世了。在這個眞正的苦難前面，她感到別的痛苦都是無聊的；而奧里維對她所表示的温情，也重復把她對他的感情燃燒起來。她覺得回到了幾年以前，過着如瑪德姑母亡故以後的淒涼的日子，再緊接着爲愛情祝福的日子。她認爲自己對人生太不知足，應當要感謝它不曾把它給予你的些少東西收回。這付了高價得來的些少，她嫉妒地緊抓着。醫生勸她離開一晌巴黎，免得永遠想着喪事；她便和奧里維去旅行了一次，到他們初婚那年所住的地方作一番巡禮，結果愈加使她感動了。在大路拐彎之處，他們惆悵地重新見到先前認爲已經消失的愛情，看着它在面前過去，知道它仍要歸於消滅，——消滅多少時候呢？也許是永遠？他們不禁熱烈地把愛情緊摟着……。

——留着啊，和我們一同留着啊！

但他們明明知道要失掉……。

雅葛麗納回到巴黎時，覺得身體內有一個爲愛情燃燒起來的小小的生命在蠕動。但愛情已經過去。在她身上天天沉重起來的擔負，並不能增密她和奧里維的聯繫。她並不感到預期的歡樂。她不安地追問自己。從前，當她煩悶時，她往往想一個嬰兒底誕生定能成爲她的救星。現在嬰兒在這裏了，救星却沒有來。這株根鬚深深種在她肉裏的人的植物，她驚駭着覺得它在生長，喝她的精血。她整天出神，傾聽，惘然注視，整個的生命被這個佔據着她的陌生的生命吸引着。這是一種模糊的、柔和的、催眠的、悲痛的、嗡嗡的聲響。她在這迷惘中懍然驚醒過來，——汗流浹背，打着寒噤，反抗底意念如閃電般在心中掠過。她對於「自然」捕捉她的罻網掙扎着。她要生活，要自由，覺得「自然」欺騙了她。隨後，她又覺得這些思想可恥，覺得自己忍心，自忖是否比別的女子更惡，或生得不同。漸漸地，她重新平復下去，在懷中成熟的活果底元氣與幻夢，使她像一株樹一般入於麻痺狀態。它將成爲什麼呢？……

當她聽見它出世後的第一聲哭聲，當她見到這可憐而動人的小身體時，她整個的心都溶化了。她在一刹那間嘗到了母性光榮的歡樂，世界上最強烈的歡樂：從痛苦中創造出一個用她的血肉製成的生物，一個人。策動宇宙的愛底巨浪，把她渾身裹住，捲着，挾着，望天上飛去……呋神。能夠創造的婦人是和你平等的而你還領略不到像她那樣的歡樂因爲你不曾受苦……

隨後，巨浪平息；心靈重復沉到底裏。

奧里維顫危危的俯視孩子；他對雅葛麗納微笑，想要瞭解在他們倆和這可憐的略具人形的生物之間，有何神祕的生命關連。温柔地，帶着一些嫌惡的情緒，他把嘴唇輕輕廝磨着這個黃黃的滿着皺痕的小頭顱。雅葛麗納望着他：嫉妒地把他推開；她抱起孩子，緊緊摟在懷裏，拼命吻他。孩子哭了，她把他放下；旋轉頭去哭了。奧里維走來擁抱她，嚥着她的淚水，她也擁抱他，強作微笑之後她要求讓她休息，把孩子留在她旁邊……唉！可憐！當愛情已經死滅的時候，還有什麽辦法呢？把自己的一大半交給智慧的男人，從不會失去一種強烈的情操而不在腦海裏留一痕跡、留一概念的。他能不復愛戀，却不能忘記他曾經愛戀。然而曾經毫無理由地整個地愛戀的女人，一朝毫無理由地整個地不愛了時，又有什麼辦法？願望麼？自騙自麼？但當她太柔弱而不能願望，太眞誠而不能自欺時又將如何？……

雅葛麗納肘子倚在牀上，用一種溫柔的憐憫的心思望着孩子。他是什麼？不管他是什麼，他總非整個地從她身上來的。他也是『另一個。』而這『另一個，』她已不愛了。可憐的孩兒，親愛的孩兒！她對於這個要把她連繫在一個已經死滅的「過去」上的生物感到惱怒；她俯在他身上，擁抱他，擁抱他……

* * * * * * *

現代女子底大不幸，是她們太自由而不夠自由。倘使更自由，她們會尋找種種的關係，在其中獲得一種快感和安全。或索性沒有他們現在這種自由，她們也會忍受明知不能破壞的關係而少痛苦些。但最糟的是有着關係而連繫不了她們，有着責任而強制不了她們。

如果雅葛麗納相信她一生註定在這個小小的家庭中時，她可能不覺得它如是狹窄，如是不方便，她將試把它弄得更舒適；終於會像開始時那樣的愛它。但她知道她能夠出去；她便覺得在室內室息了。她可以反抗：她覺相信她應該反抗了。

現代的道德家眞是古怪的動物。他們整個的生命都做了觀察器官底犧牲品而變得萎縮了。他們只想觀看人生；既不十分瞭解它，也沒有欲望可言。當他們把人性底內容辨認淸楚、記錄下來之後，就以爲盡了他們的責任：他們說：

——這便是。

他們並不想加以改造。似乎在他們眼裏，單單存在這件事實便是一種道德。從而所有的弱點都蒙上一種神聖的權利。社會是民主化了。從前，不負責任的祇有君王一人。現在是所有的人，尤其是卑劣的一批，是不負責任的了。這眞是令人欽佩的忠告者！他們費着多少心思，竭力使弱者懂得他們弱到如何程度，懂得是他們的天性使他們如此，永遠如此。那末，這些弱者除了交义着手臂以外還有何事可做？當他們不曾賞識自己時是很幸福的！但女人因爲一直聽見人家說她是一個有病的孩子，也就以疾病與幼稚自傲。人們培植她們的懦怯，幫助這弱點發展。在少年時代有一個年齡，因爲心靈尚未覓得均衡，所以大有犯罪、自殺、靈肉崩潰的危險，並且有實行的可能；——要是有人好玩地把這些話和孩子們說，那末立刻會有罪案發生。卽是成人，只消你們反覆不已地和他說他是不能自主的，就可使他不能自主而一任獸性支配。反之只消你們告訴女子，說她是她的肉體與意志底支配者，負責人，——她就可以做到這一步。但你們這般懦怯的傢伙偏不肯說：因爲你們要利用她們的不知這種道理爲你們自己圖利！……

雅葛麗納所處的可悲的環境終於使她完全迷路。自從她和奧里維疏遠以後，她重復回到她在少年時代鄙視的社會中去。在她和她的已嫁的女友周圍，有一小羣富有的青年男女，都是典雅的，有閒的，聰明的，意志薄弱的。他們的思想言論都絕對自由，唯有他們的精神把這種自由稍稍冲淡了些，使自由更有意味。他們很樂意引用拉勃萊底箴言：

『你愛做什麼就做什麼。』

但他們實在有些誇大因爲他們並無多大願望；這不過是丹蘭末修院（按係十五世紀時拉勃萊創立之集團，集合貴族而優秀的人物，以提倡並實行風雅生活爲目的。）裏一般煩悶的人物罷了。他們樂於宣揚『本能自由』底教義；但這些本能，在他們身上差不多已經消滅；他們的放縱是尤其偏於肉的方面的。他們所最感愉快的，是覺得自己在這文明底淡薄無味而逸樂無比的浴池中溶化——在這微溫的泥窪裏，人類的精力，強烈的生命，原始的獸性，豐滿的信仰、意志、熱情、責任，都化爲液體。雅葛麗納美麗的身軀，就在這種含有膠質的思想中沐浴。奧里維無法阻止她。他也染到了時代的病症，以爲自己無權限制他所愛者底自由，他要一切都藉愛情去掙取，否則就甚麼都不願獲得。雅葛麗納可並不因之對他感到滿意，既然她認爲她的自由原是她的權利。

糟糕的是，她把她的不容許任何模棱兩可的心，整個地交託給這個兩重生活的社會，但她的心是絕對的：當她相信時，她就傾心相與；她的熱情而慷慨的靈魂燃燒着她所有的血管，卽在自私的時候也如此；且在她和奧里維底共同生活裏，她保持着一種不稍假借的德性，卽在不道德的事情中也準備應用她這種強項的性格。

她的一般新朋友底謹愼的態度，決不會給別人看到他們的眞相。如果他們在理論上標榜着絕對不受道德與社會的褊見支配，實際上卻安排得決不和任何對他們有利的褊見斷絕關係；他們的背叛道德與社會，不過是爲利用它們，有如不忠實的僕役盜竊主人一樣。由於閒暇和習慣，他們甚至還要互相竊盜。其中很有些丈夫知道妻子有着情夫。這些妻子也知道丈夫有着外遇。他們各得其便。要不是聲張出來，決沒有什麽醜史發生。這些好夫妻都建築在合夥者——共謀犯底默契上面。但雅葛麗納比較坦白，態度正經。第一，要眞誠。其次，要眞誠。末了，還要眞誠，永遠要眞誠。眞誠也是時代所宣揚的德性之一。但在此我們就可看到，爲健全的人，一切都是健全的，爲腐敗的心靈，一切都是腐敗的。有時，成爲眞誠是多麽醜惡！對於一般庸劣的人要洞燭他們的內心簡直是一種罪行。他們只看到他們的庸劣；而他們的自尊心照樣感到滿足。

雅葛麗納老是在鏡中研究自己；她在其中看到了最好永遠不要看到的東西：因爲一朝看到之後，她便沒有勇氣把眼睛移往別處；她非但不去消滅它，反而看着它長大；它變得碩大無朋，終竟把她的眼睛和思想一齊侵佔了。

孩子不能充實她的生活。她不能自己哺乳；孩子日漸萎頓，只得雇用乳母。她先是非常悲傷……不久可覺得蘇慰了。孩子如今健旺起來；長得很強壯，又是很乖，沒有聲響，常常睡着，夜間也難得哭喊。乳母——是一個並非初次哺育的結實的女子，對嬰兒生出一種本能的、嫉妒的、可厭的感情——倒像是眞正的母親。雅葛麗納發表意見時，乳母只顧依着自己的心思做去；如果她試着辯論，乳母竟發見她一無所知。自從生產以後，她的健康始終不曾恢復：初期的靜脈炎把她困住了；幾星期的躺着不動，使她愈加苦惱；她的狂亂的思想，不住的縈繞着同一個單調而幻想的怨嘆：『她不會生活，不會生活；而如今她的生命已經完了……』因爲她的想像受了損害：以爲自己永遠殘廢了；於是一股曖昧的、辛辣的、不肯承認的仇恨在胸中昇起，發洩在她致病的原因——嬰兒身上。這種情操並不像一般人所想的那麼稀少，不過被人家遮上一重帷幕罷了；感到這種情操的女子暗裏還恥於承認。雅葛麗納指責自己；自私與母愛在她胸中交戰。當她看到嬰兒睡得像天使般時，她就軟心了；但一忽兒後她又悲苦地想道：

——他殺了我。

她對於這個孩子無愁無慮的酣眠禁不住有一種反感；這個小生物底幸福是用她的痛苦換來的。即當她痊愈了，孩子長大了以後，這種敵意依舊在曖昧中存在。但因她覺得這種敵意可恥，便拿來轉移到奧里維身上。她繼續當自己病着；對於健康老是躭憂，被醫生們用培養她的閒暇——

閒暇就是病根，——的方法維持着她的不安，——（醫生要她和兒童隔離，絕對不能行動，絕對要孤獨，幾星期的躺着，過着虛無的日子，把自己釘在牀上，好似一頭野獸，）——促使她的注意力完全集中在自己身上。對於神經衰弱症，這眞是好奇怪的近代治療法，把另外一種疾病——自我擴張病去代替自我病！你們爲何不替他們的自私病施行放血治療，或者依精神反應底原理，把他們的血，如果不很多的話，從頭裏移一部分到心裏？

病後，雅葛麗納身體顯得更強健，更肥碩，更年青了，——精神上却比任何時都病得厲害。幾個月的孤獨，把她和奧里維之間的最後的聯繫斬斷。祇要她居留在他旁邊，她還感受這理想主義者性格底影響，因爲他雖懦弱，究竟不會變易他的信念；她一向想擺脫一個比她更強的精神底控制，想反抗那參透她的內心而有時強使她責備自己的目光，只是徒然。但她一朝因偶然的事故而和這個男子分離了——不復覺得他的明察秋毫的愛情壓在她心上，——她變成自由之後，——立刻，他們之間友善的信賴消失了，代之而起的是一種對於自己曾經傾心相與所感到的怨懟之意，一種對於長久受（她如今已感覺不到的）他的溫情控制所感到的仇恨……在一個你所愛而自以爲被愛的生物心中孕育着的深切的怨恨，誰能說出來呢？一日之間，一切都變了。隔日，她還愛着，似乎愛着相信愛着。忽而她不愛了。她先前所愛的人在她的思想中被驅逐出境了。他突然發見她已完全不把他放在心上，只覺得莫名其妙：他全沒看到在她心中長期的醞釀，從沒疑及她對他所積聚的祕密的恨意；他不願感到這種報復與仇恨底原因。往往是遙遠的，多方面的，曖昧的原因，——有些是埋藏在牀帷之下，——有些是自尊心受了傷害，心底的祕密被窺見了，批判了，——又有些……連她自己都不知道。有種隱祕的傷害，在加之於她的人是無心的，但她永遠不能原諒。這等傷害，人們永遠不能知道，她自己也模糊了；但傷痕已鐫在她的肉裏：她的肉永永不能忘記。

要反抗這可怕的離叛的潮流，必得一個和奧里維不同的男人纔能奮鬥，——這個人必須更近於自然，更淳樸，同時也更富於彈性，不拘拘於情操的顧慮，富於本能，必要時能採取爲他的理性不贊成的行動。奧里維却不曾戰鬥就戰敗、就灰心：太明察的目光使他早已在雅葛麗納身上辨認出一種比意志更強的遺傳性，她的母親底心靈；他眼看她像一塊石子般掉在她種族底深淵裏；再加他的懦弱與笨拙，使他所有的努力加速她的墮落。他強自鎮靜。她却無心地想引他從鎮靜中出來，逗他說出粗暴鄙俗的話，以便使自己獲有鄙視他的理由。如果他忍不住而發作時，她就瞧不起他。如果他過後羞愧而露出屈辱的神氣，她就更瞧不起他。而如果他忍耐下去，不願入彀——那末她恨他。最壞的是他們默然相對。令人窒息的，令人駭怖的靜默，使最溫和的人也禁不住要狂怒，有時要感到一種想作惡、叫喊、使別人叫喊的欲望。靜默，黑暗的靜默，在靜默中愛情會分離，人會像星球般各走各的軌道，深入到黑暗中去……他們甚至會到一種境界，使他們一切的行爲，卽使爲互相接近的行爲，也成爲一個遠離的原因。他們的生活是無法忍受的。一樁偶然的事故更加速了事情底演變。

一年以來，賽西爾·弗洛梨時常在耶南家走動。奧里維最初在克利斯朵夫處遇到她；以後，雅葛麗納把她邀請了；賽西爾便繼續去探望他們，卽在克利斯朵夫和他們分手之後也是如此。雅葛麗納待她很好：雖是她不大懂得音樂而覺得賽西爾很平凡，但她賞識她歌喉底美妙，體會到她令人蘇慰的影響。奧里維很高興和她彈弄音樂。慢慢她成爲一家底好友了。她使人感到信賴：當她進入耶南家底客廳時，那雙坦白的眼睛，康健的神態，微嫌粗野但令人聽了怪舒服的笑聲，無異濃霧中透入一道陽光。奧里維和雅葛麗納底心爲之蘇慰。當她動身時，他們很想對她說：

——留着罷！留着罷！我多寒冷！

在雅葛麗納出門養病時期，奧里維見到賽西爾的次數更多了；他不能把心中的悲傷完全瞞她。他不假思索的盡情訴說，正如一個怯弱而温柔的心靈在苦悶時需要宣洩一樣。賽西爾爲之感動，不禁用母性的言語在他的創傷上敷些油膏。她爲他們倆抱怨；鼓勵奧里維不要沮喪。但或是因爲她覺得對這些心腹話比他更窘，或是因爲別的什麼理由，她託辭把訪問底次數減少。無疑的，她覺得她的行動對雅葛麗納不大光明，她無權知道這些祕密。奧里維認爲她的疏遠是爲了這種理由，覺得那是對的：因爲他埋怨自己不該訴說。可是疎遠底結果，他倒覺知了賽西爾在他心中的地位。他已慣把自己的思想和她的溝通；唯有她能把他從壓迫他的痛苦中解放出來。他對於自己的情操看得那麼明白，他此刻對賽西爾的情操究竟是哪一種，胸中早已瞭然。他絕對不和賽西爾說。但他禁不住不把他所感到的寫下來。不久以來，他又恢復了危險的習慣，在紙上和自己的思想交談。在戀愛底幾年中，他這種癖好已經痊愈；但如今他重復孤獨時，遺傳的怪癖又發作了：這是他痛苦時的一種蘇解，一個分析自己的藝術家底需要。這樣，他就描寫自己，描寫他的痛苦，好似對賽西爾訴說一樣，——而且更自由地，既然賽西爾永不會讀到。

偶然使這些文字落入雅葛麗納眼中。這一天，她正覺得自己和奧里維接近的程度爲多年來未有的景象。整理着她的櫃子，她重新讀着他以前寄給她的情書：爲之感動下淚。坐在櫃子底陰影裏，不能繼續整理了，她便把全部的過去温了一遍，痛悔不該自己把它毀掉。她想到奧里維底悲傷：她從不能冷靜地考慮這點，她可以把它忘掉；但她一想到他爲她而痛苦就受不了。她柔腸百轉，眞想撲入他的懷裏和他說：

——啊！奧里維，奧里維，我們做了些什麼事？我們是瘋子，我們是瘋子！別再使我們痛苦了罷！

要是他在這時候進來！……

而正在這時候，她發見了這些書信……一切都完了。——她是不是以爲奧里維眞正欺騙了她？也許。但有什麼相干？對於她，欺騙，在意志方面比行爲方面更重要。她寧願寬恕她所愛的人有一個外遇，却不願寬恕他私下把他的心給予別一個女子。這，她是對的。

——做得好事有的人會說……——（一般可憐的人物，對於愛情底被欺唯有當它是十足實的時候纔會感到痛苦。……只要良心保持忠實，肉體底穢行是不足道的。要是良心變了，那便一切都完了。）……

雅葛麗納全不想重新征服奧里維。太晚了！她對他的愛太淡薄了。或者是她太愛他了……可是不，這並不是嫉妒！這是她全部信心底崩潰，暗中對他所有的信仰與希望底破滅。她可不想是她瞧不起這信仰與希望的，是她使他灰心的，驅使他傾向於這次的愛情的，也不想這愛情是無邪的，一個人底愛或不愛究竟是不能自主的。她從來不想把她和克利斯朵夫的調情同這次的事情作一番比較：克利斯朵夫豈非是她不愛而完全不以爲意的麼？在興奮的誇張的情況之下，她以爲奧里維對她說謊而完全不把她放在心上。在她伸出手去想抓握最後一個倚傍時，她覺撲了一個空……一切都完了。

奧里維永遠不知道她在這一天所感到的痛苦。但當他回來見到她時，他也感到一切都完了。從這時起，他們不復交談，除非當別人底面。他們互相觀察，好比兩頭被人追逐的野獸，提防着，害怕着。奚萊彌阿・高丹夫（十九世紀瑞士小說家。）曾經用尖刻的筆調，描寫一對不復相愛而互相監視的夫婦，各人窺探着對方底健康，竊伺着疾病底徵象，並不希望對方速死，但似乎祝禱一個意外的禍事，慶幸自己比對方更結實。有時，雅葛麗納和奧里維互相以爲有這種思想。而實在兩人都沒有；但以爲對方有就受不住；例如雅葛麗納在夜裏胡思亂想中失眠的時候，私忖她的丈夫比她更強壯，慢慢地磨蝕她，不久會戰勝她……這眞是幻想與心靈驚駭若狂時的殘酷的夢囈！——要知道他們心中最優越的部分究竟還在相愛！……

奧里維被沉重的擔負壓倒了，不復想奮鬥；他站在一邊，放下那支配雅葛麗納心靈的舵。而當她沒有了舵手，完全被放任之下，她倒對着她的自由眩暈起來；她需要有一個主宰，好讓她來對之反抗：倘沒有這主宰，她得創造出來。於是她成爲固執的意念底俘虜。至此爲止，她雖然痛苦，從沒離開奧里維的念頭。從這時起，她以爲擺脫了所有的約束。她要趁早愛一個人：（因爲如是年青的她已自以爲老了。）——她曾經愛過，有過這些幻想的、強烈的熱情，對於第一個遇到的對象，一張僅僅窺見的臉龐，一個有名的人，或僅僅是一個姓氏，一朝依戀之後再也割捨不掉，強使自己的心相信，它再也少不了它所選擇的對象，它被他整個地佔據了，把一切的過去一掃而空：她的其他的感情，道德的觀念往事底回憶，自我的驕傲，對别人的尊重，統被這新的對象排擠掉。而當固執的意念沒有了養料，在燃燒一番過後也歸於消滅的時候，一個新的性格從廢墟裏浮現出來，一個沒有慈悲、沒有憐憫、沒有青春、沒有幻象的性格，只想磨蝕生命，好似野草侵凌着傾圮的建築物一樣！

這一次，如通常一樣，固執的意念屬意於一個對心靈欺妄最甚的人物。可憐的雅葛麗納愛上了一個風月場中的老手，巴黎的作家，既不俊俏，又不年輕，粗蠢笨重，皮色赭紅，貪饞好飲，生着一口壞牙齒，陰狠殘酷，主要的價值是當令得勢和糟塌了一大批女子。她並非不知他的自私自利：因為他在作品中公然炫耀。他所做的事情是有作用的：用藝術鑲嵌起來的自私主義是雲雀們底鏡子，是迷惑弱者的火焰。在雅葛麗納周圍的女子中，上他鈎的已不止一個：最近，她朋友之中的一個新婚少婦，被他不費多大氣力就誘上了，接着被捨棄了。這些女子可並沒因之死去活來，甚至她們還不知藏拙，鬧出笑柄來給大衆開心。受害最烈的女子，因為太顧慮自己的利害和社交關係，也只得在極不能忍受的情形之下勉強忍受。這種醜事並不引起大衆非議。她們欺騙她們的丈夫與朋友，或者被他們欺騙、磨難，一切都在靜默中搬演。她們是不怕輿論的女英雄。

但雅葛麗納是一個瘋子：她不但說得出，做得到，而且做得到，說得出。她對於自己的瘋狂完全不加計算，不顧利害。她賦有這可怕的長處，老是對自己保守坦白，對她行為底後果絕不後退一步。她比她那個社會裏的人較有價值：所以她做的事情更糟。當她愛一個人時，當她起了奸淫的念頭以後，她就全無顧忌的渾身跳下坑去。

* * * * * * *

亞諾夫人獨個兒在家，像潘奈洛潑做着那件有名的活計般（按係奧特賽史詩中主角于里斯之妻。在于里斯出征時期，追求潘奈洛潑者甚衆。潘以完成織件後再決定為托辭。此處所言活計即指此。）又鎮靜又興奮的打着絨線。也像潘奈洛潑一般，她等候她的丈夫。亞諾先生整天在外面：早上與傍晚，他都有功課。通常他總回來用午飯，不管兩腿如何痠軟，不管中學是在巴黎城底那一端，他也不辭長途跋涉，這倒並非由於對妻子的愛情如何濃厚，也非由於節省金錢，而是由於習慣。但有些日子，他被替學生複習功課的事情勾留住了；或者他利用機會，在那一區底圖書館裏工作。呂西・亞諾便獨自留在空虛的寓裏。除了從八時至十時來幫助她做些粗活的短工女僕，和雜貨商每晨來送貨以外，沒有一個人來按她的門鈴。在全座屋裏，她一個熟人都沒有了。克利斯朵夫搬了地方。紫丁香花園裏來了一般新房客。賽麗納・夏勃朗嫁給了安特萊・哀斯白閑。哀里・哀斯白閑全家遠行；有人委託他在西班牙主持開鑛的事情。老韋爾底妻子死了，他差不多從不到這巴黎寓所來居住。唯有克利斯朵夫與他的女友賽西爾和呂西・亞諾保持着友誼；但他們住得很遠，有着累人的工作，常常幾星期不來看她。她只能依賴自己。

她却並不厭煩。只消些少的東西就足夠培養她的興趣。例如每日瑣碎的工作，一株極小的植物，為她每天早上用慈母般的心情拂拭着葉子的。還有她那安靜的灰色貓，好似人家疼愛的那些家畜一般，久而久之也感染了一些她的脾氣：牠和她一樣成日蹲在火爐旁，或是桌子上燈下，看着她一來一往動作的手，有時擡起牠奇怪的眼瞳對她凝視一會，隨後又滿不在乎的閉上。即是傢具也成為她的伴侶。它們之中每一件都有一副親切的面貌。當她拂拭它們，輕輕抹去積在凹處的灰塵，鄭重地把它放到原位上時，她感到兒童般的歡喜。她和它們有着無聲的交談。她對着那唯一的美麗的古代傢具——一張路易十六式的圓脚書桌微笑。她每天見到它時感到同樣的快樂。她也忙着檢閱衣服，幾小時的立在椅上，頭和手臂全都埋在那口巨大的鄉村式衣櫃內，瞧着，整理着，引得那貓兒詫異地望着她。

但幸福的是當她做完了事情，獨自用完了中飯，上帝知道她喫些什麽——（她沒有多大胃口，）——必不得已的上街的事情料理好了，一天底工作結束了，在四點左右回來之後，她靠近着窗或火爐安頓下來，陪着她的是她的活計和貓咪。有時，她想出一個絕對不出門的理由；她最高興守在家裏，尤其在冬天下雪之時。她最怕寒冷、刮風、汚泥、下雨，因爲她自己也是一頭很淸潔、很細氣、很柔和的小貓。當雜貨商偶而把她忘記的時光，她寧可不喫東西，不願出去買菜預備午餐。這時，她就啃着一塊可可糖或一件水果了事。她提防着不給亞諾知道。這是她的偸懶。那時，在陰霾的日子，有時也是太陽很好的美麗的日子，——（外面，蔚藍的天光照着大地，街上鬧轟轟的聲音籠罩着靜寂與陰黯的公寓髣髴一座海市蜃樓包圍着一顆靈魂，）——她坐在那最歡喜的一隅，脚下放着小櫈，一動不動地做着活計。她身旁放着一册心愛的書。總是那些樸素的紅封面的本子，英國小說底譯本。她讀得很少，一天僅僅讀一章；書本擺在膝上，老是翻在同一頁上，或竟完全闔上；她已經熟稔了；她把它幻想着。這樣地，狄更司與薩克利（十九世紀英國小說家。）底長篇小說會幾星期的看下去，使她幻想到幾年之久。它們的溫情催眠她。今日一般讀書又快又潦草的人，對於書中那些要慢慢咀嚼方能感到的奇妙的力量，是不復能領略了。亞諸夫人毫無疑問的相信這些小說中的人物底生涯和她的生涯一樣眞實。其中頗有一些她極其愛護的人：例如那溫柔而嫉妒的凱塞胡特夫人默默地愛着，抱着一顆慈母與處女之心，對她不啻是一個姊姊；那個小東貝無異她的小兒子；她自己是那個垂死的老小孩陶拉；對這些睜着善良純潔的眼睛走過世界的兒童底心靈，她伸出她的手臂；在她周圍，走過一隊可愛的流浪人與無害的怪物，追求着他們的可笑而動人的幻夢——領導這行列的便是狄更司底博愛的精靈，爲他的夢境笑着哭着。這時候，當她向窗外眺望時，她在路人中會認出幻想世界裏某個可愛的或可怕的人物底倩影。在房子底牆壁後面，她猜到一般同樣的生命。她的不愛出門，就因爲她怕這個充滿神祕的世界。她發見周圍有許多悲劇隱藏，有許多喜劇搬演。這並非老是一種幻象。在孤獨中間，她秉受了這神祕的直覺的官能，使她在面前閃過的目光中看到他們昨日與明日的生活底祕密，往往爲他們所不自知的。她在這些眞實的色相裏，又攙入小說式的回憶，把色相變形。她覺得自己在此巨大的宇宙中淹溺了。她需要回家去站定脚跟。

但她何必去看望或觀察別人呢？她只消觀察自己的內心便行。這個在外面看來蒼白黯澹的生命，在裏面是何等的光明燦爛！何等的豐滿充實！多少的回憶，多少的寶藏，誰都想不到她會有的！……這些回憶與寶藏，是否有過眞實性？無疑是眞實的，旣然它們對她都是眞誠的……呀！可憐的生命，被幻夢底神棒點化了！

亞諾夫人追溯着歲月底源流，直到她小時候；她的煙消雲散的希望，像細小的花朵般悄悄地一一重新開放……兒時第一次愛戀底對象；一個一見就使她着迷的少女，她愛着她，有如一個十分純潔的人愛着愛神一般，她曾想吻她的足，做她的女兒，和她結婚：偶像出嫁了，不甚幸福，生了一個不久就死的孩子，接着她也死了……十二歲時，她又愛上一個年齡相若的小姑娘，性情專橫的，頑皮的，愛笑的，歡喜弄她哭泣，然後拚命吻她；他們對於將來一同作着傳奇式的計劃：突然這少女進了嘉曼麗德教派修行，不知爲何緣故；人家說她很幸福……後來，她對一個年紀很大的男人發生了一股狂熱的愛情。但這股熱情，誰都不曾知道，卽連那被愛者也是茫然。她却發洩了一道犧牲底熱誠，無限的柔情……後來，又是另一股熱情；這一次，人家可愛她了。但由於奇特的膽怯，缺少對自己的信念，她不敢相信人家愛她，也不敢表示她愛人家。幸福過去了，她來不及抓握……後來……但對別人儘講着這些祇對自己有意義的事情有什麼用！多少瑣屑之事，對她有一種深刻的意義：朋友底親切，奥里維無意中說的一句可愛的話；克利斯朵夫底訪問，以及他的音樂喚引起來的神妙的世界；一個陌生人底目光：是的，卽在這個忠實、純潔、卓越的婦人心中，也會想到一些並非故意欲求的不貞的念頭，使她惶惑，使她臉紅，這種思念雖被她驅逐開，但究竟——儘管她是無邪的——使她心裏感到一些太陽底暖意……她很愛她的丈夫，雖說他並不完全像她所夢想的一樣。但他是善心的；而有一天當他和她說：

——我親愛的妻子，你不知你在我心中佔據着何等的地位。你是我整個的生命……

她的心便融化了；這一天，她覺得自己與他結爲一片了，整個地，永久地。他們的結合總一年緊密似一年。工作底夢，旅行底夢，孩子底夢。這一切底結果是什麼呢？……唉，可憐！亞諾夫人還在夢想這一切。她常常深切地幻想一個兒童，以致差不多已經熟識他，髣髴在眼前一般。她爲他幾年的工作着，把她所認爲最美的、最心愛的東西裝扮着孩子……別聲張啊！……

這，這就是人類。多少無人得知的悲劇（連最親密的人也茫然，）藏在表面上最恬靜、最平庸的生命底裏！最悽愴的是：——這些滿懷希望的生命，儘管絕望地呼喚他們應得的權利，要求「自然」所許願而又拒絕了的他們的財產，儘管在熱情的愴痛中磨蝕自己，事實上却什麽都沒發生，表面上什麽都沒顯露！

亞諾夫人底幸運是，她並不只關切自己。她的生活在她的幻夢中祇佔據一部分的地位。她也生活着她所認識的或曾經認識的人底生活，爲他們設身處地，她想着克利斯朵夫，想着她的女友賽西爾。她現在還想着。這兩個女子彼此有了很好的感情。奇怪的是，兩人之中倒是壯健的賽西爾需要來依傍嬌弱的亞諾夫人。實在，這高大而結實的女子並沒她外表那般強。她正經歷着劇烈的苦惱。最安詳的心也不能避免命運底奇襲。一種很溫柔的情操在她心中誕生；她先不願認識它；但它慢慢長大起來，迫使她承認：——她愛着奧里維。這個青年底柔和懇切的態度，外觀上微帶女性的魅力，懦弱與易於委身的氣質，立刻把她吸住了：——（一個母性的性格是歡喜需要它的人的。）

——以後得悉的這對夫婦間的悲苦，更使她對奧里維發生一種危險的憐憫。無疑的，單是這些理由還不夠。誰能說爲何一個人愛上某一個人呢？往往兩人對於這愛都是不相干的；這是時間底播弄：它會突然把一顆不自提防的心，聽讓擋在它路上的第一種感情征服。——自從賽西爾確切明白以後，她就勇敢地把她認爲犯罪的、荒謬的愛神之箭拔去；她因之痛苦不已，始終不能痊愈。沒有一個人猜疑到她的心事：她鼓足勇氣裝出很快樂的模樣。唯有亞諾夫人一人，知道這快樂的神氣是她忍着極大的痛苦裝出來的。賽西爾來把沉重的頭顱倒在淸癯的亞諾夫人懷裏。她悄悄地流了幾滴淚，她擁抱她，接着笑嘻嘻的去了。她疼愛這個纖弱的朋友，在她身上，她覺得有一股比她高強的道德力與信仰。她並不吐露心中的祕密。但亞諾夫人能在片言隻語上猜到。世界於她顯得是一個無法消解的可悲的誤會。一個人只能愛，憐憫，夢想。

而當夢想底蜂房在她胸中響得過於厲害時，當她覺得頭暈時，她便走到鋼琴前面，聽任她的手隨便在鍵盤上撫摩，低聲地使音響底蘇慰心靈的光明能籠罩人生底幻景……

但這善良的小婦人不會忘記日常功課底時刻；當亞諾回家時，總發見燈已點好，晚餐已經端聲，妻子蒼白的臉上浮着微笑等着他。他絕對想不到她在家所作的那些旅行。

困難的是要把兩種生活毫無牴觸地維持：一是日常生活，一是偉大的、茫無邊際的精神生活。這不是一件易事。幸而，亞諾也在書本中、藝術中過着一部分幻想生活，那些作品底永恆的火，維持着他靈魂底搖搖不定的火焰。但近幾年來，他也漸漸關心他教書底勞苦，和同事及學生們底煩惱與不平，變得憤懣；他開始談論政治，毀謗政府，指責猶太人；認爲他在教育界感到的失望都該由特萊弗斯負責。他的憂鬱的性情傳染了一些給亞諾夫人。她快近四十歲了。這是一個生命力感到恐慌而找尋均衡的年紀。她的思想有着巨大的罅隙。在某一時期內，他們倆都失去了一切生存意義：因爲他們不復知道把他們的蜘蛛網結在什麼上面好。不問現實底支持如何軟弱，總得有一個纔好做他們的夢。他們却缺少一切的支持。他們不復能互相依傍。他非但不幫助她，反而依靠在她的臂上。她發覺自己支持不住：於是她眞的不復能支持。唯有一樁奇蹟纔能拯救他們。她呼籲着這奇蹟……

這奇蹟是從靈魂深處來的。亞諾夫人感到在她孤獨的心裏湧出一個崇高的荒唐的需要，需要不顧一切的創造，需要爲了組織底快樂而在空間織起她的布來，聽讓神底氣息——風，把她帶到應當去的地方。而神底氣息把她和人生重新聯繫起來，替她找到了無形的依傍。於是，丈夫和妻子倆重復耐心地紡織那美妙而虛無的夢境，用他們最純粹的血。

* * * * * *

亞諸夫人獨自在家……黃昏來了。

一陣鈴聲使亞諸夫人從夢想中比平時較早的醒來，震動了一下。她把活計仔細收拾過，走去開門。進來的是克利斯朵夫。他顯得非常興奮的樣子。她親熱地執着他的手問道：

——什麽事啊，我的朋友？

——啊，他說，奧里維回來了。

——回來了？

——今天早上他來了，和我說：『克利斯朵夫，救救我！』我擁抱了他。他哭着說：『我只有你了。她走了。』

亞諾夫人震動之下合着手說：

——一對可憐人啊！

——她走了，克利斯朵夫重覆了一句。和她的情夫走了。

——那末她的孩子呢？亞諾夫人問。

——丈夫，孩子，她都丢下了。

——可憐的婦人！亞諾夫人又道。

——他始終愛着她，克利斯朵夫說，他只愛着她。這一次的打擊眞使他爬不起來。他老是和我說：「克利斯朵夫，她欺騙了我……我的最好的朋友欺騙了我。」我徒然和他說：『旣然她欺騙了你，她就不是你的朋友而是你的仇敵了。把她忘記；或是把她殺了罷！

——吠！克利斯朵夫，您說甚麽？這眞是殘忍極了！

——是的，我知道，殺！這對你們大家都顯得是一種原始時代的野蠻行爲：我一定要聽到你們美麗的巴黎社會、羣起抨擊這種驅使一個男子殺害一個欺騙他的女子的獸性，聽到你們爲這個女子說出許多寬恕的理由！善良的使徒！看到這批亂交的狗彘義憤塡胸的反對獸性：倒是一幅美妙的景象。他們把人生摧殘了，剝奪了它所有的價值以後，再來用宗教般的情緖向人生膜拜……怎麽！這個無心肝無廉恥的生命，這個肉包着血的臭皮囊，就是在他們眼中値得尊重的東西！他們對於這塊屠場上的肉毫無敬意，但要去觸犯它是罪大惡極。如果你願意，殺死靈魂倒可以，但身體是神聖的……

——殺死靈魂的凶手當然是最可惡的凶手；但一件罪惡不能用作寬恕另一件罪惡底藉口，這是您很明白的。

——我知道，朋友。您說得對。我不會想到我所說的話……誰知道！也許我會實行。

——不，您在胡說，您毀謗您自己。您是善心的人。

——當我被熱情控制的時候，我和別人一樣殘忍。您瞧我爲了這件事何等興奮！……但當一個人看見他所愛的朋友哭泣時，怎能不恨使他哭泣的人？而且，對付一個拋棄兒子去跟一個情夫的該死的女人，還會嫌太嚴厲麽？

——別這麼說，克利斯朵夫。您不知道。

——怎麼，您爲她辯護？

——我可憐她。

——我可憐那些痛苦的人，却不可憐使人痛苦的人。

——唉！您以爲她，她就從不痛苦麼？您以爲她是樂意拋棄她的孩子，毀壞她的生活麼？因爲她的生活也毀壞了。我不大認識她，克利斯朵夫。我只見過她兩次，都是偶然相遇；她絕沒和我說一句友善的話，她對我並無好感。可是我比您更認識她。我斷定她不是一個惡婦。可憐的小妮子！我猜到她心中所能經歷的情況……

——您，我的朋友，生活如是可敬、如是合理的人！……

——我，是的，克利斯朵夫。是的，您不知道，您是善心的，但您是一個男人，儘管善心，也和所有的男人一樣冷酷，——您是一個對一切和您不同的事情都冷酷地不加聞問的男人。您沒有窺到您身旁的女子底心思。您用您的方式愛她們；但您並不操心去認識她們。您對您自己多麼容易滿足！

您確信您認識我們……可憐！如果您知道，有時我們多麼痛苦，因爲看到你們——並非不愛我們——愛我們的方式，看到我們在最愛我們的人底心目中是何等樣的人物有些時候，克利斯朵夫，我們不得不把指甲深深地抓着手掌，免得叫喊出來：『呋！不要愛我們罷，不要愛我們罷！怎麼都可以，只不要這樣地愛我們！』……您知道這句詩人底說話麽：『卽在自己家裏，處於自己的兒女中間，圍繞着虛僞的榮譽，女人也煎熬着一種比最不幸的災禍還要難忍千倍的輕蔑？』想一想罷，克利斯朵夫……

——您這些說話把我弄糊塗了。我不大明白。但我所窺到的……那麽，以您自己而論……

——我也嘗過這些苦惱的滋味。

——可能麽？……但是不相干！您總不能使我相信、您會做出像這個女人一樣的行爲。

——我沒有孩子，克利斯朵夫，我不知我處在她的地位將怎麽辦。

——不。這是不可能的，我相信您，我太敬重您了，我發誓這是不可能的。

——別發誓！我曾經幾乎同她一樣的做法……我很難過要毁壞您對我的好印象。但你應得學着認識我們，如果您不願徧枉不公的話。——是的，我的不會做出同樣瘋狂的事情只有一髮之差。而這也是靠了您的力量。兩年以前，我經歷着一個極其苦悶的時代。我自忖我一無所用，誰也不重視我，誰也不需要我，我的丈夫少得了我，我虛度着人生……我正要逃出去，天知道去做什麼！我上樓到您寓所裏來……您還記得麼？……您不會懂得我的來意。我是來向您告別的……以後，我不知經過些什麼，我不知您對我說些什麼，我記不大清楚了……但我知道您有幾句說話……

（您自己是完全想不到的……）……對我是一道光明……在那時節，只消一些極小的事情就能使我得救或陷落……當我從您屋內出來時，我回到家裏，關上大門，哭了一天，以後就好了：苦惱過去了。

——今天，克利斯朵夫問道，您後悔這件事麼？

——今天？她說。啊！要是我做下了那件瘋狂的事，我早已身在塞納河底盡頭了。我決不能忍受這場恥辱和我給予丈夫的痛苦。

——那末您如今是幸福了？

——是的，盡一個人在此世所能獲得的幸福。這是一件難得的事：兩人互相瞭解，互相尊重，知道彼此都很可靠，——不是由於往往只是虛幻的一種簡單的愛情底信仰，而是由於多少年共同生活底經驗，這多少年的歲月是灰色的，平庸的，甚至——尤其是——還有這些被我們戰勝了的危險底回憶，隨着年齡底老去，這些情景變得好起來。

她突然停下，臉紅了。

——天哪！我怎麼能講出來？……我做的是什麼事？……忘記罷，克利斯朵夫，我求您！誰都不能知道……

——不用擔心，克利斯朵夫握着她的手說。這是一件神聖的事情。

亞諸夫人因爲訴說了這些祕密很難過，把身子轉向一旁。後來她又道：

——我本不該講給您聽……但您瞧，這是爲使您知道卽在結合最密切的夫婦之間，卽在……您所敬重的女人心中，克利斯朵夫……也有些並非像您所說的變態的而是眞實的，不能忍受的痛苦的時間，能把一個人領到瘋狂的路上，毀滅整個的生命，甚至兩個人底生命。所以不應當太嚴厲。就是在大家最相愛的時候，也會使彼此痛苦。

——那末應不應當孤獨地各過各的生活？

——這爲我們是更壞。一個女子而要過孤獨的生活，像男子一樣的（往往還要提防男子）奮鬥，在一個不容這種思想而大多數抱着敵意的社會裏，是一件最可怕的事情……

她緘默了，身子微微俯向前面，眼睛凝視着壁爐裏的火焰；隨後，她又用有些重濁的聲音，斷斷續續地溫和地講下去：

——然而，這不是我們的過失：當一個女子過着這種生活時，並非由於任性，而是由於不得已；她必得掙取她的麪包，力求不用男子底援助，既然他當她貧窮時是不要她的。她被迫着孤獨而一些得不到孤獨底好處：因爲，在我國，她不能像男子一樣享受她最無邪的獨立而不引起物議，一切於她都是禁止的。——我有一個年輕的女友，在一所外省中學內當教員。她就是關在一間沒有空氣的獄室裏也不致比她現在這種自由的環境更孤單更窒息。中產階級對這些努力以工作自給的女子是閉門不納的；它用一副猜疑而輕視的態度看待她們，惡意地窺伺她們最微末的行動。男子中學裏的同事們對她們疎遠，或是因爲懼怕外界的流言蜚語，或是因爲他們暗中懷着敵意，或是因爲他們粗野，有坐咖啡店、說放肆話底習慣，整天工作以後的疲倦，對於智識女子的厭倦等等。她們自己也不能相容，尤其是當她們必須同住在校裏時。女校長往往最不瞭解青年的熱情的靈魂，被最初幾年這種貧乏的職業與非人的孤獨弄得心灰意懶；她聽任她們在暗中煎熬，不加援手；她只覺得她們驕傲。無人關切她們。她們缺少財產與交際，無法結婚。工作時間之多，使她們無暇創造一種靈智的生活爲自己作依傍與安慰。這樣的一種生活而沒有宗教的或道德的情操支持時，——（在道德二字上我可以加上變態的、病態底字眼因爲整個的犧牲是違反天性的，）——簡直是死生活……——精神方面的工作既不能做，那麼慈善事業能不能爲她們謀一出路？不知一顆真誠的靈魂在慈善事業裏所能得到的，又無非是悲苦的經驗！那些官辦的或名流合辦的救濟機關，實際只是博愛主義者底茶話室，輕佻、恩惠、官僚習氣底混合場所，在調情打趣中間把人家底苦難當作玩具。要是她們之中有一個，膽敢冒險闖入這個她只有耳聞的苦難底場所，她將看到何等的景象！簡直無法忍受！這是一個地獄。試問她的幫助將從何下手？她在這不幸底海洋裏淹沒了。

然而她依舊掙扎，爲苦難的人奮鬥，和他們一起沉溺。如果她能救出一二個來已是太幸福了！但是她，有誰來救她呢？誰想到來救她呢？因爲她她也爲了別人底和自己的痛苦在煎熬；她把她的信仰給了別人，自己的信仰就逐漸減少，所有這些災難都纏繞她；而她支持不住了。沒有一個人加以援手……有時人家把石子擲她……您不是認識，克利斯朵夫，那個可佩的女子麼？她獻身給最卑微最可敬的慈善事業：在家裏收留着纔分娩的街頭賣淫婦，爲公共救濟會所拒絕的，或者是害怕救濟會的；她竭力使她們恢復身心底康健，連她們的孩子一起收留着，喚醒她們母愛的情操，幫助她們重建家庭，過着安分的勞作生活。對於這件慈善事業，她所有的力量還嫌不夠，——（所能救出的實在太少了！願意被救的太少了！還有這些死亡的嬰兒！這些生下來就判了死刑的無辜！……）這個把別人所有的痛苦都當作自己的一般的女子，這個發願要補贖人類自私的罪行的無邪者，——您知道人家怎樣批判她？公衆的惡意誣蔑她在事業中賺錢，利用那些被保護者獲利。她不得不離開本區，灰心地往別處去……——您永遠想像不到一般獨立的女子，對於今日這個守舊的、沒有心肝的社會作着何等殘酷的苦鬥，——這個毫無生氣，瀕於死境的社會，還要使出它僅有的一些力量阻止別人生活！

——可憐的朋友，這種運命不只爲女子所獨有，我們都嘗到這些鬥爭底滋味。但我也認識避難之所。

——哪一個？

——藝術。

——這是爲你們而非爲我們的。而卽在男子中間，能儘量享受到它的益處的又有幾個？

——例如我們的朋友賽西爾她是幸福的。

——您知道些什麼？啊！您批判得多容易！因爲她勇敢，因爲她並不逗留在使她悲哀的事情上，因爲她把它瞞着別人，您便說她是幸福的！不錯，她因爲強壯，因爲能奮鬥而幸福。但她的鬥爭是您不知道的。您以爲她是宜於這藝術底欺人的生活的麼？藝術有些可憐的女子渴望着寫作，表演，或歌唱，以爲幸福底頂點！那麼，是否應當把她們一切都剝奪了，使她們不知趨向哪一項感情纔好？……藝術，如果我們同時沒有其餘的一切，光是藝術於我們又有何用？世上只有一件東西能令人把其餘的一切盡行忘掉就是一個可愛的孩子。

——但當您有了孩子時，又覺得不夠了。

——是的……女人是不很幸福的。做一個女人眞難。比做一個男人難多了。你們不大想到這些。你們，你們可以耽溺於一件精神的熱情，一件活動裏面。你們使自己變成殘廢，你們反覺幸福。但一個健全的女子而臨到這種情形是不免痛苦的。壓抑自己之一部是非人的。我們，當我們在某種方式下幸福時，我們又因爲不能獲得另一種方式的幸福而悔恨。我們有好幾個靈魂。你們却祇有一個，更強毅的，往往是粗暴的，甚至是殘酷的。我佩服你們。但你們切勿過於自私！你們有着你們意想不到的自私。你們在不知不覺中給人很大的痛苦。

——有什麼辦法呢？這不是我們的過錯。

——不，這不是你們的過錯，我的好克利斯朶夫。這既非您們的，亦非我們的過錯。歸根結蒂，您瞧，人生決不是一件簡單的事情。人們說只要自然地生活就得。但什麼是自然的呢？

——不錯，我們的生活中沒有一件事情是自然的。獨身不是自然的。結婚也不是自然的。自由的結合使弱者備受強者摧殘。我們的社會本身就不是自然的現象；是我們把它製造出來的。人們說人類是一種合羣的動物。眞是胡說！那是他爲生存起計而不得不然啊。他的合羣是爲他的便利，爲他的自衞，爲他的享樂，爲他的偉大。這種需要逼他簽訂了某些契約。但自、然要起而反抗人爲的約束。自、然、對我們不適宜。我們設法征服它。這是一種鬥爭：結果我們常常戰敗，而這不足爲奇。怎樣跳出這個樊籠呢？——唯有堅強。

——唯有仁慈。

——吠！上帝！所謂仁慈是擺脫自私，呼吸生命，愛生命，愛光明，愛自己卑微的任務，愛種着自己的根的一小方土地！旣不能往橫的方面發展，就得向深的、高的方面努力，髣髴一株侷促一隅的樹向着太陽上昇一般！

——是的。先要彼此相愛。如果男子願意感到他是女人底兄弟而非俘虜或主宰的話！如果他們倆都能驅除驕傲，各人少想一些自己而多想一些別人的話！我們是弱者：互相幫助罷。切勿和倒在地下的人說：『我再也不認識你了。』而要說：『勇敢些，朋友。我們終能突破難關。』

* * * * * * *

他們緘默了。對着壁爐坐着，小貓蹲在他們中間，全都獃着不動，出神着，眼望着火。快要熄滅的火焰，閃爍着，映在亞諾夫人細膩的臉上平常所沒有的內心的激動，使她臉色微微帶紅。她奇怪自己竟會這樣的披露心腹。以後，她永不會再如是盡情傾吐的了。

她把手放在克利斯朵夫手上，說道：

——那末，你們怎麽處置那孩子呢？

她一開始就已想着這個念頭。她一直說着，說着，變了一個人，髣髴喝醉了酒一樣。但她只想着這個問題。從克利斯朵夫最初幾句話起，她就惦念那個爲母親遺棄的孩子，想到撫育他的快樂，在這顆小小的靈魂周圍織起她的幻夢與愛情，接着她又想：

——不，這是不好的，我不該以他人底不幸造成我的幸福。

但她怎麽也抑捺不下這念頭。她一邊說話一邊在靜默的心頭抱着希望。

克利斯朵夫答道：

——是的，當然我們想到。可憐的孩子！奧里維和我都不能撫育他。應當有一個女人來照管。我曾想到一個或能幫助我們的女友……

亞諾夫人連呼吸都不敢了。

克利斯朵夫繼續說道：

——我曾想來和您說。之後，正好賽西爾來，就是剛纔。當她得悉這件事情，見到孩子，她感動得那麼厲害，表示那麼歡喜，便和我說：『克利斯朵夫』……

亞諾夫人血流停止了；她聽不見下文；一切都在眼前模糊。她眞想對他嚷道：

——不，不，把他給我罷！……

克利斯朵夫說着話。她聽不見他說些甚麼。但她勉強振作；想到賽西爾從前對她吐露的心事，便想：

——賽西爾比我更需要。我，還有我親愛的亞諾……我一切的東西……而且，我比她更老……

於是她微笑道：

——這很好。

但爐火已經熄滅，臉上的紅光也已消褪。在可愛的疲倦的面上，只有平常那副隱忍的慈愛的愛情。

* * * * * * *

——我的朋友欺騙了我。

這種思想把奧里維壓倒了。克利斯朵夫爲了好意而劇烈地搖撼他也是無用。

——你要怎樣呢？他說。朋友底欺騙是一種日常的磨難，像疾病、貧窮和愚蠢的人的鬥爭一樣。自己應當武裝。如果支持不住，他定是一個可憐的男子。

——啊！這便是我。我在這種地方全不顧到驕傲底問題……一個可憐的男子，是的，需要溫情的，沒有了溫情便會死的男子。

——你的生命沒有告終：還有別的生靈可愛。

——我對誰都不相信了。根本沒有朋友了。

——奧里維！

——對不起。我並不懷疑你。雖然我有時候懷疑一切……懷疑我自己……但你，你是強者，你不需要任何人，你可以不需要我。

——她比我更不需要你呢。

——你何其忍心，克利斯朵夫！

——親愛的朋友，我對你很殘忍；但這是爲激勵你，使你反抗。不是見鬼麼！不是可恥麼！把愛你的人和你的生命一齊爲了一個取笑你的人犧牲！

——那些愛我的人於我有什麼相干！我愛的是她。

——工作罷！這是你從前感到興趣的……

——……現在可不了。我厭倦已極。我好似已經離開了人生。一切都顯得很遠，很遠……我眼睛雖然看見但我不懂了……想到有些人樂此不疲的每天繼續他們同樣鐘擺式的動作，無聊的作業，報紙底爭辯，對於快樂底可憐的追求，想到那些爲了攻擊一個內閣、一部圖書、一個女伶而鼓起熱情……啊！我覺得自己多麼衰老！我對誰都既沒有恨，又沒有怨：一切都使我厭煩。我覺得什麼都不存在。寫作麼？爲何寫作？誰懂得你？我只爲了一個人而寫作；我一切的存在都是爲了這個人而存在……甚麼都完了。我疲倦不堪，克利斯朵夫，我疲倦不堪。我想睡覺。

——那麼，孩子，睡罷。我來看護你。

但睡眠就是奧里維所最難做到的。啊！要是一個痛苦的人能睡上幾個月，直到他的傷痕在他更新的生命中完全消失、直到他換了一個人的時候！但誰也不能給他這種恩典；而他也絕對不願。他最難忍受的痛苦，莫過於失去他的痛苦。奧里維像一個發着寒熱病的人，靠着寒熱滋養。一場眞正的寒熱是每天在同一時間發作的，尤其在黃昏，當光明下墜的時候。其餘的時間內，它就讓他受愛情磨折，被往事侵蝕，想着同樣的念頭，像一個白癡般咀嚼同一口的食物而無法吞嚥，腦裏所有的力量專注着唯一的固定的意念。

他沒有克利斯朵夫底補救方法，能咀咒他的痛苦，嫉恨痛苦底原因。因爲更明察更公平，他知道自己也要負責，知道受苦的不止他一人：雅葛麗納也是被害者；——是他的被害者。她把整個身心交付與他他是如何處置的呢？倘若他無力使之幸福，爲何要把她和他連繫着呢？她的斬斷致她死命的束縛原是她權利以內的事。

——這不是她的過失，他想。這是我的過失。我愛她不得其當。我的確很愛她。但我不懂愛她之道，既然我不能使她愛我。

這樣他就歸咎自己；這也許是對的。但抱怨過去是無濟於事的：甚至也不能阻止他當下次再有機會時重蹈覆轍；而在目前倒反使他無法過活。能忘記人家給他的損害，也能——可憐！——忘記自己給予人家的損害（當他發見已經無可挽救時）的人，纔是強有力的人。但一個人之強有力，並非由於理智，而是由於熱情。愛情與熱情是兩個遠房的家族，難得同路的。奧里維愛着；他只在攻擊自己時纔強有力。在他這心神沮喪的時期，一切的疾病乘虛而入。流行性感冒，氣支管炎，肺炎，都壓在他身上。大半個夏天他病着。克利斯朶夫藉着亞諾夫人底幫助，忠誠地侍奉他他們終於把病魔趕走了。但對於精神的疾病，他們無能爲力；他們對此永久的愁苦漸感厭倦而覺得需要逃避它了。

不幸往往會令人墮入一種特殊孤獨的情境。人類本能地厭惡禍害，似乎怕它有傳染性；至少是令人厭煩。能原諒你痛苦的人眞少！老是『約伯底朋友』這老故事。哀里法、特、丹芒責備約伯煩躁。巴爾達、特、蘇里堅謂約伯底不幸是他罪惡底懲罰。沙弗、特、拿瑪德指斥他自大。『而末了，哀蘭大發雷霆，對約伯大生其氣，因爲約伯堅稱他正對着上帝。』（按此係聖經中故事）——眞正悲哀的人是很少的。應徵的一大批，選中的寥寥無幾。奧里維却是屬於後面這一批的。像一個憎厭人類的人所說的：『他似乎樂意受人虐待。在這種不幸的人身上，你得不到好處：反而使他輕蔑你。』

奧里維對誰都不能說出他的感覺，卽是對最親密的人也不能。他發覺這會使他們懊惱。就是他親愛的克利斯朵夫，對此固執的苦惱也不耐煩。他自知笨拙，不能有所挽救。實在說來，這個心腸慷慨、經歷過多少苦難的人，並不能感覺到奧里維底苦痛。這是人類天性底一種殘缺！儘管你慈悲，矜憐，聰明，受過無數的痛苦：你決不能感到你的患牙痛的朋友底苦味。如果疾病延長下去，你會當病人誇大他的怨嘆，而當疾病是無形的、是藏在靈魂深處的時候，豈非令人格外覺得誇張？不相干的人看到另一個人為了一宗在他認為無足重輕的情操愁悶不已時，自然要覺得可惱。末了，為免得良心不安起計，便自己安慰自己道：

——我有什麽辦法呢？一切的理由都沒有用。

是的，一切的理由都沒有用。對於一個在痛苦中煎熬的人，我們只能愛，愚蠢地愛，並不設法勸服他與療治他，只愛着他，為他抱怨：唯有如此纔能對他有些好處。愛情底創傷唯有用愛情去療治。但愛情並非汲取不盡的，即是那些愛得最深的人也是如此；他們所積聚的愛情是有限的。當朋友們把他們所能找到的親切的說話全都說過了或寫過了以後，當他們自以為盡過了責任之後，他們謹愼地引退了，把病人丟在虛無裏，當他罪犯一般看待。但因他們暗暗慚愧對他幫助得這麽少，便繼續幫助他，而力量却越來越弱；他們想法使病人忘記他們，他們也想法忘記自己。如果不識時務的苦難固執着，如果冒昧的回聲一直傳到他們隱避的地方，他們就要嚴厲地批判這個沒有勇氣的、受不起磨折的人。他一朝顛蹶的時候，在他們眞誠的憐憫裏面，定還有這句鄙夷的判詞：

——可憐的傢伙！我當初想不到他如此無用。

在此普遍的自私心理中，一句簡單的溫柔話，一種體貼入微的關切，一道憐憫你愛護你的目光，將給予你何等深刻的好處！那時，一個人纔感到慈悲底價值。而一切其餘的東西比較之下就顯得貧弱！……使奧里維接近亞諾夫人甚於接近他的克利斯朵夫的，便是這種慈悲。可是克利斯朵夫還是竭力忍耐，因爲愛的緣故而把心中的感想瞞着奧里維呢。但奧里維，以他被痛苦磨鍊得更銳敏的目光，自能洞燭到他朋友胸中的鬥爭，洞燭到他的悲傷沉重地壓在克利斯朵夫心上。這就足使他連克利斯朵夫也要打發走，想對他說：

——去你的罷！

這樣，苦難往往會分離兩顆相愛的心。有如一架篩穀機，它把願意生存的放在一邊，願意死亡的放在另一邊。可怕的生存律令，比愛情更強！母親看見兒子死去，朋友看見朋友淹溺，——如果他們不能援救他們，他們還是要救出自己，他們不和他們一起死的。可是，他們的愛他們是甚於愛自己的生命千百倍呢……

克利斯朵夫雖然懷着深切的愛情，也不得不逃避奧里維。他是強者，身體太健旺了，在這沒有空氣的苦難中會窒息。他多麼羞慚！他恨自己絲毫不能幫助他的朋友；又因他需要對什麼人報復一下，便懷恨雅葛麗納。雖然聽過了亞諾夫人那番透澈的說話，他仍舊嚴厲地批判她，那是一個年青的、暴烈的心靈所慣有的現象，因爲對人生還沒充分的經驗，不能憐憫人類的弱點。

他去探望賽西爾和交給她的孩子。賽西爾完全被這借來的母性改變了；她顯得年青，幸福，細膩，溫柔。雅葛麗納底出奔並沒引動她的不敢自承的幸福的希望。她知道，奧里維在雅葛麗納在家時倒還想到她，一朝雅葛麗納走了，終日想着往事時，他反和她離得遠了。而且，從前使她中心惶亂的情潮早已過去：這種煩悶的境界，因看到雅葛麗納底錯亂而廓淸了；她重又回到素來的恬靜，已不大明白從前破壞她恬靜的原因。她的愛情底需要，在愛護兒童底情操中獲得滿足。靠着女子神奇的幻想能力，——直覺——她在這小生命中重新發見了她所愛的人；如今他是幼弱的，委身相與的，整個地屬於她的了；她能夠愛他，用着和這無邪的小人淸明的心地、與閃爍着光明的灰灰的眼睛一樣純潔的愛情……但在她的溫情中，並非全無惆悵的抱憾的成分。啊！這究竟和一個從自己血裏來的孩子不同！……可是這無論如何還是甜蜜的。

克利斯朵夫如今用另一副眼睛看賽西爾了。他想起法朗梭阿士、烏東說過的一句嘲弄的說話：

——怎麽，天生配作夫婦的你和夜鶯，怎麽會不相愛？

但法朗梭阿士比克利斯朵夫更懂得其中的原因：像克利斯朵夫這樣的人，難得會愛一個給他好處的人；他寧願愛一個給他受苦的人。極端相吸引；本性尋找能毁滅它的東西，它傾向烈焰飛騰的熱情的生命，而不歡喜經濟地深藏着的謹愼的生命。這是不錯的，因爲對於克利斯朵夫的律令，並非在於盡可能的生活得長久，而是在於生活得轟轟烈烈。

但不及法朗梭阿士明察的克利斯朵夫，以爲愛情是一股違反人性的力量。它把一些不能互相忍受的人放在一起。它排斥性格相似的人。它所感應給人的，和它所毁滅的比較起來，眞是微末極了。幸福時，它消融你的意志。不幸時，它拗折你的心。它有什麽裨益給你？

當他這樣地毁謗愛情的時候，他看見愛情温柔地譏諷地笑着，對他說：

——你忘恩負義麼?

* * * * * *

克利斯朵夫得再赴奧國大使館底夜會。夜鶯在那邊唱着修倍爾脫、雨果、伏爾夫、和克利斯朵夫底歌。她對於自己的和她的如今被優秀階級稱揚的朋友底成功很感愉快。即在廣大的羣衆前面，克利斯朵夫底名字也有了號召力；雷維—葛一流的人再沒有假裝不知道他的權利。他的作品在各個音樂會裏演奏；還有一部劇本被喜歌劇院接受了。他受到不相識的人底好意的關切。神祕的朋友，已經屢次幫助過他的人，繼續促成他的志願。克利斯朵夫好幾次感到這隻幫助他的無形的手：有人在暗中維護他而嫉妒地躲藏着。克利斯朵夫試着要發見他，但這位朋友似乎惱着克利斯朵夫不會早些設法認識他，便老是不給他抓握到。並且克利斯朵夫還忙着別的事情：他想着奧里維，想着法朗梭阿士；這天早晨他就在報上讀到她在舊金山病重底消息：他想像她獨身在外國城市裏住着客店，不願接見任何人，不願寫信給任何朋友，咬緊牙齒，獨自等待着死。

被這些思想糾纏着，他避開衆人，躲到一個隔離的小客廳內。背依着牆壁，立在被樹木花草遮得陰暗的一隅，他聽着夜鶯美麗的、淒涼的、熱烈的聲音唱着修倍爾脫底菩提樹；純潔的音樂喚起了回念往事的惆悵。對過壁上，一面大鏡子反映出隔壁客廳裏的光明和人物。他並不看見鏡子：他只望着自己的內心；眼前是一片淚水凝成的霧……忽而，像修倍爾脫底菩提樹般，他毫無理由地戰抖起來，臉色蒼白，一動不動的過了幾分鐘。隨後，眼前的帷幕消失了，他瞧見在前面，在鏡中，有一個「女友」對他望着……女友？誰是這個女友？他除了知道她是朋友，是他認識的以外，甚麼都不知道；眼睛望着她的眼睛，他依在牆上繼續顫抖。她微微笑着。他既不曾看見她的臉龐與身體底線條，也不曾看見她眼睛底色彩，身材底高矮，所穿的衣着。他只看見一件東西：在她同情的微笑中映現的神明的慈悲。

而這笑容突然在克利斯朵夫心頭喚起童年時代的一件往事……當他六歲至七歲的期間，他在學校裏，遭遇很不幸，纔被一般比他年長有力的同學羞辱毆打了一頓，大家嘲笑他，老師不公平地責罰他：他在別的孩子游戲時，他却沮喪地蹲在一邊，悄悄地哭着。一個神態幽怨的不和別的同學玩耍的小姑娘，——（自是以後他從沒想到她，但此刻分明看到她的模樣：短短的身材，頭顱很的頭髮與眉毛簡直像白的一般，藍的眼睛顯得慘白，寬大而黯澹的面頰，微腫的口唇與臉龐，一雙紅色的小手，）——走到他身旁，站住了，把大姆指含在口裏，望着他哭泣；接着她把小手放在克利斯朵夫頭上，幽怯地，匆忙地，用着同樣滿懷好意的笑容說：

——不要哭！……

於是，克利斯朵夫再也忍不住，大聲嚎啕了，把鼻子靠在小姑娘底圍裙上，她却用着一種顫抖而溫婉的聲音繼續說：

——不要哭！……

幾星期後她便死去；當這件事情發生的時候，她大概已在死神底掌握中了……此時他爲何想到她呢？在這出身微賤的、在遙遠的德國小城裏被人遺忘的亡女，和此刻望着他的貴族少婦之間，又有什麼關係？但所有的人都只有這一顆靈魂，雖然億兆的生靈彼此各異，如在太空中旋轉的無數的星球一般，但照耀那些爲時間分隔着的心靈的，都是同一道愛情底光明。現在，克利斯朵夫重新看到了曾在那安慰他的小妮子蒼白的口唇上浮現過的微光……

這不過是一剎那間的事。一羣人如潮水般擋住了門，克利斯朵夫再也瞧不見另一客廳底情景。他縮在陰影裏，在鏡子照不到他的地方唯恐惶亂的情緒被人注意。但當他鎮靜時，他想再見她。他擔心她已走了。他走進客廳，在人叢中立卽找到了她，雖然不復是在鏡中顯現的那副模樣。如今，他看到她的側影，坐在一羣典雅的婦女中間；一條肘子依在安樂椅底把手上，支着頭，身體微微前俯，聽着人家談話，露出一副聰明的、心不在焉的笑容。她的面貌活像拉斐爾底聖體爭辯（拉斐爾底名畫）中的聖·約翰，眼睛半闔着，想着念頭微笑……

然後，她擡起眼睛，見到了他，全無詫異的神氣。他這纔發覺她的微笑是對他而發的。他向她行禮，感動着，走近去：

——您認不出我麼？她說。

就在這時候他認出了她：

——葛拉齊亞……他說。（原註：參閱卷五節場）

同時，大使夫人在旁走過，爲他們久已願望而至今方始實現的相遇表示慶幸；她把克利斯朵夫介紹給『裴萊尼伯爵夫人。』但克利斯朵夫感動得沒有聽見他全沒注意到這陌生的姓字。在他心目中，他始終是他的小葛拉齊亞。

* * * * * * *

葛拉齊亞二十二歲。一年以前，她嫁了一個奧國大使館底青年隨員，貴族的世家子；和奧國首相有親戚之誼，時髦的，愛享樂的，典雅的，早熟的，她曾眞心鍾情於他，現在她還一邊批判他一邊愛他。她的老爸爸死了。她的丈夫被任爲巴黎使館隨員。由於裴萊尼伯爵底交際，由於她自身的魅力和聰明，爲了一些微小的事就會喫驚的膽怯的少女，在她既不賣弄、也不侷促的巴黎社會中覓變成最被注目的少婦之一。年青，美貌，討人歡喜而知道自己受人疼愛，是一股偉大的力量。同樣偉大的力量是，有着一顆恬靜的、十分健全十分清明的心，在欲念與命運底和諧中覓得它的幸福。人生美麗的花朵開放着；但她受着意大利土地底光明與平和培養的拉丁精神，絲毫不曾損失它靜穆的音樂意味。非常自然地，她在巴黎社交場中取得了優越的勢力：她毫不爲之驚奇，而且懂得把這種勢力運用到有求於她的藝術事業與慈善事業中去，把正式的名義給予別人：因爲，她雖能適應她的貴族地位，但從她在鄉間別墅內所消磨的富於野性的童年裏，始終保存着一種獨立不羈的性格，覺得社會又有趣又可厭，但她懂得用一副表示善意與慇懃的笑容來掩藏她的煩惱。

她不曾忘記她的好朋友克利斯朵夫。童時默默地感到的天真的愛，固然不復存在。現今的葛拉齊亞是一個極有理性而全無傳奇思想的婦人。她對於自己幼年時代的誇大的柔情，覺得又甜蜜又可笑。但她決不被這些往事激動。關於克利斯朵夫的回憶是和她一生最純潔的歲月聯在一處的。她不能聽到他的姓氏而不感到愉快；他每次的成功使她非常高興，好似其中也有她的名分一般：因爲她早已預感到他的成就。她來到巴黎以後，就想法尋訪他。她曾邀請他，在信尾加註她少女時代的名字。克利斯朵夫却不曾留意，把請柬望紙簏裏一丟了事。她並不因之生氣；繼續留神他的工作，甚至也探聽到一些他的生活狀況。在最近報紙上抨擊克利斯朵夫的筆戰中，是她救了他的。淳樸的葛拉齊亞和報界沒有多大交際；但爲了幫助一個朋友時，她能夠運用狡猾的手段，玩弄那些她最不歡喜的人。她把狺狺狂吠的報紙經理請來，略施小技就把他弄顚倒了；她懂得滿足他的自尊心，弄得他服服貼貼，以致她在無意之間表示人家以克利斯朵夫爲攻擊目標很可詫異時，那場攻擊便立卽中止。經理把應當在次日刊出的咀咒文字臨時抽掉；當執筆的記者請問他理由時，簡直被他罵倒。並且他還更進一步，命令他的雜役之一在十五天內製造一篇熱烈恭維克利斯朵夫的文字；結果是照式照樣寫成了，熱烈的，荒謬的。也是她，起意在大使館內組織一組演奏克利斯朵夫作品的音樂會，更因爲知道他有心提拔賽西爾，也就幫助年青的女歌家顯露頭角。末了，又運用她和德國外交界的交誼，慢慢用沉着巧妙的手腕，使當局注意到被德國判罪的克利斯朵夫；她日積月累地居然造成了一種運動，預備向德皇要求下赦免的詔書，讓一個爲國增光的藝術家能夠回去。又因他等不及這赦免令，她便設法使人家答應克利斯朵夫回故鄉去逗留兩天而假作癡聾。

而克利斯朵夫，一向感到有一個看不見的朋友護衞着他，而始終不能發見是誰，此刻纔在鏡中對他微笑的聖、約翰臉上辨認出來。

* * * * * *

他們談着過去。究竟談些甚麼，克利斯朵夫也不大知道。既看不見所愛的人，也聽不見所愛的人。而當你愛到極點時，甚至也想不到你愛着他。克利斯朵夫就是如此。她在這裏：這就夠了。其餘的都不存在了……

葛拉齊亞停止了說話。一個很高大的青年，相當優美的，典雅的，鬍子刮得精光，頭髮俱已禿落，裝着一副厭煩而輕蔑的神氣，從單眼鏡裏端相着克利斯朵夫，已經用一種傲慢的禮貌在鞠躬了。

——我的丈夫，她說。

客廳裏的聲音重復聽到了。內在的光明熄滅了。克利斯朵夫熱情冰冷了，緘默着，答着禮，馬上告退。

這些藝術家底心靈，和統治他們熱情生活的幼稚的律令，眞是多麼可笑，多麼苛求！這位朋友，從前愛他的時候被他忽視的、多少年來從未想起的朋友，如今他剛剛和她重遇，就覺得她是他的、是他的財寶了，如果別一個人把她佔有，便是從他那邊偸去的：她自己也沒有權利委身於別一個人。克利斯朵夫不曾覺察他心中的情緒。但他創造底魔鬼代他覺察了，使他在這幾天內產生了幾支他把苦惱的愛情描寫得最美的歌。

他隔了許多時候不會去看她。奥里維底苦悶與疾病把他糾纏着。終於有一天，找到了她留給他的住址，他决心去了。

走在樓梯上，他聽見錘子敲得很響。穿堂裏雜亂地放滿着箱籠。僕役回說伯爵夫人不能見客。但當克利斯朵夫失意地留了名片想下樓時，僕人重新追上來，道歉着，請他進去。克利斯朵夫被領到一間客室裏，地氈已拿掉了捲在一旁。葛拉齊亞浮着光輝四射的笑容迎上前來，又快樂又興奮地伸出着手。他同樣快樂而激動地執着她的手，吻着：

——啊！她說，您能來，我眞快活極了！我多害怕不能再見您一次就走了！

——走，走，您要走了！

陰影重復罩下。

——您瞧，她指着室內凌亂的情形說；本星期末，我們要離開巴黎了。

——爲時長久麽？

她做了一個手勢：

——誰知道？

他迸足力氣來說話，睺嚨已經抽搐。

——到哪兒去呢？

——到美國去。我的丈夫被任爲駐美大使館一等祕書。

——那末，這樣，這樣，他說……（他的口脣抖着）……就此完了麼？

——我的朋友！他說，她被他的語調感動了……不，並非就此完了。

——我纔把您找到就要把您失掉！

他眼中噙着淚。

——我的朋友！她又道。

他把手遮着眼睛，旋轉身去，想掩藏他的情感。

——別難過，她把手放在他的手上說。

這時候，他又想到德國那個小姑娘。他們緘默着。

——爲何您來得這麼晚？她終於問道。我想法要見您。您從沒回音。

——我一些不知道，我一些不知道，他說……告訴我，是您幫助了我多少次而我不會猜到麽？……是靠了您的力量我能夠回到德國去的麽？是您做了我的好天使在暗中護衞我麽？

她說：

——我很高興能爲您盡些力。我應當報答您的正多哩！

——什麽？他問。我不會對您有一絲一毫的貢獻。

她講起少年時在姑丈史丹芬家遇見他，由於他的音樂，她發見了世界上一切美妙的境界。慢慢地，徵徵與奮地，她用着簡短的又顯明又掩藏的隱喩，講起她參與當年克利斯朵夫被人大喝倒彩的音樂會，她對這音樂會的兒童底感觸與悲哀，她的哭泣，她寫給他的沒有回音的信：因爲他不會收到。克利斯朵夫聽着她，把現在對這個嫵媚的臉龐所感到的溫情與感動，一齊移注到過去的事情裏去了。

他們無邪地談着，體味到一種親切的歡樂。克利斯朵夫一邊說着一邊執着葛拉齊亞底手。突然他們倆都停住因爲葛拉齊亞發覺克利斯朵夫愛着她。而克利斯朵夫自己也同樣感到……

從前，葛拉齊亞愛着克利斯朵夫，克利斯朵夫完全不會注意。如今，克利斯朵夫愛着葛拉齊亞；而葛拉齊亞對他只有一種恬靜的友誼：她愛着另外一個。往往，兩個生命裏只要有一具鐘比另一具鐘走得較快時，就可使他們全部的生涯完全改觀……

葛拉齊亞把手縮回了，克利斯朵夫也不握留它。他們默不作聲的呆呆相對了一會。

葛拉齊亞說道：

——再見。

克利斯朵夫重復嘆道：

——這樣，就完了麼？

——也許這樣倒更好。

——在您動身以前，我們不復相見了麼？

——不，她說。

——我們何時再得重聚?

她作了一個惆悵的困惑的手勢。

——那末有什麽意思，克利斯朵夫說，有什麽意思我們此次相見?

但對着她埋怨的目光，他立刻答道：

——不，對不起，我是不公平的。

——我永遠會想念您，她說。

——可憐!他道。我連想念您都不能。我一些不知道您的生涯。

鎮靜地，她用幾句說話把她平常的生活告訴他，描寫她如何度日。她講着她和她的丈夫，始終浮露着她親切的美麗的笑容。

——啊!他嫉妒地說，您愛他麽?

——是的，她回答。

他站起身來。

——再會。

她也站起來。這時他纔發覺她懷着身孕。立刻他心中感到一種說不出的厭惡、溫情、妒忌、和熱烈的憐憫的印象。她一直送他到小客廳門口。他回過身來，向朋友底手俯下身去，長久地親吻。她一動不動，半闔着眼睛。終於，他擡起身子，望也不望一下，迅速地走了出去。

* * * * * * *

……那時誰要問我什麼，
我唯有裝着謙卑的臉，
只回答他一個字：
愛。

* * * * * * *

那天是諸聖節。外面是陰霾的天和寒冷的風。克利斯朵夫在賽西爾家。賽西爾立在孩子底搖籃旁邊，順路來探望的亞諾夫人俯視着。克利斯朵夫獨自在出神。他覺得自己錯過了幸福；但他並不想抱怨：他知道幸福存在……太陽啊，我毋須看到你纔能愛你！當我在陰暗中發抖的冗長的冬季，我的心仍舊充滿着你的光明；我的愛情使我感到溫暖：我知道你在這裏……

賽西爾也幻想着。她端相着孩子，終究相信這是她的孩子了。吠，應該祝福的幻夢底威力，能夠創造生命的想像！生命……什麼是生命？它並非像冷酷的理智和我們肉眼所見到的那模樣。生命是我們幻想中的那模樣。生命底節拍，是愛。

克利斯朵夫望着賽西爾，眼睛巨大的村野的臉上，閃耀着母性本能底光輝，——比眞的母親更純粹的母親。他又望着亞諾夫人疲倦的臉。他在這些線條下面讀到，好比在一本翻開着的書裏一般，讀到這個爲妻的生活中隱藏着的甜蜜與痛苦，雖然人家絲毫不會疑及，有時卻和朱麗葉或伊索爾特底愛情同樣富於甘苦的滋味。但她的這種甘苦更富於宗教的偉大性……

人事的與神事的結合——配偶（按此係羅馬法中解釋配偶之條文，與愛情之徒爲人事的而非神事的有別）

他想，一個人底幸與不幸並不在於信仰之有無；同樣，結婚與不結婚的女子底苦樂，也並不在於兒女之有無幸福是靈魂底香味，是一顆歌唱的心底和聲。而靈魂底最美的音樂，是仁慈。

奧里維進來了。他動作很沉靜；一層新的、清明的光彩在他的藍眼睛中映現。他對孩子微笑，握着賽西爾和亞諾夫人底手，開始安靜地談話。他們都帶着親熱而詫異的態度觀察他。他一切都不同了。在他抱着滿腔的悲苦把自己幽閉着的孤獨裏，好似一條躲在窠裏的靑蟲在艱辛地工作了一場之後，終於把他的苦難像一個空殼般脫下了。他怎樣的自以爲找到了一個美妙的動機來貢獻他的生命，我們且待下文再述。從此，他對於生命所感到興趣的便是把生命來作犧牲；而依着必然的道理，從他在心中捨棄了生命的那一天起，生命就重新有了光彩。他的朋友們望着他。他們不知道發生了何事，又不敢動問，但他們覺得他是解脫了，他心中對任何人任何事都不復有何遺憾或悲苦。

克利斯朵夫起來，走向鋼琴，和奧里維說：

——你要不要我唱一支老勃拉姆斯底歌曲？

——勃拉姆斯？奧里維說。你此刻彈奏你老對頭底作品了？

——這是諸聖節，克利斯朵夫說，是誰都應當加以寬恕的日子。

他爲免得驚醒孩子起計，放低着聲音唱着蘇勃（德國地名）地方底一支老歌謠中的幾句：

爲你曾經愛我的時間，我感謝你，

而我祝望你在別處更幸福……

——克利斯朵夫！奧里維說。

克利斯朵夫把他緊緊摟在懷裏。

——好了，我的孩子，他和他說，我們的命運着實不壞。

他們四個都坐在睡熟的孩子周圍，不則一聲。要是有人問他們想些甚麼時，——「他們臉上表示着謙卑的神氣，只回答你一個字：

——愛。」

卷八終

約翰·克利斯朵夫

著者 羅曼羅蘭
譯者 傅雷
出版者 駱駝書店
上海北京西路六五七號
定價 全四冊七十三元

中華民國三十五年一月初版（1—1000）
中華民國三十六年二月三版（2001—4000）

Romain Rolland:

Jean-Christophe

3